I0706218

Die Verführung der Piratenprinzessin

Die Piraten von King's Landing
Buch 2

Lauren Smith

Übersetzt von
Corinna Vexborg

LAUREN SMITH
BOOKS

Dieses Buch ist ein Werk der Fiktion. Namen, Charaktere, Orte und Begebenheiten sind das Produkt der Fantasie der Autorin oder werden fiktiv verwendet. Jegliche Ähnlichkeit mit tatsächlichen Ereignissen, Schauplätzen oder Personen, ob lebendig oder tot, ist rein zufällig.

Copyright 2024 von Lauren Smith

Translation by Corinna Vexborg

Alle Rechte sind vorbehalten. In Übereinstimmung mit dem U.S. Copyright Act von 1976 stellt das Scannen, Hochladen und elektronische Teilen dieses Buches ohne die Erlaubnis des Verlegers unrechtmäßige Piraterie und Diebstahl des geistigen Eigentums der Autorin dar. Wenn Sie Material aus dem Buch verwenden möchten (außer für Rezensionszwecke), müssen Sie eine vorherige schriftliche Genehmigung einholen, indem Sie den Verlag unter lauren@laurensmithbooks.com kontaktieren. Wir danken Ihnen für Ihre Unterstützung der Rechte der Autorin.

Der Verlag ist nicht verantwortlich für Websites (oder deren Inhalt), die nicht Eigentum des Verlags sind.

ISBN: 978-1-962760-41-6 (E-Book-Ausgabe)

ISBN: 978-1-962760-42-3 (Druckausgabe)

Prolog

»Lieber Gott«, keuchte Kapitän Thomas Buck, als er sich den Regen aus den Augen wischte und das nasse Haar aus dem Gesicht strich. Er spähte über die sturmgepeitschte See auf die sich abzeichnende Masse einer Galeone, die in der Nähe eines Riffs auf den Felsen festsaß. Es war ein wunderschönes Schiff mit hoch aufragenden Decks und vergoldeten Holzarbeiten am Heck des Schiffes. Blitze zuckten über den Himmel und blitzten über dem in Not geratenen Schiff auf.

»Cap'n?« Ein junger Schotte namens Joseph McBride kam zu ihm an die Reling von Thomas' eigenem Schiff, der *Sea Serpent*. Mit seinen fünfundzwanzig Jahren war er für einen Kapitän zwar noch sehr jung, doch hatte er in seinem kurzen Leben schon viel Erfahrung gesammelt, seit er das Kommando übernommen hatte. Jeder Mann an Bord seines Schiffes wusste, dass er sich opfern würde, um sie alle zu retten, wenn es so weit käme.

Die *Serpent* war die schnellste Schaluppe der Westindischen Inseln, und ihre Mannschaft war stolz darauf, unter ihren Segeln zu plündern. Obwohl sie Piraten waren, hielten sich Kapitän Buck und seine Männer an den Seemannskodex, jedem Schiff in Not zu helfen. Sie waren einfach aggressiver, was die Ladung anging, die sie als Dank für ihre Bemühungen, einem anderen Schiff zu helfen, an sich nahmen.

»Lass ein Boot zu Wasser, Joe, und frag nach Freiwilligen. Ein solches Schiff hat sicher einige Reichtümer geladen - und alle Überlebenden können als Besatzungsmitglieder angeheuert oder im nächsten Hafen freigelassen werden, wenn sie nicht an Bord dienen wollen.«

»Aye, aye, Cap'n.« Joe rief eine Entermannschaft zusammen, und Thomas überprüfte seinen Gürtel auf seinen Säbel und seine Pistole, bevor er den anderen half, ein Boot ins Wasser zu lassen.

Sie ruderten über die tosende See, und er schielte auf die ferne tropische Insel, die hinter dem Riff halb im Regen versank. Vielleicht war es denjenigen, die sich auf dem Schiff befunden hatten, gelungen, sich mit einem Boot an Land in Sicherheit zu bringen. Wenn ja, könnten sie die Insel durchsuchen, um den Überlebenden zu helfen. Wenn nicht, konnten sie alle Waren auf dem Schiff bergen, sobald sich der Sturm gelegt hatte, vorausgesetzt, es sank nicht sofort, weil der Rumpf von einem scharfen Riff aufgerissen worden war. Kapitän Buck war nicht wie die meisten Piraten. Er war ein Engländer mit der Ehre eines Engländers, und er würde niemanden zum Sterben an einem einsamen, verlassenen Strand zurücklassen.

Thomas ergriff ein Ruder und ruderte neben Joe, während er und vier andere gegen die Wellen ankämpften, um das andere Schiff zu erreichen. Als sie danebenzogen, sahen sie, dass der Rumpf zertrümmert war und an den Felsen hing. Das Schiff schwankte gefährlich, als die Wellen dagegenschlugen. Sie hatten nur wenig Zeit, bevor das Schiff sinken würde. Mit Enterhaken befestigten sie ihr kleines Boot an der Galeone.

»Seid vorsichtig, Männer! Sucht nach Überlebenden und kehrt so schnell wie möglich zurück. Sie wird bald unter Wasser sein.« Thomas griff nach einem der baumelnden Seile, die von einem gebrochenen Mast über die Seite des Schiffes herabhingen. Er kletterte an der Seite des hängenden Schiffes hinauf auf das Deck.

Er ließ sich auf das Achterdeck fallen und sah, wie lose Teile der zerbrochenen Masten hin und her rollten und gegen ein paar Leichen stießen, die dort lagen. Thomas blieb beim ersten stehen und drehte den Mann um. Quer über seine Stimme klaffte eine blutige Wunde, und es sah aus, als wäre er von einem Balken getroffen oder gegen etwas Hartes geschleudert worden, das ihn getötet hatte. Alle Masten waren abgeknickt. Er konnte sich die Welle gut vorstellen, die über das Deck geschwappt war und diesen Mann gegen einen Masten geschleudert hatte, der seinen nun leblosen Körper zerbrochen hatte. Zweifellos waren viele Mitglieder der Besatzung über Bord gespült worden.

»Ist noch jemand am Leben?«, fragte Joe.

»Nicht hier. Seht unter Deck nach.« Thomas stand auf, ging zur Mitte des Schiffes und nahm die Leiter, die in den Bauch des Schiffes führte.

»Ist jemand hier unten?«, rief er aus.

Ein entfernter Schrei kam aus dem Gang. »Hilfe!«

Er eilte in die Richtung, aus der das Geräusch kam. Am hinteren Ende des Schiffes befand sich eine verschlossene Kabinentür.

»Hallo?« Thomas hämmerte an die Tür.

Von der anderen Seite kam die heisere Stimme eines Mannes. »Helfen Sie uns! Bitte!«

Thomas wich zurück und schlug gegen die Tür. Die Tür zerbrach unter dem Schlag, und er prallte in die Kabine. Dort stand ein kleines Bett mit einer schönen Frau, die auf dem

Rücken lag und ihren Kopf auf Kissen gestützt hatte. Sie war leichenblass. Die Decken um sie herum waren feucht und ihre Beine waren angewinkelt, als sie einen Schmerzensschrei ausstieß.

Neben ihr hielt ein Mann eine ihrer Hände fest und betrachtete ihr Gesicht mit Sorge. Als Thomas jedoch einen genaueren Blick darauf warf, stellte er fest, dass der Mann in einem weitaus schlechteren Zustand war als die Frau. Er hielt sich mit einer Hand die Seite, und durch seine Finger sickerte Blut um einen großen, tief eingebetteten Holzsplitter.

Thomas kniete sich neben den Mann und untersuchte seine Verletzung. »Was ist passiert?«

»Ich habe den Männern an Deck geholfen, als eine Welle kam ... hat unseren Großmast zerstört. Der zerbrach vor unseren Augen. Ich habe einen Schlag abbekommen.« Er nickte schwach auf seine Wunde hinunter. »Die anderen ... über Bord gefegt. Ich kam wieder hier runter, um meiner Frau zu helfen ... Das Baby kommt.«

Er nickte der Frau auf dem Bett zu. Thomas wandte sein Gesicht der Frau zu, die plötzlich zusammenzuckte und schrie.

Einen Moment später brach sie auf dem Bett zusammen, und Thomas sah, wie ein winziges Baby blutüberströmt aus ihrem Körper in die Laken glitt. Er eilte zum Ende des Bettes, hob das blutige Baby auf und wischte es mit einem Teil des Bettzeugs ab. Das Baby zappelte und schluckte, bevor sein schrilles Schreien die Kabine erfüllte.

Es war ein Mädchen. Ihre grünen Augen öffneten sich kurz zwischen ihren Schreien, als er sie festhielt, und sie starrte tief in ihn hinein - durch ihn *hindurch*. Ihre winzigen, faltigen Finger bewegten sich, während sie um ihre ersten Atemzüge kämpfte. Was für ein starkes kleines Geschöpf sie war, das sich mutig der ungewissen Zukunft stellte, die vor ihr lag. Es erinnerte ihn zu sehr an die Zeit, als er ein kleiner

Junge gewesen war, der in den Wind schrie, um ihn zu bremsen.

»Bitte«, wimmerte die Frau. »Mein Baby ...«

Thomas zückte seine Klinge und schnitt die Nabelschnur geschickt durch, so wie er es vor einigen Jahren in Port Royal einmal bei einer Hebamme gesehen hatte. Er riss einen Teil der Bettwäsche vom Bett und wickelte das kleine, blutgetränkte Baby darin ein. Er musste sie ihrer Mutter geben - eine Frau wusste am besten, was man mit einem Baby zu tun hatte. Er wusste wenig über Kinder und überhaupt nichts über Babys. Als er es der Frau hinhalten wollte, ergriff ihr Mann das Wort.

»Bitte ... Bringen Sie unser Kind in Sicherheit.« Das Gesicht des Mannes hatte jede Farbe verloren, aber seine grünen Augen waren hell und fast fiebrig. »Ich fürchte, wir sind nicht mehr lange auf dieser Welt.« Der Mann führte seine Hände zusammen und entfernte einen Siegelring von seinem kleinen Finger. »Nehmen Sie das. Geben Sie es unserem Kind. Das ist der wahrhaftigste Beweis dafür, wer wir sind.«

Thomas nahm den Ring und steckte ihn in die Tasche seiner Weste. Wer auch immer dieser Mann und diese Frau waren, das Gewicht des Rings warnte ihn, dass es sich um wichtige Leute handelte. Er würde sie nicht hier lassen.

»Ich komme Sie beide holen«, versprach Thomas, bevor er hoch auf das Deck eilte. Das Schiff schwankte bedrohlich unter seinen Füßen. Das Baby wurde unheimlich still in seinen Armen, als ob es die Gefahr spürte, in der sie schwebten.

»Cap'n. Niemand sonst ist am Leben. Viele Mitglieder der Besatzung müssen über Bord gespült worden sein. Es gibt auch nicht mehr viel zu erbeuten.« Joseph trat neben ihn und zuckte beim Anblick des kostbaren Bündels in seinen Armen zusammen.

»Ist das ein kleines Kind?«

»Das ist es. Bring es für mich zum Boot. Die Eltern sind

noch unten, beide verletzt. Ich muss ihnen helfen.« Er drückte Joseph das Bündel in die Arme, bevor er in die untere Kabine zurückkehrte.

Thomas hielt inne, als er sah, wie der Vater des Kindes mit leerem Blick zur Tür starrte, in der Thomas stand. Die Frau auf dem Bett holte zittrig Luft, und Thomas ging auf sie zu, um sie in die Arme zu nehmen und in Sicherheit zu bringen. Als er sich über sie beugte, hob die Frau eine zarte Hand, um Thomas' Wange zu berühren.

»Ist es ein Junge oder ein Mädchen?«, fragte sie im Flüsterton.

Von ihrer Frage überrascht, musste er daran denken, was er in den wenigen Augenblicken, bevor er das Kind eingewickelt hatte, gesehen hatte. »Es ist ein Mädchen. Ein starkes kleines Mädchen.«

Der besorgte Gesichtsausdruck der Frau wurde weicher, aber die Müdigkeit in ihr warnte Thomas, dass sie nicht mehr lange durchhalten würde.

»Brianna, ... nach meiner Mutter.« Die Frau lächelte. »Ein starker Name für eine starke Tochter.«

Thomas schob seine Arme um ihren Rücken und unter ihre Beine, aber sie drückte schwach gegen seine Brust.

»Lassen Sie mich bei meinem Mann bleiben. Ich bitte Sie. Ich werde es nicht schaffen ... zu viel Blut.« Sie wälzte sich in den Decken, und er sah zu seinem Entsetzen, dass das Blut immer noch auf dem Bett schwamm.

»Aber, Mylady ...« Er wollte diese Frau nicht allein sterben lassen, nicht, wenn sie ein Kind zu versorgen hatte. Ein Kind, für das sie zu leben hatte.

»Es ist alles in Ordnung«, sagte die Frau sanft. »Versprechen Sie mir, dass Sie sie wie deine eigene Tochter lieben werden. Finden Sie ihren Onkel. Er wird sich darum kümmern ...« Sie schaffte es nicht mehr, ihren Satz zu Ende zu sprechen.

Thomas war in ihren atemberaubenden graublauen Augen versunken und konnte der schönen Fremden in diesem Moment nichts abschlagen.

»Ich werde sie wie meine eigene Tochter lieben«, schwor er ihr.

Warum er dem zugestimmt hatte, würde er nie erfahren. Er war nicht verheiratet, hatte nie an Kinder gedacht, aber er würde seinen Schwur gegenüber dieser Frau nicht brechen, und auch nicht gegenüber dem Mann, der gestorben war, um sie und ihr Kind zu schützen. In dem Moment, in dem Thomas das Kind in den Armen gehalten hatte, hatten sich unsichtbare Fäden um sein Herz gewickelt, die sie beide auf eine Weise miteinander verbanden, die niemals gebrochen werden konnte. Er würde alles für das kleine Mädchen tun.

Die Frau schloss die Augen und griff nach der Hand ihres Mannes, hielt sie fest und atmete ein letztes Mal langsam aus. Dann war sie still.

Thomas durchsuchte die Kabine nach allem, was er finden konnte, um das Paar zu identifizieren, falls der Ring nicht ausreichen würde. Ein Päckchen Briefe und ein paar schöne Kleider waren alles, was er finden konnte. Er war sich nicht sicher, warum er sich eines der Kleider schnappte, aber er steckte es zusammen mit den anderen persönlichen Gegenständen in einen mit Teer beschichteten Beutel, der wasserdicht war, bevor er ein Gebet für die armen Seelen auf diesem Schiff flüsterte. Dann eilte er zurück an Deck und warf die Tasche zu dem kleinen Boot, das unten auf dem Wasser wartete. Joseph half ihm beim Abstieg, und sie ruderten zurück zur *Sea Serpent*.

»Wo ist das Kind?«, fragte er seinen ersten Offizier.

Der Schotte zog ein Bündel hervor, damit er es sehen konnte. Er hatte das Baby in einen Weidenkorb gelegt, den er irgendwo auf dem Schiff gefunden haben musste.

Thomas untersuchte das Baby. »Geht es ihr gut?«

»*Ihr?*« Der Schotte verschluckte sich fast. »Wir bringen ein *Mädel* an Bord der *Serpent?* Das bringt doch Pech.«

»Sie ist ein Säugling, Joe. Was kann sie schon anrichten?«, fragte Thomas. Er hatte nie an den dummen Aberglauben über Frauen an Bord von Schiffen geglaubt. Das eigentliche Problem war nicht der Aberglaube, sondern die Sehnsucht der Männer nach der Berührung durch eine Frau, die oft zu Eifersucht und Streit unter den Männern führte. Aber das Schicksal herausfordern? Das war Blödsinn.

»Aus kleinen Mädchen werden *weibliche* Mädchen, Käpt'n, und das bedeutet immer Ärger.«

»Es ist ja nicht so, dass sie zu meiner Mannschaft gehören wird, Joe. Wir werden ein Kindermädchen für sie finden, und sie wird ein schönes Leben in St. Kitts haben. Vielleicht heiratet sie dort sogar einen Teepflanzer oder einen anderen anständigen Mann.« Aber noch während er dies sagte, schien das kleine Baby zu protestieren, indem es das Gesicht verzog, mit einem sehr grimmigen Ausdruck für ein so kleines und neues Wesen.

»Ah, das ist gut. Wir geben dem Mädchen ein schönes Leben, und sie wird uns keinen Ärger machen«, stimmte Joe zu, der von Thomas' Antwort scheinbar besänftigt wurde.

Thomas blickte auf das Kind hinunter und musste über ihr Gesicht lächeln. Sie gähnte, ihr kleiner rosafarbener Mund bildete die Form eines *O*, und sie blinzelte den Sturm um sie herum an und sah dabei hinreißend wütend aus. Er benutzte ein Stück des Bettlakens, um ihr Gesicht von Blutresten zu befreien. Der Regen befeuchtete ihre kleinen Wangen, und sie stieß einen Urschrei aus, der den Rest der Bootsbesatzung aufschreckte.

»Rudert weiter, Jungs!«, bellte Joe. »Wir müssen raus aus diesem Sturm.«

Hinter ihnen stöhnte die Galeone und glitt vom Riff herunter, wobei sie langsam in die aufragenden Wellen kippte, die sie bald ganz verschluckten. Das Baby stieß einen weiteren schrillen Schrei aus, als wüsste es, dass es seine Eltern verloren hatte.

Aber sie war nicht allein auf der Welt. Sie hatte jetzt ihn. Thomas hatte sich geschworen, dieses Kind wie sein eigenes aufzuziehen. Er konnte nicht anders, als sich in das süße kleine Mädchen zu verlieben.

»Ein Mädchen«, murmelte Joe wieder in seinem schottischen Akzent. »Schreckliche Vorstellung.«

»Sie ist nicht nur irgendein Mädchen. Sie wird meine Tochter sein. Ich habe geschworen, mich um sie zu kümmern.«

Seine *Tochter*. Die Tochter eines Seeräubers. Und was für ein hübsches kleines Ding sie war.

Es hieß, dass alle Piraten nach Schätzen gierten, aber in diesem Moment erkannte Thomas, dass nicht alle Schätze aus Silber und Gold bestanden.

Kapitel Eins

Port Royal, Jamaica
1741

»WÜNSCHST DU DIR, DU HÄTTEST EIN ANDERES LEBEN geführt, Mädchen?«, fragte eine Stimme mit einem tiefen schottischen Akzent.

Brianna Holland wandte ihren Blick von einem Trio schöner Frauen in feinen Kleidern ab, die an den Armen ihrer Herren über den Markt von Port Royal schritten. Die Sonnenschirme der Frauen waren perfekt aufgestellt, um die Sonne von ihrer blassen Haut fernzuhalten.

»Nein.« *Ja,* ergänzte sie im Stillen.

Joseph McBride - oder Joe, wie er meistens genannt wurde - war achtundvierzig Jahre alt, sie nur zwanzig. Er war drei Jahre älter als ihr Vater, Thomas. Die beiden Männer waren wie Brüder, und Joe war für sie wie ein Onkel geworden. Und er kannte sie so gut, dass er oft wusste, wann sie ihn belog.

»Es ist in Ordnung, im Leben etwas zu wollen, Mädchen. Sogar *schöne* Dinge. Da ist dein Recht als *schönes* Mädchen.« Er stieß sie mit dem Ellbogen am Arm an und nickte den vornehmen Damen zu, die sie beobachtet hatte.

»Aber ich bin nicht einfach nur ein hübsches Mädchen, Joe.«

»Du bist hübsch - dafür, dass du mir auf den Sack gehst.« Er lächelte, als sie ihn finster ansah.

»Ich bin *mehr* als das.« Sie hatte ihr ganzes Leben damit verbracht, allen um sie herum zu beweisen, dass sie kein dummes Geschöpf in einem Rock war. Sie war eine Kraft, mit der man rechnen musste. Ein Pirat, und die Tochter eines Piratenkönigs.

»Ja, Mädchen, du bist wirklich mehr. Keiner, der dich kennt, würde glauben, dass du weniger bist. Davon abgesehen ... Was ist schon ein hübsches Kleid hin und wieder, wenn's dir gefällt?«

Briannas Hände rückten ihre Lederweste und ihre Hose zurecht, und sie war sich ihrer männlichen Verkleidung so bewusst wie schon lange nicht mehr. Es war ihr zur zweiten Natur geworden, sich wie ein Mann zu kleiden und zu verhalten. Als sie jünger gewesen war, war es für sie noch schwieriger gewesen. Sie musste alles doppelt so gut oder doppelt so hart machen wie jeder Mann. Aber mit der Zeit war es für sie selbstverständlich geworden, und sie hatte Vertrauen in ihr Leben und die Herausforderungen, denen sie sich stellte, gewonnen. So wie jetzt, als sie über einen Markt schlenderte und die Rolle eines jungen Mannes spielte.

Die kurze braune Perücke, die ihr Haar bedeckte, war fest in ihre blonden Strähnen gesteckt und verbarg ihr weibliches Aussehen. Die Perücke juckte, aber sie nahm die Irritation in Kauf, weil sie sich nicht dazu durchringen konnte, ihre Haare zu schneiden, um ihre männliche Verkleidung zu vervollständigen. Wenn sie nicht vor allen außer ihrer eigenen Mannschaft Kapitän Bryan Holland hätte spielen müssen, hätte sie die Perücke weglassen können, aber in einem öffentlichen Hafen wie diesem war es wichtig, dass sie unbemerkt blieb. Und eine Frau in Männerkleidung würde *immer* auffallen, wenn sie ihre Figur nicht durch sackförmige Kleidung um ihre Brüste herum verbergen und ihr Haar entweder abschneiden oder unter einer männlichen Perücke verstecken würde.

Sie hatte ein paar Kleider auf ihrem Schiff, aber sie hatte selten Gelegenheit, sie zu tragen, und sie besaß nichts so Feines wie das, was diese Frauen trugen. Sie konnte nicht umhin, sich zu fragen, wie es wohl wäre, sich am Arm eines gut aussehenden Mannes über den Markt treiben zu lassen. Sie würde sich so elegant und schön wie ein Schmetterling fühlen. Sie stellte sich vor, dass ihr attraktiver Begleiter einen farbenfrohen, mit Goldstickereien verzierten Gehrock tragen würde, sich vor ihr verbeugte und ihr seinen Arm reichte. Sie würde lächeln, mit den Wimpern klimpern und sittsam ihren Sonnenschirm gegen die grelle karibische Sonne drehen. Er würde sie bewundernd und begehrend anstarren, und sie würde sich vorbeugen und ...

Ach, was für ein Blödsinn. Eine Kreatur in einem Käfig zu sein, deren einziger Lebenszweck darin bestand, der Schatten eines Mannes zu sein, Kinder zur Welt zu bringen und seine körperlichen Bedürfnisse zu stillen. Nein, das war kein Leben für sie. Brianna liebte ihre Freiheit als Tochter eines berüchtigten Piraten. Sie konnte gehen, wohin sie wollte, und tun, was sie wollte. Was machte es schon aus, wenn sie nie einen schicken Herrn hatte, der sie mit Sternen in den Augen anstrahlte? Sie konnte sich einen Piratenliebhaber aussuchen, wenn sie wollte. Sie würden sie und ihr Leben als Seefahrerin zumindest verstehen, während die feinen Herren das nicht tun würden.

»Da vorn ist eine Schneiderei, wenn du dir jetzt ein

hübsches Kleid aussuchen willst, Mädchen. Du hast doch das Gold. Warum gönnst du dir nicht mal etwas?«, schlug Joe vor. »Ich bin da drüben und kümmere mich um unsere Verpflegung.« Joe nickte in Richtung der Lagerhäuser, in denen Lebensmittel und Fässer mit Wasser gelagert wurden. Die beiden hatten sich vor Sonnenaufgang mit einer Jolle nach Port Royal begeben, um Nachschub für die *Sea Serpent* zu besorgen, die immer noch die schönste Schaluppe mit achtzehn Kanonen war, die je spanische Gewässer befahren hatte. Ja, sie war mehr als zwanzig Jahre alt, aber ihr Vater hatte das Schiff hervorragend gepflegt, bevor er es an sie weitergegeben hatte, und für sie war die alte Schönheit immer noch das beste Schiff zwischen hier und England.

Brianna schaute sich auf dem Markt um und betrachtete die verschiedenen Stände und die Verkäufer von frischem Obst und Gemüse. Alles auf der Insel war hell und schön bunt. Der Duft von Gewürzen, Pökelfleisch und dem natürlichen Parfüm der Blumensträuße an den Ständen machte den Markt zu Briannas Lieblingsplatz in Port Royal. Die Steinstrukturen der Häuser und Geschäfte hinter den Ständen trugen zur Gemütlichkeit des Marktes bei. Eine Näherin stand in der Tür und winkte einer molligen Frau in einem cremefarbenen Kleid, das vor Perlen nur so triefte, zum Abschied.

Brianna ließ ihre Hand in die Hosentasche gleiten und griff in ihre Geldbörse, die mit spanischen Dublonen gefüllt war. Es war ihr Anteil an der Beute von einem spanischen Handelsschiff, das sie letzte Woche aufgebracht hatten. Ihr Koch, ein Mann namens John Estes, hatte die erlesensten Lebensmittel des Kapitäns und der höheren Offiziere für seine Piratenmannschaft beansprucht. Dann hatten sie das Schiff und seine Besatzung verlassen, damit die einen Hafen anlaufen konnten. Nach Briannas Ansicht war das die beste Art, als Piraten zu leben. Sich zu nehmen, was man haben wollte, aber die Besatzung am

Leben zu lassen, und mit den Mitteln, um nach Hause zu kommen. Deshalb galt ihr Vater auch als Gentleman-Pirat.

»Er würde mir ein Kleid nicht missgönnen, nehme ich an«, murmelte Brianna. Ihr Vater hatte nie darauf bestanden, dass sie in seine Fußstapfen als Pirat treten sollte, aber er hatte ihr auch nicht davon abgeraten. Er hatte ihr erlaubt, zu sein, wer immer sie sein wollte - Frau, Pirat, sogar ein *weiblicher* Pirat.

Sie überquerte den Markt und wich gelegentlich einem Huhn oder einer Ziege aus, die von einem nahe gelegenen Hof herüberkamen. Sie straffte die Schultern und betrat den Kleiderladen. Hinten standen ein paar Frauen, die sich feine Ziegenlederhandschuhe ansahen. Die Näherin beobachtete die beiden mit großem Interesse, da sie sehr reich aussahen.

Die junge Frau seufzte und rieb einen der feinen Handschuhe an ihrer Wange. »Oh, fühl mal, wie weich die sind, Mama.«

»Das sind Ziegenlederhandschuhe immer, meine Liebe«, sagte die ältere Frau. Brianna vermutete, dass es sich um Mutter und Tochter handeln musste. Das Mädchen konnte nicht viel älter sein als sie selbst.

Sie trug ein frostgrünes Kleid mit einem mit bunten Chrysanthemen und Blättern bestickten Mieder. Das wurde mit einer wunderschönen goldenen Schnur zusammengehalten, die sich über dem Dekolleté kreuzte. Es war kein übermäßig aufwändiges Kleid, aber es zeugte von Klasse und Reichtum. Das Kleid der Mutter des Mädchens war in ähnlichem Stil gehalten. Ihre vollen Taftröcke waren schillernd und verliehen den Frauen, als sie sich durch den Laden bewegten, einen fast märchenhaften Glanz. Brianna hatte noch nie ein solches Kleid besessen. Ihre waren schon immer schmal geschitten gewesen, eher zum Laufen geeignet als zu dem stattlichen, anmutigen Treiben, zu dem diese Damen fähig zu sein schienen.

»Kann ich Ihnen helfen?« Die scharfe Stimme unterbrach

Brianna bei der Betrachtung der Damenbekleidung. Die Näherin, die Hände in die Hüften gestemmt, mit einem Zeh ungeduldig wippend, starrte sie an und dachte offensichtlich, sie gehöre nicht hierher.

»Ich ...« Sie räusperte sich und senkte ihre Stimme, sodass sie wie ein Mann klang. »Ich möchte ein Kleid für meine Schwester kaufen.«

»Ich verstehe.« Der scharfe Blick der Näherin konzentrierte sich auf Briannas gebräunte Hände und den Schmutz, der sich unter ihren Nägeln festgesetzt hatte. Gott, sie hätte gestern Abend baden sollen, aber sie hatte nicht geplant, in einen solchen Laden zu kommen.

Sie kramte ein paar Goldmünzen hervor, öffnete ihre Handfläche und hätte fast gekichert, als die Näherin nach Luft schnappte. Das Licht fiel auf die goldenen Galeonen und ließ sie schimmern. Es gab keinen Menschen auf der Welt, der das Glitzern von Gold zurückweisen konnte.

»Ihre Schwester?« Der finstere Blick der Näherin wich einer höflichen Gelassenheit. »Ich nehme an, Sie kennen ... ihre Maße?«

Brianna machte eine Geste zu sich selbst. »Ungefähr meine Größe, aber ein etwas größerer Busen. Wir sind ... äh ... Zwillinge.« Sie hielt sich die Hände vor die Brust, wo ihre Brüste im Korsett liegen würden. Im Moment waren ihre Brüste flach gebunden, sodass sie sich unter dem lockeren weißen Hemd und der Weste, die sie trug, verbergen ließen. Die Näherin gab ein leises Schnaufen von sich, als sie ihre Maße nahm. Sie stieß und stupste Brianna mit dem Klebeband an und umkreiste sie, während sie über den unorthodoxen Akt der Vermessung eines jungen Mannes für ein Frauenkleid murmelte. Brianna wusste, dass die Frau davon ausging, dass es keine Schwester gab und dass sie vielleicht gerne Kleider trug. Sie wäre nicht der erste Mann, der das hinter verschlossenen Türen tun würde.

Als sie sich plötzlich beobachtet fühlte, drehte sie sich zu der jungen Frau um, die sie von hinter einer Reihe von Hüten auf Drahtständern beobachtete. Das Mädchen errötete, und ihre rehbraunen Augen weiteten sich, als ihr klar wurde, dass Brianna sie beim Spionieren erwischt hatte. Angesichts ihres hübschen Aussehens war sie es gewohnt, dass die Ladys sie für einen hübschen jungen Mann hielten.

Dies war jedoch das erste Mal, dass eine junge Frau mit solch unschuldigem Verlangen auf sie reagierte, und Brianna fühlte sich dadurch nur noch einsamer. Die Aufmerksamkeit, die sie sich wünschte, war aber nicht die von einer vornehmeren jungen Dame, sondern von einem Mann. Die wenigen Male, die sie Liebhaber gefunden hatte, waren weit weg von der schützenden Hand ihres Vaters und Joes gewesen. Diese hitzigen Nächte waren viel zu kurz gewesen, aber mehr konnte sie von keinem Mann verlangen, solange sie frei bleiben wollte.

»Kommen Sie und sehen Sie sich meine Auswahl an Seide an, Sir.« Die Näherin winkte Brianna zu der Wand im hinteren Teil des Ladens, an der mehrere Ballen mit Seidenstoffen in verschiedenen Farben gestapelt waren.

»Wir haben ein wunderschönes orange-blaues ...« Sie entrollte zwei Seidenballen auf dem Tresen, und Brianna betrachtete sie, wagte aber nicht, sie mit ihren schmutzigen Händen zu berühren. Die Näherin zog ein paar Skizzen aus einer Ledermappe. »Was würde sie von einer Robe à volante in Blau, einem Mieder und Unterröcken in Orange halten?«

»Ich glaube, das würde ihr gefallen.« Brianna zeigte auf das von ihr bevorzugte Muster, das als Robe à l'Anglaise bezeichnet wurde.

»Eine ausgezeichnete Wahl, Sir. Ich kann das Kleid für Ihre Schwester in zwei Wochen anfertigen lassen.«

»Danke.« Brianna bezahlte ein wenig extra dafür, dass die

Näherin es für sie aufbewahren würde, wenn sie es nicht in zwei Wochen abholen kommen könnte.

»Meine Arbeit an Bord des Schiffes ist ein bisschen unberechenbar«, erklärte Brianna.

»Ja, ja, durchaus verständlich.« Die Näherin nickte und akzeptierte die Erklärung bereitwillig. Sie hatte das Gold in der Hand und war bereit, alles zu tun, was Brianna von ihr verlangte.

Brianna ignorierte weiterhin die mürrischen Blicke der jungen Frau, die ihre neuen Ziegenlederhandschuhe umklammerte. Das Mädchen setzte sich in Richtung Tür in Bewegung und warf einen der Handschuhe kunstvoll auf den Boden, dort, wo Brianna auf ihrem Weg aus dem Laden hinaus vorbeikommen musste.

Brianna hatte die Absicht, den offensichtlichen Trick zu ignorieren, musste aber innehalten, als das Mädchen sich ihr in den Weg stellte.

»Oh, danke, dass Sie meinen Handschuh aufgehoben haben, Sir.« Das Mädchen warf einen spitzen Blick auf den Handschuh, der zwischen ihnen auf dem Boden lag, als Brianna keine Anstalten machte, ihn zu berühren. Es war klar, dass das Mädchen dachte, sie würde kokettieren, und dass sie wollte, dass Brianna den höfischen Gentleman spielte.

Sie stieß einen gequälten Seufzer aus, beugte sich vor und hob den Handschuh auf. Sie warf ihn dem Mädchen zu, das ihn mit etwas Mühe auffing, und dann schob Brianna das Mädchen mit äußerster Höflichkeit aus dem Weg, damit sie gehen konnte.

»Also, das darf doch nicht wahr sein!«, schnaubte das Mädchen, und Brianna musste fast kichern.

Sie schritt über den Markt und entdeckte Joe am anderen Ende, aber als sie an einem Stand mit Zwiebeln und Kartoffeln vorbeikam, blieb sie abrupt stehen. Auf einem Stück Pergament, das vor ihr an den Holzpfosten genagelt war, sah sie ein Gesicht, das sie nur zu gut kannte. Es war das Gesicht von Joe. Sein Konterfei war auf den Aushang gedruckt worden. Darunter stand: »*Gesucht wegen Piraterie - Bei Sichtkontakt festnehmen.*«

»Verdammte Scheiße«, zischte sie.

In diesem Moment marschierte eine kleine Patrouille britischer Soldaten in leuchtend roten Uniformen über den Markt auf die entfernte Seefestung zu, die sich wie ein Wolf aus der Landschaft erhob und stolz alles verteidigte, was hinter ihr lag. Sie würden bald auf Joe treffen, und sein Bild würde wahrscheinlich in der Festung aufgehängt werden. Brianna machte sich auf den Weg zu Joe, wobei sie sich ruhig verhielt, um keine Aufmerksamkeit zu erregen, bis der richtige Moment gekommen war. Joe kam jetzt auf sie zu, und bald würde er den Soldaten frontal gegenüberstehen. Sie musste schnell handeln.

Sie ging an einem Obststand vorbei und nahm eine saftige rote Tomate in die Hand, um ihr Gewicht zu testen. Das war ein verdammt riskantes Unterfangen, aber sie musste etwas tun. Die Strafe für Piraterie war der Tod durch den Strang, und sie wollte nicht, dass Joe das passieren würde.

Sie wartete, bis die Soldaten ein paar Meter von ihr entfernt waren, dann zog sie ihren Arm zurück und warf die Tomate auf die Brust eines der Männer vor ihr. Leider zielte sie daneben, und die Tomate traf den Mann mitten ins Gesicht.

Die Reaktion kam prompt: Die Soldaten schrien erst alarmiert und dann wütend auf, als sie feststellten, dass sie nicht angegriffen wurden, sondern dass es sich bei dem Wurfgeschoss um eine Tomate handelte, die als Beleidigung und nicht als Angriff geworfen worden war. Der Mann, den sie getroffen hatte, wischte sich die Tomate aus dem Gesicht, wobei der Saft auf das weiße Revers seiner Uniform tropfte. Er knurrte vor Wut.

Brianna hatte einen Moment Zeit, Joes erschrockenem Blick zu begegnen, bevor sie davonlief.

»Fangt ihn!«, rief der mit Tomatensaft bekleckerte Offizier. Leider hatte sie den *Hauptmann* getroffen, der die Patrouille anführte.

Brianna war schnell auf den Beinen, als sie sich durch den Marktplatz schlängelte und die Männer auf eine fröhliche Verfolgungsjagd von Joe weg führte. Sie stolperte direkt in die junge Frau aus dem Kleiderladen und schubste das Mädchen ohne nachzudenken vor die Soldaten, die sich beeilten, sie aufzufangen, bevor sie stürzen und zertrampelt werden konnte.

Brianna sprang über einen mit Gemüse beladenen Karren und duckte sich in eine nahe Taverne. Sie kannte Port Royal gut genug, um einen geschickten Fluchtweg zu planen. Sie wich den Tischen und betrunkenen Männern aus, um die Treppe zu erreichen. Sie nahm die Treppe immer zwei Stufen auf einmal und lief, bis sie die erste unverschlossene Tür fand.

»Oi!«, schnappte ein rundlicher Mann in einer flachen Badewanne, als sie in sein Zimmer stürzte.

»Verzeihung!« Sie schlug die Fenster des Badezimmers zur Seite und bemerkte das dicke Seil, das zwischen der Taverne und dem nächsten Gebäude hing. Es handelte sich um eine Wäscheleine, an der jedoch keine Kleidung hing.

Sie konnte die Schreie der Soldaten hören, die das Erdgeschoss der Taverne durchsuchten. Ohne weiter darüber nachzudenken, sprang sie aus dem Fenster und fing das Seil mit beiden Händen. Sie baumelte an dem Seil ein Dutzend Meter über der Straße, während sie weiterhangelte, bis sie ihre Beine hochschwingen und in das offene Fenster des Gebäudes gegenüber der Taverne steigen konnte, wo sie flink auf ihren Füßen landete.

Brianna rannte durch die leere Kammer und über den Flur und suchte nach einem weiteren Fenster, das sie öffnen konnte.

Das nächste Gebäude, das sich ihr in den Weg stellte, war nur einstöckig und hatte ein offenes Dach. Sie trat um das Eisengeländer des Balkons herum und hing dann vom Dach des nächsten Gebäudes, bevor sie sich fallen ließ.

Sie landete in der Hocke und brauchte eine Sekunde, um zu Atem zu kommen, bevor sie über das Dach sprintete. Jemand rief dicht hinter ihr. Sie warf einen Blick über ihre Schulter und sah die Gesichter zweier Männer in dem Fenster, durch das sie gerade herausgesprungen war.

»Da ist er!«

Brianna sprang vom Dach auf einen Wagen mit Heu und grub sich sofort tief ein. Das Geräusch der sich nähernden Soldaten ließ sie stillhalten, und sie versuchte, nicht zu atmen. Ihr Herzschlag verlangsamte sich, aber die Schläge waren so laut in ihren Ohren, dass sie kaum hören konnte, was außerhalb ihres Heuhaufens geschah.

»Er bewegt sich schnell, Captain. Er muss in diese Richtung gegangen sein.«

Brianna wartete sehr lange, bis die Stimmen und das Klirren der Waffen nur noch entfernt zu hören waren, bevor sie das Heu von ihrem Gesicht wegschob, um zu sehen, ob sie in Sicherheit war. Dann stieß sie sich vom Heu ab und hüpfte vom Wagen. Sie kicherte, als sie sich abbürstete und Heuhalme aus ihrer Perücke entfernte.

Alles um sie herum schien ruhig zu sein, als sie um die Ecke des Gebäudes bog, doch sie kam schleudernd zum Stehen. Fünf Soldaten hielten ihre Gewehre genau auf sie gerichtet. Sie hatten darauf gewartet, dass sie sich zu erkennen geben würde.

Verdammnis.

Sie wich zurück, bereit, wieder zu rennen, aber sechs weitere Soldaten umstellten den einzigen Ausgang hinter ihr. Einer der Männer, der Hauptmann, hatte noch Tomatenstücke im Gesicht und auf der Brust. Er starrte sie an, während er sich vorwärts schlich.

»All das für eine Tomate?«, murmelte sie, fassungslos darüber, dass sie so viel Mühe auf etwas verwendet hatten, von dem sie eigentlich hatten glauben sollen, dass es nur ein harmloser Streich war.

»Wer bist du überhaupt?« Der Hauptmann wischte sich den letzten Rest der Tomate von seiner Uniform. Er war gutaussehend, aber um seinen Mund und seine Augen lag eine Grausamkeit, die Brianna warnte, was für ein Mann er war. Sie kannte viele Männer wie ihn.

»Ich bin niemand«, antwortete Brianna.

»Ein Niemand, der einen britischen Offizier mit Tomaten bewirft? Das bezweifle ich sehr.« Der Hauptmann hob ein Stück Pergament auf. »Jemand sagte, du habest dir das hier angesehen, kurz bevor du uns angegriffen hast.« Das war der Fahndungsaufruf für Joe.

»Angegriffen? Sag mir, wie sehr hat dich diese eine dumme Tomate verletzt?«, schoss Brianna zurück. »Wenn die mächtige englische Armee mit Tomaten geschlagen werden könnte, würden die Franzosen und Spanier die Westindischen Inseln beherrschen«, erwiderte Brianna schmunzelnd.

Das Gesicht des Hauptmanns wurde so rot wie die Tomate, mit der sie ihn beworfen hatte, und eine Ader in seiner Schläfe pulsierte bedrohlich.

»Es war nur ein harmloser Spaß«, fügte sie schwach hinzu. »Ich wollte dir doch das Ding nicht ins Gesicht werfen. Ich dachte, es würde sich leicht aus deiner Uniform herauswaschen lassen ...«

»Spaß? Ich denke, ein paar Tage in einer Zelle werden mehr *Spaß* machen, als du verkraften kannst, Junge.« Er nickte mehreren Soldaten zu, die nun auf Brianna zukamen.

Sie hob die Fäuste. »So ist das also, ja? In Ordnung.« Wenn

es etwas gab, das sie besser konnte als Laufen, dann war es Kämpfen. Sie hatte von den besten Männern in Tortuga gelernt.

Der erste Mann, der nach ihr greifen wollte, bekam einen Schlag gegen den Kiefer, der ihn hart zu Boden schickte. Die nächsten beiden waren plötzlich nicht mehr so eifrig.

»Worauf wartet ihr denn?«, schnauzte der Hauptmann. »Er ist nur ein Junge. Schnappt ihn euch.«

Die beiden Männer tauschten einen Blick aus und stürzten sich dann gleichzeitig auf sie. Sie duckte sich und tauchte zwischen ihren Armen weg, als sie näher kamen. Ihre Köpfe prallten gegeneinander, dann fielen sie zurück, und beide Männer stöhnten. Brianna lachte und trat dem nächsten Mann, der auf sie zukam, direkt in den Schritt. Er umklammerte seine Leiste, krümmte sich vor Schmerzen und keuchte.

Brianna wirbelte herum, um sich dem nächsten Angreifer zu stellen, aber der Hauptmann hatte sich bereits auf sie zubewegt und schwang seine Pistole, bevor Brianna ausweichen konnte. Der Schlag traf sie an der Schläfe.

Sie blinzelte, ihre Ohren klingelten, und sie schüttelte ein bisschen den Kopf. Als das Sonnenlicht über ihr plötzlich verdunkelt wurde, blickte sie direkt in das Gesicht des Hauptmanns. Sein kaltes Lächeln ließ ihren Magen flau werden.

»Jetzt wirst du sehen, was *meine* Vorstellung von Spaß ist.«

Eine Sekunde später raste sein Stiefel auf ihr Gesicht zu, und alles wurde schwarz.

ALS BRIANNA WIEDER ZU SICH KAM, TATEN IHR GESICHT und ihr Kopf höllisch weh. Sie stöhnte, als sie sich aufsetzte und vorsichtig ihre Stirn berührte. Die Haut war geschwollen und fühlte sich heiß an. Überall um sich herum hörte sie Stimmen aus anderen Zellen, das Klirren von Gitterstäben und die Rufe der Soldaten. Entsetzen erfüllte sie, als sie erkannte, dass sie in einer Gefängniszelle der britischen Armee hockte.

Ihr Vater würde sie umbringen. Sie ließ sich auf die mit Stroh gefüllte Matratze auf dem Boden zurückfallen und starrte an die Decke der Zelle. Wenigstens war Joe davongekommen. Vielleicht wusste er aber nicht, dass sie gefangen genommen wurde, und er wartete in dem Versteck der Jolle auf sie. Dadurch war er ungeschützt, obwohl er besser zur *Sea Serpent* zurückkehren sollte. Ihr Leben war weder die Leben der Besatzung der *Serpent* noch das ihres Vaters wert.

Verflucht und verdammt!

Sie setzte sich wieder aufrecht hin und stand auf. In ihrer Zelle gab es ein kleines Fenster, und sie prüfte beiläufig, ob die Eisenstäbe auch nur ein bisschen nachgaben. Das war nicht der Fall. Sie öffnete den Mund, wobei sich ihr Kiefer ein wenig verschob, und zuckte bei dem Schmerz zusammen.

»Ah, du bist endlich wach. Gut«, sagte eine kalte Stimme.

Sie drehte sich um und sah, dass der Hauptmann, den sie mit der Tomate getroffen hatte, sie beobachtete. Er trug immer noch seine rot-weiße Uniform, die auf dem weißen Revers einen Hauch von Tomatensaft aufwies. Sein dunkles Haar war zu einem dünnen Zopf zurückgekämmt und im Nacken mit einer Schleife zusammengebunden. Abgesehen von der fleckigen Uniform sah er aus wie ein perfekter englischer Hauptmann. Er fingerte an einer feinen Klinge der britischen Armee herum, die in seinem Gürtel steckte, als ob er sich danach sehnte, sie gegen sie einzusetzen.

Sie hasste ihn. Es war die Art von Abscheu, die sich sofort einstellte, wie bei einem Mungo und einer Kobra, die sich zum ersten Mal gegenüberstehen. Sie hatte einmal in Cádiz einen

Kampf zwischen zwei solchen Kreaturen gesehen und es nie vergessen. Keiner konnte leben, solange der andere in der Nähe war. Das war das Schicksal natürlicher Feinde. Sie und dieser Mann waren solche Feinde.

Brianna starrte trotzig zurück. Er war nicht der erste Mann, der sie so ansah, mit dem Versprechen von Schmerz in seinen Augen. In Tortuga hatte sie einmal einen Piraten in Grund und Boden gestarrt, der im wahrsten Sinne des Wortes verrückt gewesen war. Ein englischer Offizier konnte ihr nicht annähernd so viel Angst einjagen wie jener verrückte Pirat mit seinem Entermesser.

»All das wegen einer verdammten Tomate?«, schnaubte sie. »Du hast wohl nichts Besseres zu tun.«

Der Beamte ignorierte ihre Stichelei und hielt das Pergament hoch, auf dem Joes Konterfei gedruckt war.

»Ich denke, es ist an der Zeit, dass wir über deinen Freund sprechen. Er ist ein bekannter Komplize des Piraten Thomas Buck. Das macht *dich* zu einem Komplizen von Buck, wenn man mich fragt.«

Eine Sekunde lang konnte Brianna nicht atmen. Thomas Buck war der Piratenname ihres Vaters. Seinen wahren Namen, Holland, hielt er vor allen außer ihr und Joe geheim. Deshalb war sie auf den Namen Brianna Holland getauft worden und nicht auf den Namen Buck, auch wenn außer Joe niemand wusste, dass ihr Vater eigentlich Holland hieß. Er hatte seiner Mannschaft gesagt, dass er sie nur mit einem falschen Namen schützen wollte. Es war eine Ironie des Schicksals, dass ihr richtiger Name eine weitere Möglichkeit gewesen wäre, sie zu schützen. Sie musste schnell denken, um die Fragen des Hauptmanns über ihren Vater zu umgehen.

»Oh? Wie kommen Sie darauf, Käpt'n?« Sie schlüpfte absichtlich in einen Akzent, für den ihr Vater sie gescholten hätte, um diesen Mann zu verärgern.

»Ich *denke* mir das so, denn wenn man eine Ratte findet, die etwas frisst, was ihr nicht gehört, gibt es normalerweise noch mehr Ratten in der Nähe. Piraten sind nichts anderes als Ratten, und jeder, der mit einem Piraten zu tun hat, ist höchstwahrscheinlich auch ein Pirat.«

Seiner Logik folgend, konnte sie sich ein Grinsen nicht verkneifen. »Und das würde dich zu einem Piraten machen ... da du dich ja offensichtlich in meiner Gesellschaft befindest. Oder eine *Ratte*, würde ich sagen.«

Er hatte sich so perfekt vorbereitet und hatte es nicht kommen sehen. Der einzige Beweis für seine Wut war das Aufblähen seiner Nasenlöcher.

»Du bekommst eine Chance. *Eine.* Erzähl mir von Joseph McBride und Thomas Buck, oder du wirst gehängt, gestreckt und geviertelt.«

»Und wenn ich rede?«, fragte sie, obwohl sie nicht die Absicht hatte, zu sprechen.

Seine Lippen verzogen sich zu einem Grinsen. »Dann lassen wir dich gnädigerweise schnell fallen und dir das Genick brechen, aber immerhin bleibst du dann in einem Stück.«

Wenn der Mann erfahren sollte, dass sie eine Frau war, würde sie ein viel schlimmeres Schicksal erleiden. Für Frauen war es *immer* schlimmer.

»Ich denke, ich werde meinen Mund halten, vielen Dank, Hauptmann.« Sie drehte ihm den Rücken zu.

»Du wirst deine Meinung noch früh genug ändern.« Seine Worte hallten noch nach, als er sie allein ließ.

Sie starrte aus dem Fenster und erkannte mit schleichendem Schrecken, was sie vorhin beim Testen der Gitterstäbe übersehen hatte. Mitten im Hof des Forts war ein Galgen errichtet worden, der von allen Gefängniszellen aus zu sehen war. Die leere Schlinge schaukelte in der Brise der Insel. Der Tod und das Paradies waren in ihrem Leben schon immer eng miteinander verwoben gewesen, aber sie hatte nie gewollt, dass sie *so* nah beieinander lagen.

Brianna erschauderte. Es war an der Zeit, einen Ausweg aus dieser Zelle zu finden, oder sie musste sie davon überzeugen, sie zu hängen, bevor sie gefoltert wurde. Sie würde nicht warten, bis sie herausfanden, dass sie eine Frau war. Es wäre weitaus besser, sich dem schnellen Fall und dem plötzlichen Genickbruch zu stellen. Brianna legte ihre Finger um die Gitterstäbe und atmete die Düfte der Insel ein, während sie ihre Augen schloss.

Bei Gott, sie hatte plötzlich Heimweh nach ihrer Kabine auf der *Sea Serpent*. Sie vermisste ihren Vater und ihre Mannschaft und das Gefühl der Brise auf ihrer Haut, die nicht von den Gerüchen einer Stadt oder eines Gefängnishofs verdorben war. Sie öffnete den Mund und sang ein Lied, das ihr Vater ihr beigebracht hatte, als sie noch ein kleines Kind gewesen war, während sie der Schlinge beim Schaukeln zuschaute.

»Come all you young sailormen, listen to me,
I'll sing you a song of the fish in the sea,
And it's windy weather, boys, stormy weather, boys,
When the wind blows, we're all together, boys.«

Kapitel Zwei

Die Zellentür klapperte heftig und riss Brianna aus dem Schlaf. Vor der Unterbrechung hatte sie sich mitten in einem wunderbaren Traum aufgehalten. Sie war wieder auf dem Achterdeck der *Sea Serpent* gewesen, während diese sich Jamaika näherte. Das Wasser war ein reines, helles Blau, und als das Schiff hindurchfuhr, konnte sie bis auf den Meeresboden sehen und bunte Fische entdecken, die sich dort tummelten. Kleine Haie und Rochen trieben träge über den sandigen Boden. Vor ihr lag die Smaragdinsel wie ein glitzerndes Juwel.

»Steh auf, Pirat«, kam eine kühle Stimme, die sie mit Schrecken erkannte.

Brianna blinzelte und setzte sich langsam auf ihrem Strohbett auf. Sie gähnte, verschränkte die Arme über dem Kopf und stand dann endlich auf. Sie konnte diesem Mann nicht zeigen, dass sie Angst vor ihm hatte. Der Hauptmann starrte sie an. Der Tag der Folter war also gekommen, so schien es. In den letzten drei Tagen hatte sie kaum geschlafen, und nun musste sie sich dem stellen, was als Nächstes kommen würde. Sie konnte nur hoffen, dass sie ihr Geschlecht vor ihnen verbergen konnte. So sehr sie auch nicht wollte, dass ihr der Galgen den Hals zuschnürte, so wäre es doch ein besseres Schicksal, als vorher als Frau entdeckt zu werden.

Sie nahm die beiden Soldaten zu beiden Seiten des Hauptmanns zur Kenntnis.

»Ich nehme nicht an, dass ich etwas zu essen und zu trinken zum Frühstück haben könnte?« Das letzte Mal hatte sie am Abend zuvor verschimmeltes Brot gegessen, und das angebotene Wasser aus einem Eimer, das mit einer Schicht aus Dreck überzogen gewesen war, hatte sie abgelehnt. Es war nicht trinkbar gewesen, und jetzt waren ihre Lippen völlig vertrocknet.

»Du hast Durst, was?« Die Stimme des Hauptmanns wurde fast seidig.

Brianna war nicht dumm. Diesem Stimmklang durfte sie nicht trauen.

»Nein, nein, danke. Mir geht es gut«, antwortete Brianna gelassen.

»Bringt ihn in den Hof«, schnauzte der Hauptmann und begann, den Korridor vor ihnen entlang zu gehen. Die Hinrichtung sollte also sofort beginnen? Ein Nervenflattern stürmte die Zinnen ihres Bauches, aber sie ging bereitwillig mit den Soldaten. Wenn es eine Gelegenheit zur Flucht gäbe, würde sie sie nutzen, aber sie würde ihre Energie jetzt nicht verschwenden.

»Kopf hoch, Junge«, rief ein Mitgefangener, als sie an der Reihe der anderen Häftlinge vorbeikamen.

»Ganz genau! Zeigt ihnen, wie ein echter Mann dem Ende ins Auge sieht«, rief ein anderer. Darüber hätte sie fast gelacht.

»Lasst die Piratenflagge fliegen!«, sagte ein dritter Mann, bevor er den Soldaten ins Gesicht spuckte, als sie vorbeigingen.

Einer der Soldaten schlug seine Waffe gegen das Gitter der Zelle des Mannes. Der Gefangene wich beunruhigt zurück.

»Macht euch keine Sorgen um mich, Jungs!«, antwortete sie den Gefangenen. »Ich werde Captain Morgan stolz machen.« Das war ein Code.

Captain Morgan war etwas mehr als fünfzig Jahre zuvor gestorben, aber seine Legende hatte sich von Schiff zu Schiff fortgesetzt. Port Royal war sein Land gewesen, bevor ein gewaltiges Erdbeben zwei Drittel der Stadt für immer unter den Meeresspiegel gezogen hatte. Jetzt hatten die Briten das Sagen. Der Aufruf, Morgan stolz zu machen, war eine letzte Trotzreaktion auf jeden, der einen Piraten in den Tod schickte. Dass Morgan als Gouverneur von Jamaika einst Anti-Piraterie-Gesetze durchgesetzt hatte, interessierte niemanden. Er würde für die Ihren immer ein Held sein.

Sie hatte als kleines Kind auf dem Schoß ihres Vaters gesessen und war mit den Legenden der großen Piraten und Freibeuter aufgewachsen. Erst Jahre später hatte sie erkannt, dass ihr Vater einer von ihnen war. Thomas Holland, oder Thomas der Seeräuber, war nun der Schattenkönig der Westindischen Inseln. Unberührbar von jeder Marine, hatte er dem Tod immer wieder ein Schnippchen geschlagen. Sie würde ihn jetzt stolz machen und sich allem stellen, was kommen würde, aber sie würde ihn nicht verraten.

Sie blinzelte gegen das helle Licht draußen auf dem Exerzierplatz des Forts. Der Hauptmann stand wartend an einem Wassertrog, der dazu diente, den Durst der Reitpferde in der Festung zu stillen. Einer der Soldaten stieß sie weiter, als sie stehen blieb, und sie fiel zu den Füßen des Hauptmanns auf die Knie.

»Ich glaube, du hast mir gesagt, du seist durstig«, höhnte der Offizier, und das war Briannas einzige Warnung.

Er packte sie im Nacken und zerrte sie ein paar Meter zum

Trog, dann drückte er ihr Gesicht ins Wasser. Brianna hatte nur eine Sekunde Zeit zum Einatmen, bevor sie untergetaucht wurde. Aus Panik und natürlichem Instinkt schlug sie nach den Seiten des Troges, doch schon bald wurden ihre Hände mit einem Ruck hinter ihr zusammengebunden.

Einen Moment später wurde ihr Kopf losgelassen, und sie schnappte nach Luft, als sie an die Oberfläche kam.

»Haben wir schon Spaß?« Das Lachen des Hauptmanns war so scharf wie eine Peitsche.

Ein Sekundenbruchteil war alles, was sie hatte, bevor der Hauptmann sie erneut ins kalte Wasser stieß.

Weiße und schwarze Lichtblitze tanzten hinter ihren geschlossenen Augenlidern. Sie sträubte sich gegen ihre Fesseln und die harte Hand, die ihren Hals immer noch wie ein Schraubstock umklammerte, aber sie hatte keine andere Wahl, als sich zusammenzureißen. Das war nicht anders als das Anhalten des Atems während eines Hurrikans, wenn die Winde das Meer zur Raserei peitschten. Bei solchen Stürmen hatte sie nur einen Augenblick Zeit zu atmen, bevor die Wellen ihr die Luft wieder aus den Lungen rissen und sie zu ertränken versuchten.

Sie wurde wieder hochgezogen und keuchte, wobei ihre Lippen die süße, warme karibische Luft spürten. Sie blinzelte das Wasser weg und starrte in das höhnische Gesicht des Hauptmanns. Ihr Körper zitterte sowohl vor Angst als auch vor Wut.

»Nun denn ... Joseph McBride. Wir haben überall gesucht. Wo würde er sich verstecken?«

Brianna versuchte, ihre verstreuten Gedanken zu sammeln. Das Beinahe-Ertrinken hatte die Eigenschaft, ihre Gedanken wie ein sturmgebeuteltes Schiff durcheinander zu bringen.

»Ich habe keine Ahnung, was ...«

Ihr Kopf wurde zurück unter das Wasser gedrückt. Wieder

kämpfte sie gegen die Wellen der Panik an und versuchte, gleichzeitig, sich nicht zu wehren. Sie ließ sich erschlaffen und konzentrierte sich auf die letzten Reste ihres Traums, den mit dem klaren blauen Wasser und der Smaragdinsel. Schließlich entspannte sie sich, nur ihre Lunge fühlte sich eng an. Jetzt verstand sie, was manche Seeleute meinten, wenn sie sich den Tod als ruhige, dunkle See und einen Schmerzensschrei beim Einatmen des Wassers vorstellten. Sie wollte diesen Tod nicht. Sie hielt den Atem an und kämpfte gegen das Bedürfnis, ihren Mund zu öffnen und zu atmen.

Sie wurde mit einem Ruck aus dem Wasser gezogen und zur Seite geschleudert. Sie war so verblüfft über die plötzliche Erleichterung, dass sie nicht sofort wieder zu Atem kam.

»Sie haben ihn umgebracht«, knurrte eine andere Stimme. »Ich habe Ihnen gesagt, dass dies nicht der richtige Weg ist, Captain Waverly.«

»Verzeihen Sie mir, Admiral, aber er will nicht reden«, antwortete der Hauptmann kühl. »Solche Verhörmethoden sind notwendig.«

Brianna kam wieder zu sich und atmete langsam ein, um ihre Lunge zu entlasten. Keiner der beiden Männer schien dies zu bemerken. Sie hielt ihre Augen geschlossen und ihren Körper schlaff.

»Er war unsere einzige Spur zu Buck, und Sie haben ihn ersäuft. Wir stehen im Dienste Seiner Majestät. Wir ertränken Jungen nicht wie Ratten. Wir bewahren unsere Ehre.«

»Verzeihen Sie mir, Admiral Harcourt«, sagte Hauptmann Waverly diesmal weitaus sarkastischer. »Aber Piraten verdienen keine *ehrenhafte* Behandlung. Sie schlachten unsere Männer ab, vergewaltigen Frauen und versklaven Kinder. Wie könnte man diesen Mann mit Ehre behandeln, wenn er selbst keine hat?«

Seine Worte ließen Brianna innerlich erzittern, denn

sie hatten den Stachel der Wahrheit in sich. Die meisten Piraten waren gesetzlose Kreaturen, die aus niederen Instinkten heraus handelten, aber nicht ihr Vater und nicht die Mannschaft ihres Vaters. Sie töteten nur, wenn es nötig war, hielten keine Gefangenen oder Sklaven, und Frauen wurden respektiert. Sie hatte sich für ihre eigene Mannschaft Männer ausgesucht, denen sie vertrauen konnte und die sie für so ehrenhaft hielt, wie Piraten nur sein konnten.

Bei anderen Piraten war das natürlich nicht so. Brianna war alles andere als blauäugig. Aber dass dieser Mann alle Piraten in die Kategorie solch abscheulicher Hunde steckte ...

»Honig zieht viel mehr Bienen an als Essig«, sagte Admiral Harcourt. »Hätten Sie es mich mit dem Jungen versuchen lassen ... Aber jetzt ist es zu spät.«

»Nehmt seine Leiche und hängt sie in den Eisenkäfig bei den Docks«, befahl Waverly. »Die Vögel können sein Fleisch abpicken. Er wird anderen Piraten, die es wagen, nach Port Royal zu kommen, eine Lehre sein.«

Brianna verkrampfte sich fast bei der Aussicht auf Freiheit und musste sich beherrschen, sich zu entspannen. Die Soldaten schnitten ihr die Fesseln von den Handgelenken ab, damit sie sie an Armen und Beinen hochziehen und wegtragen konnten.

Sie hielt die Augen geschlossen, während sie gingen, aber kurz bevor sie die Tore erreichten, rief Hauptmann Waverly: »Einen Moment noch! Ich will sicher sein, dass er tot ist.« Das Geräusch einer Klinge, die aus einer Scheide gezogen wurde, wurde Brianna zum Verhängnis. Sie hatte nicht vor, sich von diesem Mann abstechen zu lassen, nur um seine Neugierde zu befriedigen.

Sie zuckte heftig, und die beiden Soldaten, die sie festhielten, schrien erschrocken auf und ließen sie fallen. Sie landete mit einem dumpfen Aufprall und stöhnte, als ihr die Luft aus den Lungen gepresst wurde.

»Ha!« Waverly knurrte, als er ihr die Schwertspitze an die Kehle hielt und gerade so weit nach unten drückte, dass ihr ein Tropfen Blut aus der Haut floss.

» Hauptmann!« rief der Admiral so scharf, dass Waverly zusammenzuckte. Es war eine so kleine Reaktion, dass Brianna sie gar nicht bemerkt hätte, wenn sie Waverly nicht direkt in die Augen geschaut hätte.

»Jetzt bin *ich* dran, den Jungen zu befragen«, sagte Harcourt. »Bitte bringen Sie ihn in mein Büro.«

Waverly wich zurück, als die Soldaten Brianna wieder auf die Beine hievten. Sie schenkte Waverly ein süffisantes Grinsen, als sie an ihm vorbei in das geräumige Büro des Admirals geführt wurde. Das Büro war mit teuren Möbeln ausgestattet, einem edlen Eichenschreibtisch und mit Seidenbrokat bezogenen Stühlen. Auf einem Ständer drehte sich ein großer Globus, und das Sonnenlicht, das durch die Fenster hereinbrach, beleuchtete die bunten Kontinente und Ozeane auf seiner Oberfläche. Es sah aus wie ein Zimmer auf dem Anwesen eines Teepflanzers, nicht wie in einer Marinefestung.

»Bitte, setz dich.« Der Admiral nickte zu einem Ledersessel mit vergoldeten Armlehnen.

Sie blickte unsicher auf ihren nassen Körper hinunter. »Lieber nicht, Sir«, antwortete sie respektvoll. Dieser Mann würde sich durch ihre klugen oder sarkastischen Antworten weder belustigen noch verärgern lassen. Aber Respekt - das würde er zu schätzen wissen. Sie deutete auf ihre tropfenden Hemdsärmel und auf ihren Rücken, wo das Wasser aus dem Trog an ihrem Körper heruntergespült war.

»Es ist nur ein bisschen Wasser, Junge.« Sein Ton war ruhig, fast sanft. Brianna ließ sich dankbar in den Stuhl sinken. Es war unendlich viel weicher als das Bett in ihrer Zelle.

»Also, wie heißt du, Junge?«, fragte der Admiral.

Es war klug, mitzuspielen.

»Bryan Holland, Sir«, sagte sie. Es war töricht, Hoffnung zuzulassen, aber sie fragte sich, ob dieser Mann sie vielleicht nicht hängen würde, wenn sie ihm genug falsche Informationen geben könnte, um ihn dazu zu bringen, ihr zu vertrauen.

»Ich nehme an, du hast Hunger und Durst?«, fragte er, während er jemandem hinter ihr zuwinkte.

Beinahe wäre sie aufgesprungen, als ein Mann, den sie nicht gesehen hatte, hinter ihr auftauchte und ein Tablett mit Aufschnitt, Brot und ein paar Obststücken auf den Schreibtisch zwischen ihr und dem Admiral stellte. Er stellte auch einen Krug mit Wasser und ein Glas ab. Der Admiral hatte geahnt, dass sie hungrig und durstig war. Es entging ihr nicht, dass er ein kluger Mann war, vielleicht sogar klüger als Waverly, denn bei einem Essen wie diesem konnte sie sich vorstellen, wie mancher Gefangene seine Lippen lockern und Geheimnisse ausplaudern würde, die er besser für sich behalten sollte.

»Bitte, iss und trink, soviel du willst. Captain Waverly mag die Gefangenen in den Zellen der Garnison kontrollieren, aber hier kann ich den Anschein einer gerechten Behandlung wiederherstellen. Dies ist schließlich eine Seefestung, und ich habe das letzte Wort über dein Schicksal.«

Briannas Magen knurrte laut, und sie wusste, dass es dumm gewesen wäre, ihren Hunger zu verheimlichen. Sie griff nach einer Scheibe kalten Schinkens und konnte sich ein Stöhnen angesichts des süßen Geschmacks kaum verkneifen. Sie verzehrte noch mehrere Stücke Fleisch, bevor sie alles mit einem Glas Wasser herunterspülte.

»Lass dir Zeit«, sagte der Admiral. »Es gibt keinen Grund zur Eile.«

Als sie so viel gegessen und getrunken hatte, dass ihr der

Bauch platzen wollte, lehnte sich der Admiral in seinem Stuhl zurück.

»Mr. Holland«, sagte er und wechselte plötzlich in eine höflichere Anrede, »leider befinden wir uns in einer schwierigen Lage. Sie haben Captain Waverly auf dem Markt angegriffen ...«

»Mit einer *tödlichen* Tomate«, warf sie ein. »Ich wusste nicht, dass man dafür gehängt wird.«

Die Lippen des Admirals zuckten. »Ja. So harmlos es auch war, so war es doch ein Zeichen der Aggression gegen einen Offizier der Streitkräfte Seiner Majestät. Als wir auf dem Marktplatz nach Ihnen suchten, meldeten sich mehrere Zeugen, die aussagten, Sie hätten mit Joseph McBride gesprochen. Wollen Sie das bestreiten?«

Brianna musste schnell denken.

»Ich habe ihn an jenem Morgen erst kennengelernt. Er betrat den Markt und bat mich um Rat, wo er etwas kaufen könnte. Er wirkte wie ein netter Kerl, Sir, aber ich hatte ihn vor diesem Morgen noch nie gesehen.«

»Und Sie? Es ist klar, dass Sie nicht aus Port Royal stammen«, vermutete der Admiral scharfsinnig. »Sie drücken sich gut aus und achten offenbar auch auf Ihr Erscheinungsbild. Woher kommen Sie?«

»Ich stamme aus Cornwall. Mein Vater besitzt ein Handelsschiff, die *Dutch Lady*. Sie hat mich an jenem Morgen abgesetzt.« Brianna erinnerte sich daran, wie sie und Joe mit ihrer Jolle in die Bucht gerudert waren und gesehen hatten, wie das Schiff den Hafen verlassen hatte.

»Das Schiff wird erst in einigen Monaten hierher zurückkehren.«

»Ja, Sir. Mein Vater wollte, dass ich zurückbleibe, um zu versuchen, hier einige Beziehungen aufzubauen. Er hoffte, Männer anzuheuern, die uns vor Piraten schützen. Hätte ich gewusst, Sir, dass der Mann, dem ich geholfen habe, ein Pirat ist, hätte ich ihn verraten.«

»Warum haben Sie dann Captain Waverly das nicht gesagt, als er Sie das erste Mal fragte?«

Brianna täuschte ein Zusammenzucken vor. »Ich will ehrlich zu Ihnen sein, Sir, da Sie mich so gut behandelt haben. Als ich hier ankam, waren ein paar Ihrer Soldaten in einer Taverne unten am Hafen grob zu mir. Es wurde getrunken, die Gemüter erhitzten sich, und ich war mehr als nur ein bisschen sauer über die ganze Angelegenheit.« Bei ihrer Ankunft hatte sie gesehen, wie einige Soldaten mit einem Tavernengast gerangelt hatten, aber selbst wenn sie das nicht gesehen hätte, waren solche Vorfälle an der Tagesordnung.

»Als ich den Hauptmann also so hübsch die Straße hinuntermarschieren sah, das muss ich zugeben, dass ich mich von meinem Temperament leiten ließ. Ich weiß, dass es falsch war, und es tut mir leid, aber als der Hauptmann mich einmal im Visier hatte, wollte er nichts anderes mehr hören als das, was er hören wollte, wenn Sie verstehen, was ich meine, Sir. Er war sich meiner Schuld bereits sicher, und alles, was ich ihm sagte, wäre nur als Beweis gegen mich verwendet worden. Man kann diesen Mann nicht davon überzeugen, dass der Himmel blau ist, wenn er sich etwas anderes in den Kopf gesetzt hat.«

»Ich verstehe.« Die Miene des Admirals wirkte beunruhigt. »Nun ... Ich würde Ihnen gerne glauben, Mr. Holland, aber so einfach ist das nicht. Sie haben einen Offizier angegriffen, wenn auch mit einer Tomate, aber es ist trotzdem eine Körperverletzung. Ich werde mich bemühen, festzustellen, ob das, was Sie mir erzählt haben, wahr ist, aber wenn ich keine Beweise finde, werden wir noch eine weitere schwierige Diskussion über Ihr Schicksal führen.«

Brianna schluckte schwer. Ihre Geschichte war stichhaltig, aber es würde niemanden geben, der sie bestätigen könnte.

»Ich verstehe, Sir.«

»Nun ...«

Die Tür zum Büro des Admirals flog auf, und eine atemberaubend schöne Frau wirbelte in einem Regenbogen aus Farben herein.

»Papa, was machst du ...?« Die Frau blieb direkt neben Brianna stehen. Ihr kastanienbraunes Haar war auf ihrem Kopf hochgesteckt, und das aufwändige grün-rosa gestreifte Kleid, das sie trug, flüsterte über den Teppich, als sie sich Brianna zuwandte. Sie sah so hübsch aus wie ein Konfekt in einer Bäckerei. In ihren Augen lag jedoch keine Angst, sondern nur Neugier.

»Roberta, Liebling, wie bist du hier reingekommen? Ich hatte Männer an der Tür postiert. Dieser Mann hat möglicherweise Verbindungen zu Piraten. Du solltest nicht hier sein.«

Robertas Augen musterten Brianna mitleidig. »Oh?«

»Ja, bitte geh zurück zu Dominic, meine Liebe. Du solltest vorsichtiger sein. Du kannst nicht ohne Schutz im Fort herumlaufen.«

»Wie du willst.« Mit einem langen Seufzer beugte sie sich vor, um dem Admiral einen Kuss auf die Wange zu geben, und wandte sich dann Brianna zu, als sie an ihr vorbeiging.

»Viel Glück«, murmelte sie so leise, dass nur Brianna es hören konnte. Für den Bruchteil einer Sekunde sah sie etwas in den Augen der jungen Frau, das, nun ja ... Sie war sich nicht ganz sicher, was sie davon halten sollte.

Viel Glück? Was zum Teufel hatte die Frau damit gemeint?

»Denken Sie an das, was wir besprochen haben, Mr. Holland, und ich werde tun, was ich kann, um Ihre Geschichte zu überprüfen.« Der Admiral rief zwei Soldaten herbei, die Brianna zurück in ihre Zelle eskortierten, wo sie kurzerhand auf den Boden geworfen wurde. Zweifellos *diese* Männer mehr auf ihren Kapitän als auf den Admiral, denn sie trugen rote

Uniformen und nicht die blauen der Marine. Die Tür schlug zu, und das Schloss rastete ein.

Brianna fiel auf die Knie, erschöpft von der Wasserfolter durch Hauptmann Waverly und ihrem vollen Magen. Es würde ein langer Tag werden, und sie musste nachdenken. Es musste einen Weg zur Flucht geben. In jedem System gab es Lücken - sie musste nur die Lücken in *diesem* System finden. Aber zuerst sollte sie sich ausruhen. Dann würde sie planen.

ADMIRAL HARCOURT STARRTE AUF DIE TÜR ZU SEINEM Büro, eine Welle von Schuldgefühlen überkam ihn. Dieser Holland-Junge war jung, so *sehr* jung, ein einfacher Junge, und doch drohte ihm ein Todesurteil, weil er in Begleitung von Joseph McBride gesehen worden war. Wenn die Geschichte des Jungen über die *Dutch Lady* wahr wäre, könnte er seinen Hals vor der Schlinge retten, aber wenn nicht ...

Die Tür zu seinem Büro öffnete sich erneut, und ein Soldat steckte seinen Kopf herein.

»Äh ... Da ist ein Gefangener, der sagt, er habe Informationen über den Holland-Jungen.«

»Was? Welche Art von Informationen?«

»Er sagt, er will nur mit Ihnen sprechen«, antwortete der Soldat.

»Ist das so?«, Admiral Harcourt seufzte. »Nun gut. Bringen Sie den Mann zu mir. Wie ist sein Name?«

»Joshua Gibbons, Sir.« Der Soldat verbeugte sich und ging, um den Gefangenen zu holen. Wenig später sah Harcourt einen alten, schrumpeligen Mann mit listigen Augen und einigen fehlenden Zähnen vor sich. Seiner verwitterten Haut und seiner zerlumpten Kleidung nach zu urteilen, hatte er viele Jahre lang ein raues Leben auf dem Meer hinter sich.

»Mr. Gibbons?«

Gibbons lächelte. »Aye, das wäre dann ich.«

»Sie können draußen warten«, sagte Harcourt zu dem Soldaten. Als sie allein waren, sprach Harcourt den Mann erneut an. »Sie sagten, Sie haben Informationen über Bryan Holland?«

»Das tue ich, das tue ich. Aber ich werde es Ihnen nicht umsonst sagen.«

»Ich verstehe.« Harcourt tippte ungeduldig mit den Fingern auf seinen Schreibtisch. »Und was wollen Sie für diese Informationen?«

»Frei sein und nicht hängen.«

»Natürlich«, murmelte Harcourt leise. »Weil Ihre Informationen *so* wertvoll sind?«

Der Pirat blitzte ihn mit einem zahnlosen Grinsen an. »Genau.«

»Nun gut. Wenn und *nur* wenn sich Ihre Angaben als glaubwürdig erweisen, werden Sie freigelassen.« Harcourt verfasste einen Auftrag und ließ ihn den Mann lesen.

Der Pirat starrte ihn an. »Ich kann nicht lesen, aber ich vertraue Ihnen, Admiral.«

»Nun gut. Jetzt sagen Sie mir, was Sie wissen.«

Der Pirat blickte sich um, als hätte er Angst, belauscht zu werden.

»Dieser Mann, Holland ... er ist Bucks rechte Hand, noch mehr als der alte Joe McBride. Er gehört zwar nicht zu seiner Crew, aber er ist ein ziemlicher Liebling von Buck.«

Das war sicherlich nicht das, was Harcourt zu hören erwartet hatte.

Der Mann grinste über seine Reaktion. »Man munkelt, dass er und Buck einander nahe stehen.«

»Aber ... Buck ist fünfundvierzig und der Junge kann nicht einmal zwanzig sein. Wir haben bis heute noch nie etwas von Holland gehört. Er ist kein Mitglied der Besatzung von Bucks Schiff, der *Sea Hawk*.«

Der Pirat tippte sich mit einem Finger an die Nasenspitze und zwinkerte. »Aye, und wäre es nicht ein kluger Kapitän wie Buck, der etwas verstecken und beschützen würde, oh ... sagen wir, ein Kind?«

»Sie wollen mir sagen, dass Holland Bucks Sohn ist?« Harcourt war ratlos. Sicherlich hatten sie nicht zufällig einen so wertvollen Gefangenen in ihren Mauern?

»Ob er es ist oder nicht, ist nur ein Gerücht, aber es ist kein Gerücht, dass Holland durch und durch ein Mann von Buck ist. Ich habe es letztes Jahr in Cádiz selbst gesehen. Sie klebten praktisch aneinander.« Der Pirat hielt inne. »Werden Sie mich jetzt freilassen?«

»Sobald wir den Wahrheitsgehalt Ihrer Aussagen bewiesen haben«, sagte Harcourt, bevor er den Mann in seine Zelle zurückbegleiten ließ.

Wenn Buck einen Sohn hatte, hat er dessen Existenz offensichtlich gut gehütet. Und wenn Holland dieser Sohn war, würde er seinen Vater nicht freiwillig verraten, was bedeutete, dass sie das Vertrauen des Jungen gewinnen mussten. Kein Mann in Uniform würde das schaffen.

Harcourt schrieb eilig eine Nachricht an Leutnant Nicholas Flynn, dem er sein Leben anvertrauen würde. Flynn war ein Ehrenmann und würde die Aufgabe nicht gerne übernehmen, aber er würde es tun, wenn Harcourt ihn darum bat. Er versiegelte den Brief mit dem Ring seiner Familie und gab ihn an einen seiner persönlichen Marineoffiziere weiter, dem er vertraute.

»Übergeben Sie dies an Leutnant Nicholas Flynn. Er wohnt in King's Landing.«

»Ja, Sir.«

Der Offizier ging, und Harcourt begann, seinen nächsten Schritt zu planen. Flynn war der beste Freund von Harcourts Schwiegersohn Dominic, der ein ehemaliger Pirat war, aber auch der zukünftige Earl of Camden. Dominic und Nicholas waren enge Freunde. Wenn jemand das Vertrauen eines Piraten gewinnen könnte, dann war es Flynn. Er kannte Piraten.

Im Handumdrehen würde Flynn Hollands Vertrauen genießen, und Bucks Tage als Schattenkönig der Westindischen Inseln wären vorbei.

Kapitel Drei

Es verging ein ganzer Tag, bis Brianna das unheilvolle Geräusch von Schritten in Reitstiefeln hörte, die sich ihrer Zelle näherten. Sie straffte die Schultern und bereitete sich auf eine weitere Verhörrunde vor.

Die Zellen in der Garnison waren ganz aus Stein, mit Ausnahme des vergitterten Fensters zum Hof und des kleinen Fensters an der Tür ihrer Zelle. Das bot ihr Privatsphäre, die sie dringend benötigte, um ihre Maskierung als Mann aufrechtzuerhalten. Der Mangel an natürlichem Licht sorgte außerdem dafür, dass sie vor den Soldaten verborgen blieb. Aus den Augen, aus dem Sinn - das war Briannas Strategie, bis sie sich einen richtigen Plan ausgedacht haben würde.

Bei dem Scharren außerhalb ihrer Zelle drückte sie sich flach an die Wand.

»Lasst mich los, ihr verdammten Mistkerle!«, rief ein Mann. Schlüssel klapperten im Schloss ihrer Tür, und sie schwang auf.

»Halt die Klappe und geh rein!« Ein Soldat stieß jemanden in ihre Zelle und trat ihm in den Rücken. Der Mann ging hart zu Boden und sackte auf die Knie. Er stieß einen Fluch aus, als die Zellentür hinter ihm zufiel.

Der Mann blinzelte im Halbdunkel; seine Augen waren auf das Fenster vor ihm gerichtet, die einzige Quelle natürlichen Lichts. Er hatte sie noch nicht bemerkt, aber das würde er bald tun. Von ihrer Ecke der Zelle aus konnte sie ihn dank des spärlichen Lichts vom Fenster aus gut sehen. Brianna musterte ihn und versuchte abzuschätzen, wie groß die Bedrohung war, die von ihm ausging.

Er war Mitte zwanzig, vielleicht etwas älter, hatte sandblondes Haar und blaue Augen. Er war groß und muskulös, und seine Hirschlederhose schmiegte sich an seine kräftigen Oberschenkel, als er sich auf die Knie aufrichtete und zum Fenster starrte.

Als er sich bewegte, wurde Briannas Kehle trocken. Sie starrte auf sein weißes Hemd, das am Hals aufgerissen war und gebräunte Haut und ein wenig goldenes Brusthaar enthüllte. Seine Weste lag wie eine zweite Haut über seiner breiten Brust und verjüngte sich bis zu seinen schlanken Hüften. Er sah aus wie ein Gentleman, aber ein wahrhaft maskuliner, der jeder Frau, die ihm gefiel, den Rock herunterziehen könnte, auch ihr. Briannas Schenkel verkrampften sich bei dem plötzlich aufkeimenden Verlangen, das sie für diesen völlig Fremden empfand. Was, zum Teufel, hatte er hier in einer Gefängniszelle zu suchen?

Brianna schluckte schwer. Sie musste so lange wie möglich an der Illusion von ihr als Mann festhalten. Wenn sie ihm auch nur einen Hauch des Begehrens zeigte, das er in ihr geweckt hatte, könnte er bald vermuten, dass sie eine Frau war.

Sie straffte die Schultern und sprach mit tieferer Stimme. »Wer zum Teufel sind Sie?« Ihr Tonfall war ruhig, besorgt, aber nicht offen bedrohlich.

Der Mann warf ihr einen Blick zu und schien nur wenig überrascht zu sein, dass er nicht allein war.

Er stand auf, wischte sich den Staub von der Hose und starrte auf die beiden Feldbetten auf beiden Seiten der Zelle. »Ich? Wer ich bin, ist für dich unwichtig.« Als er sah, dass sie bereits auf einer Liege saß, wählte er klugerweise die andere und setzte sich.

»Das ist es wohl, wenn wir uns eine Zelle teilen müssen.« Sie sprach jetzt mutiger und lehnte sich ins Licht. Vielleicht sollte man einem solchen Mann eher mit Freundschaft als mit Feindschaft begegnen. »Holland.« Sie streckte ihre Hand aus.

Der Mann starrte sie einen langen Moment an, seine blauen Augen waren stechend, und Brianna war froh, dass er auf ihre Hand starrte und nicht auf den Rest von ihr. Diese Augen waren schön und gefährlich zugleich, wie ein frisch geschmiedetes Rapier. Sie schimmerten und würden sie doch bis ins Innerste durchschneiden, wenn sie nicht aufpasste.

Schließlich nahm er ihre Hand in die seine und schüttelte sie. Ihr Herz machte einen gewaltigen Sprung in ihr, als ein wilder Puls von etwas zwischen ihnen beiden hindurchschoss. Seine Augen hielten sie fest und zogen sie in ihren Bann wie die dressierten Kobras, die sie auf den exotischen Märkten von Cádiz gesehen hatte. Ihr Blick fiel von seinen Augen auf seinen Mund. Ein Mann sollte nicht so einen Mund haben, der eine Frau dazu bringen könnte, sich wie besessen vorzustellen, wie er wohl küssen mochte. Gott, sie war mindestens sechs Monate lang ohne die Berührung eines Mannes ausgekommen, und sie war sich nur allzu bewusst, wie sehr sie diese Art von Intimität vermisst hatte.

»Flynn. Nicholas Flynn.«

Diesmal brachten seine gefährlichen Augen sie innerlich zum Schmelzen und ließen sie vergessen, wer sie war. Einen Moment lang war sie einfach eine Frau, die sich verzweifelt nach der Berührung eines Mannes sehnte. Sie begann bereits, sich vorzulehnen, bevor ihr Verstand eine Warnung aussprach, dass sie sich nicht verraten dürfe. Sie verhärtete ihre Gesichtszüge, wie sie es schon tausendmal getan hatte.

Bitte sieh einen Mann ... einfach nur einen Mann, betete sie. Wenn er von ihrem Geschlecht erfahren würde, könnte er dies nutzen, um seine eigene Freilassung zu erwirken. Sie musste einen Weg finden, ihn abzulenken.

»Weshalb bist du hier, Flynn?«

»Piraterie. Ich war ein bisschen betrunken, als mein Schiff im Hafen anlegte, und habe den falschen Leuten gegenüber den Mund aufgemacht. Die verdammten Rotröcke waren an mir dran, bevor ich wusste, was los war. Bastarde«, murmelte er.

»Bastarde«, stimmte Brianna zu. »Sie haben mich beim Stehlen auf dem Marktplatz erwischt.« Brianna log ganz automatisch. Sie hatte nicht vor, Joe oder ihren Vater zu erwähnen. Informationen waren an einem Ort wie diesem eine Währung, mit der man seine Freiheit ertauschen konnte. »Sie haben mich hier hineingeworfen, um mich verrotten zu lassen, nehme ich an«, fügte sie hinzu.

Sie stand auf und näherte sich dem vergitterten Fenster zum Hof, wobei sie versuchte, Flynn nicht anzuschauen. Die Gefängniszellen befanden sich in einer Art Keller, und die Fenster befanden sich genau auf der Höhe des Hofes, in dem die Gefangenen spazieren gehen konnten, wenn es ihnen erlaubt war. Dort befand sich auch das aufgestellte Gerüst, das die Insassen der Zellen stets daran erinnerte, dass sie zum Hängen verurteilt waren.

Flynn starrte sie wieder an, das wusste sie, und Hitze durchflutete alle möglichen Stellen, an denen sie nicht sein sollte, und machte es schwer, zu denken.

Singen ... Sie sollte singen. Sie hoffte, das würde sie gut

genug ablenken. Sie begann eine Melodie zu summen, die ihr Vater ihr als kleines Kind immer vorgesungen hatte. Dann ließ sie die Worte fließen und sang mit sanfter, aber tiefer Stimme, wie sie es seit Jahren oft getan hatte.

»*Zur Hinrichtungsstätte muss ich gehen, muss ich gehen,*

Zur Hinrichtungsstätte muss ich gehen.

Zur Hinrichtungsstätte, während viele Tausende herbeiströmen,

Aber ich muss den Schock ertragen, und ich muss sterben.

Nimm eine Warnung von mir, ich muss sterben, ich muss sterben,

Nimm eine Warnung von mir an, denn ich muss sterben.

Lasst euch jetzt von mir warnen und meidet schlechte Gesellschaft,

Damit ihr nicht mit mir in die Hölle kommt, denn ich muss sterben.«

Noch lange nach dem Ende des Liedes spürte sie Flynns Blick auf sich.

»Was hast du gestohlen?«, fragte er.

»Hmm?« Sie tat so, als hätte sie ihn nicht gehört.

»Du hast gesagt, du habest auf dem Marktplatz gestohlen. Was hast du genommen?«

»Eine Tomate«, antwortete sie mit einem lässigen Achselzucken jungenhaften Trotzes und ließ sich wieder auf ihre Pritsche sinken. Sie streckte sich auf dem Rücken aus, ignorierte die Strohhalme, die durch den Stoff der Matratze stachen, und warf sich in eine Entspannungshaltung, die sie im Laufe der Jahre bei vielen Männern gesehen hatte.

»Sie haben dich wegen einer Tomate in eine Zelle gesteckt?«

»Es könnte daran liegen, was ich mit der Tomate *gemacht habe.*« An seiner verwirrten Reaktion konnte sie erkennen, dass er eine ausführliche Erklärung brauchen würde, und es machte ihr großen Spaß, die Geschichte zu erzählen.

Sie verschränkte die Hände hinter dem Kopf und blickte an die Decke, ohne darauf zu achten, wie er sich auf sie konzentrierte. »Ich habe das Ding auf den Trottel geworfen, den sie Hauptmann nennen. Hab ihn auch gut erwischt. Die Tomate spritzte ihm über das ganze Gesicht und die hübsche Uniform.« Sie kicherte bei der Erinnerung daran. Vielleicht würde das ihr letzter Gedanke am Galgen sein, sich diesen mit rotem Saft bespritzten Possenreißer vorzustellen. Sie würde sich totlachen, und das wäre keine schlechte Art zu sterben.

»Das hast du nicht«, sagte Flynn ungläubig.

Sie setzte sich ein wenig auf und stützte sich mit einem Arm auf ihrer Liege ab, während sie ihn ansah. »Das habe ich. Er war wütend. Ich dachte, seine Augen würden ihm aus dem Schädel fallen.«

»Warum hättest du das tun sollen?«

»Ich hatte einen schlechten Tag, und einige Soldaten hatten mich vorher in der Taverne zusammengeschlagen. Ich habe nicht gerade mit dem Kopf gedacht, aber das war es wert.« Sie erzählte ihm dieselbe Lüge, die sie auch dem Admiral erzählt hatte. Es war immer besser, sich an nur eine einzige Geschichte zu halten, wenn man lügen musste.

Flynns ernste Miene verzog sich zu einem Grinsen. »Das hätte ich gerne gesehen.«

Brianna gluckste. »Es war perfekt. Einfache Perfektion.«

Sie verfielen in ein Schweigen, das eine Stunde lang anhielt. Ab und zu bewegte er sich unruhig, und obwohl er nur einen Meter entfernt war, spürte sie diese Bewegung, als hätte er sie berührt. Sie schaute nicht hin, nur aus dem Augenwinkel, wenn sie sicher war, dass er es nicht bemerken würde.

Er krempelte die Ärmel seines Hemdes hoch und entblößte

so seine muskulösen Unterarme. Die Arme eines Seefahrers, ganz sicher. Sie bewegten sich, die Muskeln arbeiteten unter seiner Haut, als er seine Liege zurechtrückte, und sie musste die Augen schließen und versuchen, sich nicht zu sehr vorzustellen, wie es sich anfühlen würde, wenn diese Arme sie festhielten oder sich um ihre Taille legten oder ...

Gott, die Hitzewellen wurden immer schlimmer, je mehr sie an ihn dachte. Es war unmöglich, ihn zu ignorieren.

»Auf die Beine, ihr zwei.« Sie war so abgelenkt gewesen, dass sie die Wache nicht einmal hatte kommen hören. »Befehl des Admirals, dass die Gefangenen Zeit haben, im Hof spazieren zu gehen.«

Es stand nur ein Soldat dort, und Brianna wog ihre Chancen ab, ihn bewusstlos zu machen und zu entkommen. Aber da die Garnison voller Truppen war, brauchte sie mehr Informationen über deren Positionen, bevor sie einen richtigen Fluchtversuch unternehmen konnte.

Sie stand auf, und Flynn winkte ihr, vor ihm zu gehen. Sie gingen den Korridor entlang und durch die Tür in den Gefängnishof. Mehrere andere Männer liefen in der hellen Sonne umher. Flynn betrachtete den Hof und wich ihr nicht von der Seite.

»Sind all diese Männer wegen Piraterie hier?«, fragte er.

»Ich nehme an, ja. Siehst du jemanden, den du kennst?« Briannas Frage war halb scherzhaft gemeint, aber er nahm sie ernst.

»Zum Glück nicht«, sagte er. »Meine Mannschaft war anscheinend schlauer als ich.«

»Mit welchem Schiff bist du gefahren?« Sie musste zugeben, dass sie neugierig auf ihn war. Er war so groß, wie sie vermutet hatte, mindestens zwanzig Zentimeter größer als sie, und selbst als Mann würde sie mit ihren einssiebzig nicht als klein gelten.

Er warf ihr einen scharfen Blick zu. »Willst du Informationen über mich austauschen, Junge?«

»Nein, nein.« Brianna hob kapitulierend die Hände. »Es ist nur so, dass, nun ja ... Ich habe vielleicht ein paar, sagen wir mal, *Freunde* mit dir gemeinsam.« Sie begann zu ahnen, dass er ein echter Pirat wie sie sein könnte, nicht wie einige dieser armen Seelen, die gefangen genommen worden waren und keine wirkliche Verbindung zu Piraten hatten.

Seine blauen Augen wirkten in der hellen Sonne noch ein wenig härter. Er beobachtete noch einmal die anderen Gefangenen, die sich die Beine vertraten, bevor er sprach. Diesmal war seine Stimme ein Flüstern.

»Ich bin kürzlich auf der *Emerald Dragon* gesegelt. Ich segelte mit Dominic Grey, bevor er sein Schiff einem Mann namens Reese Belishaw überließ. Guter Mann, Belishaw, und ich habe ihn in Gefahr gebracht.« Sein Blick fiel auf seine Füße, und sie erkannte Schuld und Scham nur zu gut. Sie hatte ihr eigenes Schicksal und das ihres Vaters mit Bravour verdrängt, aber jetzt konnte sie ihre Schuldgefühle nicht mehr loswerden, weil sie überhaupt erwischt worden war.

»Kopf hoch«, sagte sie. »Vielleicht hängen sie dich, dann geht es schnell und du sagst nichts.«

Flynn seufzte und rollte unruhig mit den Schultern. Brianna bemerkte, dass ihre Augen von seinen löwenartigen Bewegungen angezogen wurden. Sie war ihr ganzes Leben lang mit bärtigen, zotteligen und seeerprobten Männern aufgewachsen. Flynn war nicht wie sie. Er war mehr wie ihr Vater und Joe. Er hatte etwas Verwegenes und Höfliches an sich, das den weiblichen Teil von ihr aufhorchen ließ.

Im Licht sah er aus wie die schicken Herren, die manchmal spät nachts in die Tavernen kamen, um eine Frau ins Bett zu kriegen, obwohl er nicht so geschliffen war wie diese Männer. Sein Kiefer war hart und grimmig, und seine Unterarme waren braun gebrannt, mit schwachen Narben unter den sich kräuselnden Muskeln, während er die Fäuste ballte. Der Mann sah aus, als wäre er zu einem Kampf bereit, aber mit wem?

»Also, Reese Belishaw«, sagte sie. »Wie ist er denn so? Ich habe noch nie jemanden von der Mannschaft der *Dragon* getroffen. Sie bleiben unter sich.« Das war eine Lüge, sie kannte sowohl Dominic als auch Reese durch ihren Vater, aber sie wollte diesen Mann von ihnen sprechen hören. Thomas Buck leitete viele Piratenaktivitäten in Westindien, aber viele Schiffe standen nicht unter seinem direkten Kommando. Meistens koordinierten andere Kapitäne und Besatzungen ihre Angriffe mit Bucks Schiffen.

»Belishaw ist ein guter Mann. Er spürt Stürme schon Stunden vorher, bevor jemand anderes eine Ahnung davon hat, dass sie kommen. Er kennt auch das Meer, als würde er jede Welle geschaffen haben. Er ist ein meisterhafter Kapitän.« Flynns Lippen verzogen sich zu einer Andeutung eines Lächelns. »Gott sei Dank sind er und die anderen gegangen.«

»Sie haben dich zurückgelassen«, vermutete sie. Das war das, was ihre Mannschaft auch hatte tun sollen.

»Ja, das mussten sie. Das ist unser Kodex. Wenn einer erwischt wird, gehen die anderen. Ein Leben für alle Leben.«

»Hmm ...« Brianna hoffte, dass Joe dasselbe getan hatte. Für jeden anderen Mann außer Buck wäre er gegangen, aber für Bucks Tochter? Er könnte es riskiert haben, zu bleiben. Oder er würde direkt zu ihrem Vater gehen, und dann würden sie beide hierher kommen und ihr Leben riskieren. Sie musste einen Ausweg finden, bevor sie eine Dummheit begingen.

»Ich halte vielleicht nach Möglichkeiten Ausschau.« Sie sollte ihm nicht trauen, aber sie wollte es. Vielleicht war es der schmerzliche Blick in seinen Augen, wenn er von seinem Schiff und seinen Kameraden sprach, oder vielleicht war er einfach zu schön, als dass sie ihm widerstehen konnte. Sie hatte schon früher Gefallen an gutaussehenden Männern gefunden, aber sie ließ sie nicht an sich heran, zumindest nicht gefühlsmäßig. Körperliches Vergnügen war eine ganz andere Sache. *Bryan* war für den größten Teil der Welt war ihre Identität, und nur die Mannschaft ihres Vaters und ihre eigene Mannschaft auf ihrem Schiff wussten, dass sie eine Frau war.

Flynn deutete mit einer leichten Kopfbewegung an, dass sie sich im Hof bewegen sollten. »Möglichkeiten?«

»Ja, ich habe daran gedacht ...«

Bevor sie weiter sprechen konnte, stürmte Captain Waverly über den Hof. Brianna spannte sich an. Sie hatte damit gerechnet, dass er wieder hinter ihr her sein würde.

»Du da, Junge! *Ich* bin wieder dran.« Er grinste in böser Freude.

»Was meint er damit?«, fragte Flynn mit leiser Stimme.

»Das ist der Mann, den ich mit der Tomate getroffen habe«, antwortete Brianna unbekümmert, obwohl ihr Herz wie ein wild gewordener Singvogel im Käfig flatterte. Normalerweise hätte sie diese Situation mit Bravour gemeistert, aber das hier war keine Taverne. Dies war ein Ort, an dem sie zu Tode gepeitscht, möglicherweise gefoltert und schließlich gehängt werden würde.

»Ich verstehe.« Flynn verstellte den Blick auf Brianna und verschränkte die Arme vor der Brust. »Bleib hinter mir. Was auch immer dieser Mann tun wird, du würdest es vielleicht nicht überleben.« Er flüsterte ihr seine Vorsicht zu, und anstatt sie zu beunruhigen, war sie froh, dass hier jemand sie beschützte, obwohl sie sich selbst für diesen Moment der Schwäche hasste. Sie war in diesem Meer von Waverlys Wut überfordert. Flynn hatte Recht. Sie konnte fast sehen, wie der Wahnsinn das Gesicht des Offiziers überzog. Waverly *würde* sie töten, wenn er die Möglichkeit dazu hätte.

»Geh mir aus dem Weg«, bellte Waverly, als er sich mit

Flynn auf Augenhöhe befand. Flynn war einen Zentimeter größer und etwas breiter in den Schultern, aber Waverly war dick und muskulös, fast brutal im Vergleich zu Flynns schlankem Körperbau. Wenn es zu einer Schlägerei käme, würde es ein ausgeglichenerer Kampf werden, als Brianna es sich wünschte. Es wäre ihr viel lieber, wenn Waverly eine fette kleine Kröte wäre, die nicht zuschlagen konnte.

»Flynn«, warnte sie leise.

»Was gibt es mit dem Jungen zu besprechen? Er hat eine Tomate gestohlen und eine Uniform ruiniert. Welcher Schaden ist wirklich entstanden?«, forderte Flynn den anderen Mann heraus.

Waverlys Augen verengten sich, als er sich nach links lehnte, um sie über Flynns Schultern zu betrachten.

»Dieser Junge ist auch wegen Piraterie angeklagt. Er ist einer von Thomas Bucks Männern.«

»Können Sie das beweisen?«, wollte Flynn wissen.

Waverlys Wut übertrug sich augenblicklich auf Flynn. »Und wer bist du, dass du mich ausfragst, *Pirat*?«

»Fordere mich heraus und finde es heraus«, warnte Flynn. In seiner Stimme lag eine solche Gefahr, dass Brianna instinktiv einen Schritt zurückwich. Sie fragte sich, wie dieser Mann jemals betrunken oder dumm genug gewesen sein konnte, von einer Patrouille erwischt zu werden. Sie konnte sich nicht vorstellen, dass er so etwas Leichtsinniges tun würde.

Waverly pfiff scharf, und die beiden in der Nähe stehenden Soldaten packten Flynn grob. »Bringt ihn an den Posten. Bring mir meine Katze. Dieser Mann muss an seinen Platz hier erinnert werden.«

Flynn riss sich von einem Mann los und versetzte ihm einen Schlag, der den Soldaten auf den Rücken warf. Flynn drehte sich zu dem anderen Mann herum und versetzte ihm einen Tritt gegen die Brust. Der Mann umklammerte seine Rippen und keuchte, während er nach vorn kippte.

Die Freude, die Brianna empfand, versiegte, als Waverly sie von hinten packte und das kalte Metall einer Pistole gegen ihre Schläfe drückte. Flynn wirbelte mit erhobenen Fäusten auf sie zu, aber er erstarrte, als er Brianna sah.

»Zurücktreten! Oder ich schieße dem Jungen eine Kugel in den Kopf.«

Flynn ließ die Fäuste sinken und blickte Waverly an. Die Männer, die er niedergeschlagen hatte, rappelten sich auf und packten ihn erneut.

»Bindet ihn an den Pfosten«, sagte Waverly.

Diesmal wehrte Flynn sich nicht. Sie schleppten ihn zu einem dicken Holzpfosten in der Nähe des Galgens. Das Holz war mit getrocknetem, von der Sonne geschwärztem Blut befleckt. Waverly schob Brianna von sich weg, als Flynn zum Pfosten gebracht wurde.

Flynn wurde die Weste heruntergerissen und das Hemd über den Kopf gezogen, bevor seine Handgelenke mit dicken Stricken umwickelt und an einen Messingring oben am Pfosten gefesselt wurden, wodurch seine Hände über den Kopf gezwungen wurden. Er war bis zur Taille entblößt, sein breiter Rücken lag völlig frei. Brianna blieb beinahe das Herz stehen, als sie die schwachen Narben bemerkte, die ihn bedeckten. Er war schon einmal ausgepeitscht worden. Er kannte die Qualen, die ihm bevorstanden, und zwar wegen *ihr*.

»Hören Sie auf! Sie haben Streit mit mir, nicht mit ihm!«, rief sie. Zwei Wachen packten ihre Arme und hielten sie zurück.

Waverly schenkte ihr ein finsteres Lächeln. »Oh, du wirst auch zu gegebener Zeit an die Reihe kommen, das versichere ich dir.«

»Du Mistkerl!«, schnappte sie.

Er wirbelte herum und schlug ihr ins Gesicht. Der Schmerz riss sie von den Füßen, und die Männer, die sie festhielten, ließen sie fast fallen, als sie mit einem Stöhnen zusammensackte.

Waverly legte seine Uniformjacke ab und krempelte seine Hemdsärmel hoch. Er fing die Peitsche auf, die der Soldaten ihm zuwarf.

»Aufhören! Tun Sie das nicht.« Brianna riss sich von den beiden Soldaten los, die offensichtlich glaubten, sie sei ohnmächtig geworden. Sie rannte auf Waverly zu und packte ihn am Arm, als er die neunschwänzige Katze entrollte.

Als ihre Hand seinen Arm traf, wirbelte er sie herum und traf mit dem Rücken seiner anderen Hand so hart ihr Gesicht, dass sie stürzte und kurz ohnmächtig wurde. Als sie wieder zu sich kam, hörte sie, wie eine Peitsche in Fleisch biss.

Flynns Schmerzensschrei schoss durch sie hindurch, als sie sich auf die Knie kämpfte. Ihr Gesicht tat weh wie der Teufel, aber das war ihr egal.

Flynn lehnte sich kraftlos gegen den Pfosten. Blut lief ihm den Rücken hinunter, und sein Fleisch war von tiefen Schnitten der Peitsche gezeichnet. Wut erfüllte Brianna, eine Wut, die so mächtig war wie das Erdbeben, das Port Royal einst verschlungen hatte. Waverly blickte in ihre Richtung, sah ihr Gesicht, und sein kaltes, dunkles Lächeln vertiefte sich noch. Er warf die Peitsche zu Boden, zog eine Pistole aus seinem Gürtel und richtete sie auf Flynns Rücken.

»Es ist besser, einen tollwütigen Hund einzuschläfern«, sagte Waverly zu ihr. »Er hat keine Informationen, die es wert sind, gehört zu werden. Ich interessiere mich für *dich*.« Er drehte sich wieder zu Flynn um und zielte auf seinen Kopf. Brianna rappelte sich auf und rannte über den sandigen Boden des Gefängnishofs direkt auf Waverly zu.

Jahrelanges Schlichten von Kämpfen zwischen ihren Besatzungsmitgliedern hatte sie einiges gelehrt. Der Bastard sah sie gar nicht kommen. Sie beugte sich vor, die Schultern angespannt, als sie auf seine Taille zielte. Dann griff sie ihn von der Seite an, kurz bevor er abdrücken konnte. Waverly stöhnte, als er stürzte und seine Pistole außerhalb seiner Reichweite im Sand landete, während Brianna ihm ihre geballten Fäuste immer wieder ins Gesicht schlug.

Ein halbes Dutzend Hände packte sie, zerrte sie von dem Hauptmann weg und warf sie zu Boden. Ein Stiefel trat ihr in die Rippen, und sie spürte, wie etwas brach. Sie versuchte, dem nächsten Tritt auszuweichen, der an einer weicheren Stelle ihres Körpers landen würde, aber sie war jetzt von allen Seiten umzingelt und konnte nirgends mehr hin.

Das war es - sie würde hier sterben. Sie würde weder ihren Vater noch Joe je wiedersehen. Schmerz prasselte auf sie ein, während alles um sie herum verschwamm ...

Der Knall einer Pistole ließ alle auf der Stelle erstarren.

»Aufhören!«, brüllte eine Stimme über den Hof. »Aufhören, sage ich!«

Brianna erschauderte. Jeder Atemzug, der ihr gelang, fühlte sich an, als würde er ihren Brustkorb zerschmettern. Sie versuchte, ihren Kopf zu heben und sich umzusehen. Der Rest der Gefangenen im Hof kauerte in schattigen Ecken, ihre Gesichter waren grimmig, da sie sich aus dem Kampf heraushielten. Mehrere Wachen standen um sie herum. Und Flynn sackte blutig und gebrochen gegen den Pfosten, während Waverly viel zu dicht neben ihm stand.

Admiral Harcourt hielt noch immer seine Pistole in der Hand, obwohl sie bereits leergeschossen war.

»Bringt den Jungen zurück in seine Zelle. Und holt einen Chirurgen für diesen Mann.« Er zeigte auf Flynn. » Hauptmann, Sie werden mich in meinem Büro aufsuchen, sobald sich die Lage beruhigt hat, verstanden?«

Waverly wischte sich das Blut vom Mund, seine Augen waren schwarz vor Hass. Seine Nase war gebrochen, und Brianna lächelte trotzig, obwohl ihr Körper jetzt vor Schmerzen schrie.

»Du bist *tot*, Junge, *tot*,« zischte Waverly, als er seinen Mantel vom Boden aufhob und an ihr vorbeistolzierte.

Brianna blickte zurück zu Flynn, der sich an den Pfosten lehnte. Ihr Herz hämmerte in ihrer Kehle. Seine Augen waren geschlossen, und das Blut floss ihm den Rücken hinunter, die zerschlagene Haut leuchtete scharlachrot. Der Schweiß, der sein Haar durchnässt hatte, hatte es dunkelbronzefarben gefärbt, wie ein Heiligenschein.

Der Admiral näherte sich Flynn und sprach leise zu ihm, seine Augen waren voller Schmerz. Nicht zum ersten Mal dachte Brianna, dass der Admiral zu viel Herz hatte, um ein Mann der Royal Navy zu sein.

»Komm schon, du. Du hast schon genug Ärger gemacht«, knurrte ein Soldat und begann, Brianna vom Boden hochzuziehen. Sie grub ihre Finger in die Arme des Soldaten, um sich zu befreien, um zu Flynn zu gelangen. Sie hatte plötzlich Angst, dass sie ihn nicht wiedersehen würde.

»Flynn!« rief sie, und dann noch zweimal, bevor die Soldaten sie aus dem Gefängnishof trieben. Auf ihren Schrei hin rappelte sich Flynn auf. Bevor sie ihn aus den Augen verlor, sah sie, wie seine Kräfte nachließen und seine Beine wieder nachgaben.

Ein hohles Loch bildete sich in ihrem Magen, als sie auf ihre Pritsche zurückfiel und die Zellentür zuschlug und sie einschloss. Sie würde sich jetzt mit Flynn zusammentun. Was auch immer dabei herauskommen würde, sie würde ihm gegenüber loyal sein, weil er ihr das Leben gerettet hatte, selbst wenn es nur noch wenige Tage dauern würde. Sie wollte auf Waverly losgehen, die Wut herauslassen, die sich in ihr aufgestaut hatte, als er Flynn ausgepeitscht hatte. Es war alles ihre verdammte Schuld. Wenn Flynn es nicht schaffen würde ...

Nein, das würde sie nicht einmal denken. Er war stark. Er würde nicht zulassen, dass Waverly ihm den Garaus machte.

Sie betete, dass der Gott des Meeres, der sich um die Piraten kümmerte, sie erhören möge. *Sei stark, Flynn. Ich werde einen Weg finden, uns hier herauszuholen.*

Kapitel Vier

»Flynn!« Der Schrei steckte noch immer in Nicholas' Schädel. Der Schrecken in Hollands Stimme hatte die Qualen seiner Verletzungen nur noch vergrößert.

»Das ist nicht das, was ich mit Ihnen vereinbart habe, Admiral.« Die Worte kamen über Nicholas' Lippen, als seine Kräfte nachließen und seine Beine unter ihm einknickten. »Ich hätte mit Dom in King's Landing bleiben und den Rest meines Urlaubs genießen sollen.« Das war es, was er getan hatte, bevor das alles begann. Sich ein paar Wochen wohlverdiente Ruhe zu gönnen und über seine Zukunft bei der Marine nachzudenken. »Stattdessen hätte mich dieser verdammte Verrückte fast erschossen.«

»Ich weiß, mein Junge. Das ist meine Schuld. Ich wollte diesen Mann nicht in meiner Festung haben, aber ich hatte in dieser Angelegenheit nicht viel zu sagen. Seine Familie ist gut vernetzt und weiß leider auch so gut wie ich, dass er … verrückt ist, weshalb sie ihn weit weg von England geschickt haben. Gibt es einen besseren Weg, sich eines solchen Mannes zu entledigen? Sie haben ihn hierher geschickt, wo das, was er anrichtet, in London kaum jemandem zu Ohren kommen würde.«

Nicholas versuchte, das zu verarbeiten, aber er verstand immer noch nicht, warum Waverly ihn angegriffen hatte. »Haben Sie ihm von mir erzählt?«

Daraufhin schüttelte Harcourt den Kopf. »Ich hatte noch keine Gelegenheit, ihm zu sagen, dass Sie Offizier sind oder dass wir einen Plan haben. Er sollte heute mit Patrouillen auf der Insel beschäftigt sein, nicht hier, um diesen Jungen zu verfolgen.«

Dieser Junge. Nicholas war zu schwach zum Lachen. »Dieser Junge ist kein *Junge*, Admiral.«

Der Admiral winkte ein paar Soldaten weg, die auf sie zukamen, und befreite Nicholas' gefesselte Hände.

»Was zum Teufel meinen Sie damit?«, fragte er.

»Bryan Holland ist kein Junge. Er ist eine *sie*.« Nicholas vertraute dem Admiral diese Informationen an. Er hatte eine Tochter, die er sehr liebte und die dem Alter dieses Mädchens nahe kam. Er vertraute darauf, dass Harcourt alles in seiner Macht Stehende tun würde, um diese junge Frau vor den Demütigungen weniger skrupelloser Männer zu schützen und zu beweisen, dass sie unschuldig war. Wenn sie für schuldig befunden würde, würde sie natürlich gehängt werden - ein Pirat war schließlich trotzdem ein Pirat. Eine Frau zu sein, würde sie nicht vor dem Galgen bewahren, es sei denn, sie wäre schwanger, und selbst dann würde es ihr Schicksal nur bis nach der Geburt des Kindes hinauszögern.

»Sagen Sie mir die Wahrheit? Holland ist wirklich eine ...«

»Frau, ja.« Nicholas' Sicht verschwamm, und sein Kopf wurde schwer.

»Großer Gott, holt doch jemand den verdammten Chirurgen her.« Harcourts Gebrüll ließ Nicholas' Ohren einen

Moment lang klingeln, bevor er zusammenbrach und ohnmächtig wurde.

Er wachte auf einem Bett im Krankenrevier der Garnison auf. Er lag ausgestreckt auf dem Bauch, und jeder Muskel schrie vor Schmerz, als er versuchte, sich zu bewegen.

»Bleiben Sie ruhig liegen, Leutnant.« Harcourts Stimme war ganz in der Nähe, sein Ton war sanft.

Die Ereignisse, die zu diesem Moment der körperlichen Qualen geführt hatten, kamen ihm wieder in den Sinn. »Holland ...«

»Es geht ihr gut, sie ist wieder in ihrer Zelle. Ich habe einen Soldaten, dem ich vertraue, geschickt, um auf sie aufzupassen. Er wird niemanden in ihre Nähe lassen, nicht ohne meine Zustimmung. Ich bin immer noch ranghöher als Waverly - ich bezweifle, dass er sich mir offen widersetzen würde.«

Nicholas schloss die Augen, während er schmerzhaft einatmete. Jedes Mal, wenn sich seine Lungen mit Luft füllten, dehnte sich die Haut in seinem Rücken und riss erneut auf. Ein schmerzhaftes Stöhnen entwich seinen Lippen.

»Immer mit der Ruhe, Flynn. Sie haben eine schwere Tracht Prügel bezogen. Es wird eine Weile dauern, bis die Wunden verheilt sind. Der Chirurg wird immer mal wieder eine Salbe auftragen müssen, um zu verhindern, dass sie sich öffnen und sich entzünden.«

Nicholas schlief ein, während Harcourt weiter sprach, und es dauerte eine ganze Weile, bis er wieder zu sich kam. Er war allein im Krankenzimmer. Sein Körper schmerzte so heftig, dass es ihm schwer fiel, Luft in seine Lungen zu bekommen. Die Tür öffnete sich, und der Chirurg kam auf ihn zu.

»Wie fühlen Sie sich, Leutnant?«

»Als ob der Teufel persönlich versucht hätte, mich bei lebendigem Leib zu häuten«, murmelte Nicholas.

Der Chirurg lächelte. »Das ist ein gutes Zeichen. Nichts zu spüren, würde auf einen schweren Schaden hindeuten.«

Nicholas antwortete nicht. Er starrte den Chirurgen an, während der Mann in der Nähe seines Bettes herumhantierte.

»Also gut, trinken Sie das. Das wird den Schmerz betäuben.«

Er schluckte die Flüssigkeit hinunter, und der Schmerz begann innerhalb weniger Minuten zu verblassen.

Er war nur halb wach, als Admiral Harcourt zurückkehrte.

»Wie geht es ihm?«

»Der Mann hat Glück, er ist jung und gesund. Die Wunden sind nicht oberflächlich, aber zum Glück hatte Captain Waverly nicht genug Zeit, um bleibende Schäden anzurichten, zumindest nicht schlimmer als das, was ein anderer Mann ihm bereits angetan hat. Er hat einige Narben von älteren Peitschenhieben. Waverlys Schläge fingen gerade an, tiefer in diese alten, verheilten Wunden einzudringen. Dieser Junge hat zum richtigen Zeitpunkt eingegriffen, und der Leutnant ist ihm dafür zu großem Dank verpflichtet.«

Trotz seiner Schmerzen war Nicholas klar genug, um etwas zu bemerken.

»Admiral«, sagte er und unterbrach damit das Gespräch zwischen dem Chirurgen und Harcourt.

»Ja?«

»Stecken Sie mich zurück in die Zelle mit Holland.«

»Was? Nein, Sie müssen unter der Aufsicht eines Chirurgen heilen«, argumentierte Harcourt.

»Der Chirurg hat gesagt, ich werde wieder gesund - Holland soll sich um mich kümmern. Er ist mir jetzt etwas schuldig. So etwas schafft Vertrauen, wenn Sie verstehen, was ich meine.«

Er musste zurück in diese Zelle. Sie brauchte Schutz - *seinen* Schutz. Das Mädchen war wild und impulsiv und würde sich umbringen lassen, wenn man sie zu lange allein ließe. Auch wenn er im Moment mit seinen Verletzungen ziemlich nutzlos war, war er sich sicher, dass er in ein paar Tagen wieder fähiger sein würde, wenn er sich ausruhen und mit eigenen Augen sehen konnte, dass sie in Sicherheit war. Hoffentlich konnte er den Admiral davon überzeugen, dass es eine gute Idee wäre, sich um das Mädchen zu kümmern, damit er sie beschützen konnte.

Harcourt schwieg einen langen Moment. »Wollen Sie diese Mission immer noch fortsetzen?«

Die Peitschenhiebe von heute hatten Nicholas' Entschlossenheit, einen Weg zu finden, die Piratin zu schützen, noch verstärkt. Sie vertraute ihm - oder begann gerade, es zu tun - und hatte Waverly angegriffen, um ihn zu retten. Indem sie sich mit einem Mann angelegt hatte, der doppelt so groß war wie sie, einem Mann, der ihr offensichtlich schaden wollte, hatte sie ihr Geheimnis und damit ihre Sicherheit aufs Spiel gesetzt. *Für ihn.* Er war ihr auch jetzt etwas schuldig, und wenn er könnte, würde er einen Weg finden, sie hier rauszubringen, wenn das alles vorbei war. Wenn sie die Gelegenheit bekäme, ein neues Leben zu beginnen, weit weg von hier, würde sie einem Schicksal am Galgen entgehen.

»Ja, das will ich«, sagte Nicholas. »Der Chirurg soll Holland anweisen, wie ich zu versorgen bin.«

Harcourts Augen schärften sich verständnisvoll. »Ja, damit könnten Sie Recht haben. Also gut. Doktor, Sie werden dem Gefangenen Holland Anweisungen für die Pflege des Leutnants geben. Holland darf nicht erfahren, dass dieser Mann ein Offizier ist, verstehen Sie? Der Leutnant muss das Vertrauen des Gefangenen mit allen Mitteln gewinnen.«

Der Chirurg nickte. »Ja, Admiral.«

Nicholas erhielt noch ein paar Stunden Ruhe, und bei Einbruch der Dunkelheit wurde er von zwei Soldaten vorsichtig zu Hollands Zelle zurückgebracht. Der Chirurg folgte ihnen. Als sich die Tür öffnete, richtete sich das Mädchen auf und stürzte dann auf Nicholas zu. Sie schien vor Sorge zu zittern, als sie die Hand ausstreckte, um ihm zu helfen.

»Geh zurück, Junge«, bellte einer der Soldaten. Sie gehorchte, aber ihr ängstlicher Blick wich nicht von Nicholas' Gesicht.

Als die Soldaten Nicholas losließen, musste er keinen Stolperer vortäuschen. Er war noch immer ein wenig betäubt von dem, was der Chirurg ihm zur Schmerzlinderung gegeben hatte. Er kniete sich auf seine Pritsche und legte sich langsam auf den Bauch.

»Du«, sagte der Chirurg, als er in die Zelle trat.

Das Mädchen trat vor. »Ja?«

»Ich habe keine Zeit, das Kindermädchen zu spielen. Du wirst seine Wunden zweimal am Tag reinigen und dies hier auftragen, bevor du sie wieder verbindest.« Er gab dem Mädchen einen braunen Glastopf mit Salbe und mehrere saubere Verbände. »Dir werden frisches Wasser und Verpflegung gebracht, um ihn zu versorgen.« Dies wurde mehr zu den Soldaten als zu dem Mädchen gesagt.

»Warum?« fragte das Mädchen, wobei ihre Worte von Misstrauen geprägt waren.

»Weil dieser Mann vom Admiral verhört werden muss und ich nicht für seinen Tod verantwortlich gemacht werden möchte. Wenn dir dein Leben lieb ist, wirst du dafür sorgen, dass er am Leben bleibt.«

Der Chirurg nickte den Soldaten zu, die einen Eimer mit frischem Wasser in die Zelle stellten, bevor sie die Tür zuschlugen. Nicholas stieß einen Seufzer aus und schloss die Augen. Er vermisste bereits den Komfort des Krankenbetts.

»Geht es dir gut, Flynn?« Die sanfte Stimme des Mädchens verleitete ihn zu einem Lächeln, aber er widerstand. Selbst in Männerkleidung und mit ihrem kurz geschnittenen Haar konnte er erkennen, dass sie schön war. Es verblüffte ihn, dass niemand sonst die Wahrheit erkannt hatte, aber die Art und Weise, wie sie sich normalerweise verhielt, zerstreute zweifellos den Verdacht. Nur in Momenten wie diesen ließ sie ihre Deckung fallen.

»Aye, Junge.«

Das Mädchen räusperte sich und vertiefte ihre Stimme. »Was du für mich getan hast - danke.«

»Gern geschehen.« Nicholas öffnete die Augen und sah sie in seiner Nähe schweben. »Holst du mir etwas Wasser, Junge?« Er warf einen Blick auf den Eimer, und sie nahm den darin schwimmenden Holzbecher, füllt ihn und brachte ihn zum Bett. Sie hielt ihm den Becher an die Lippen, und er trank, bis er leer war.

»Mehr?«, bot sie an.

»Noch ein bisschen, dann nimmst du selbst etwas.« Er kannte die Art von Nahrung und Wasser, die sie bis jetzt bekommen hatte. Er schloss die Augen und tat so, als würde er schlafen.

»Mach dir keine Sorgen, Flynn. Ich kümmere mich um dich. Ich schulde dir das.« Die Stimme des Mädchens verriet ihre Sanftheit. Sie sollte nicht in einem solchen Leben sein.

Welche Verbindung bestand zwischen ihr und dem berüchtigten Schattenkönig der Westindischen Inseln? Ein Kind von ihm? Eine Freundin? Vielleicht eine Geliebte? Sie musste irgendwie wertvoll für ihn sein, und niemand würde dieses Mädchen für wertlos halten. Ein Pirat wie Buck hätte eine gewisse Zuneigung zu einem Mädchen wie Holland und wahrscheinlich auch eine gewisse Verwendung für sie. Trotzdem würde Flynn alles tun, um ihr zu helfen, diesem

Leben zu entkommen, sobald er alles über Thomas Buck erfahren hatte, was er konnte.

Als das Mädchen zu summen begann, wurde er von ihrer Stimme in den Bann gezogen.

BRIANNA WAR BESORGT DARÜBER, WIE SEHR SIE SICH UM Flynn sorgte. Sie war eine unbekümmerte, wilde Piratin, doch hier regte sie sich über jede Kleinigkeit auf, die Flynn im Schlaf tat, während sie sich wie sein Kindermädchen verhielt.

Nur, weil er eine für mich bestimmte Auspeitschung auf sich genommen hat.

Sie hatte *noch nie* einem anderen Menschen solche Schmerzen bereitet. Sicher, sie hatte ein paar Kaufleuten und deren Besatzungsmitgliedern beim Entern eines Schiffes mit dem Kolben einer Pistole eins über den Kopf gezogen, und sie hatte sich in Tavernen mit betrunkenen Männern in Faust- und Messerschlachten geprügelt.

Aber dies hier war anders. In Waverlys Augen hatte Mordlust gestanden. Wäre Nicholas nicht dazwischen gegangen, würde sie nicht mehr unter den Lebenden weilen. Stattdessen würde sie an einem der Metallkäfige hängen, während Aasgeier ihr das Fleisch abpickten.

Und alles wegen einer Tomate. Ich habe schon Vulkane mit besserem Temperament gesehen.

Flynn stöhnte und bewegte sich auf der Liege, wodurch Brianna aus ihren Gedanken gerissen wurde. Sie stieß einen Atemzug aus, von dem sie gar nicht wusste, dass sie ihn angehalten hatte.

»Ich brauche ein bisschen Hilfe«, brummte er.

Sie ging an seine Seite. »Was brauchst du?«

»Hilf mir mal zu dem Eimer rüber.« Er nickte zu dem Eimer in der Ecke, der kein Wasser enthielt.

»Du musst ...«

»... mich erleichtern«, beendete er mit einem schmerzverzerrten Kichern.

»Oh, richtig.« Sie half ihm auf. Er stützte sich mit einem Arm an der Zellenwand ab, während er auf den Eimer zuging. Auf seinem Rücken scheuerten die Verbände. Er zischte vor Schmerz, als er seine Hose öffnen wollte, und sie wandte sich ab, um ihm einen Hauch von Privatsphäre zu geben. Ein Anflug von Panik überkam sie, als ihr klar wurde, dass *sie* denselben Eimer sehr bald in seiner Gegenwart würde benutzen müssen. Und sie würde nicht dabei stehen, wie er es tat.

»Danke«, murmelte Flynn, als er wieder auf die Pritsche zuging. Sie fasste ihn um die Taille, als sie ihm wieder nach unten half. Sein Körper war hart und warm in ihren Armen, und ihm so nahe zu sein, ihn zu umarmen, versetzte ihr einen schwindelerregenden Strom von Erregung.

Flynn legte sich wieder auf den Bauch und neigte sein Gesicht zu ihr. Er schloss die Augen. »Sing für mich, Junge. So kann ich besser schlafen.«

»Ich fürchte, ich bin völlig untalentiert«, sagte sie.

»Dann erzähl mir eine Geschichte.«

»Eine Geschichte?« Sie erinnerte sich an all die Geschichten, die ihr Vater ihr erzählt hatte, als sie noch jünger gewesen war. »Kennst du die Piratenkönigin Artemisia von Halicarnassus?«

»Eine Piratenkönigin, sagst du?« Flynn gluckste. »Kann nicht behaupten, dass ich von ihr gehört habe.«

Sie ließ sich auf ihrer Pritsche nieder und schaute zur

Decke hinauf. »Nun, nach Herodots *Historien* und Polyaenus'
Kriegsstrategien ...«

»Du hast Herodot und Polyaenus gelesen?«

Flynns zweifelhafter Tonfall ließ sie die Stirn runzeln, und
sie warf ihm einen Blick zu. »Willst du die Geschichte hören
oder nicht?« Seine blauen Augen waren offen und so intensiv
auf sie gerichtet, sodass sie erschauderte.

»Beantworte mir zuerst diese Frage. Wie kommt ein Pira-
tenjunge dazu, Herodot zu lesen?«

»Ich habe nie gesagt, dass ich *ein Pirat* bin«, erinnerte
Brianna ihn.

»Du bist hier drin. Du bist entweder ein Pirat oder mit
einem befreundet.«

Das war ein gutes Argument, das musste sie zugeben.
»Oder ich habe eine Tomate auf einen übereifrigen Offizier
geworfen, der gerne Leute zum Spaß verprügelt.«

»Touché«, kicherte er. »Wie bist du denn dazu gekommen,
solche wissenschaftlichen Werke zu lesen?«

»Mein Vater hat sie mir vorgelesen, als ich klein war, und
ich habe sie dann noch einmal alleine gelesen, als ich älter
wurde. Er wollte, dass ich eine klassische Ausbildung
bekomme. Er ist ein Gentleman, und er wollte, dass ich auch
ein Gentleman bin.«

Nicholas nickte verständnisvoll. »Ich hatte eine ähnliche
Ausbildung, aber ich bin schon in jungen Jahren weggelaufen.
Ich bin nie dazu gekommen, Herodot zu Ende zu lesen.« Er
zwinkerte ihr zu, und ihr entschlüpfte ein Lachen, bevor sie
sich zurückhalten konnte. Sie räusperte sich.

»Nun gut, was über Königin Artemisia bekannt ist, ist
begrenzt, aber ich erinnere mich an Folgendes. Sie war die
Tochter eines Regierungsbeamten in Halikarnassos, einer
Küstenstadt in Karien.«

»Karien?« Nicholas bewegte sich auf seiner Pritsche, als würde er es sich bequemer machen.

»Das, was wir das Osmanische Reich nennen. Sie heiratete den König von Halikarnassos, und sie hatten einen Sohn, bevor der König starb. Sie regierte anstelle ihres verstorbenen Mannes. Sie zog oft in den Krieg und segelte als Kapitänin auf ihrem eigenen Schiff. Sie befand sich stets im Krieg mit rivalisierenden Stadtstaaten in der Nähe und übernahm oft das Ruder ihres eigenen Schiffes. Kannst du dir das vorstellen?« Brianna lächelte wehmütig.

»Und was ist mit ihr passiert?«

»Nun, in Halikarnassos durften Frauen in der Gesellschaft leben, ohne sich zu verstecken, und so konnte sie mit einer unvorstellbaren Freiheit herrschen und umherziehen. Ihr erstes Piratenabenteuer dürfte ihr einen Vorgeschmack auf den Ruhm gegeben haben.«

»Ein Vorgeschmack auf den Ruhm?« Nicholas schnaubte.

»Pst. Ich erzähle eine Geschichte«, erinnerte sie ihn. »Artemisia beschloss, die rivalisierende Stadt Latmus zu plündern. Sie und ihre Männer schlugen ihr Lager außerhalb der Stadtmauern auf und veranstalteten ein großes Fest mit Tanz und Musik. Natürlich kamen die Einwohner von Latmus nach draußen, um das Fest zu sehen. Als sie die Stadttore öffneten, stürmten Artemisia und ihre Leute hinein und eroberten die Stadt.«

»Und was hat diese kluge Königin dann getan?« Flynns amüsierter und verwirrter Tonfall rührte etwas in ihr an, das sie selten zuvor gespürt hatte. Er hörte ihr tatsächlich zu. Nur ihr Vater hörte ihr normalerweise wirklich zu, wenn sie über etwas aus dem akademischen Bereich sprach. Joe tat das manchmal, aber er war oft mit Schiffsangelegenheiten abgelenkt.

»Nun, sie verschwand aus der Geschichte nach der großen Seeschlacht von Salamis, als die Griechen die Perser besiegten.

Manche sagen, dass der Herrscher der Perser sie nach Ephesus schickte, um seine Söhne als Ersatzmutter aufzuziehen, und dass sie ihren Lebensabend mit der Erziehung seiner Kinder verbrachte. Aber ich glaube es nicht.«

»Oh? Warum nicht?«

Sie zögerte kurz, ihre wahren Gefühle auszusprechen. Welcher Mann würde schon so denken wie sie, wenn es um den Platz einer Frau im Leben ging? Dennoch wollte ein Teil von ihr ehrlich zu Flynn sein, ihm zeigen, wer sie im Inneren und Äußeren war ... und um zu sehen, was er dann von ihr dachte. Würde er weglaufen? Würde er lachen? Würde er vor Abscheu grinsen? Oder würde er *zuhören*? Also ging sie das Risiko ein und sprach wahrheitsgemäß.

»Weil alle Geschichten, die von Männern über Frauen geschrieben werden, gleich sind. Sie enden immer damit, dass die Frau zu ihrem *wahren* Platz in der Gesellschaft zurückkehrt, ihrem Platz gemäß der Ansicht von Männern.« Sie konnte die Bitterkeit in ihrer Stimme nicht verbergen, aber ihr wurde klar, dass sie vielleicht zu viel über das einzige Geheimnis gesagt hatte, das sie neben ihrem Geschlecht zu verbergen hatte, also log sie. »Meine Mutter war unglücklich mit ihrem Schicksal, so hat man mir gesagt. Sie starb, als ich noch klein war, aber mein Vater sagte, sie war immer verärgert, dass sie nicht mit ihm reisen durfte. Warum sollten nur Männer die wilden Inseln erkunden oder die Meeresbrise im Gesicht spüren dürfen, während sie neuen Horizonten nachjagen? Ist das Meer nicht weiblich? Sind Schiffe nicht weiblich? Alles am Meer ist weiblich, von seiner Ruhe und Schönheit bis hin zu seinem Zorn. Es ist nur recht und billig, dass Frauen auch auf Entdeckungsreisen gehen. Ich schätze, ich war immer ein bisschen wütend, dass ihr die Dinge, die sie wollte, ohne guten Grund verweigert wurden.«

Flynn gluckste. »Eine Piratenkönigin ... Das gefällt mir. Die Vorstellung ist ... aufregend, findest du nicht auch?«

Sein Blick ließ Brianna den Kopf drehen, damit er nicht sah, wie sie errötete.

»Also kein Heim oder Herd für dich? Für eine Frau, die du dir vielleicht eines Tages nimmst, meine ich?« Flynn sah sie mit diesem intensiven Blick an, der ihr Unbehagen bereitete. Es war nicht unwillkommen, aber sie fragte sich, ob er mehr über sie ahnte, als er zugeben wollte.

Brianna war einen langen Moment still. »Ich möchte frei sein. Ich würde wollen, dass jeder, den ich liebe, auch frei ist. Aber das ist nicht die Art von Welt, in der wir leben, oder?« Sie drehte sich wieder zu ihm um. »Was ist mit Ihnen? Hast du denn eine Frau, die sich irgendwo an einem Kamin versteckt?«

Flynns Augen verdunkelten sich. »Nein. Ich habe einen Freund verloren, als ich noch sehr jung war, und bin zur See gefahren, um ihn zu suchen. Ich habe so lange nach ihm gesucht, dass ...« Flynn hielt inne, und seine nächsten Worte waren von Schmerz geprägt. »Ich habe mich verloren.«

Etwas an dem Schmerz in seiner Stimme grub sich in ihr Herz. Verloren zu sein, keine Orientierung mehr zu haben - das war kein Schicksal, das sie jemandem wünschen würde. Außer vielleicht diesem verdammten Captain Waverly. Sie wünschte ihn direkt zum Teufel.

»Mein Vater sagt, dass man sich auf dem Meer entweder findet oder verliert, aber für mich fühlen sich verloren und gefunden gleich an. Beides ist befreiend.«

»Dein Vater scheint ein intelligenter Mann zu sein. Lebt er hier auf der Insel?« Flynn schloss wieder die Augen, und die Frage klang leiser, schläfriger, als wäre er kurz vor dem Einschlafen.

»Mein Vater lebt ...« Sie hielt sich selbst davon ab, noch etwas zu sagen, und nach einem Moment hörte sie, wie Flynns

Atem im Schlaf tiefer wurde. Ein Lächeln umspielte ihre Lippen, als sie ihm beim Atmen zuhörte.

DREI TAGE VERGINGEN, UND NICHOLAS' ZUSTAND SCHIEN sich langsam zu verschlechtern. Seine Wunden waren verschorft, und er konnte jetzt auf dem Rücken liegen, aber er war blass und seine Haut war warm, und er schlief in Fieberträumen ein. Brianna hielt Wache, legte ihm saubere Verbände an, die der Chirurg vorbeibringen ließ, legte ihm ein getränktes Tuch auf die Stirn und erzählte ihm Geschichten von Piratinnen wie Mary Read und Anne Bonny, was ihn zu amüsieren schien.

In der dritten Nacht fühlte sich sein Körper so heiß an, dass sie befürchtete, er würde sterben. Sie rief die Wachen, um den Chirurgen zu holen. Als der Chirurg kam und Flynn untersuchte, presste er sein Ohr an Nicholas' Lippen, während er leicht auf seine Brust drückte, um den Atem zu spüren.

»Es ist das Fieber.«

»Können Sie ihm helfen?«, fragte sie.

Er warf ihr einen scharfen Blick zu. »Wenn es ein Fieber ist, kann ich nichts tun. Am besten, wir behalten ihn hier und hoffen, dass er durchkommt. Tu das Beste für ihn, Junge. Mach weiter so.«

Brianna zerrte ihre Pritsche neben die von Nicholas. Während sie sich die ganze Nacht um ihn kümmerte, brach sie schließlich vor Erschöpfung zusammen.

»Komm schon, Flynn, du musst wieder gesund werden.« Sie legte ihre Finger auf seinen Unterarm und strich über seine Haut. Er war zu krank, um ihre Berührung zu spüren.

Das dachte sie zumindest.

»Hör nicht auf.«

Sie zog ihre Finger von seinem Arm zurück, als ob sie sich verbrannt hätte. »Womit nicht aufhören?«

»Mich berühren. Es ist zu lange her, dass mich eine Frau so berührt hat.«

Ihr Herz blieb beinahe stehen, als er das Wort *Frau* sagte. »Es ist wirklich ein Fieber.«

»Bitte«, sagte Flynn erneut.

Sie starrte ihn an. »Ich bin *keine* Frau.«

Flynns Augenlider flatterten und öffneten sich schließlich. Er drehte sein Gesicht zu ihr. »Du kannst aufhören zu spielen. Ich wusste es, als ich dich zum ersten Mal sah, dass du eine Frau bist und nicht irgendein Junge.« Er atmete aus, und seine Augenlider fielen wieder zu. »All das Gerede über Piratenköniginnen und die Wut über den Platz der Frau in der Gesellschaft ...«

Sie wollte protestieren, merkte aber, dass sie damit nur ihr Loch noch tiefer graben würde.

»Ich konnte das alles durchschauen und dachte nur: *Wie kann ich der Einzige sein, der diese schöne Frau unter der Verkleidung eines Jungen sieht?*«

Flynn fand, sie sei schön?

Er ergriff ihre Hand und verschränkte seine Finger mit den ihren. Sein Atem wurde flach.

»Erfülle einem Sterbenden einen Wunsch.«

Brianna beugte sich über ihn und legte ein frisches, mit kühlem Wasser getränktes Tuch auf seine Haut, wischte über sein Gesicht und dann über seinen Hals. »Welcher Wunsch?«

»Ein Kuss ...« Er ließ ihre gemeinsamen Hände auf seiner Brust ruhen, und seine Lippen öffneten sich. »Bitte.« Seine Wimpern flogen auf, und seine blauen Augen leuchteten in dem schwachen Licht.

Sie starrte ihn an. »*Was?*«

»Du hast mich schon verstanden. Ein Kuss. Lass mich mit dem Wissen sterben, wie du schmeckst.«

Wie könnte sie ihm das verweigern? Das sündige Bild, das seine Worte zeichneten, hätte sie nicht berühren dürfen. Er hatte sein Leben für sie riskiert, als er die Peitschenhiebe auf sich genommen hatte. Wenn er im Sterben läge, würde ein Kuss nicht schaden.

Sie drückte seine Hand, die ihre fest hielt, und beugte sich zu ihm hinunter.

»Also gut, ein Kuss.«

In dem Moment, als ihre Lippen seine berührten, wusste sie, dass dies ein Fehler war. Sie hatte schon viele gut aussehende Männer geküsst, aber Flynn war anders. Einen Moment lang glaubte sie, ihr Körper brenne mit einem ganz eigenen Fieber, als seine freie Hand ihr Haar berührte. Als sie spürte, wie sich seine Finger unter ihre Perücke bohrten, riss sie sich mit einem erschrockenen Keuchen von ihm los.

Er stieß einen leisen Seufzer aus. »Noch besser als meine Träume.«

»W-was?«

»*Du.* Der süße Kuss einer Piratenkönigin.«

»Ich bin *kein Pirat*«, zischte sie, weil sie Angst hatte, die Wachen könnten sie belauschen.

»Aye, das bist du. Die hübscheste Piratenkönigin, die ich je gesehen habe ...«

Seine Worte versetzten sie in einen Rausch aus Freude und Angst. Sie waren beide dem Tod geweiht, und selbst dann noch hatte sie Angst, dass ein kleiner Fehler ihre Verbindung zu ihrem Vater verraten könnte. Sie würde eher sterben, als das zuzulassen, aber jetzt ... Jetzt wusste sie mit wachsendem Entsetzen, dass sie, als sie sich von Flynn hatte küssen lassen, nicht nur ihr Geheimnis, sondern auch das Leben ihres Vaters in Gefahr gebracht hatte. Sie starrte auf sein Gesicht, als er einschlief, noch immer unter dem Einfluss des Fiebers. Würde er sich an den Kuss noch erinnern, wenn er aufwachte? Würde er sich an alles erinnern, was sie heute Abend gemeinsam erlebt hatten? Das Beängstigende daran war, dass sie wollte, dass das, was heute Abend zwischen ihnen passiert war, wichtig sein würde.

Kapitel Fünf

Der Kuss war ein Fehler gewesen.

Nicholas hatte es in dem Moment gewusst, als er sie darum gebeten hatte, aber er konnte nicht anders. Das Fieber, das er in den letzten Tagen gehabt hatte, war nicht annähernd so schlimm gewesen, wie er sie hatte glauben lassen, und er hatte die Zeit, in der sie sich um ihn kümmerte, damit verbracht, die kleine Piratenkönigin zu beobachten. Und seine Beobachtungen hatten in ihm das Bedürfnis geweckt, sie zu berühren - nicht nur als ihr Patient, sondern als Mann. Und so hatte er der Versuchung nachgegeben und sie gekostet, und das Ergebnis war, dass er nie wieder derselbe sein würde.

Schlimmer noch, es hatte ihre Dynamik verändert. Vorbei war es mit der Kameradschaft, die sie ihm zugestanden hatte, als sie sich sicher hatte fühlen können, dass ihre Verkleidung ihn täuschte. Das Vertrauen, das er gewonnen hatte, weil er ihr erlaubt hatte, mit ihrer Scharade als Junge durchzukommen, würde sie nun, da sie wusste, dass er sie als Frau erkannt hatte, neu überdenken müssen. Und das Vertrauen einer Frau war etwas ganz anderes und viel empfindlicher als das eines Jungen. Das zeigte sich nicht zuletzt daran, wie sie sich von ihm zurückzog und sich in den geheimnisvollen Mantel hüllte, den alle Frauen besaßen, und ihre Gedanken und Gefühle vor ihm verbarg.

»Ich werde es niemandem sagen«, sagte er in ruhigem Ton. »Ich würde dein Geheimnis niemals preisgeben, weder den Wächtern noch sonst jemandem.«

»Jemandem was erzählen?« Ihre Antwort kam nicht besonders schnell. Jedes Wort schien sie nur widerwillig aussprechen zu können.

Er ließ sich auf seine Pritsche sinken, was schmerzte, als sein Rücken bei der Bewegung protestierte. »Dass du kein Mann bist.« Man wusste nie, wie sehr der eigene Körper die Rückenmuskeln brauchte, bis diese Muskeln verletzt wurden.

Sie schaute nicht in seine Richtung. Sie lag auf dem Rücken und starrte an die Decke. Sie hatte ihr eigenes Bett dorthin zurückgeschleppt, wo es gestanden hatte, während er geschlafen hatte. Er hatte es gemocht, wie sie vorher dicht neben ihm geschlafen und er ihre Wärme gespürt hatte, ihre Hand, die seine Haut berührte. Der überraschende Trost ihrer Berührung hatte ihm geholfen, das Schlimmste seines Fiebers zu überstehen.

»Ich glaube, dein Fieber war besonders schlimm. Ich, ein Mädchen?«, lachte sie.

»Komm schon, Holland, ich habe mir das nicht nur vorgestellt, wie süß du schmeckst, wie es sich anfühlt, wenn deine Lippen unter meinen weich werden. So einen Himmel kann sich ein Mann gar nicht vorstellen.«

Er hatte erwartet, dass seine Worte sie berühren würden, und vielleicht taten sie das auch, aber sie zeigte es nicht. Sie schwieg.

»Hast du vor, mich für immer zu ignorieren?«, fragte er sie.

»Ja.«

»Sag mir wenigstens deinen richtigen Namen. Ich nehme an, Holland ist entweder dein Nachname oder ein falscher Name. Willst du mir nicht sagen, wer du wirklich bist?«

»Nein.«

Er gluckste. Er hatte schon immer ein leichtes Spiel mit Frauen gehabt. Sein gutes Aussehen und seine stille Zurückhaltung zogen oft das schöne Geschlecht an, aber dieser stachelige kleine Schurke mochte ihn überhaupt nicht. Vielleicht wollte sie aber auch nicht zugeben, dass sie es tat.

Sie war sicherlich kühn, so in einer Männerwelt zu leben, das musste er ihr lassen. Es war klar, dass sie sich die berühmten Piratinnen aus ihren Geschichten zum Vorbild genommen hatte, vielleicht sogar mehr, als ihr bewusst war, und die Preisgabe ihres wahren Ichs hatte nur noch mehr rebellische Züge in ihr hervorgerufen. Das war nicht gut. Er brauchte ihr Vertrauen, wenn er ihr Leben retten wollte.

»Nun, es ist schade, dass du mich weiterhin ignorieren willst, denn ich habe vor, zu fliehen, und ich dachte eigentlich, dass ich dich mitnehmen könnte.«

Für eine knappe Sekunde stockte ihr Atem. Dann blähte sie ihre Brust dramatisch auf. »Und was, wenn ich diejenige war, die die Flucht geplant hat? Vielleicht könnte ich ja dich mitnehmen?«, forderte sie ihn heraus.

Gott, er fand ihre Kühnheit entzückend. Sie war ein seltenes Exemplar, ganz sicher.

Sie erinnerte ihn ein wenig an Roberta, die Frau seines besten Freundes. Roberta war willensstark und mutig, aber natürlich weiblicher als diese Kreatur. Nicht, dass es ihn gestört hätte. Er würde sein kleines Piratenmädchen sowohl in Reithosen als auch in feinen Kleidern zauberhaft finden. Sie war faszinierend, unabhängig davon, wie sie sich kleidete. Sie zitierte Herodot wie ein Gelehrter und sang dann ein schäbiges Seemannslied. Was für eine tolle Kombination.

»Nun gut, ich *werde* dir erlauben, mich zu retten.« Flynn stand auf und stützte sich mit den Unterarmen auf das Fensterbrett, von dem aus er den Hof überblicken konnte. »Was ist dein schlauer Plan, um uns hier rauszuholen?«

»Warum sollte ich dir das sagen?«, zischte sie.

Nicholas lächelte sie einfach an. »Wenn ich dir dabei helfen soll, muss ich deinen Plan kennen. Oder hast du etwa vor, selbst die ganze Arbeit zu machen?«

Sie starrte ihn mit leuchtenden Augen an. Er wollte sie wieder küssen, wollte sie aus den Kleidern schälen und ihre weiblichen Rundungen sehen. Am liebsten hätte er seine Hände in ihr echtes Haar gegraben. Sie trug eine Art Perücke, was ihn verwirrte. Er hatte das mit der Perücke herausgefunden, als er versucht hatte, ihr Haar während des Kusses zu berühren. Sie war zurückgezuckt, als er begonnen hatte, sie zu berühren, zweifellos aus Angst, dass sie entlarvt werden könnte.

Hollands Lippen öffneten sich, und sie schnaufte. »Mein Plan ist ...«

Schritte im Korridor ließen sie verstummen.

»Wachen«, murmelte er, und sie nickte zustimmend.

Nicholas bewegte sich vor sie, unsicher, was passieren würde. Die Zellentür öffnete sich, und Captain Waverly stand da, seine rot-weiße Uniform perfekt gebügelt und sein Haar im Nacken mit einem schwarzen Band zu einem Zopf gebunden.

»Ich bin wegen Holland hier, nicht wegen dir. Geh zur Seite«, befahl der Hauptmann.

Nicholas ballte die Fäuste. Der Mann wusste jetzt, dass er ein Offizier war, der sich das Vertrauen von Holland erarbeiten wollte. Sie zu foltern, um Informationen zu erhalten, wäre kontraproduktiv.

»Und wenn ich es nicht tue?«

»Dann werde ich dich an das Ergebnis unserer letzten Begegnung erinnern.« Das kalte Lächeln auf Waverlys Gesicht ließ Nicholas fast die Selbstbeherrschung verlieren.

»Ich würde wetten, dass der Ausgang eines gerechten Kampfes nicht zu Ihren Gunsten ausfallen würde. Sagen Sie mir, weiß der Admiral, dass Sie hier sind?«

Waverlys Nasenlöcher weiteten sich. »Du bewegst dich auf gefährlichem Terrain, Flynn.«

»Genau wie Sie.« Nicholas spürte die Energie von Waverlys Angriff den Bruchteil einer Sekunde, bevor er geschah. Er schob Holland in die Ecke, einen Augenblick bevor der Hauptmann sich bewegte, um ihn aus dem Weg zu räumen.

Waverly stürzte sich auf ihn, und Nicholas wich ihm aus. Der Hauptmann stolperte in die Zelle, und Nicholas trat ihm im Vorbeigehen in den Rücken. Waverly fing sich in der wirbelnden Bewegung, seine Fäuste erhoben sich. Er holte aus und versetzte Nicholas einen Schlag gegen den Kiefer, aber Nicholas schlug zurück. Eine Minute lang schlugen sie sich gegenseitig die Knöchel blutig und versuchten, den jeweils anderen zu zermürben.

»Gib nach!«, fauchte Waverly.

»Nein«, knurrte Nicholas. Das Blut aus seiner aufgeplatzten Lippe füllte seinen Mund mit einem salzigen Geschmack. Er spuckte auf den Boden. Sein Rücken tat weh, als hätte der Teufel seine Krallen über sein Fleisch gezogen, aber er wollte nicht nachgeben.

»Verdammt noch mal, Flynn!« Waverly stürzte sich erneut auf ihn, aber ein Schrei ließ sie beide innehalten.

»Was machen Sie da?« Die scharfe Stimme des Admirals drang durch den engen Raum.

»Admiral Harcourt, er ...«

»Mein Büro, Captain. Jetzt.« Das Gesicht des Admirals war steinern und irgendwie viel beängstigender als Waverlys grausamer Ausdruck.

»Sir, ich ...«

»*Jetzt.*«

Waverly warf Flynn im Vorbeigehen einen giftigen Blick zu.

»Und Sie, Mr. Flynn, werden ebenfalls mit mir kommen. Wenn Sie in der Lage sind, zu kämpfen, können Sie verdammt noch mal ein paar Fragen zu Ihren Aktivitäten an Bord der *Emerald Dragon* beantworten.«

Nicholas warf dem Holland-Mädchen einen beruhigenden Blick zu, bevor er dem Admiral in den Korridor folgte. Sie nickte ihm zu, als wolle sie ihm versichern, dass es ihr gut ging, bevor sich die Zellentür hinter ihnen schloss.

Keiner sprach ein Wort, bis sie im Büro des Admirals waren und die Tür fest verschlossen war. Der Admiral starrte Waverly mit aller Kraft an, die er aufbringen konnte.

»Bedeutet Ihnen die Befehlskette nichts, Herr Hauptmann? Ich habe Ihnen gesagt, dass ich für Holland verantwortlich bin.«

»Und ich habe Ihnen gesagt, dass bei diesem Jungen Gewalt notwendig ist«, schoss Waverly zurück. »Und er ...« Waverly stach mit dem Finger in Richtung Nicholas. »... *hat sich eingemischt.*«

Nicholas ignorierte Waverlys Versuch, ihn in einen weiteren Streit zu verwickeln, und sprach mit dem Admiral, als wäre Waverly nicht anwesend.

»Sir, ich habe mir einen neuen Plan ausgedacht, aber er erfordert Ihr Vertrauen.«

»Ich höre zu«, sagte Harcourt.

»Ich glaube, Ihre Informationen sind korrekt. Holland ist in irgendeiner Weise mit Thomas Buck verbunden, vielleicht in einer Art familiärer Beziehung. Ich glaube, wenn wir Holland entkommen lassen, wird er uns zu Buck zurückführen.«

»Ihn einfach entkommen lassen? Woher zum Teufel willst du wissen, wohin er geht?«, argumentierte Waverly.

»Ich werde mit ihm fliehen, versuchen, mich seiner Mannschaft anzuschließen, und einen Bericht über Bucks Aufenthaltsort schicken. Wir können ihm eine Falle stellen und die gesamte Mannschaft auf einmal festnehmen. Noch besser wäre es, wenn wir herausfinden würden, welche Aktivitäten Buck geplant hat, und seine gesamte Flotte stören könnten.«

Der Admiral tippte mit den Fingern auf seinem Schreibtisch, während er darüber nachdachte. »Hohes Risiko«, sagte er, halb zu sich selbst.

»Hohe Belohnung«, konterte Flynn.

Waverly spottete. »Unsinn. Wenn wir den Jungen brechen, haben wir alle Informationen, die wir brauchen.«

Aber der Admiral ignorierte ihn. »Wenn Sie glauben, dass das funktioniert, Leutnant, können wir eines der Tore zu einem günstigen Zeitpunkt unbewacht lassen. Dieser Kerl, Black Barney, soll morgen gehängt werden, und ich bin sicher, er wird sich wehren. Ich werde nur eine Wache abstellen, die ihn zum Galgen führt. Wenn er sich wehrt, können Sie und Holland in dem Chaos, das sicher folgen wird, fliehen.«

»Wahnsinn. Das ist eine absurde Idee«, sagte Waverly.

»Auch wenn Sie es nicht glauben, ich habe immer noch die Kontrolle über diese Festung. Flynn, Sie werden morgen Ihre Gelegenheit bekommen. Die Truppen von Waverly werden auf Patrouille geschickt. Das werden Sie Holland sagen, um dem Jungen zu versichern, dass eine Flucht möglich ist.«

»Danke, Admiral.« Flynn drehte sich um und folgte dem Soldaten nach draußen in seine Zelle. Er verbarg seine Erleichterung, als er an dem finsteren Waverly vorbeiging.

Dies war nicht nur der beste Weg, Buck aufzuspüren,

sondern auch der einzige Weg, wie er dies tun konnte, während der junge Holland der Schlinge entkam.

Das einzige Problem war, dass er sie dazu bringen musste, Buck zu verraten.

»Flynn!« Brianna hätte sich fast auf Flynn gestürzt, als er in die Zelle zurückgebracht wurde, aber sie hielt sich zurück.

»Mir geht's gut, Mädchen.« Seine Lippen verzogen sich zu einem verschmitzten Lächeln. »Ich finde es irgendwie süß, dass du dir Sorgen um mich gemacht hast.«

Brianna schaute finster drein. »Ich habe mir *keine* Sorgen gemacht, du Dummkopf.« Das hatte sie nicht. Wahrhaftig. Es war nur ... Nun, verdammt, sie hatte sich Sorgen gemacht. Was wäre, wenn er wieder ausgepeitscht worden wäre, oder Schlimmeres?

Er zog eine Grimasse, als er weiterging, und sie fragte sich, ob er eine seiner Wunden wieder aufgerissen hatte. Ein kleiner Teil von ihr wollte ihre Arme um seinen Nacken legen und ihm beruhigende Dinge ins Ohr flüstern, während sie seine Wunden untersuchte. Aber das war lächerlich. Sie war nicht irgendeine Krankenschwester.

»Bist du ...? Hast du ...?« Sie zeigte auf seinen Rücken, und er zuckte mit den Schultern.

»Nichts, was nicht wieder heilen würde«, sagte er mit einem schiefen Lachen, das sich in ein Zucken verwandelte.

»Waverly?«

»Wer denn sonst?«, murmelte Flynn, dann setzte er sich auf seine Pritsche. »Hast du schon das Neueste gehört?« Er wischte sich das getrocknete Blut mit einem Hemdsärmel aus dem Gesicht und trank dann einen Becher Wasser. Brianna beobachtete ihn, und in ihrem Magen bildete sich eine Grube des Grauens.

»Welche Neuigkeiten?« Sie versuchte, so zu tun, als ob es ihr egal wäre. Was, wenn sie Joe gefunden hätten? Was wäre, wenn ihr Vater irgendwie gefangen genommen worden wäre?

»Der schwarze Barney soll morgen gehängt werden.«

»Oh?« Brianna fühlte sich schuldig, weil sie Erleichterung empfand. Barney war ein Bastard, aber er gehörte immer noch zu den Brüdern. Kein besonders guter, aber dennoch ein Pirat.

»Ich kann mir vorstellen, dass sie uns zwingen werden, zuzusehen.« Flynns grimmiger Tonfall drehte ihr den Magen herum.

»Das werden sie«, antwortete sie flüsternd. Am Tag, bevor Flynn in ihre Zelle gesteckt worden war, hatte sie eine Hinrichtung gesehen. Alle Gefangenen wurden zum Zuschauen in den Hof geführt.

Sie hatte schon viele Männer sterben sehen, tapfer in der Hitze des Gefechts oder dumm während einer Schlägerei in einer Taverne, aber eine Hinrichtung war etwas anderes. Man war nicht mehr Herr seines Schicksals, und alles an der Zeremonie sollte diese Tatsache unterstreichen. Man kam sich klein vor. Machtlos.

Und diese Hinrichtung war nicht gut verlaufen. Das Seil war nicht straff genug gewesen, um ihm beim Sturz das Genick zu brechen. Es hatte etwas wirklich Erschreckendes, einen Mann in der Luft baumeln zu sehen, dessen Gesicht sich violett färbte, während er nach Luft rang.

»Ich habe gehört, dass sie den Galgen repariert haben. Es wird schnell vorbei sein«, sagte Flynn. Aber Brianna ging der Tod dieses letzten Mannes immer noch nicht aus dem Kopf.

Flynn räusperte sich und lenkte ihre Aufmerksamkeit von

den Gedanken an Barney ab und daran, wie der an der Schlinge hing. »Ich habe mir gedacht, wenn wir unsere Flucht planen wollen, bekommen wir vielleicht während der Hinrichtung eine Gelegenheit dazu.«

Daraufhin legte sie den Kopf schief. »Glaubst du das? Ich könnte mir vorstellen, dass bei der Hinrichtung mehr Wachen anwesend sein werden.«

Er schüttelte den Kopf, und sein dunkelblondes Haar fiel ihm in die Augen. »Ich habe gehört, dass sie auf der Südseite der Insel nach Thomas Buck suchen werden. Die meisten der Männer werden während der Hinrichtung nicht anwesend sein. Das könnte uns Zeit zur Flucht verschaffen. Wir könnten ein oder zwei Wachen überwältigen, wenn es nötig ist.«

»Das klingt riskanter, als ich es mir vorgestellt habe.« Eigentlich hatte sie gar keinen Plan, aber sie hatte sich überlegt, sich nachts hinauszuschleichen, wenn sie nur aus ihrer Zelle herauskäme. »Aber mein Plan war eigentlich eher etwas für einen einzelnen. Ich nehme an, wenn du wirklich mitkommen willst, wäre das ein guter Zeitpunkt. Aber warum willst du überhaupt eine Flucht mit mir riskieren?« Es lag in ihrer Natur, sowohl als Frau als auch als Pirat, niemandem zu vertrauen.

Flynn kam zu ihr herüber, und sie wich fast zurück, als er ihr plötzlich so nahe war. Gott, nicht viele Männer waren größer als sie, und noch weniger von ihnen waren so gebaut wie Flynn. Stärke und rohe männliche Kraft strahlten von ihm in einer Weise aus, die Teile von ihr erschaudern ließ, wenn auch nicht aus Angst. Sie konnte nicht anders, als sich zu fragen, wie es sich wohl anfühlen würde, sich diesem Mann hinzugeben, sich von seiner Leidenschaft mitreißen zu lassen, ihm die Kontrolle zu überlassen und sich in seinem Griff sicher zu fühlen. Sie schüttelte sich aus dem törichten Tagtraum. Sie konnte niemals einem Mann die Kontrolle überlassen - es war zu gefährlich für ihre Freiheit.

Flynn streckte seine Hand aus, um sie zu berühren, und strich mit den Fingerknöcheln über ihre Wange.

»Ich *mag* dich, Holland, und ich küsse dich mehr als gerne. Es scheint, dass ich eine Mannschaft brauche, mit der ich segeln kann, bis ich den Weg zurück zum *Emerald Dragon* finde. Außerdem habe ich keine Lust, dass einer von uns hier bleibt, bis wir an der Reihe sind zu hängen, oder?«

Seine Worte ergaben Sinn, aber der Teil davon, dass er sie küssen würde ... das allein wiederholte sich immer wieder in ihrem Kopf. Sie küsste ihn auch *mehr als gerne*. Und es war nur ein verdammter Kuss gewesen. Wie würde es ihr gefallen, wenn er weit mehr täte, als sie zu küssen?

»Also, was meinst du? Ich helfe dir bei der Flucht und du überzeugst den Kapitän der Mannschaft, mit der du segelst, dass ich mitkommen darf?«

Sie zog ihre Unterlippe zwischen die Zähne, zu sehr war sie davon abgelenkt, wie seine Hand von ihrer Wange hinunter zu ihrem Hals wanderte und immer noch auf eine Weise über ihre Haut strich, die ihre Gedanken vernebelte. Sie zog sich zurück und fühlte sich manipuliert. »Du suchst also nur jemanden, mit dem du einsame Nächte auf hoher See verbringen kannst?«

Flynn gluckste. »Ich gebe zu, dass ich über die Vorteile einer solchen Partnerschaft nachgedacht habe, aber ohne deine Erlaubnis wird nichts geschehen, das versichere ich dir.«

»Nein, natürlich nicht. Denn wenn du das versuchen würdest, würdest du dich an etwas *anderem* als deinem Hals aufgehängt finden.« Sie erwiderte seine sanfte Liebkosung mit einem schnellen Griff und einem Druck, der ihren Standpunkt nur allzu deutlich machte. »Verstanden?«

Flynn zuckte zusammen, seine Stimme wurde höher, als er antwortete. »*Absolut.*«

Sie lockerte ihren Griff. »Nun ... Ich nehme an, du kannst

mitkommen. Aber komm bloß nicht auf die Idee, das Schiff selbst zu übernehmen.«

»Ich schwöre, deinem Kapitän zu gehorchen, wer auch immer er ist. Außerdem werde ich wohl kaum ein Schiff ganz allein übernehmen, oder?«

Sie hätte fast gekichert. Er würde überrascht sein, herauszufinden, dass *sie* der Kapitän war.

Sie zog sich zurück und setzte sich wieder auf ihre Pritsche. »Ich werde dich daran erinnern. Warum erzählst jetzt nicht du mir eine Geschichte?« Sie hatten eine lange Nacht vor sich, bevor sie im Morgengrauen Zeugen einer Hinrichtung sein würden.

»Ich soll eine Geschichte erzählen?« Er lachte leise, der Klang war tief und dekadent. Sogar sündhaft. Und sie wusste ein oder zwei Dinge über Sünde.

»Ja, erzähl mir etwas Amüsantes. Jetzt bist du dran.«

»Ich kenne leider keine Geschichten über wilde Piratenköniginnen wie du.«

Sie lächelte und biss sich auf die Lippe. »Das ist in Ordnung. Ich kenne schon jede Geschichte von jeder Piratenkönigin.«

»Wie wäre es mit Geschichten über Schatzschmuggler aus Cornwall, die von den Wikingern selbst abstammen?«

Sie lag auf der Seite und stützte ihr Kinn auf die Hand, während sie Flynn beobachtete. »Das klingt, als könnte es mich amüsieren.«

»Es heißt, dass vor der Küste Cornwalls eine Familie lebt, die reines Wikingerblut in ihren Adern hat. Sie sind groß, wild und listig und warten wie Gespenster in der Dunkelheit auf Schiffe, die bei Stürmen an den Felsen zerschellen. Und dann beginnen sie ihre Jagd ...«

Am nächsten Morgen wurden die Gefangenen der Garnison von Port Royal vor Sonnenaufgang aus ihren Zellen geführt. Jeder Mann wurde an seinen Zellengenossen gefesselt. Briannas linke Hand und Flynns rechte Hand waren aneinander gekettet, die Kette zwischen ihnen nur ein Fuß breit. Das war nicht das, was sie bei der letzten Hinrichtung mit den Gefangenen gemacht hatten.

»Wahrscheinlich, um den Mangel an Wachen auszugleichen«, überlegte Flynn.

Aber an Captain Waverlys Gesichtsausdruck erkannte Brianna, dass dies *seine* Idee gewesen war. Seine Männer patrouillierten die Insel, aber er war zurückgeblieben, um einen Mann hängen zu sehen.

»Bist du noch bei mir, Holland?« Flynn beugte sich vor und flüsterte, als sie sich zu ihren Mitgefangenen gesellten.

»Die Frage ist, bist *du* bei *mir*?« Die Handschellen würden die Flucht erschweren, aber wenn Flynn wusste, was er tat, könnten sie es schaffen.

Ein Marineoffizier in dunkelblauer Uniform und gepuderter Perücke stand neben dem Galgen und rollte ein Stück Pergament aus.

»Wir sind hier versammelt, um der Hinrichtung von Barnabas Black beizuwohnen. Er wurde in zwei Fällen der Piraterie und in einem Fall des Diebstahls verurteilt. Er ist dazu verurteilt worden, am Hals zu hängen, bis er tot ist.«

Vier Soldaten in roten Uniformen traten vor, Trommeln um die Hüften geschlungen. Sie begannen in einem gleichmäßigen, unheilvollen Rhythmus zu trommeln und kündigten so den Untergang des Mannes an.

Black Barney war der letzte Gefangene, der aus dem Zellenblock geführt wurde. Auf seinem Weg zum Galgen marschierte er an Brianna, Flynn und den anderen vorbei.

Die Augen des Piraten waren rot und wild, als er seinen Kopf wie ein tollwütiger Hund auf der Suche nach seinem nächsten Opfer hin und her warf. Brianna spannte sich an.

»Ganz ruhig«, murmelte Flynn. Jeden Moment würde Barney anfangen, sich zur Wehr zu setzen. Sie mussten nur auf den richtigen Moment warten.

Brianna warf einen Blick auf jeden der Ein- und Ausgänge der Garnison. Sie zählte nur sieben Wachen. Am Tor hinter ihnen unterhielten sich zwei. Keiner der beiden Männer schien sich für die Hinrichtung des Gefangenen im Hof zu interessieren. Das südliche Tor war das einzige, das in Richtung der dichten Vegetation der Insel führte. Das war die schwächste Stelle der Garnison.

»Das Südtor«, flüsterte Brianna Flynn zu.

»Ich sehe es.« Sein Blick huschte zum Tor und zurück zu Black Barney, der den Fuß des Galgens erreicht hatte.

Ohne Vorwarnung wirbelte der Mann auf den ihn begleitenden Soldaten zu und schlug ihn mit solcher Wucht, dass er gegen die nahe gelegene Mauer prallte. In diesem Moment verwandelten sich Frieden und Ordnung in ein verdammtes Chaos.

»Kämpft für Barney!«, ertönte ein Schrei, und die Gefangenen um Brianna und Flynn stürzten sich auf die ihnen am nächsten stehenden Wachen. Brianna konnte ihr Glück kaum fassen.

Sie zog kräftig an ihrem Handgelenk und stürmte zum Südtor. »Komm schon!«

Flynn eilte ihr hinterher und hatte keine andere Wahl, als

mit ihr Schritt zu halten. Die beiden Soldaten hoben ihre Gewehre, aber sie waren auf Barney statt auf sie gerichtet und drehten sich zu spät zu ihr um. Sie versetzte dem ersten Mann mit der freien Hand einen harten Schlag, sodass er rücklings stolperte. Er rollte mit den Augen, als der zweite Wächter von Flynn niedergeschlagen wurde und neben dem ersten auf einem Haufen landete.

Flynn hockte sich neben sie, während sie die Wachen nach dem Torschlüssel durchsuchte. Als sie ihn gefunden hatte, warf sie ihn Flynn zu. Er schloss das Tor auf, und sie eilten hindurch in Richtung Freiheit, wobei sie sich in die dichte Vegetation stürzten, die einen Teil ihrer Flucht abschirmte.

»Was ist der nächste Teil des Plans?«, fragte Flynn, als er ihr folgte. Die Mischung aus Palmen und Mahagonibäumen bot ihnen auf der Flucht vor der Marinegarnison einen guten Schutz.

»Hey, Holland?«, forderte Flynn, als sie langsamer liefen. Die Festung war nicht mehr zu sehen, nur noch ferne steinerne Spitzen über den Wipfeln der Bäume.

»Da vorne sollte ein Boot auf mich warten. Ich *hoffe* ...« Den letzten Teil fügte sie im Flüsterton zu sich selbst hinzu. Wenn Joe das Klügste getan hätte, hätte er sie verlassen. Aber Joe tat oft nicht das Klügste, wenn es um sie ging. Jetzt hoffte sie inständig, dass er auf sie gewartet hatte, anstatt zu ihrem Schiff zurückzusegeln.

Sie liefen einen Tierpfad entlang, bis sie den vertrauten Weg fand, der sie zur geheimen Bootsanlegestelle führen würde. Diesen Weg hatte ihr Vater viele Jahre lang beschritten, und sie hatte ihn schon als Kind gut gelernt. Er war gut ausgetreten, aber schmal, und wurde nur von Bucks Männern und jetzt von ihr benutzt.

»Sag mir, dass du scherzt. Mit einer Jolle sind wir nicht schneller als die Marine.«

Bitte sei da, bitte, betete sie im Stillen.

»Ich dachte, du vertraust mir«, sagte sie laut.

»Nicht, wenn du auf einer verdammten Jolle segeln willst.«

»Natürlich nicht«, spottete sie. Sie hatte keine Zeit für Erklärungen. Sie musste sich konzentrieren. Joe, wenn er noch hier wäre, würde sich gut versteckt halten.

Der Weg wurde schmaler, als die kleine Bucht in Sicht kam. Sie wurde nicht oft besucht, da es keinen Platz gab, um größere Schiffe aufzunehmen. Jollen und Rettungsboote waren die einzigen Gefährte, die im flachen Wasser über die Riffe gleiten konnten, aber es war ein zu weiter Weg, um als Landepunkt für irgendjemanden außer Piraten geeignet zu sein.

Brianna blieb am Rande der Vegetation stehen und betrachtete den leeren Strand. Von dem Boot oder Joe war nichts zu sehen. Neue Panik machte sich breit. Sie hatte verzweifelt gehofft, dass er gewartet hatte.

»Verdammt. Ich dachte, er hätte vielleicht auf mich gewartet.«

»Wer hätte auf dich warten sollen?«, fragte Flynn frustriert.

»Ich«, polterte eine tiefe Stimme hinter ihnen.

Flynn wirbelte herum und hob die Fäuste zur Verteidigung. Brianna, die von den Ketten mitgerissen wurde, rief ihm zu, nichts zu tun, aber es war zu spät.

Kapitel Sechs

»Wer hätte auf dich warten sollen?«, fragte Nicholas, während er den leeren Strand überblickte.

Er sah, wie Hollands Gesicht blass wurde, während sie nach demjenigen suchte, den sie zu treffen gehofft hatte. Es schien, als würde diese kleine Flucht viel zu schnell enden. Im Moment befanden sie sich ungeschützt am Strand, mit dem dichten Blattwerk der Insel im Rücken, wo sich Waverlys Männer leicht verstecken konnten. Das gefiel ihm überhaupt nicht.

»Ich«, grollte eine Stimme.

Instinktiv und reflexartig stürzte sich Flynn auf den Mann, der sich hinter ihnen angeschlichen hatte, und riss Holland mit sich. Der Mann griff im selben Moment ebenfalls an, aber Flynn war einen Sekundenbruchteil schneller. Er traf den Mann direkt am Kiefer, während der Schlag des anderen Mannes an Flynns Wange vorbeiwischte.

»Hört auf, ihr Dummköpfe! Hört auf damit!«

Flynn wurde weggeschubst, bevor er den anderen Mann richtig in die Finger bekommen konnte.

»Joe, aufhören!«, brüllte Holland in einem gebieterischen Ton.

Der Mann namens Joe trat zurück.

»Wer ist das?«, knurrte Nicholas zur gleichen Zeit, als Joe sagte: »Wer ist das, hm?«

»Joseph McBride, das ist Nicholas Flynn. Gebt euch die Hand. Wir sind doch alle Freunde hier, nicht wahr?« Hollands Tonfall duldete keinen Widerspruch von den beiden.

Joe grunzte und streckte Nicholas widerwillig die Hand entgegen. Nicholas hatte einen Moment Zeit, den Mann zu begutachten, als er das Angebot annahm. Joe war gebaut wie eine Fregatte, mit dicken Muskeln und einem stählernen Auftreten, das dazu passte. Er schien Ende vierzig zu sein, und seine Haut war durch jahrelangen Aufenthalt in der Sonne gebräunt. Zweifellos ein weiterer Pirat.

»Flynn«, sagte Joe.

»McBride«, antwortete Nicholas. Sie ließen die Hand des anderen los und starrten einander weiter an.

»Wunderbar. Jetzt, wo wir alle Freunde sind, lasst uns von hier verschwinden, bevor die Rotröcke uns finden.«

»Rotröcke? Wie weit sind die hinter euch?«

»Ich bin mir nicht sicher - wir haben keine Zeit.«

»Wir nehmen ihn mit?« Joe zuckte mit dem Daumen nach Nicholas.

Sie warf Joe einen Blick zu, der Nicholas nicht entging. »Ja.« Sie winkte mit den aneinandergefesselten Händen in der Luft. »Das erkläre ich später.« In seiner Gegenwart schien sie genau aufzupassen, was sie sagte.

»Richtig. Also, hier entlang.« Joe ging den Strand entlang und hielt an einer Stelle inne, an der Dutzende von Palmwedeln im Sand lagen.

Nicholas musste mit Holland Schritt halten, da sie immer noch aneinander gefesselt waren. Joe trat einige Palmwedel weg und griff in einen Spalt, den er freigelegt hatte. Der Sand bewegte sich, und weitere Palmwedel rutschten beiseite, bis eine große, in den nassen Sand eingelassene Grube zum Vorschein kam. Die reichte tief in Richtung der Bäume und weg vom Wasser. In dem riesigen Raum war eine Jolle versteckt. Nicholas starrte das Ding erstaunt an. Die Kaverne war ein Wunderwerk, das ihn fast sprachlos machte.

»Wie zum Teufel ...?«

»Das wurde schon vor Jahren gebaut«, sagte Joe, als er das Boot aus der Höhle und auf den Sand zog. »Die Mauern sind befestigt und an die unterirdischen Wurzeln der Bäume genagelt, weit genug im Landesinneren, dass die Flut sie nicht berühren kann.«

Zu dritt zogen sie das Boot ins seichte Wasser, und dann bedeckten Holland und Joe die Höhle wieder mit Wedeln und Sand.

Als sie endlich im Boot saßen, ließ Joe ein Paar Ruder ins Wasser fallen und begann, sie aus der Bucht hinauszurudern. Sobald sie die Bucht hinter sich gelassen hatten, setzten sie das kleine Segel, und Joe konnte die Ruder einholen. Nicholas betete, dass sie von den Schiffen, die in den nahen Gewässern unterwegs waren, nicht bemerkt werden würden.

»Wo ist die *Serpent*?«, fragte Holland.

Joe nickte in eine vage Richtung. »Der übliche Ort. Sie wartet auf uns.«

»Gott sei Dank.« Holland konzentrierte sich auf die Arbeit am Steuer, scheinbar völlig in ihre Aufgabe vertieft. Nicholas blieb dicht bei ihr, die Kette, die ihre gefesselten Hände verband, ließ nur wenig Abstand zwischen ihnen zu.

»Also ... Flynn, richtig? Wie seid ihr beide der Garnison entkommen?«

Nicholas wusste, dass der Mann ihn prüfen wollte, um zu sehen, was er sagen würde.

Er winkte mit den gefesselten Händen. »Wir wurden zusammengetrieben und gezwungen, dabei zuzusehen, wie sie einen Mann im Hof aufhängten. Alle Gefangenen wurden zu zweit aneinander gefesselt.«

»Wen haben sie gehängt?«

»Black Barney«, sagte Holland. »Ich mochte ihn nicht, aber er war kein Schurke, keiner, der einen solchen Tod verdient hätte.«

»Aye. Möge er in Frieden ruhen«, sagte Joe. »Aber ich nehme nicht an, dass ihr einfach durch das Tor spaziert seid, ohne dass jemand hingesehen hat, oder?« Er sah Nicholas wieder an.

»Barney kämpfte gegen die Wachen und verursachte ein kleines Durcheinander. Das haben wir ausgenutzt, um durch das Südtor zu entkommen. Holland hat mich direkt zu dir geführt.«

Joe blickte unsicher zu Holland. »Weiß er ...?«

»Offenbar hat er es sofort erraten. Er ist nicht wie die anderen.« Ihre Stimme wurde leiser, als sie diesen letzten Teil sagte. Nicholas war sich nicht sicher, warum, aber es schien den steinernen Blick in Joes Augen noch mehr zu verhärten.

»Oh, aye, er ist nicht wie die anderen.« Joe schielte zu Nicholas herüber. »Ich sage dir jetzt, was ich auch der Mannschaft sage. Wenn du sie anrührst, verlierst du eine Hand. Wenn du sie verletzt, verlierst du dein Leben. Verstanden?«

Nach einer Pause ergriff Joe erneut das Wort. »Also, Flynn, mit wem segelst du?«

»Auf der *Emerald Dragon*. Ich bin einer von Belishaws Männern.«

In den Augen des Piraten blitzte Erkennen auf. »Belishaw?

Dann bist du also mit Kapitän Grey gesegelt? Der Kapitän vor Belishaw?«

»Ja, Dominic ist einer meiner ältesten Freunde.«

»Schon traurig, dass er sich diesen schick angezogenen Narren angeschlossen hat.«

»Er tat, was er aus Liebe tun musste«, sagte Nicholas. Das war die Wahrheit. Grey hätte kein Pirat bleiben können. Nur eine Begnadigung durch den König hatte ihm das Leben gerettet.

Joseph lächelte schief. »Was für ein verdammter Narr, die Tochter eines Admirals zu heiraten. Ich bewundere den Mann immer noch, aber ich traue ihm nicht mehr. Nicht, wenn er mit dem Feind schläft.«

Nicholas knirschte mit den Zähnen, als er hörte, wie Roberta als *der Feind* bezeichnet wurde. Sie war eine wunderbare Frau. Sie hatte Dominic das Leben gerettet, und auch seins. Die drei waren auf eine Weise miteinander verbunden, die er niemandem erklären konnte. Er hatte Dominic sogar versprochen, Roberta zu heiraten und sich um sie zu kümmern, falls sie Dominic nicht vor dem Galgen hätte retten können. Zum Glück war es so weit nicht gekommen. Dominics Vater, der Earl of Camden, war buchstäblich bis zum Galgen geritten und hatte vom König selbst eine Begnadigung für Dominics Verbrechen der Piraterie erwirkt. Dann war Dominic frei gewesen, Roberta zu heiraten und ein Leben in Muße zu führen, das seinem Stand entsprach.

»Es war eigentlich ziemlich clever, die Tochter eines Admirals zu heiraten«, argumentierte Nicholas. »Sie verschaffte ihm Schutz und Zugang zu Informationen über die Marineflotte. Er kann Belishaw und die Besatzung der *Dragon* warnen, wann immer nötig.«

Obwohl Nicholas dies wusste, schien Admiral Harcourt diese Möglichkeit nicht in Betracht gezogen zu haben, da er von der Wandlung seines Schwiegersohns vom Piraten zum Gentleman überzeugt war.

»Daran habe ich nicht gedacht«, gab Joe zu. »Trotzdem ist es wohl besser, den Mann zu meiden, falls er seine Meinung ändert und die Brüder verrät.«

Holland saß im vorderen Teil der Jolle und blickte auf den Horizont und die wachsende Form eines Schiffsmastes in der Ferne. Es sah aus, als hätte es sich am Rande einer Bucht etwas weiter die Küste hinauf versteckt. Die Handschellen, die sie trugen, hielten sie eng zusammen, und Nicholas konnte sich ein Lächeln nicht verkneifen über Joes Missbilligung, als der ihre Körper so eng aneinander gebunden sah.

Er war sich nicht sicher, warum es ihm gefiel, den anderen Mann über seine Nähe zu Holland zu ärgern. Normalerweise war er kein Mann, der sich über eine solche Situation freuen würde, aber Holland brachte eine andere Seite an ihm zum Vorschein. Sie gab ihm das Gefühl ... wild zu sein. Jeder Hunger und jedes Verlangen, das er jemals unterdrückt hatte, seit er zu einem aufrechten englischen Gentleman erzogen worden war, wurde fast übermächtig. Am liebsten hätte er sich das Mädchen über die Schulter geworfen und sie weggetragen, wie es seine Wikingervorfahren getan hätten. Stattdessen nahm er sich die Zeit, das Sonnenlicht auf ihrem Gesicht zu bewundern, während sie die Augen schloss und die Seeluft einatmete, als sie sich dem Piratenschiff näherten.

Bald kam die Jolle längsseits der *Sea Serpent*, und Nicholas war beeindruckt von dem, was er sah. Es war ein wunderschönes Schiff, das ihn an die Skizzen erinnerte, die er von Kapitän Kidds Schiff, der *Adventure Galley*, gesehen hatte, das fast fünfzig Jahre zuvor gefahren war.

Der untere Teil des Schiffes war schwarz und der obere Teil grün gestrichen, was den Eindruck eines über das Wasser gleitenden Seeungeheuers erweckte. Ruder konnten für mehr

Geschwindigkeit oder Wendigkeit eingesetzt werden, und ihre drei Masten gaben der *Sea Serpent* einen Vorteil. Die achtzehn Kanonen, die er gezählt hat, waren ein weiterer Vorteil. Über der Reling tauchten Gesichter auf, und angesichts der Größe des Schiffes schätzte er die Besatzung auf sechzig bis achtzig Personen, obwohl sie zweifellos auch mit weitaus weniger auskommen könnten, wenn es nötig wäre.

Eine Strickleiter wurde über die Seite geworfen, und Holland zerrte an der Kette, die sie verband, um seine Aufmerksamkeit zu erregen.

»Du musst mir nachkommen«, sagte sie.

Sie kletterten die Sprossen der Leiter hinauf, aber es war ein mühsames Unterfangen. Es gab nicht viel Spielraum zwischen ihren Handgelenken, und mehr als einmal musste er sich an der Leiter festhalten, während ihr Körper zwischen ihm und dem Schiff war. Sie war warm, und der Duft des Meeres hing an ihrer Haut. Als er sich zurücklehnte und seinen Griff an der Leiter justierte, konnte er nicht anders, als einzuatmen und die Augen zu schließen. Ihre Körper stießen oft aneinander, und das war, gelinde gesagt, ablenkend.

In der feuchten Gefängniszelle war es leichter gewesen, sich von ihr fernzuhalten. Aber jetzt, als er sie spürte, ihren natürlichen Duft in der Meeresbrise roch, fühlte sich alles anders an. Die Welt war voller Möglichkeiten, und die meisten davon schlossen sie ein.

»Ich glaube, das macht dir Spaß«, murmelte Holland und wand sich unter ihm. Das machte die Versuchung, die sie darstellte, nur noch schlimmer.

Unfähig zu widerstehen, drückte er seine Hüften noch fester gegen ihren Hintern. »*Dir* nicht?«

»Ach, Männer, ihr seid doch alle gleich.« Sie grunzte und rammte ihm ihren Ellbogen in den Magen, aber er konnte den Anflug eines Lächelns auf ihren Lippen erkennen. Sein lockerer Griff an der Leiter hätte sie beide fast in die Wellen stürzen lassen, aber er konnte sich gerade noch rechtzeitig festhalten, um sie beide zu retten. Es war die körperliche Hölle wert, einer faszinierenden Frau wie Holland so nahe zu sein.

Sie erreichten das obere Ende der Bordwand und rutschten in den Bauch des Schiffes hinunter, wo sie von einer Gruppe von Männern umringt waren, die wie kleine Jungen alle gleichzeitig anfingen zu reden.

»Sieh an, sieh an, es sieht so aus, als hätte sie sich selbst gefesselt ... äh ... hat das Hand und Fuß?« Ein korpulenter Kerl lachte, seine schwarz-rot gestreiften Hosen wehten im Wind.

»Du denkst an ein Handfasting. Stimmt's, Joe?«, fragte ein anderer Pirat, als Joe über den Rand der Reling kletterte und sich auf das Deck fallen ließ.

»Aye, das nennt man Handfasting, wenn man in Schottland heiratet.«

»Sie ist also verheiratet?«, meldete sich ein anderer Mann verwirrt zu Wort. Die meisten der anderen Piraten stöhnten oder verdrehten die Augen.

Nicholas versuchte, sich ein Lachen zu verkneifen angesichts der Röte, die nun Hollands Gesicht und Hals bedeckte. Ihr Ruf an Bord hatte gerade eine volle Breitseite bekommen.

»Genug davon, Jungs. Das Einzige, mit dem ich verheiratet bin, ist das Meer. Und jetzt hört auf zu tratschen und macht euch bereit zum Ablegen«, bellte Holland in einem Befehlston, an den sie vollkommen gewöhnt zu sein schien.

»Aye, aye, Kapitän«, riefen mehrere, und die Männer verteilten sich auf ihre Posten. Ein halbes Dutzend Männer schoss wie Affen die Takelage hinauf, um die Segel zu richten.

»*Kapitän?*« Nicholas sprach das Wort schockiert aus.

Holland, die sich nun von ihrer Verlegenheit erholt hatte, lachte. »Habe ich das nicht erwähnt?« Sie zerrte an ihren gefesselten Händen und zog ihn einen Schritt näher zu sich heran.

Ihre Blicke trafen sich, und ihre Lippen zuckten mit dem Anflug eines Lächelns. »Denke immer an dein Versprechen, dem Kapitän zu gehorchen.«

Gott, sie war ein wunderschönes Geschöpf, stark, kühn, und im Moment war er ihr völlig ausgeliefert.

»Sobald wir voneinander getrennt sind, möchte ich, dass du für den Rest des Tages Seile und Kabel flickst.«

Nicholas schloss den Mund und schluckte jeden Widerspruch hinunter.

»Wo ist O'Malley?«, rief Holland.

»Auf dem Mitteldeck, um die Kanonen zu überprüfen«, meldete sich einer der Besatzungsmitglieder. »Ich habe gerade gesehen, wie er runterging.«

»Komm schon, Flynn.« Holland wies ihn an, ihr unter Deck zu folgen, wo ein Mann auf dem Mitteldeck die Backbordkanonen überprüfte. Flynn ignorierte die Blicke der Besatzung, als er an ihnen vorbeiging. Sie waren alle mit ihren verschiedenen Aufgaben beschäftigt, aber er spürte, wie sich ihre Augen in seinen Hinterkopf bohrten. Sie kannten ihn nicht, und er würde sich ihr Vertrauen hart erarbeiten müssen.

»Kapitän.« Der Ire nickte ihr zu. »Wird Zeit, dass du wieder da bist.«

»Ich brauche deine Hilfe, O'Malley.« Sie hielt ihre aneinandergefesselten Hände hoch. »So charmant dieser Mann auch ist, ich glaube, wir werden beide viel glücklicher sein, wenn diese Eisen entfernt sind. Meinst du nicht auch?«

Der Mann gluckste und holte einen Hammer und einen großen Nagel hervor.

Er zeigte auf die runde Oberfläche einer der Kanonen. »Legt mal eure Hände hier hin.« Nicholas tat es, und der Ire benutzte den Nagel, um die Metallglieder ihrer Ketten auseinanderzutreiben. Nachdem sich die Verbindung getrennt hatte und sie sich voneinander lösten, atmeten beide erleichtert auf.

Als Nächstes schlug O'Malley mit seinem Hammer den Nagel heraus, mit dem die Fessel um Hollands Handgelenk befestigt war. Als diese sich löste, ließ Holland ihr Handgelenk aus dem Metallband gleiten. Holland rief den Männern in der Nähe, die das Schauspiel beobachtet hatten, ein paar Befehle zu.

»Schön, dass du wieder hier bist, Captain. Wir waren uns nicht sicher, wie lange wir in der Bucht nach dir suchen sollten. Wir sind gerade erst von drei Tagen auf See zurückgekehrt, um zu verhindern, dass uns Inselpatrouillen entdecken.«

»Ich habe mir im Gefängnis von Port Royal die Zeit vertrieben, wie das eben so ist.« Holland gluckste und wirkte entspannt. »Ich hatte mir einen Urlaub verdient, aber jetzt geht es wieder an die Arbeit.«

Es erstaunte Nicholas, dass sie sich nach einem solchen Erlebnis so unbeschwert verhalten konnte. Aber wie viel davon tat sie nur für ihre Mannschaft, und wie viel entsprach dem, wie es wirklich in ihr aussah? Je genauer er hinsah, desto mehr erkannte er, dass ihr Lächeln angespannt und ihre Augen verschattet waren. Es hatte also doch Spuren bei ihr hinterlassen … Es war verdammt gut, dass sie auf See frei waren. Er musste nur einen Weg finden, sie in Freiheit zu halten, auch nachdem Buck gefangen genommen worden war.

O'Malley nickte Nicholas zu. »Also gut, du bist dran.« Als er frei war, rieb er sich das Handgelenk und schaute Holland erneut an.

»Nun, ich glaube, ich habe dir eine Aufgabe erteilt, nicht wahr?« Sie schenkte ihm ein schiefes Lächeln.

Nicholas überlegte, wie er am besten antworten sollte, und entschied sich für: »Aye, Kapitän.«

»Na dann, an die Arbeit.« Dann ging sie mit erhobenem Kinn davon und ließ ihn mit O'Malley allein.

»Einer der Jungs von Deck kam zu mir, bevor ihr hergekommen seid, und sagte, du habest den Kapitän geheiratet. Ist das wahr?«, fragte O'Malley.

»Was? Nein, natürlich nicht«, stammelte Nicholas. Er machte sich auf den Weg zu den oberen Decks und versuchte, das Lachen des Iren zu ignorieren, das ihm die Treppe hinauf folgte.

BRIANNA BETRAT IHR QUARTIER AM HECK DES SCHIFFES, schloss die Tür und lehnte sich einen langen Moment dagegen, während sie zittrig einatmete.

Ausgerechnet in dieser Situation muss sie sich wiederfinden. Das Gefängnis gehörte zu den Risiken, die man als Pirat einging, und sie war in der Vergangenheit schon ein paar Mal knapp daran vorbeigeschrammt, aber dies war das erste Mal, dass sie tatsächlich befürchtet hatte, dass ihr eine Hinrichtung bevorstand. Das hatte ihren gewohnten Mut erschüttert und ließ alles im Leben noch unsicherer erscheinen.

Und dann war da noch Flynn. Sie konnte die Anziehungskraft, die sie für ihn empfand, nicht leugnen, aber es wäre ein Fehler gewesen, ihn in ihre Crew aufzunehmen, das spürte sie. Aber sie war ihm etwas schuldig und musste sich darum kümmern, ihn zu seinem alten Schiff zu bringen.

Sie stieß sich von der Tür ab und schaute sich in ihrer Kabine um, wobei sie sich unruhig und müde zugleich fühlte. Wenigstens war sie jetzt zu Hause, und die Annehmlichkeiten ihrer Kajüte waren ein willkommener Anblick.

Ihr Bett stand in einer Ecke, und in der Mitte des Raums waren ein Tisch und ein Schreibtisch festgenagelt. In der Nähe ihres Bettes befand sich ein kleines Lager mit Truhen voller

Kleidung und Waffen. Es gab auch eine große Kupferwanne in der Ecke neben den Glasfenstern mit Blick auf das Meer. Sie stand jetzt vor diesen Fenstern und war froh, einen Moment lang allein zu sein. Froh, dass sich die Dinge weitgehend normalisiert hatten. Weitgehend. Sie untersuchte die gerötete Haut an ihrem Handgelenk, wo die Eisenfessel sie aufgerieben hatte.

Die Tür zu ihrer Kabine öffnete sich. Sie wusste, dass es entweder Joe oder ihr Kajütenjunge war.

»Geht es dir gut, Mädchen?«, fragte Joe von hinter ihr.

»Ja.« Das war keine Lüge. Nicht ganz.

»Also, was ist passiert, nachdem sich unsere Wege auf dem Markt getrennt haben?«

Brianna setzte sich an ihren Tisch, auf dem mehrere Karten lagen, die mit schweren Steinen beschwert waren. Sie zeichnete mit ihrer Fingerspitze eine Handelsroute auf der nächstgelegenen Karte nach, während sie Joe alles erzählte, was passiert war. Nun, fast alles. Ihren Kuss mit Flynn ließ sie weg. Joe würde darauf nicht gut reagieren.

Joe nickte, als sie geendet hatte. »Dein Vater wird nicht erfreut sein. Er wollte nicht, dass du den Nachschub holst.«

»Wir brauchten diese Vorräte.«

»Aye, aber wir hätten auch einige unserer Männer schicken können, anstatt selbst zu gehen.«

»Unsere Männer kennen unsere Kontakte auf dem Markt nicht so gut wie wir.«

»Das ist das Problem. Zu viele Leute kennen uns.«

Da hatte er nicht ganz unrecht. Schließlich war es Joes Bild auf einem Fahndungsplakat gewesen, das die ganze Angelegenheit ins Rollen gebracht hatte. »Wie du meinst. Nächstes Mal werden wir ein paar Männer mitnehmen, die wir bei künftigen Besuchen als unsere Vertreter vorstellen.«

Das ließ Joe eine Augenbraue hochziehen. »Du machst keine Witze, oder?«

»Warum sollte ich das?«

Joe gluckste. »Das Gefängnis muss dich ganz schön durchgeschüttelt haben, wenn du tatsächlich auf die Vernunft hörst und bereit bist, die Arbeit so an andere zu delegieren.«

Brianna spürte, wie ihr Gesicht rot wurde. Sie hatte die Angewohnheit, sich sozusagen an die vorderste Front zu stellen, auch wenn es sinnvoller war, es anderen zu überlassen. Joe ging nicht weiter auf das Thema ein. »Nächstes Mal werden wir es in Kingston versuchen«, sagte er. »Weniger englische Soldaten laufen dort herum.«

»Klingt gut, wenn wir erst einmal etwas Zeit verstreichen lassen. Die Männer in der Garnison suchen nach meinem Vater. Wir können sie nicht zu ihm zurückführen.«

»Das ist richtig. Was ist dann unser Ziel?«

Sie überlegte einen Moment lang. Es gab eigentlich nur einen Ort, der sicher genug war, um als Piratenunterschlupf zu dienen, auch wenn die Piraterie längst verboten war. Es war ein Ort, den die Rotröcke nicht aufsuchen würden, da die Bucht, in der sich der Hafen befand, es größeren Fregatten schwer machte, anzulegen.

Sie studierte die Karten und tippte auf eine Stelle, die Joe sehen konnte. »Sugar Cove. Wenn wir verfolgt werden, muss die Marine uns unter all den anderen Piraten dort ausfindig machen. Die Vorräte sind nicht die besten, aber wir werden schon etwas auftreiben können.«

»Ich werde die Crew auf unseren neuen Kurs schicken.« Joe wollte gehen, hielt aber an der Tür inne. Brianna sah ihn nicht an. Sie tat so, als würde sie sich auf ihre Karten konzentrieren, weil sie wusste, was er fragen würde, und sie wollte nicht darüber reden. »Dieser Mann, Flynn, hat dir aber nichts getan, oder ...?

»Flynn? Nein, hat er nicht«, beruhigte ihn Brianna. »Er ist ein guter Mann, aber ein Kokettierer.« Sie hatte Glück. Sie war noch nie von einem Mann verletzt worden, nicht so, wie Joe es befürchtete. Nicht, dass es nicht schon einige Männer versucht hätten, aber niemand hatte jemals Bucks Tochter reingelegt.

»Es ist nicht gut, wie er dich ansieht, Mädchen.«

Brianna setzte sich ein wenig auf, ihr Körper spannte sich an. »Was meinst du?«

»Er sieht dich an wie ein Mann, dem der Rum ausgegangen ist und der gerade über eine ganze Ladung mit Rum gefüllter Fässer gestolpert ist.«

Aus irgendeinem Grund musste sie sich ein Lächeln verkneifen. »Ich habe meinen Anteil an Rum getrunken, Joe.«

Joe erbleichte. Er würde die Bemerkung wahrscheinlich so schnell wie möglich aus seinem Gedächtnis streichen. Ein Teil von ihm würde sie immer als kleines Mädchen sehen, nicht als Frau. »Ich sage nur, dass du dich vor ihm in Acht nehmen solltest. Ein Mann kann töricht sein, wenn er durstig ist, das weißt du.«

»Ich weiß«, seufzte Brianna. »Ach, Joe, kann Patrick etwas Wasser für mein Bad aufwärmen? Ich rieche wie eine Gefängniszelle.«

Joe nickte respektvoll. »Ja, Käpt'n.«

Eine halbe Stunde später schleppte Patrick, ihr sechzehnjähriger Kajütenjunge, einen Eimer nach dem anderen mit heißem Wasser in ihr Quartier und schüttete alles in die Kupferwanne.

Sobald sie allein war, zog sie sich aus und warf ihre Sachen auf einen Haufen am Fuß der Badewanne. Dann tauchte sie einen Zeh in das heiße Wasser. Es fühlte sich so gut an. Sie stieg ein und ließ sich ins Wasser sinken. Eine Woche lang auf dieser schmalen Pritsche zu schlafen, die Begegnung mit Waverly und ihre Flucht - all das hatte sie sehr mitgenommen.

Sie griff nach oben und löste vorsichtig die braune Perücke, die sie trug, und ließ sie neben ihrer Kleidung auf den Boden fallen. Dann zog sie die Nadeln heraus, die ihr langes blondes Haar an der Kopfhaut festhielten, und befreite ihre Locken. Ihr Kopf fühlte sich leichter an. Sie sank unter das Wasser und hielt den Atem an, während sie vollständig untergetaucht blieb.

Sie ließ die Sekunden verstreichen. Zunächst genoss sie einfach den Augenblick, doch schon bald störten unliebsame Gedanken ihre Ruhe. Sie dachte an die Momente zurück, als Waverly sie über den Wassertrog gebeugt und ihr Körper nach Luft gerungen hatte, während sie versuchte, den Drang zu atmen zu unterdrücken. Sie hatte den Tod auf See nie gefürchtet, aber von einem feigen Tier in einer Wasserstelle für Bestien ertränkt zu werden? Darauf war sie nicht vorbereitet gewesen. Er hatte sie angegriffen, und sie war ihm völlig ausgeliefert gewesen, unfähig, sich zu wehren. Diese Art der Machtlosigkeit war erschreckend gewesen. Sie wollte sich nie wieder so fühlen.

Brianna tauchte keuchend aus dem Wasser auf und wischte sich das Wasser aus den Augen. Sie sog einen zittrigen Atemzug nach dem anderen ein.

»Ich habe mich gefragt, ob du überhaupt auftauchen würdest«, sagte eine tiefe Stimme.

Brianna erstarrte, die Hände auf dem Wannenrand. Das war nicht Patrick, das war Flynn. Sie hatte es so eilig gehabt, sich zu entspannen, dass sie vergessen hatte, die Tür abzuschließen.

Der Gedanke, dass er dort stand und ihr nackt beim Baden zusah, legte Hitzeblitze über ihre Haut wie Delphine im Kielwasser ihres Schiffes. Sie versuchte, sich nicht tiefer in der Wanne zu verkriechen, um sich zu verstecken. Am liebsten hätte sie nach ihrem Schwert gegriffen, und sei es nur, um ihm zu zeigen, dass sie Wert auf ihre Privatsphäre legte, aber es lag auf dem Schreibtisch mit den Karten.

»Ich dachte, ich hätte dir gesagt, du sollst die Seile und Kabel flicken«, knurrte sie.

»Alles erledigt. Ich habe den Jungen gesehen, wie er Wasser hergebracht hat, und dachte, du könntest noch einen Eimer gebrauchen.« Seine Stimme kam näher, und plötzlich ergoss sich warmes Wasser auf wunderbare Weise über ihre Schultern. Sie verzieh ihm sein Eindringen, nur ein wenig.

»Ich weiß nicht, wie die Dinge an Bord deines Schiffes laufen, aber auf der *Sea Serpent* respektieren wir die Privatsphäre des Kapitäns.« Sie bewegte sich langsam, um ihre Brüste vor seinen Blicken zu verbergen, obwohl sie unter Wasser waren. Es wäre besser, so zu tun, als ob seine Anwesenheit keine Rolle spielen würde, als ihn wie ein Mädchen anzuschreien, er solle sofort die Kabine verlassen. »Wenn Joe hier wäre, würde er dich über Bord werfen.«

»Daran habe ich keinen Zweifel«, sagte Flynn.

Im Moment hatte sie eine Wahl. Sie könnte ihm befehlen, zu gehen, und das würde er wahrscheinlich auch tun. Seine Vermutung, dass er aufgrund ihrer gemeinsamen persönlichen Erlebnisse im Gefängnis hier willkommen sei, war zwar verständlich, aber dennoch unangebracht.

Und doch erinnerte sich ein Teil von ihr daran, dass er zwar jetzt zu ihrer Mannschaft gehörte, aber nicht für immer hier sein würde. Irgendwann würden sie ihn zu seinem Schiff zurückbringen. Wer wusste schon, ob sich ihre Wege danach wieder kreuzen würden? Vielleicht wäre es gar nicht so schlecht, seine Gesellschaft zu genießen, solange sie die Gelegenheit dazu hatte?

»Da du anscheinend nichts Besseres zu tun hast, hol mir mein Rosenöl.« Sie nickte mit dem Kopf zu einer kunstvoll geschnitzten Schachtel auf ihrem Schreibtisch. Sie fühlte sich sicherer, wenn sie ihm Dinge befahl. Flynn ging zum Schreibtisch und klappte den Deckel auf. Er zog eine der Flaschen heraus, entfernte den Verschluss und schnupperte daran, um sich zu vergewissern, dass er das Rosenöl in der Hand hielt.

Brianna starrte auf seinen Rücken und ließ ihren Blick über seinen Körper gleiten. Ein wirklich schönes Exemplar. Er kam mit der Flasche zurück, die Augen starr auf ihr Gesicht gerichtet, aber sie fühlte sich trotzdem entblößt. Natürlich konnte sie sehen, wie schwer es ihm fiel, *nicht* weiter nach unten als in ihre Augen zu schauen. Diese Spannung zwischen ihnen war aufregend. Sie war nackt, unbewaffnet, und er hätte mit ihr machen können, was er wollte, wenn er es wollte. Das erschreckte sie - es erschreckte sie, weil es sie *erregte*.

»Warum hast du mir nicht gesagt, dass du selbst der Kapitän bist?«, fragte er und hielt das Rosenöl locker in seinen starken, eleganten Fingern. Sie fragte sich, welche Magie diese Finger auf ihre Haut ausüben könnten, und es ließ sie vor Sehnsucht erschaudern.

»Macht das einen Unterschied? Hättest du mir nicht zugehört oder meine Befehle befolgt, wenn ich es dir gesagt hätte?«

Er zögerte nicht. »Es macht keinen Unterschied. Ich war nur überrascht.«

»Das ist die richtige Antwort.« Es war auch eine, die sie nicht erwartet hatte. Die meisten Männer nahmen nicht gerne Befehle von einer Frau entgegen, aber die meisten ihrer Mannschaft hatten sie schon gekannt, als sie noch an der Seite von Buck gesegelt war, und für sie war sie einer der Jungs.

Er hockte sich neben die Wanne und hob die Perücke hoch. »Warum hast du das getragen? Warum schneidest du dir nicht einfach deine echten Haare ab?« Seine Stimme war eher neugierig als wertend. Mit der freien Hand tauchte er seine Finger in das heiße Wasser, ließ sie nahe an ihrem Körper entlangfahren, ohne sie jedoch ganz zu berühren, bevor er ihr spielerisch ein paar Tropfen auf die Schulter spritzte. Sie fand seine Impertinenz sowohl ärgerlich als auch erregend. Sie hätte nie gedacht, dass es ihr gefallen würde, wenn ein Mann ihren Befehlen nicht gehorchte, aber es hatte etwas Aufregendes, wenn ein Mann einfach tat, was er wollte, wenn es um sie ging.

»Ich trage sie nur, wenn ich in ausländischen Häfen bin. Das ist albern, und ich bezweifle, dass du das verstehen würdest.«

Flynn gluckste, und das Geräusch wärmte sie mehr als das Wasser in ihrer Wanne.

»Ich bezweifle, dass irgendwas von dem, was du tust, jemals albern ist. Impulsiv, vielleicht sogar rücksichtslos. Aber nicht albern.« Er ließ die Perücke fallen und hob seine Hand zu ihrem goldenen Haar, das in feuchten Locken um ihre Schultern lag. Sie hätte ihm befehlen können, zu gehen. Das hätte sie tun sollen. Aber sie tat es nicht. Er wickelte eine nasse Locke um seinen Finger, und sie wurde still. Ihr Atem wurde flach, während sie darauf wartete, dass er es wagte, mehr zu tun als ihr Haar zu berühren. Seine Augen hoben sich von ihrem Haar, und er hob die Brauen, immer noch auf ihre Antwort wartend.

»Es ist nicht einfach, Kapitän einer reinen Männermannschaft zu sein oder so tun zu müssen, als wäre man jemand, der man nicht ist, wenn man an Land geht. Ich wollte die Freiheit haben, mich weiblich zu fühlen, wann immer ich es wollte«, gab sie schließlich zu.

»Siehst du, das ist gar kein alberner Grund.« Seine Stimme war wundervoll heiser geworden. »Es wäre ein Jammer gewesen, das alles abzuschneiden.« Er zog leicht an der Strähne und brachte sie näher zu ihm.

»Ein Jammer?«, wiederholte sie, wobei ihr Blick auf seine Lippen gerichtet war, als er sprach.

»Ja. Weißt du, ich mag es, meine Hand in das Haar einer

Frau zu graben und sie an mich zu ziehen, während ich sie küsse. All die Seide in meiner Hand und ihren warmen Körper an meinem zu spüren ...« Er beugte sich vor, seine Hand glitt in ihr Haar im Nacken, genau wie er es gesagt hatte. Briannas Haut brannte, als stünde sie in Flammen. Ein weiterer Kuss würde ja nicht schaden. Sie könnte gleich wieder Kapitän sein. Aber für diesen Moment könnte sie einfach ...

Flynns Lippen berührten die ihren, aber es war nur der Hauch eines Kusses.

»Sie wissen, wo Sie mich finden, wenn Sie etwas brauchen, Captain.«

Er stand auf und verließ die Kabine ohne ein weiteres Wort.

Brianna fluchte und duckte sich wieder unter das heiße Wasser. Sie brauchte einen Liebhaber, *irgendeinen* Liebhaber außer Flynn. Was für ein Wahnsinn, dass er so mit ihr spielte. Sich von ihm damit locken zu lassen, dass sie dachte, *er* würde *sie* dominieren. Eine Frechheit.

Sobald sie in Sugar Cove ankamen, würde sie jemanden finden, den sie ins Bett ziehen könnte. Die Befriedigung dieses Reizes würde sie davor bewahren, mit jemandem wie Flynn den größtmöglichen Fehler zu begehen. Obwohl seine Augen ihr sündige Freuden versprachen, hatte sie Angst davor, was passieren würde, wenn sie sich auf ihn einließ. Er war nicht wie die anderen Männer, mit denen sie zusammen gewesen war. Er war anders, und anders war gefährlich. Vielleicht würden sie sogar Flynns Schiff in Sugar Cove finden, und sie könnte ihn dorthin zurückbringen, alle Schulden bezahlt. Wenn sie Glück hatte, würde sie der Versuchung durch Flynn bald entkommen können.

Kapitel Sieben

Nicolas verbrachte ein paar unruhige Stunden in seiner Hängematte mit dem Rest der Besatzung im Bauch des Schiffes. Um ihn herum schnarchten Männer, und gelegentlich kratzte sich einer am Bauch, wälzte sich herum und murmelte im Schlaf. Nicholas versuchte, seine Augen zu schließen, konnte aber nicht einschlafen. Das Schlafen unter Feinden machte ihn nervös.

Keiner der Männer auf dem Schiff war schlecht, nicht so, wie es viele Piraten sein konnten. Sie waren gewöhnliche Männer, die wie jeder andere Seemann für ihren Lebensunterhalt arbeiteten, mit nur einem Haken: Sie überfielen Handelsschiffe. Er sollte diese Männer nicht mögen, geschweige denn sich mit ihnen anfreunden.

Und schon gar nicht sollte er von einer Piratenkönigin wie Holland besessen sein. Was hatte ihn dazu verleitet, in ihre Kabine zu gehen und wie ein Halunke mit ihr zu kokettieren, während sie badete? Das war etwas, was Dominic tun würde, nicht er.

Mit einem Fluch schlüpfte er aus seiner Koje und schlich

leise zwischen den schwankenden Hängematten hindurch, bis er die Leiter zu den oberen Decks erreichte.

Er überprüfte die Decks und ging dann weiter zu den drei Masten des Schiffes. Auf der Spitze des Fockmastes befand sich eine einsame Gestalt, deren Beine über die Seite einer flachen Plattform in halber Höhe drapiert waren. Nicholas grinste, als er die zierlichen Knöchel seiner kleinen Piratenkönigin erkannte. Was hatte sie um diese Zeit dort oben zu suchen?

Er beobachtete sie eine ganze Weile und wollte zu ihr hinaufklettern. Er bezweifelte, dass sie eine solche Störung nach seinem Besuch in ihrer Kajüte begrüßen würde. Immerhin war sie der Kapitän des Schiffes, und er spielte ein gefährliches Spiel mit ihr. Er wollte das Gleichgewicht, das sie unter den Männern geschaffen hatte, nicht stören.

Irgendetwas war anders an dieser Frau, auch wenn es ihm schwerfiel, herauszufinden, was es war. Sie war so verführerisch wie ein Haufen spanischer Galeonenschätze und so schön wie seltene Juwelen, und sie brachte ihn dazu, alle seine guten Manieren über Bord zu werfen. Sie hatte ihn im Herzen mehr zum Piraten gemacht, als er sich je hätte vorstellen können. Er hungerte jetzt auf eine Art und Weise nach ihr, die für einen Mann schwer zu kontrollieren war. Obwohl sie kein zierliches Geschöpf war, das sich in feine Seide hüllte und Federn im Haar trug, war sie genauso bezaubernd. Sie war wild, sie war klug, sie war kühn.

Dies war die Art von Frau, die einen Dolch zwischen die Zähne nahm und inmitten eines gefährlichen Sturms die Takelage erklomm, um ein verheddertes Seil zu kappen. Doch als er neben der Kupferwanne gekniet, ihre Haut mit dem Rücken seiner Finger berührt und eine Strähne ihres goldenen Haares um seinen Finger gewickelt hatte, hatte er ihr Herz in ihren Augen gesehen.

Diese schönen grünen Augen hatten ihn gefangen gehalten, sie vermittelten ihre Anziehung und ihr Zögern, was sie mit ihm tun sollte. Fast hätte er ihr auf der Stelle seinen Wunsch gestanden, ihr ergebener Diener zu sein. Der Zauber, den sie wirkte, war weitaus mächtiger als der jeder Hexe. Holland brauchte keine Zaubersprüche oder Tränke. Sie brauchte ihn nur mit diesen Augen anzuschauen, und er war wie verzaubert.

Das Schiff schaukelte sanft über das Meer, und er spürte, wie sich sein Körper entspannte, wie er es auf dem Wasser immer tat. Nach all den Jahren auf See war es stattdessen das Land, das sich unter seinen Füßen unbeständig anfühlte, was für ihn so seltsam war, da er sich immer ein anderes Schicksal als das eines Seemanns auf See vorgestellt hatte. Er hatte sich nie gewünscht, Seemann zu werden, noch wollte er ein Marinesoldat sein. Doch als Dominic verschwunden war, als sie noch Jungen gewesen waren, hatte Nicholas vermutet, dass er zur See gefahren war. Also war Nicholas ihm gefolgt und schon in jungen Jahren in die Royal Navy eingetreten.

Er hatte jahrelang nach seinem Freund gesucht, aber Dominic erst vor ein paar Monaten gefunden. Und dabei hatte er zu seinem Entsetzen feststellen müssen, dass sie auf verschiedenen Seiten des Gesetzes standen. Dominic ein berüchtigter Pirat, und er selbst ein Marineoffizier. Aber keine noch so langen Jahre konnten etwas an seinen Gefühlen für seinen lieben Freund ändern. Sie standen sich so nahe wie Brüder, und für Nicholas spielten die Jahre, die zwischen ihnen lagen, im Nu keine Rolle mehr.

Jetzt war er genauso ein Seemann wie sein Freund, was ihn amüsierte, aber auch traurig stimmte. Ihre Leben waren so anders geworden als das, wie sie als Jungen geplant hatten. Dominic war der zukünftige Earl of Camden, aber er hatte mehr als ein Jahrzehnt als Pirat auf den Westindischen Inseln verbracht, während Nicholas sein Leben in den Dienst der Krone gestellt hatte.

Seufzend lehnte sich Nicholas gegen die Reling des Achterdecks und stützte sich mit den Armen auf dem Holz ab, während er seinen Blick auf das Vorderdeck richtete.

»Schöne Nacht«, sagte eine Stimme. Nicholas' Herz machte einen Sprung, aber sein Körper verriet nicht, dass er erschrocken war.

Joe McBride kam den Rest des Weges über die Niedergangsleiter zum Achterdeck herauf.

»Ja«, stimmte Nicolas zu.

Joes Blick wanderte zur Spitze des Mastes, wo Holland stand. »Auch eine schöne Aussicht.«

»Auch darin sind wir uns einig.« Nicolas wusste, dass er mit einem Hai auf Tuchfühlung ging, und es wäre das Beste, Joe keinen Grund zu geben, ihn über Bord zu werfen. Er bezweifelte, dass Joe ein romantisches Interesse an Holland hatte, aber er war verdammt beschützend ihr gegenüber, und das machte ihn zu einem sehr gefährlichen Mann.

»Sie sagt, dass zwischen euch im Gefängnis nichts passiert ist. Ich will *dein* Wort darauf.«

Nicholas gluckste, bevor er sich zurückhalten konnte. »Du willst das Wort eines *Piraten*?«

Joe wandte nicht einmal den Blick ab. »Aye. Wir sind zwar alle Piraten, aber wir haben trotzdem einen Kodex untereinander.«

Nicolas begegnete den Augen des Mannes. »Nun gut. Sie hat mich geküsst, aber das war ihre Entscheidung, und ich war zu dem Zeitpunkt halbtot. Ansonsten ist zwischen uns nichts passiert.«

Joes Brauen wölbten sich misstrauisch. »Halb tot, was? Wie ist das passiert?«

Nicholas zog sein Hemd aus der Hose und über den Kopf, so dass sein immer noch wunder Rücken zum Vorschein kam.

»Gottes Blut«, zischte der andere Mann durch seine Zähne.

Nicholas drehte sich zu Joe um, während er sein Hemd wieder zuknöpfte. »Ich habe für ihre Loyalität mit Peitschenhieben bezahlt, und sie hat sich meine verdient, als sie Waverly daran hinderte, mich zu ermorden. Du hast mein Wort, Joe. Das Mädchen ist bei mir sicher.« *Sicher vor Schaden, aber nicht vor Verführung*, dachte Nicholas. Er war schließlich ein Gentleman - ein Gentleman, der sehr *piratenhafte* Gedanken hatte, wenn es um sie ging.

»Aber ist ihr Herz sicher?«, konterte Joe. »Sie verhält sich nicht wie sie selbst. Sie hat sich verändert, und ich gebe dir die Schuld dafür.«

»Schuld? Was habe ich getan?«, fragte Nicholas.

»Du bist nicht der erste hübsche Kerl, der ihr gefällt, aber der erste, den sie nicht kontrollieren kann. Nenn es die Intuition eines alten Seebären. Ich glaube nicht, dass sie weiß, was sie mit dir machen soll. Und ein Kapitän, der sich selbst nicht sicher ist, ist ein Kapitän, der auf dem Trockenen sitzt, während die Mannschaft mit ihrem Schiff davonsegelt.«

»Willst du mich also über Bord werfen, um sie zu schützen?«

»So weit sollte es nicht kommen, wenn du dich benimmst. Aber schau sie nicht so an wie heute auf der Jolle.«

Nicholas konnte nicht widerstehen zu fragen: »Und wie habe ich sie angeschaut?«

»Als ob du eine Woche lang mit dem Mädchen schlafen wolltest. Du bist nicht der erste Mann, der sie haben will, und du wirst auch nicht der letzte sein, aber wenn du sie oder das Schiff auch nur falsch ansiehst, wirst du es mit mir zu tun bekommen.«

»Ich werde sie nicht anfassen, Joe.« Das war natürlich eine Lüge. Alles an seiner Mission würde sie und ihre Mannschaft in den Ruin treiben. Und wenn ihr Vater tatsächlich Thomas Buck war, würde das sie zerstören.

Wenn ihr Vater so war wie sie - brillant, faszinierend, kühn und gutherzig -, hatte Nicholas Angst, dass er seinen Auftrag nicht würde erfüllen können. Aber wenn nicht, was sollte er dann tun? Er konnte nicht mit leeren Händen zum Admiral zurückkehren oder sich weigern, die Informationen zu liefern, die er hatte. Waverly, dieser Mistkerl, würde zweifellos behaupten, Nicolas habe sich der Piraterie zugewandt, und würde versuchen, ihn hängen zu lassen.

»Übrigens ... Ich nehme an, Holland ist nicht ihr richtiger Name?«, fragte er.

Joe verengte seine Augen. »Holland ist ihr Familienname.«

»Wie heißt sie denn dann?«

»*Kapitän* Holland für dich«, sagte Joe mit etwas zu viel Freude.

»Und für dich?«

»Für mich? Sie ist nur *Mädchen*«, antwortete Joe, bevor er wieder unter Deck ging und Nicolas stirnrunzelnd zurückließ.

Nicolas schüttelte die Warnung des Ersten Offiziers und sein eigenes besseres Urteilsvermögen ab und ging auf das Achterdeck. Er hielt sich an den Seilen der Wanten fest und kletterte auf den Mast, auf dem Holland saß. Warum tat er das? Sie würde ihm nur sagen, dass er verschwinden sollte. Er wollte ... nun, er wollte einfach in ihrer Nähe sein. Er wollte reden. Es war spät in der Nacht, und nur eine Handvoll Besatzungsmitglieder hielt Wache und könnte ihn sehen, wenn sie ihn suchten.

»Wer ist da?«, rief sie einen Moment, bevor er ihre Füße erreichte.

»Nur ich.« Nicholas hievte sich über die Vorderkante, damit sie ihn sehen konnte.

»Du«, seufzte Holland dramatisch, und er grinste über ihre Verärgerung.

»Ich dachte, du siehst hier oben einsam aus, *Kapitän*.« Er neigte respektvoll den Kopf, auch wenn sein Tonfall scherzhaft war. Als er sich neben sie zog, um sich zu setzen, ärgerte sie sich über seinen frechen Ton.

»Du hast versprochen, meine Befehle anzunehmen«, erinnerte sie ihn.

»Und das werde ich.« Nicolas spürte, dass sie mehr wollte, als ihn an dieses Versprechen zu erinnern, dass sie die Gewissheit brauchte, dass er nicht versuchen würde, ihr das Schiff wegzunehmen. Hatte das ein anderer Mann versucht? Keine Ehre unter Dieben, dachte er.

»Wie heißt du? Dein Vorname, meine ich. Du bist nicht Bryan, und ich kann dich nicht einfach Holland nennen.«

»Warum nicht? Der Rest der Mannschaft tut das auch, und ich nenne dich Flynn.«

Sein Blick verweilte einen Moment auf dem Meer, bevor er antwortete. »Mir wäre es lieber, du würdest mich Nicholas nennen.« Es war seltsam, das zu sagen, aber im Moment sehnte er sich nach der kleinsten Intimität mit ihr.

Ihr Mund öffnete sich, und er kämpfte gegen den Drang an, sich zu ihr zu beugen und sie zu küssen. Sie war so verdammt verlockend. Er ahnte, dass er, wenn er versuchte, sie zu küssen, mit Sicherheit vom Masten geworfen werden würde.

Sie schwieg eine ganze Weile. »Was willst du eigentlich von mir? Eine Nacht in meinem Bett?«

»Ich werde die Verlockung dieses Angebots nicht leugnen, aber ich will *nichts* von dir. Ich *mag* dich. Ich möchte dich bei deinem Vornamen nennen, weil wir Freunde sind.« Er fühlte sich schuldig, weil er das sagte, nicht nur, weil er versuchte, ihr Vertrauen für seine Mission zu gewinnen, sondern auch, weil es wahr war.

Sie schien ihn direkt zu durchschauen. »Sind wir das?«

»Das würde ich gerne glauben. Wir haben in Port Royal eine Menge zusammen erlebt. Auch wenn du mich nicht zu deinen Freunden zählst, so zähle ich dich doch zu meinen.«

Sie schwieg wieder, dieses Mal viel länger, bevor sie ihm endlich gab, was er wollte.

»Brianna ... Mein Name ist Brianna. Aber du solltest mich vor meiner Mannschaft richtig ansprechen.«

»Natürlich. Dann also Kapitän Holland, es sei denn, wir sind allein.« Er lehnte sich mit dem Rücken an den Mast, und sie tat es ihm gleich, wobei sich ihre Schultern berührten. Es war ein schönes Gefühl, einer Frau in geselligem Schweigen so nahe zu sein. Er war schon lange nicht mehr mit einer Frau allein gewesen, nicht so wie jetzt. Er war oft genug in Betten gestürzt und wieder herausgefallen. Die meisten Seeleute taten das. Aber mit einer Frau wie ihr zu segeln, sich mit ihr zu unterhalten und Zeit mit ihr zu verbringen, war etwas, das er noch nie erlebt hatte. Die meisten seiner Begegnungen mit Frauen fanden entweder in Ballsälen oder in Schlafzimmern statt.

»Ich hatte früher Höhenangst«, sagte er müßig.

»Oh?« Sie schwang ihre Beine über die Seite. »Wie hast du es geschafft, das zu überwinden?«

»Sagen wir einfach, dass meine ersten Jahre auf See nicht einfach waren. Der erste Kapitän, unter dem ich diente, hat mich ziemlich bestraft.« Er sagte einen langen Moment lang nichts weiter, und sie auch nicht. Sie kannten beide die Art der Bestrafung, die er erlitten hatte.

»Warum bist du dann überhaupt zur See gefahren? Hat deine Familie das Geld gebraucht?«

»Nein, mein Vater ist ein Landadliger, und meine Mutter ist eine Lady. Wir hatten keinen Bedarf an Geld.« Er hatte sich entschlossen, ihr die Wahrheit zu sagen, oder so nahe daran, wie es ihm möglich war.

»Warum dann?«

»Ein Mann namens Dominic Grey. Mein bester Freund. Er wurde als Junge entführt, und wir wussten viele Jahre lang nicht, was aus ihm geworden war. Ich wusste, dass er das Meer liebte, und ich glaubte, dass er vielleicht zu den Docks hinuntergelaufen und entführt worden war. Es dauerte lange, bis ich erfuhr, dass er von Piraten entführt worden war. Sein Vater hatte überall nach ihm gesucht, aber ohne Erfolg. Ich habe ein Jahr lang nach seinem Verschwinden gewartet und dann meinen Vater angefleht, mich zur See fahren zu lassen, um meine eigene Suche zu beginnen. Es ist erst kurze Zeit her, dass ich ihn wiedergefunden habe.«

Nicolas beobachtete das Mondlicht, das über das offene Wasser fiel, und versuchte, nicht an die Jahre zu denken, die zwischen ihm und seinem Freund lagen.

»Ich habe Kapitän Grey kennengelernt«, sagte Brianna. »Er hatte eine Intensität an sich, die fast beängstigend war. Ich habe gehört, dass er als Junge viel gelitten hat, obwohl ich nicht wusste, inwiefern.«

Nicolas starrte auf seine Füße hinunter. »Böse Menschen in Machtpositionen nutzen oft kleine Kinder aus.« Er hatte ein ähnliches Schicksal erlitten.

»Ist dir etwas passiert?«, fragte sie leise.

Er nickte. Mit unerwartet zugeschnürter Kehle sprach er zunächst stockend und erzählte ihr alles, was er durchgemacht hatte. Nicholas hatte sich nie vorstellen können, dass er das jemandem erzählen würde, aber bei Brianna war es so einfach wie Atmen.

»In den ersten Tagen auf See ... Ein paar Männer versuchten, mir wehzutun, mich zu *benutzen*, und ich bekam meine erste Tracht Prügel, nachdem ich einem Mann die Hand gebrochen hatte, als er versuchte, mir etwas anzutun. Ich hatte zu viel Angst, dem Kapitän zu sagen, warum ich einen von der Mannschaft angegriffen hatte, der bei der Segelarbeit wertvoll war, also wurde ich zur Strafe mit einem Lederriemen ausgepeitscht. Dann lehnte ich die Annäherungsversuche des Ersten Offiziers ab und wurde kielgeholt. Mein erster Kapitän hatte eine drakonische Einstellung. Also wurde ich an einer Leine festgebunden, über Bord geworfen und volle zwei Minuten lang hinter dem Schiff hergezogen. Es hätte mich töten müssen, aber ich hatte einen kleinen Dolch im Hosenbund stecken, mit dem ich mich unter Wasser freischneiden konnte und in der Nähe des hinteren Teils des Schiffes wieder auftauchte. Ich wartete, bis sie versuchten, die Leine hochzuziehen, und dann schwamm ich in Sichtweite und tat so, als ob ich die ganze Zeit unter Wasser gewesen wäre.«

Dass er das überlebt hatte, hatte ihm den Respekt der Besatzung verschafft, die ihn zu ihren Leuten gezählt hatte, obwohl er eigentlich ein Offizier war. Von diesem Tag an genoss er ihren schweigenden Schutz. Jeder, der ihn bedrohte, schien das Schiff früher als geplant zu verlassen oder wurde aus persönlichen Gründen eilig versetzt.

Brianna streckte die Hand aus und legte ihre Handfläche auf sein Knie. »Es tut mir leid, dass dir das passiert ist, Flynn.« Sie wollte ihre Hand wegziehen, aber er hielt sie auf, indem er ihre Hand mit der seinen umschloss. Sie spannte sich an, als erwarte sie, dass er etwas Grobes tun würde, wie ihre Hand in seinen Schoß zu ziehen, aber das war nicht das, was er wollte. Diese Berührung hatte nichts mit Leidenschaft zu tun. Es war etwas ganz anderes. Nach einem Moment drehte sie ihre Hand unter der seinen herum, und er legte seine Finger um ihre.

»Ich verdanke dir mein Leben, Brianna. Ich habe zwar

versprochen, dir als Kapitän zu gehorchen, aber ich habe mir noch mehr geschworen, dir den Rücken frei zu halten.«

Er wollte ihr nicht wehtun, aber er hatte einen Auftrag zu erledigen. So ehrenhaft diese Mannschaft auch zu sein schien, sie spiegelte nicht alle Piraten wider, und es war möglich, dass viele von ihnen wie ihr Kapitän eine Verbindung zu Thomas Buck hatten. Er wusste nicht viel über Buck als Mann, er wusste nur von seinem Ruf als erfolgreicher Pirat. Es hieß, dass Tote keine Geschichten erzählen, und es war unmöglich zu wissen, wie viele der in Westindien verschwundenen Schiffe und Besatzungen nicht durch Stürme, sondern durch Piratenangriffe unter Bucks Kommando verloren gegangen waren.

Die ersten Fäden eines Plans begannen sich zu formen, aber es war seine Absicht, Thomas Bucks Aufenthaltsort im Austausch für Briannas Sicherheit zu erhandeln. Er konnte vielleicht nicht ihre Mannschaft retten, aber er konnte *sie* retten.

Brianna starrte eine ganze Weile auf die beiden Hände, bevor sie sich räusperte.

»Erinnerst du dich, dass ich dir von der Piratenkönigin Grace O'Malley erzählt habe?«

Nicholas lächelte. »Du hast von so vielen weiblichen Piraten gesprochen, während ich unter Fieber litt. Frische meine Erinnerung auf.« Nicolas hatte das Gefühl, dass sie diese Geschichten benutzte, um sich von ihren Sorgen abzulenken, aber er ließ sie gewähren.

»Grace wurde vor mehr als hundert Jahren in einem Land der kriegerischen Häuptlinge und verfeindeten Clans in Irland geboren.« Briannas Gesichtsausdruck erweichte sich zu einem Lächeln. Sie liebte diese Geschichten, und er fing an, sie zu lieben, wenn sie sie ihm erzählte.

»Henry VIII. wollte Irland zu einer englischen Kolonie machen, und seine Tochter Elizabeth wollte den Traum ihres

Vaters verwirklichen. Sie schickte Richard Bingham als irischen Gouverneur für das Gebiet von Connaught, und Grace führte direkt vor seiner Nase Piratenüberfälle durch. Bingham verachtete Grace für ihren Freigeist, und sie führte drei Rebellionen gegen Bingham an.«

»Erfolgreich?« Nicholas war fasziniert. Der spießige alte Lehrer, den er als Junge gehabt hatte, hatte nie Geschichten über Frauen in der Geschichte erzählt. Viel zu oft taten die Historiker so, als gäbe es sie nur als Schatten von Männern.

»Fast, aber Bingham hat sie schließlich gefangen genommen. Er wollte sie aufhängen, aber sie wurde verschont, als ein Häuptling Gefangene gegen ihr Leben austauschte und sie freigelassen wurde. Bingham nahm daraufhin die beiden Söhne von Grace gefangen und tötete einen von ihnen. Sie war so wütend, dass sie selbst zur Königin ging, um die Freilassung ihres anderen Sohnes zu fordern.«

»Sie ging zur *Königin*?« Nicholas konnte sich vorstellen, was für ein Akt des Mutes das gewesen war. Er lächelte und stellte sich vor, wie Brianna das Gleiche tun könnte, wenn sie es müsste.

»Sie begegneten einander im Herbst 1593 und sprachen nur auf Latein, da Grace kaum Englisch verstand. Was auch immer gesagt wurde, ist für die Geschichte verloren, aber Graces Kühnheit und Elizabeths einzigartiger Sinn für Humor machten die Begegnung höchstwahrscheinlich sehr lebendig. Am Ende wurde Grace nach Hause geschickt, und ihr überlebender Sohn wurde auf Elizabeths Veranlassung hin freigelassen. Grace schwor, keine englischen Schiffe mehr anzugreifen und Elizabeth zu Lande und zur See zu verteidigen, was Grace erlaubte, ihre Piraterie, diesmal mit dem Segen der Königin, gegen die Feinde Englands fortzusetzen.«

»Sie scheint eine beeindruckende Frau gewesen zu sein.«

Nicolas atmete tief die Seeluft ein und starrte in die Ferne. Dann weiteten sich seine Augen.

Brianna sah, was er sah. Regen und Wind fegten über den Horizont auf sie zu und peitschten die eben noch sanft rollenden Wellen in eine wilde Raserei mit weißen Schaumkronen.

»Verdammt!« Sie löste ihre Hand von seiner und ließ sich mit überraschender Geschicklichkeit über die Kante des Mastkorbes fallen, um sich an der Takelage festzuhalten. Sie kletterte erheblich schneller als er hinunter auf das Deck.

»Wie lauten deine Befehle?«, fragte er, ohne zu zögern.

»Finde Joe. Ich habe ein schlechtes Gefühl bei diesem Sturm.« Sie starrte auf die turbulenten Wolken und die Art und Weise, wie der Wind sich in das Wasser grub und tödliche Mulden bildete.

»Aye, aye, Kapitän«, versprach Nicolas. Stürme wie dieser waren ihm nicht fremd, und man nahm sie nie auf die leichte Schulter. Manchmal konnte ein Sturm heranziehen und ein Schiff innerhalb von Sekunden zum Kentern bringen.

Er fand Joe in der Kajüte des Ersten Offiziers, wo er sich Karten ansah und den Sextanten mit der Leichtigkeit eines erfahrenen Kommodore über die Karten bewegte.

»Joe, der Captain hat nach dir geschickt. Es zieht ein Sturm auf.«

Joes Kopf ruckte hoch. »Es muss schlimm sein, wenn das Mädchen so besorgt ist, dass sie nach mir schickt.«

»Er nähert sich schnell«, sagte Nicholas. »Wir brauchen alle Hände.«

»Aye, geh wieder an Deck und sieh nach, ob sie zurechtkommt. Ich werde die Mannschaft wecken.«

Nicolas eilte zurück an Deck, gerade als der Sturm sie erreichte und das Schiff über eine sich auftürmende Welle stürzte. Ein Blitz erhellte den Himmel, und Nicholas stockte der Atem, als ihn das blanke Entsetzen in die Knie zwang. Eine Wasserwand wölbte sich über die Decks, bereit, Brianna vom Ruder des Schiffes zu fegen.

»Brianna! Halt dich fest!« Er konnte sie nicht mehr rechtzeitig erreichen. Er griff nach dem nächstgelegenen Stück Takelage und wickelte sein Handgelenk und einen Knöchel in die Riemen. Das Wasser traf ihn einen Moment nach Brianna. Der letzte Blick, den er von ihr erhaschte, war ihr Verschwinden in einer schwarzen, wütenden See.

Kapitel Acht

Brianna hatte gerade noch rechtzeitig das Ruder erreicht, um sich mit einem Seil daran festzubinden, als die Welle über die Bordwand schwappte. Es gab einen erschreckenden Moment des Schwebens, als die *Sea Serpent* fast kenterte, und dann brach das Wasser über das Deck und direkt in sie hinein.

Der Aufprall raubte ihr den Atem. Schwarzes Wasser umhüllte sie und versuchte mit aller Kraft, sie von dem stabilen Holzruder loszureißen.

Mit brennender Brust kämpfte sie gegen den Drang, Luft zu holen. Sie liebte das Meer, aber in Momenten wie diesen machte es ihr Angst. Stürme waren immer gefährlich, aber Stürme wie dieser waren dafür gemacht, Schiffe wie ihres zu zerstören.

Die Welle schwappte weiter, und zwar keinen Augenblick zu früh. Sie lehnte sich gegen die Spindeln des Steuerrads und atmete die süße, herrliche, salzige Luft ein. Sie hob den Blick, um nach weiteren Wellen Ausschau zu halten, und entdeckte einen Mann am Fuß der Takelage am Großmast. *Nicholas*. Die

Erleichterung darüber, ihn lebendig zu sehen, überraschte sie. Sie hatte solche Angst vor dem Kentern ihres Schiffes gehabt, dass sie auf vieles andere nicht geachtet hatte. Wenn sie sich auf einen Sturm wie diesen konzentrierte, verblassten die Männer um sie herum normalerweise, und sie sah nur noch das Meer, die Masten und die Decks, bis die Krise vorüber war.

Nicholas kämpfte, um sich aus dem Gewirr der Taue zu befreien. »Brianna!«

»Bleib da!«, schrie sie zurück, aber das Tosen der nächsten Welle verschluckte ihre Worte. Sie stemmte sich gegen den Aufprall und hielt den Atem an, als sie fest gegen die Seile gezogen wurde. Sie schnitten tief in ihre Haut ein, aber die Seile hielten sie fest am Ruder.

Als die Welle das Deck verließ und sie wieder atmen konnte, war Nicholas verschwunden.

»Nein ...« Das Wort zerriss ihr die Lippen. Sie blinzelte den Regen weg und starrte auf die wütenden Wellen an der Seite des Schiffes.

In diesem Moment klatschte eine Hand auf die oberste Sprosse der Treppe, die zu ihr führte. Ein Kopf und dann die Schultern folgten, als Nicholas sich in eine stehende Position hochkämpfte, bevor er sich schwer auf das obere Geländer stützte. Seine breite Brust hob sich schwer, und sein weißes Hemd klebte an seinem Körper, sodass man die Umrisse jedes angespannten Muskels sehen konnte, der ihm gerade das Leben gerettet hatte.

»Du Trottel! Runter!«, brüllte sie ihn an.

Er deutete auf die Segel, die sich im Wind spannten. »Wir müssen die Segel losschneiden!« Er kämpfte sich zum Ruder und hielt sich mit ihr an den Spindeln fest, wobei seine Hände die ihren umfassten.

Er hatte Recht. Aber selbst zu zweit würden sie das niemals schaffen. Sie schüttelte den Kopf.

»Das können wir nicht. Niemand kann bei diesem Seegang die Takelage hochkommen und dort bleiben.«

»Lass mich mal.« Nicholas grinste, und plötzlich lehnte er sich zu ihr und packte ihr Hemd, um sie festzuhalten, während er sie heftig, grob und wild küsste.

»Als Glücksbringer«, sagte er und rannte zum Achterdeck hinunter. Eine weitere Welle erhob sich über ihnen, und er machte einen Sprung mit Anlauf und erwischte die Taue des Großmastes gerade noch, bevor die Welle ihn über Bord spülen konnte.

Eine Welle nach der anderen schlug gegen das Schiff, aber er arbeitete sich Sprosse für Sprosse nach oben, und sie starrte ihm nach, als er die Spitze des Hauptmastes erreichte. Er schnitt das Segel frei, und das weiße Tuch schlug um ihn. Danach kletterte er weiter den Mast hinauf.

Joe und einige andere erfahrene Seemänner kamen an Deck und zu ihr ans Ruder. »Verdammt, der Mann ist verrückt«, sagte Joe. Die anderen Seeleute spannten sich an und begannen dann den tödlichen Aufstieg zu Nicholas.

»Er mag verrückt sein, aber er könnte uns das Leben retten.« Das Schiff wehrte sich bereits weniger gegen den Wind und die See. Trotz des hohen Wellengangs rollte die *Serpent* ruhiger dahin, da sie nun nicht mehr direkt gegen die Wellen parallel zu ihnen gezogen wurde. Wenn Brianna das Ruder in die Hand nahm und nicht gegen die Kraft des Windes ankämpfte, konnte sie das Schiff in einem leichten Winkel sicher in die Wellen steuern.

»Wo soll die Besatzung hin?«, fragte Joe.

»Sie sollen sich um den Besanmast und den Fockmast kümmern«, befahl Brianna.

»Aye, aye, Mädchen.« Joe zwinkerte, sprang die Treppe hinunter und verschwand unter Deck. Einen Augenblick später strömte die Mannschaft an Deck und eilte zu den verbliebenen Masten, um die Segel loszumachen.

In der nächsten halben Stunde wurde das Schiff durch den schlimmsten Sturm geschleudert, bis es schließlich in ruhigeres Fahrwasser geriet. Brianna hielt das Steuer und beobachtete den grauen Himmel, bis sie sicher war, dass der Sturm in die andere Richtung gedreht hatte. Dann rief sie nach Joe, der sie im selben Moment wie Nicholas erreichte.

»Jemand muss mich losschneiden«, sagte sie. Sie hatte sich in die Seile gezwängt, aber sie waren durch das Meerwasser so stark angeschwollen, dass sie sich nicht mehr aus eigener Kraft befreien konnte.

»Ich werde sie befreien, Joe«, sagte Nicholas. »Du solltest das Steuer übernehmen.«

Joe sah Brianna an. Sie aber war zu erschöpft, um sich darum zu kümmern, dass Nicholas ihren ersten Offizier herumkommandiert hatte. Das war ein Kampf, mit dem sie im Moment nicht umgehen konnte. Sie war völlig am Ende.

Sie nickte ihrem ersten Offizier zu. »Das Ruder gehört dir.«

Nicholas musterte die Seile, mit denen sie gefesselt war. Dann sägte er seinen kurzen Dolch mit besonderer Sorgfalt genau an der richtigen Stelle durch die Fesseln. In dem Moment, in dem sie frei war, sackte sie gegen ihn. Ihre Beine waren so wackelig geworden wie die einer Landratte, die ihre ersten Schritte auf einem schaukelnden Schiffsdeck machte.

»Ganz ruhig, Captain.« Nicholas schob einen Arm um ihre Taille und hob sie mit Leichtigkeit hoch. »Wohin?«

»Meine Kajüte ... Nein, warte, die Krankenstation.«

»Dahin musst du mich leiten.« Er zog sie bis zum Fuß der Leiter und presste seine Lippen sanft auf ihre. Sie war so überrascht, dass sie sich nicht bewegte. Stattdessen genoss sie einfach den Moment, die Zärtlichkeit und das Gefühl, dass sie dadurch innerlich ganz ruhig und still wurde. *Friedlich.* Ja, es gab ihr ein friedliches Gefühl. Sollte der Kuss eines Mannes diese Gefühle in ihr auslösen? Dann trat er mit einem erleichterten Gesichtsausdruck zurück.

Sie führte ihn zwei Decks tiefer in die Mitte des Schiffes und warf ihm, weil sie sich ein wenig stärker fühlte, einen bösen Blick zu. »War das auch als Glücksbringer gedacht?«

»Es hat funktioniert, nicht wahr? Ich dachte, ein zweites Mal wäre angebracht, nachdem das erste Mal so gut geklappt hat.«

Sie musste darüber lachen, und Flynn tat es auch. Doch als sie das Krankenzimmer betraten, runzelte er die Stirn.

»Wo ist der Chirurg?«

»Besoffen in einem Bordell in Cádiz, soviel ich weiß.« Sie humpelte zu den Schränken und öffnete den erstbesten. Es gab Dutzende von Flaschen und Gläsern aus blauem, braunem und grünem Glas. Keines von ihnen war jedoch beschriftet. Sie brauchte eine Salbe, etwas, das den Schmerz ein wenig lindern könnte.

»Ihr habt hier keinen Chirurgen?«

Sie warf ihm einen vernichtenden Blick zu.

»Jedes Schiff braucht einen guten Schiffsarzt«, fügte er etwas vorsichtiger hinzu.

»Und es ist verdammt schwer, einen zu finden und zu behalten. Diejenigen, die wir finden, sind oft betrunkene Rüpel. Wenn du versuchst, eine Armwunde von einem von ihnen behandeln zu lassen, könntest du stattdessen ein Bein verlieren. Die besten Chirurgen sind alle auf Schiffen der Royal Navy oder leben an Land. Man müsste diese Männer entführen, um sie zur Arbeit auf einem Piratenschiff zu bewegen. Die *Serpent* mag die Piratenflagge hissen, aber wir entführen keine Menschen.«

Nicholas schob sie sanft von den Schränken weg. »Lass mich mal sehen.« Er kramte in den verschiedenen Flaschen und Gläsern mit Salben herum. Er zog die Korken heraus und schnupperte an jedem, bis er einen Geruch fand, den er zu erkennen schien.

»Das wird passen«, sagte er.

Sie streckte die Hand aus, aber er ergriff ihren Arm und drehte ihn um. Sie schrie auf.

»Verdammt, es ist schlimmer als ich dachte.« Er zog ihr den Ärmel zurück. Blutige Striemen zierten ihre Handgelenke und Unterarme. Es sah schlimmer aus, als sie es sich vorgestellt hatte, aber es tat genauso weh, wie es aussah.

»Du brauchst besondere Aufmerksamkeit«, sagte Nicholas. »Bringen wir dich ins Bett, damit ich ...«

Sie zuckte zurück, als er versuchte, seine Hand auf ihren Rücken zu legen. »Das ist nicht der richtige Zeitpunkt, um mich ins Bett zu bringen, du Trottel.«

Er seufzte und blickte zum Himmel. »Ich will nicht mit dir ins Bett, du störrisches Weib. Ich will mich um deine Verletzungen kümmern, und du sollst dich *ausruhen*.«

»Oh.« Sie war erleichtert, aber auch ein wenig enttäuscht.

Nicholas schmunzelte, und dieser selbstgefällige Blick war viel zu verlockend für ihn.

»Ich werde dein Angebot nicht ablehnen, aber du bist in erster Linie mein Kapitän, und im Moment sind mir deine Gesundheit und dein Wohlergehen wichtiger als das Vergnügen in deinem Bett. Jetzt hör gefälligst auf deinen vorübergehenden Chirurgen und komm mit.«

Flynn begleitete sie zu ihrem Quartier am Heck des Schiffes und half ihr, sich auf das Bett zu legen, da ihre Beine noch immer zitterten. Nicholas kniete vor ihr nieder, zog ihre durchnässten Stiefel aus und warf sie zum Trocknen ein paar Meter weit weg.

»Du solltest besser alles ausziehen«, sagte er und deutete auf ihre nasse Kleidung.

»Es sind nur meine Handgelenke«, protestierte sie.

»Du wurdest ziemlich viel herumgeschubst. Am besten ich suche überall nach Verletzungen.«

Sie starrte ihn an, bis er sich umdrehte, um ihr etwas Privatsphäre zu gewähren. Sie zog sich aus und kramte dann in ihrer Seekiste am Fußende ihres Bettes nach einem weißen Ersatzhemd. Es bedeckte ihren Körper nur bis zur Mitte der Oberschenkel, aber es musste reichen. Sie hatte keine richtigen Nachthemden, wie sie sich für eine Dame gehörten.

Sie hockte sich auf die Bettkante. »Also gut, *Doktor*.«

Als Nicholas sich ihr wieder zuwandte, weiteten sich seine Augen beim Anblick ihrer nackten, vor ihr gekreuzten Beine. Sie sah die Hitze in seinen auffallend blauen Augen, aber er sagte nichts, als er sich neben sie auf das Bett setzte und begann, sie auf Verletzungen zu untersuchen. Zuerst an den Beinen, dann an den Armen, dann am Rücken und schließlich an der Taille. Als er versuchte, ihr Hemd ein wenig *zu* weit zu öffnen, zog sie es wieder zu.

»*Die* sind in Ordnung, das versichere ich dir.«

Nicholas grinste wieder. »Daran habe ich keinen Zweifel. Nun gut.« Er krempelte ihre Ärmel hoch und entblößte so ihre Unterarme und Handgelenke.

»Das wird weh tun«, warnte er, während er einen Finger in die klebrige Salbe tauchte und sie auf ihre Haut auftrug. Sie zuckte zurück und zischte, wich aber nicht zurück. Sie mochte es nicht, verletzt zu werden. Ein Kapitän sollte *niemals* verwundbar sein. Trotzdem hatte sie schon Schlimmeres erlitten, aber wer behauptete, dass ihm Schmerzen nichts ausmachten, war ein verdammter Lügner.

»Na also, ist doch nicht so schlimm«, beruhigte er sie in einem sanften Ton, wie man es bei einem verletzten Tier tun würde. Er blies sanft auf ihre Haut, was sich auf den rauen und erhitzten Wunden ziemlich gut anfühlte.

»Du hast das schon mal gemacht.«

»Ja, leider.« Er ging nicht näher darauf ein, aber es war nicht schwer, sich eine harte Strafe vorzustellen, die er durch einen grausamen Kapitän erlitten haben könnte.

Sie musterte sein Gesicht, während er arbeitete, und bemerkte mit einem seltsamen Vergnügen, wie sich dunkle, goldene Bartstoppeln auf seinem Kinn zeigten. Das machte den Gentleman Flynn viel mehr zu dem Piraten, als der er in der Gefängniszelle in Port Royal zunächst erschienen war.

Ihr Herz machte Luftsprünge, als er ihre Handgelenke massierte und dann seinen Blick in den ihren richtete. Draußen warfen die sich zurückziehenden Sturmwolken einen kräuselnden Schatten über das Wasser, während die *Sea Serpent* in sicherere Gewässer segelte.

Brianna war sich der sinnlichen Spannung in der Luft nur allzu bewusst, wie der statische Impuls, bevor ein Sturm aufzog, aber dies war ein Sturm der Leidenschaft. Das machte die Sache nicht weniger gefährlich.

Nicholas nahm ihre Wange in seine Handfläche und fuhr mit seinem Daumen über ihre Lippen.

»Darf ich Sie küssen, *Kapitän?*«, fragte er mit ein wenig rauer Stimme.

Ein Schauer lief ihr über den Rücken. »Du vergisst deinen Platz, Flynn.«

»Vielleicht. Aber würdest du nicht gerne deinen Platz vergessen, nur für eine kleine Weile?«

Das war zu viel. Sie schwankte in ihrem Kopf zwischen Verlangen und Ablehnung hin und her und entschied sich schließlich für eine der beiden Möglichkeiten. Sie nickte und beugte sich vor, bevor sie ihre Meinung ändern konnte.

Der Kuss war sanft, aber er hatte *nichts* Unschuldiges an sich. Sie öffnete ihre Lippen unter seinen, als seine Zunge ihren Mundwinkel kitzelte. Er schmeckte wie ein gutes Glas

Scotch in einer gehobenen Taverne in Port Royal. Fein, reichhaltig, hart und *berauschend.*

Seine Hand glitt um ihren Nacken herum, um ihren Kopf zu wiegen. Sie stöhnte darüber, wie er sie küsste, als bräuchte er sie ganz und gar, um Luft zu holen. Selbst jemand wie sie, die die Umwerbungsmethoden der Männer kannte, konnte dem süchtig machenden Gefühl eines solchen Kusses nicht widerstehen.

Irgendwo in ihrem Hinterkopf erinnerte eine kleine Stimme sie daran, dass es gefährlich war, diesem Mann zu nahe zu kommen. Aber kam sie ihm zu nahe? Es gab nichts, was sie davon abhielt, ihn in Sugar Cove zurückzulassen und ihm alles Gute zu wünschen, aber ein Teil von ihr wollte das nicht. Ein Teil von ihr wollte ihn behalten. Sie war dabei, sich zu binden, und das Gefühl war verdammt gut. Es erregte sie und erschreckte sie zugleich.

Ihre Lippen trennten sich von seinen, und beide rangen nach Atem. Sie lehnte ihren Kopf an seinen, und er lächelte schwach, während er die Augen schloss.

»Wer *bist* du, Brianna? Ich will alles wissen.« Er öffnete die Augen wieder und hielt ihr Gesicht einfach in seinen Händen.

Sie lächelte rätselhaft. »Spielt das eine Rolle?«

»Für mich schon. Ich möchte *dich* kennenlernen.« Er wollte sie umarmen, aber der Schmerz fuhr ihr in den Rücken, und sie zischte.

»Mein Gott, es tut mir leid. Habe ich da hinten etwas verpasst?«

Sie schüttelte den Kopf. »Nein, ich glaube, es sind nur Prellungen. Ich wurde ganz schön durchgeschüttelt, während ich am Ruder war.«

Flynn zog sich zurück und lächelte. »Ein anderes Mal vielleicht. Jetzt kuschelst du dich erst einmal unter die Decke und ruhst dich aus. Ich werde Joe fragen, was an Deck noch zu tun ist, wenn das für dich akzeptabel ist.«

Sie kroch unter ihre Decken und zuckte nur leicht zusammen, als ihr Rücken die Matratze berührte. Nicholas zog ihr die Decke bis zum Kinn hoch und deckte sie zu.

»Das hat nur mein Vater getan.« Sie gluckste schläfrig. Es war so schön, nach diesem Sturm in einem warmen Bett zu liegen.

»Dein Vater? Ist er noch am Leben?«, fragte Nicholas.

»Ja, natürlich ... er ist ...« Sie gähnte und vergaß völlig, worüber sie gesprochen hatten, bevor sie einschlief.

Nicholas starrte seine kleine Piratenkönigin amüsiert und zugleich ein wenig frustriert an. Er war so nah dran gewesen, ihre Verbindung zu Thomas Buck bestätigt zu bekommen. Er war auch kurz davor gewesen, sie im Bett zu erobern. Sein Verlangen nach ihr wurde immer größer, und das war mehr als beunruhigend. Seine Zuneigung hatte als Mittel zum Zweck begonnen, um ihr nahe zu kommen, aber jetzt wurde sie zu einer Belastung. Für ihren Vater und seine Gefolgsleute konnte es nur ein Ende geben, und danach würde es keinen Platz mehr für ihn in ihrem Leben geben. Aber er würde sie beschützen, auch wenn sie ihn dafür hassen würde. Das war er ihr schuldig, und er würde lieber ihren unendlichen Hass ertragen, als sie am Galgen baumeln zu lassen.

Nachdem er sich vergewissert hatte, dass sie warm genug war, indem er eine zweite Decke über ihr Bett legte, verließ er die Kabine und fand Joe auf dem Zwischendeck, wo er den übrigen Männern Befehle erteilte.

»Geht es dem Mädchen gut?« Er winkte Nicholas mit einem Kopfnicken zu sich heran.

»Ein bisschen blutig von den Seilen und gequetscht vom Sturm, aber sie wird schon wieder. Ich habe im Krankenzimmer einen Topf mit Salbe gefunden. Sie sagte etwas darüber, dass euer letzter Chirurg sich in einem Bordell in Cádiz betrunken hat?«

Joe gluckste. »Aye. Wir haben Dr. Simmons mit einer Flasche Gin in der Hand und dem Gesicht im Busen einer molligen Dame vergraben zurückgelassen. Leider sind wir ohne den Mann besser dran.«

»Wenn wir Sugar Cove erreichen, helfe ich euch, einen neuen Schiffsarzt zu finden.«

»Oh, aye? Und wie willst du das anstellen? Kidnapping?« Joe gluckste. »Das ist nicht unsere Art, Junge.«

»Das ist mir bewusst.« Nicholas lächelte ein wenig. »Sie hat mich in diesem Punkt belehrt.«

Sie sahen zu, wie die Mannschaft die losen Segel einholte und wieder befestigte.

»Joe, ist sie wirklich die Tochter von Thomas Buck?«, fragte er. Er verhielt sich ruhig, als ob er Joe nicht heimlich verhören würde.

»Wo hast du das denn gehört?«, fragte Joe mit einem leisen Knurren.

Er zuckte mit den Schultern. »Männer im Gefängnis reden. Es gibt nicht viel anderes zu tun für sie. Alle hielten sie für einen Mann, aber sie glaubten auch, dass sie irgendwie mit Buck verbunden war, und ich glaube, die Leute in der Garnison vermuteten das auch. Deshalb habe ich sie ermutigt, unsere Chance zur Flucht zu nutzen. Sie hatte gehofft, sich mit einem Bluff vor dem Galgen retten zu können, aber niemand hätte ihr geglaubt. Vor allem ein Hauptmann der Armee wollte ihren Tod.« Nicholas hielt seinen Tonfall so kühl und lässig wie möglich.

»Und welches Interesse hast du an Buck?«, fragte Joe ihn.

»Buck ist eine Legende. Das bewundere ich. Er befehligt den größten Teil der Karibik, und seine Untergebenen sind die erfolgreichsten Piraten der Welt. Aber die Wahrheit ist, dass ich einfach wissen möchte, wer Brianna wirklich ist. Aus was für einer Welt sie kommt.«

Joe sah ihn stirnrunzelnd an. »Sie hat dir also ihren Namen verraten, ja?«

»Das hat sie.«

»Ich nehme also an, sie vertraut dir.«

»Vielleicht mit ihrem Namen, aber nicht mit ihrer Vergangenheit. Willst du mir nicht etwas über sie erzählen?«

»Du wärst ein seltener Mensch, wenn du mehr über das Mädchen wissen willst. Die meisten wollen nur ihr Bett teilen. Unser Leben verträgt sich normalerweise nicht mit Anhängseln.«

Nicholas' Gesicht rötete sich, und er wandte den Blick ab. Anhängsel. Es war fast so, als wollte Joe ihn daran erinnern, was für ein Fehler das wäre.

»Ich weiß, aber mein Interesse an ihr geht über die Befriedigung der fleischlichen Gelüste hinaus.« Er würde Joe gegenüber ehrlich antworten. Je weniger er log, desto glaubwürdiger würde er sein. Als Mann von Brianna besessen zu sein, wäre weit weniger verdächtig als ein Marineoffizier, der Fragen über die Tochter eines berüchtigten Piraten stellte.

»Nun, du wärest vielleicht nicht der schlechteste Kerl für sie, aber ich werde ihre Geheimnisse nicht teilen. Diese Entscheidung liegt bei ihr und nur bei ihr.«

»Es gibt also *Geheimnisse*?«, fragte Nicholas den Ersten Offizier mit einem Grinsen.

»Wir haben *alle* Geheimnisse, Junge. Und jetzt hör auf, dir über solchen Unsinn den Kopf zu zerbrechen, und hilf den anderen Jungs, die Segel zu reparieren, die du abgeschnitten hast.«

»Aye, aye.« Nicholas unterdrückte ein Lachen und ging zu den Seilwanten am Fuß des Fockmastes.

Als er die Takelage erklomm, schaute er in die Richtung, aus der sie gekommen waren. Der Sturm wütete noch immer, aber sie waren außerhalb seiner Reichweite. Für den Moment.

Kapitel Neun

»**D**u musst aufhören, den Mann so anzuschauen, Mädchen.«

Brianna wurde aus ihren Tagträumen gerissen. Sie lehnte sich nach vorne an die Reling des Decks und beobachtete Nicholas, der mit zwei anderen Besatzungsmitgliedern Taue aufwickelte. Er lachte über etwas, das einer der Männer gesagt hatte, und sie konnte nicht anders, als ebenfalls zu lachen. Seine gute Laune war ansteckend.

»Ich sehe ihn nicht anders an als jeden anderen Mann«, argumentierte sie.

»Oh? Trau dich, bei Drei-Zehen-Jim so ein nettes Gesicht zu machen.« Joe deutete auf einen der Matrosen, der auf dem Achterdeck in der Sonne saß und seine drei verbliebenen Zehen auf dem linken Fuß abstützte und zappeln ließ. Die beiden anderen hatte er vor Jahren durch eine Kanonenkugel verloren. Der dürre, bärtige Mann hatte keine Zähne mehr, und seine Haut war von der jahrzehntelangen Sonneneinstrahlung lederartig braun. Außerdem war er so charmant wie eine Seepocke, es sei denn, er hatte zwei Pints in sich.

»Verstanden.«

»Aye, ich sehe schon, dass dich Flynn anmacht, aber der Rest der Besatzung wird das nicht mögen. Es ist nicht klug, einen so zu bevorzugen.«

Joes Worte heizten ihr Temperament an. »Würde ein männlicher Kapitän ein solches Problem haben?«

»Nein, denn die meisten Kapitäne haben den gesunden Menschenverstand, ihre Bettpartner im Hafen zu lassen, und bis jetzt hast du das auch getan.«

»Man sollte meinen, dass man als Kapitän gewisse Privilegien hat.«

»Aye, aber wie würde es dir gefallen, wenn du an ihrer Stelle wärst? Wenn schon nichts anderes, so bringst du Flynn in eine gefährliche Lage. Es wird für dich immer anders sein, weil du eine Frau bist, Mädchen.«

»Nun, das ist kaum gerecht. Und wenn du es wagst zu sagen, das Leben sei nicht gerecht ...«

Joe hob kapitulierend eine Hand. »Nun, das Leben ist nicht gerecht, Mädchen. Es gibt einige Wahrheiten, die man nicht ignorieren kann.«

Brianna wandte ihren Blick von dem verführerischen Flynn ab und widmete sich wieder ihren eigenen Aufgaben. Im Laufe des Abends begann sie jedoch zu bemerken, dass einige der Männer Flynn aus dem Augenwinkel heraus ansahen. Die meisten schienen sich nicht an Flynns Anwesenheit zu stören, aber von ihrer fünfundsechzigköpfigen Mannschaft schien mindestens ein Drittel ihm zu misstrauen. Aber vielleicht lag das nur daran, dass er neu an Bord war.

Vielleicht hatte Joe aber auch Recht, und sie wussten, dass er ihr ins Auge gefallen war.

Sie ging nach unten in ihre Kabine, wo Joe bereits auf sie wartete. Er hatte seine Seekarten dabei, da die beiden oft gemeinsam den Segelkurs für den nächsten Tag besprachen.

Joe lehnte sich über den Tisch, rollte die abgenutzten Karten aus und befestigte sie mit Gewichten. Eines dieser Gewichte war ein großer Messingkompass, die anderen waren schöne Steine oder Muscheln, die sie während ihrer Jahre auf See gesammelt hatte.

»Nun, wie sieht es aus?«, fragte sie, als sie die Tür schloss.

»Wir wurden vom Kurs abgebracht, aber nur um einen Tag oder so. Wir sollten Sugar Cove noch früh genug erreichen.«

»Gott sei Dank. Ich glaube, du hast recht, Joe.«

Joes Augen weiteten sich. »Sag das noch mal, Mädchen?«, fragte er mit scheinbar schockierter Stimme.

»Wegen der Männer. Flynn könnte eine Zielscheibe auf seinem Rücken haben. Wir müssen an Land gehen und die Männer ihn vergessen lassen, während sie in den Tavernen feiern.«

»Was willst du dann mit ihm machen?«, fragte ihr erster Offizier.

»Ich ...« Was sie tun wollte, war nicht das, was sie tun sollte. »Ich nehme an, ich werde ihm helfen, die *Emerald Dragon* zu finden. Sie legen genauso häufig in Sugar Cove an wie wir. Vielleicht finden wir seine Mannschaft, und er kann sich ihr wieder anschließen.«

Joe blinzelte, als ob er versuchte, etwas an ihr zu erkennen, das nicht ganz richtig war. »Irgendetwas ist an diesem hier anders, nicht wahr?«

»Was meinst du?«

»Ich mische mich nicht in deine Privatangelegenheiten an Land ein, wie du weißt, und bisher hattest du auch keinen Grund, sie mit an Bord des Schiffes zu bringen. Wenn er nur eine gute Zeit für dich wäre ...« Joe hielt einen Moment inne, als ob ihm bei der Diskussion über diesen Teil ihres Lebens übel würde. »... ich bezweifle, dass du dann auch einen so verzweifelten Gesichtsausdruck hättest.«

Brianna musste zugeben, dass etwas Wahres an seinen Worten war, aber sie wagte nicht, es laut auszusprechen. Joes Augen wurden auf eine Art und Weise weich, die sie davor warnte, dass das, was er als Nächstes sagen würde, sie aufregen würde.

»Wenn du den Mann magst, Mädchen, warum machst du deinen Vater nicht stolz und nimmst dir einen Ehemann? Du könntest ein richtiges Leben haben, eines mit einem Haus, das nicht untergeht, und es mit kleinen, hübschen Kindern füllen.«

Sie hatte sich immer gegen die Erwartungen gewehrt, die an sie als Frau gestellt wurden, gegen die Vorstellung, dass Heirat und Kinder alles waren, was sie der Welt bieten konnte.

Einen Moment lang hatte sie das Bild vor Augen, wie sie einen kleinen Säugling in den Armen hielt, Nicholas hinter sich, den Blick auf das Kind gerichtet, und wie er seine Arme um sie schlang. Ein seltsames Flattern in ihrer Brust wuchs. Aber das würde bedeuten, das Meer zu verlieren, ihr Schiff zu verlieren - ihre Freiheit zu verlieren. Es würde sie ersticken.

»Ich kann nicht, Joe, auch wenn ich in Versuchung bin. In dem Moment, in dem ich das alles hier loslasse, ist es für immer weg.« Wenn sie die *Serpent* verlieren würde, würde sie einen Teil von sich selbst verlieren.

Sie ließ sich auf einen Stuhl an ihrem Tisch fallen und grub ihre Hände in ihr Haar, wobei sie ein wenig an den Strähnen zupfte. Der kleine Schmerz brachte sie wieder zu sich selbst zurück. Sie konnte sich nicht in solchen Sentimentalitäten ergehen.

Joe räusperte sich. »Nun, wie gesagt, ein oder zwei Tage, bevor wir Sugar Cove bei günstigen Winden erreichen. Vielleicht sollten wir der Besatzung eine Extraration Rum zukommen lassen, um ihre Stimmung aufzuheitern?«

»Ja, das sollten wir tun. Mit Rum segelt diese Mannschaft in der Regel besser.«

Joe gluckste. Diese Mannschaft war um einiges besser als Briannas erste. Jene Männer hatten ihre Rumrationen missbraucht und waren die Hälfte der Zeit zu betrunken gewesen, um zu stehen. Sie hatte drei Jahre gebraucht, um die faulen Eier auszusortieren und ihre jetzige Mannschaft zusammenzubekommen. Sie vertraute ihnen vielleicht nicht ihr Leben an, aber sie vertraute ihnen ihr Schiff an. Und das war in vielerlei Hinsicht noch wichtiger.

Joe legte ihr väterlich eine Hand auf die Schulter und drückte sie sanft. »Ich werde die Männer informieren.«

»Schick Patrick rein, wenn sich die Gelegenheit ergibt.« Sie wartete, bis Joe weg war, bevor sie sich vor die Seekiste am Fußende ihres Bettes kniete und in den verschiedenen Kleidungsstücken herumstöberte, bis sie fand, was sie suchte - ein tief burgunderrotes Kleid mit einem bestickten Mieder und vollen Röcken.

Es war ihr schönstes Kleid, aber es konnte den Kleidern, die sie bei den Damen in Port Royal gesehen hatte, nicht das Wasser reichen. Aber es war alles, was sie hatte, und wenn sie und Flynn in Sugar Cove getrennte Wege gehen würden, wollte sie wissen, was sie aufgeben würde. Und heute Abend wollte sie sich weiblich fühlen, wollte, dass er sie so sah, wie er andere Frauen sah, dass er sie begehrte.

Es war töricht, sich so zu quälen, aber sie würde es bereuen, wenn sie es nicht täte. Nur eine Nacht - das musste reichen, um sie den Rest ihres Lebens davon träumen zu lassen, was hätte sein können.

Brianna hielt das Kleid an ihren Körper, dann ging sie zu dem kleinen Spiegel, der an der Kabinenwand hing. Sie starrte auf ihr Spiegelbild und zuckte zusammen. Ihr blondes Haar war vom Wind zerzaust. Durch die salzige Meeresbrise hatte es seine Geschmeidigkeit verloren. Sie würde es bürsten müssen, bis es wieder glänzte, aber kein noch so gutes Bürsten würde es vollkommen perfekt machen. Sie drapierte das Kleid über dem Bett und zog ihre Reithose, die Weste und das Hemd aus, bevor sie das Kleid anzog.

Die Schnürung an der Vorderseite des Mieders erleichterte ihr das An- und Ausziehen. Dann kniete sie wieder neben ihrer Truhe und kramte herum, bis sie die Haarbürste mit Silbergriff fand, die ihr Vater ihr vor so langer Zeit geschenkt hatte. Er hatte ihr erzählt, die Bürste habe ihrer Mutter gehört. Sie fuhr mit ihren Fingern über die geschnitzten Schnitzereien am Griff. Es war reines Silber; sie musste es häufig polieren, weil es in der feuchten Seeluft anlief, aber das war es wert.

Brianna lächelte, als sie sich vorstellte, wie ihre Mutter diese Bürste benutzte und wie bezaubernd sie auf ihren Vater gewirkt haben musste. Nach ihrem Tod hatte er nie wieder geheiratet. Er sprach selten von ihr, außer um zu sagen, dass sie in der Nacht, in der sie Brianna zur Welt gebracht hatte, sehr tapfer gewesen war. Als Brianna klein gewesen war, hatte sie ihren Vater einmal gefragt, ob er ihr die Schuld am Tod ihrer Mutter gebe. Ihr Vater hatte sie hochgehoben und auf seinen Schoß gesetzt, wo er sie festhielt.

»Brianna, ich würde dir nie einen Vorwurf machen. Es ist nicht die Schuld eines Kindes, wenn ein Elternteil stirbt. Deine Mutter hat wie eine Löwin gekämpft, um dich auf die Welt zu bringen, und du hast gekämpft, um hier zu bleiben, nachdem sie gegangen war. Ihr seid beide Kriegerinnen für mich. Ich wünschte nur, dass ...«

Aber er hatte den Satz nie zu Ende gesprochen, und sie hatte sich nie getraut, ihn darum zu bitten.

Ihr Vater erinnerte sie immer daran, dass er kein Heiliger war, aber er war trotzdem der beste Mann, den sie je gekannt hatte. Bevor sie ihn verraten hätte, wäre sie in Port Royal an den Galgen gegangen. Er hatte sie geliebt und ihr gegeben, was kein anderer Mann ihr gegeben hätte - die Freiheit, die zu sein, die sie sein wollte. Er hatte ihr mit siebzehn Jahren das Kommando über die *Sea Serpent* übertragen. Mit Joe an ihrer Seite hatte sie gelernt, ihre Mannschaft zu führen und sich das zu nehmen, was sie vom Leben wollte. Heute war die erste Nacht, in der sie es gewagt hatte, von etwas *anderem* zu träumen.

Brianna bürstete ihr Haar in langen, sanften Strichen, bis es weich und locker um ihre Schultern lag. Sie war gerade dabei, ihr Äußeres noch einmal zu überprüfen, als sie das hektische Poltern von Stiefeln auf dem Gang vor ihrer Kabine hörte.

»Kapitän!« Patrick keuchte, als er in ihre Kabine stürmte. Seine Lippe blutete, und eines seiner Augen war geschwollen.

Sie griff nach ihrer Pistole und ihrem Säbel auf dem Bett. »Was ist passiert?«

Der Junge blinzelte, als er ihre weibliche Erscheinung in Augenschein nahm, bevor er hastig sprach.

»Sie wollen Flynn kielholen!«

Brianna knurrte und rannte hinter Patrick her in Richtung der fernen Stimmen ihrer Mannschaft. »Nur über meine Leiche.«

»Machst du mit, Flynn?«, fragte jemand, als Flynn einen der Räume unter Deck betrat. Die Mannschaft würfelte, und der Mann, der gefragt hatte, war Javier Esperanza, ein sympathischer Spanier, mit dem er sich in den letzten Tagen angefreundet hatte, als sie oben in den Segeln gearbeitet hatten.

Javier lehnte sich mit dem Rücken an die Wand und verfolgte mit leichtem Interesse das Spielgeschehen.

»Ich? Nein, ich spiele nichts, was dem Zufall überlassen wird. Ich bevorzuge Geschicklichkeitsspiele.« Er gesellte sich zu seinem Freund und sah zu, wie die Männer ihre Würfel in einen Holzbecher warfen und auf die Zahlen wetteten, die sich zeigen würden, wenn sie die Würfel über die Tischplatte rollten. Wenn einer der Männer gewonnen hatte, beschimpften die anderen den Gewinner mit gutmütigen Worten.

»Ich habe gehört, dass unsere Rumrationen erhöht werden«, sagte Flynn zu Javier. Es gefiel ihm, dass Brianna ihnen echten Rum gab. Auf den meisten Schiffen wurde nur Grog ausgeschenkt, der mit Wasser verdünnt wurde.

Der Spanier grinste. »Oh, das sind gute Neuigkeiten.« Er war fast so alt wie Flynn und gehörte zu den körperlich kräftigeren Mitgliedern der Besatzung. Er hatte es geschafft, mit Flynn Schritt zu halten, als sie an diesem Tag die Segel repariert hatten, und er bewunderte die Geschicklichkeit des Mannes. Nicholas vermisste die Kollegialität seiner Offizierskollegen in der Royal Navy, aber eine gewisse Gleichberechtigung innerhalb einer Piratenmannschaft hatte ihren eigenen Reiz.

»Mehr Rum, sagst du?«, rief einer der am Tisch sitzenden Männer, der sie offensichtlich belauscht hatte.

»Aye«, rief Javier zurück. »Am besten holt ihr ihn euch gleich, bevor es der Rest der Mannschaft hört.«

Die Männer brachen ihr Würfelspiel ab und begaben sich in den Laderaum, wo der Koch ein kürzlich geöffnetes Fass bewachte. Sie stellten sich in einer Reihe auf und reichten ihre Tassen dem Koch, der sie füllte, bevor er den nächsten Mann nach vorne rief.

Nicholas trank nicht oft Rum, aber heute Abend war er in der Stimmung dazu. Das könnte ihn für eine Weile von Brianna ablenken.

»Also, Flynn, man munkelt, dass du in Sugar Cove das

Schiff wechseln wirst?«, fragte Javier, während sie in der Schlange warteten.

»Wahrscheinlich. Meine Mannschaft könnte dort vor Anker liegen, aber ich gebe zu, dass ich versucht bin, auf der *Serpent* zu bleiben. Mir gefällt es hier sehr gut.«

Daraufhin lachte Javier auf. »Du willst damit sagen, du magst *sie*.«

Nicholas gab nicht vor, ihn missverstanden zu haben. »Ich bin ein Mann und ich habe Augen. Da muss man den Kapitän einfach zu schätzen wissen.«

»Oh, aye«, stimmte Javier zu. »Aber sie hat noch nie jemanden aus der Mannschaft so angesehen, wie sie dich ansieht. Du solltest besser vorsichtig sein. Viele in dieser Mannschaft würden alles dafür geben, dass der Kapitän sie bevorzugt. Eifersucht ist auf jedem Schiff eine gefährliche Sache, aber auf einem Piratenschiff ist sie noch viel schlimmer.«

Nicholas bezweifelte dies. Männer waren Männer, egal unter welcher Flagge sie segelten, und wo Männer um Macht oder Schätze jeglicher Art wetteiferten, gab es immer Ärger.

»Sie bevorzugt mich nicht.«

»Du warst öfter in ihrem Quartier als jeder andere Mann auf dem Schiff, abgesehen von ihrem Kabinenjungen oder ihrem Ersten Offizier. Niemand ist eifersüchtig auf einen jungen Welpen wie Patrick, und niemand macht sich Sorgen um Joe - der Mann ist wie ein Onkel für sie. Aber *du* ...« Javier grinste verschmitzt. »Du bekommst die Blicke, die sie sonst niemandem zuwirft.«

»Welche Blicke?«

Javier legte seine Hände unter sein Kinn, klimperte mit den Wimpern und lächelte verträumt. »Ungefähr *so*.« Er schürzte die Lippen, als würde er auf einen Kuss warten.

»Sei doch nicht albern. Sie sieht mich nicht so an.«

Nicholas würde sich an einen solchen Blick erinnern. Sicher, wenn sie allein waren, sah sie ihn mit Hitze in den Augen an, aber nie inmitten der Mannschaft. Wenn sie ihm einen dieser Blicke zugeworfen hätte, hätte er es bemerkt.

»Das tut sie, Kumpel, das tut sie, und damit machst du dir hier nicht viele Freunde. Du solltest vielleicht auf die *Dragon* zurückgehen, wenn wir Sugar Cove erreichen.«

Nicholas runzelte die Stirn. Er konnte Brianna nicht verlassen, es sei denn, er fand einen anderen Weg, Thomas Buck zu finden.

Er nickte verstehend. »Danke für die Warnung.«

Javier antwortete mit einem Nicken.

»Pass auf, du kleiner Mistkerl«, schnauzte ein Mann den Kajütenjungen an, als dieser mit einem Arm voller Kleider an ihnen vorbeirauschte. Der Mann hob eine Hand gegen den jungen Mann.

»Lass es gut sein, Billy«, rief Javier.

Billy, der Flegel, der gedroht hatte, den Jungen zu schlagen, fluchte und stapfte davon. Der Junge eilte davon, um zu seinen Aufgaben zurückzukehren. Javier und Nicholas holten schließlich ihre Rumrationen und kehrten in den Würfelraum zurück.

»Komm schon, ein Wurf, Flynn«, forderte einer der Männer am Würfeltisch.

»Also gut. Einmal würfeln.« Er stellte seinen Becher ab und ging zum Tisch, wo er sich setzte und mit dem Würfelbecher klapperte.

»Eure Einsätze?«, fragte ein anderer Matrose die Männer am Tisch. Zahlen wurden ausgesprochen. »Flynn?«

»Drei Sechsen«, sagte Flynn. »Zwei Schilling darauf.«

Ein anderer lachte. »Zwei Schillinge? Auf *drei* Sechsen?«

»Was ist das Leben ohne ein kleines Risiko?«, entgegnete Flynn, obwohl er den Männern schon vor Minuten gesagt hatte, dass er an Risikospielen nicht interessiert sei. Er beschloss, dass er die Ablenkung brauchte.

»Dein Begräbnis. Lass es rollen, Mann!«

Flynn schüttelte die Würfel und warf sie auf den Tisch. Drei Sechsen leuchteten auf, und eine Mischung aus Stöhnen und Erstaunen erfüllte den Raum.

»Bei seinem ersten Wurf!«, keuchte einer.

»Das glaube ich einfach nicht!«

»Verdammt noch mal!«, stöhnte ein anderer. Die, die Einsätze gerufen hatten, streckten ihre Hände aus, um ihren Anteil zu bezahlen.

»Behaltet es, Jungs.« Flynn hatte es nicht nötig, seine Taschen mit Piratenschätzen zu füllen, und es könnte ihm gerade den Respekt der Besatzung für seine Großzügigkeit einbringen.

Flynn stand auf und sammelte seinen Rum ein, während Javier sich an den Tisch setzte und seinen Platz einnahm. Flynn trat aus dem Zimmer auf den Gang. Das Knarren und Ächzen des Schiffes vermischte sich mit dem Rauschen der Wellen, die an die Seiten des Schiffes klatschten, und tröstete ihn wie ein sanftes Wiegenlied.

Er nahm einen kleinen Schluck von seinem Rum und machte sich auf den Weg zu seiner Hängematte, hielt aber abrupt inne, als er ein Wimmern hörte, das von der abgedunkelten Leiter, die zum Deck hinunterführte, kam. Nicholas sträubten sich die Haare im Nacken. Mit leichten Schritten ging er zurück zur Begleitleiter und stieg im Bug des Schiffes tiefer in den Rumpf hinab.

Jemand keuchte vor Schmerz. Nicholas' Augen gewöhnten sich an das Dämmerlicht, und er sah Patrick in einer Ecke zwischen den Schotten kauern, während Billy eine Hand nach ihm ausstreckte, offensichtlich in der Absicht, den Jungen erneut zu schlagen.

»Was ist hier los?«, fragte Nicholas. Er hatte geglaubt, dass Patrick vor Billy geflohen war, aber es schien, als hätte der Mann ihn wieder gefunden.

Billy wirbelte herum und knurrte. »Das geht dich nichts an, Dummkopf. Nur ein bisschen Disziplin.«

»Was hat der Junge getan?«

»Der kleine Bastard ist mir immer im Weg, verdammt. Ist das Grund genug für dich?«

Flynn blieb standhaft. »Ich glaube, dass Mr. McBride für die Durchführung von Strafen auf Befehl des Kapitäns zuständig ist.«

Billys Augen weiteten sich daraufhin. »Du hast kein Recht, über den Kapitän zu sprechen. Ich und die anderen, wir sehen, was du da machst. Du spielst mit ihr, damit du das Schiff übernehmen kannst.«

»Das ist Unsinn. Ich will ihr Schiff nicht.«

»Ah, aber du willst *sie*, nicht wahr? Für den Rest von uns wird sie nicht die Beine breit machen, aber für dich vielleicht schon.« Er ballte die Fäuste. »Und dafür müssen wir uns mit dir auseinandersetzen, nicht wahr?«

Nicholas war auf einen Angriff vorbereitet, aber er ließ Billy das nicht sehen. Er musste Patrick erst einmal aus der Reichweite des Mannes bringen, dann konnte er sich um die Sache kümmern. Nicholas kippte den Rest seines Rums lässig hinunter und warf dann, was man für eine beiläufige Armbewegung hätte halten können, den Becher und traf Billy genau zwischen die Augen.

Billy brüllte auf und stürzte sich auf Nicholas.

»Lauf, Junge! Hol den ...!« Seine Worte brachen ab, als Billy mit ihm zusammenstieß. Patrick versuchte, an ihnen vorbei die Leiter hinaufzusteigen, aber Billy packte das Bein des Jungen und zerrte ihn zurück. Patricks Kopf prallte gegen eine der Stufen, und er sackte bewusstlos zu Boden. Nicholas versetzte Billy einen Schlag, aber seine Hand schien sich nicht mehr so schnell zu bewegen wie zuvor. Billy schlug seinen beabsichtigten Schlag zur Seite und traf Nicholas' Kiefer hart.

»Fühlst du dich langsam, Flynn?« Billy lachte düster.

Nicholas holte zu einem Schlag aus, aber die Kraft in seinen Fäusten ließ schnell nach. *Was zum Teufel?*

»Ich dachte, du hast deinen Rum nicht ausgetrunken.« Billy schlug Nicholas hart in den Magen, woraufhin Nicholas vor Schmerz stöhnte und nach hinten gegen die Treppe fiel.

»Die Jungs haben sich unterhalten, und wir sind uns einig geworden, dass es Zeit ist, dass du gehst.« Er steckte sich zwei Finger in den Mund und pfiff heftig. Nicholas blinzelte, als er Schritte über ihnen donnern hörte. Dann umringten ihn die Männer am Fuße der Begleitleiter. Sie zogen ihn grob hoch und schleppten ihn auf das Oberdeck.

»Fesselt ihn gut, Jungs. Der Rum wird ihn nicht lange stillhalten.«

Sie hatten den Rum mit Drogen versetzt ... Nicholas stöhnte auf, als sich ihm durch das Schaukeln des Schiffes der Magen umdrehte.

Er wurde auf das Deck geworfen, seine Knöchel gefesselt und seine Handgelenke hinter dem Rücken zusammengebunden.

»Was werden wir dem Kapitän sagen?«, fragte ein Mann die Gruppe.

»Dass es ein bisschen Spaß war, das ist alles.«

»Aber Kielholen?«, fragte ein anderer Mann. »Billy, bist du sicher?«

»Auf einigen Schiffen ist es Tradition, einen Mann bei der Äquatorüberquerungszeremonie unterzutauchen«, sagte Billy.

»Aber das ist kein Untertauchen, und wir überqueren nicht den Äquator«, argumentierte jemand. »Und der Kapitän ...«

»Wir tun das *für* den Kapitän!«, erinnerte Billy ihn. »Jetzt zieh ihn hoch.«

Nicholas wurde auf die Beine gezerrt und zu einer Stelle geschoben, wo es keine Reling gab, um ihn daran zu hindern, über Bord zu fallen.

Jemand brüllte etwas, und er erblickte Brianna hinter sich an Deck in einem roten Kleid, ihr blondes Haar wehte im Mondlicht. Sie hob eine Pistole, deren Lauf auf die Männer gerichtet war, und ihr Gesicht strahlte wie das eines Racheengels.

Ein Schuss löste sich, und einen Moment später stürzten Nicholas und Billy ins Meer. Kaltes, dunkles Wasser saugte sie in die stillen, schwarzen Tiefen hinab.

Sein letzter Gedanke war Bedauern, dass er nicht noch einen Kuss von Brianna bekommen hatte, bevor er starb.

Kapitel Zehn

Das Wasser über Flynn schimmerte von den schwankenden Strahlen des sterbenden Mondlichts, während er immer tiefer ins Meer sank. In der Nähe wehrte sich Billy und strampelte mit den Beinen, aber eine Wolke aus dunkelrotem Blut trübte das Wasser um ihn herum, bis er sich nicht mehr rührte.

Sie hatte Billy erschossen, um ihn zu retten. Die Erkenntnis ging ihm durch den Kopf, gedämpft unter den stillen Schreien, die er unterdrückte, um kein Wasser in seine Lunge zu saugen. Er zog an seinen Hand- und Fußgelenken, aber das Seil saß fest. Verdammte Matrosen und ihre Knüpfkünste. Es gab keine Hoffnung auf ein Entkommen, nicht dieses Mal. Er sollte seinem Tod gelassen entgegensehen, aber das war verdammt schwer, wenn er so viel hatte, wofür er leben wollte.

Das Licht über ihm kräuselte und verdunkelte sich, als plötzlich ein Schatten in das Wasser eintauchte und auf ihn zutrieb. Die Gestalt tauchte herab in die erdrückende Tiefe. Er sah blondes Haar, das sie umschwebte, und wusste, dass es seine Piratenkönigin sein musste, die ihn retten wollte. Bei Gott, die Frau war wirklich großartig, aber er fürchtete, er würde nicht mehr lange genug leben, um es ihr zu sagen.

Brianna bewegte ihre Arme und Beine in sicheren, kräftigen Zügen, während sie auf ihn zuschwamm, einen Dolch zwischen ihren zusammengebissenen Zähnen. Als sie ihn erreichte, begann sie, mit dem Dolch seine Handgelenke zu befreien. Nicholas würde es nicht schaffen, wenn er nicht bald wieder Luft bekäme. Er kämpfte darum, ruhig zu bleiben, während sie an seinen Fesseln sägte. Sobald sich das Seil um seine Handgelenke lockerte, begann er, verzweifelt in Richtung der Oberfläche zu strampeln. Sie packte seinen Arm und trat heftig gegen das Wasser, sodass es sie beide an die Oberfläche trieb.

Nur noch ein Stückchen weiter. Er betete, dass sein Körper noch eine Sekunde länger durchhalten würde. Sein Kopf brach durch die Oberfläche, und er sog einen herrlichen Atemzug ein, bevor er keuchte und hustete, Brianna direkt hinter ihm.

Sie zog ihn an die Seite ihres Schiffes.

»Leine kommt!«, brüllte Joe von oben. Eine Strickleiter flog über die Seite des Schiffes und entrollte sich zu ihnen.

»Heb die Füße und halte dich am unteren Ende der Leiter fest«, befahl Brianna. Flynn griff nach dem Seil und hob seine Beine an die Oberfläche, wo sie das Seil, das seine Knöchel fesselte, leichter durchschneiden konnte.

»Du zuerst, Kapitän«, sagte er, sobald seine Beine frei waren. Er wollte nicht, dass sie ungeschützt mit dem Rücken zum Meer sein würde.

Sie kletterte vor ihm hoch, ihre Röcke schwer und fast schwarz vom Wasser. Es erstaunte ihn, dass sie in solchen Kleidern schwimmen konnte, ohne zu ertrinken. Das Mondlicht glänzte auf ihrem Haar, das in nassen Ranken über ihren Rücken und ihre Schultern hing.

Als er die Spitze der Leiter erreicht hatte, zog Joe ihn in Sicherheit. Sein Kopf schmerzte, und seine Gedanken waren immer noch verwirrt, dank dem, was in seinem Rum gewesen war. Sein Körper war kalt, so verdammt kalt, dass seine Zähne zu klappern begannen. Brianna nahm die Decke an, die Joe ihr um die Schultern legte.

Mehrere Männer, die er als Billys Mitverschwörer erkannte, waren zusammengetrieben worden, und anderen Mitglieder der Mannschaft richteten Pistolen auf sie.

»Mädchen?«, Joe sprach das Wort leise aus, eine Frage: Was wollte sie mit ihnen machen?

Brianna fröstelte, als ein kalter Wind die Leute auf Deck küsste, und sie starrte voller Wut auf die Mitglieder ihrer Mannschaft, die versucht hatten, Nicholas zu töten.

»Billy hat bekommen, was er verdient hat. Was den Rest betrifft, so kennt ihr alle den Kodex. Wer versucht, ein Mitglied dieser Besatzung zu ermorden, wird auf dem Meer ausgesetzt.«

Ein Flüstern ging über das Deck, als die Angeklagten erschrockene Blicke austauschten. Niemand wollte auf einer kleinen unbewohnten Insel mit genug Wasser für einen Tag und einer Pistole, Schrot und Pulver zurückgelassen werden. Wenn jemand stranden sollte, wurde er an einer Stelle ausgesetzt, die bei Flut überschwemmt wurde. Die Pistole wurde ihnen gegeben, damit sie sich selbst töten konnten, anstatt zu ertrinken, zu verhungern oder von Haien getötet zu werden.

»Aber Kapitän ...«, begann ein Mann unsicher.

»Ihr alle habt Bucks Kodex zugestimmt, als ihr an Bord gekommen seid. Mehr gibt es nicht zu sagen.«

Der Mann, der gehofft hatte, für sie sprechen zu können, ließ die Schultern sinken. Briannas Kopf war hoch erhoben, ihr Kinn trotzig, obwohl sie kalt und nass war. Nicholas starrte die Männer an, die versucht hatten, ihn zu ermorden. Einige von ihnen sahen reumütig aus, die anderen waren voller Angst.

Nicholas hatte vor allem eines gelernt, als er in der Royal Navy gedient hatte. Indem man einem anderen Menschen half, bot man ihm Freundschaft an. Das war seine Gelegenheit, den Rest der Besatzung für sich zu gewinnen.

»Warte«, rief Nicholas. Er näherte sich Brianna, wobei er darauf achtete, zwischen ihr und den Angeklagten zu stehen. Er wollte, dass sie seinen offenen Rücken als ein Zeichen des Vertrauens sehen würden. »Darf ich etwas sagen, Captain?« Er betete, dass Brianna verstehen würde, dass er ihre Autorität nicht in Frage stellte, sondern lediglich versuchte, das Vertrauen ihrer Mannschaft zu gewinnen.

Brianna sah müde aus, so erschöpft, dass er sie am liebsten in den Arm genommen und ins Bett getragen hätte. Aber das würde er nicht wagen. Sie war stark, sie war die Kommandantin eines Schiffes, und er würde nichts tun, was sie vor ihrer Mannschaft schwach erscheinen ließe, so sehr er sich auch um sie kümmern wollte. Obwohl sie eine starke Frau war, weckte sie jeden Beschützerinstinkt in ihm. Die Urstimme in seinem Kopf, die er zu ignorieren versuchte, knurrte, dass sie *ihm gehörte*, wann immer er sie ansah.

»Erlaubnis erteilt«, sagte Brianna.

»Diese Männer haben getan, was sie für das Schiff und für dich für das Beste hielten. Sie sahen mich als eine Bedrohung an. Aber ...« Er wandte sich an die Männer. »... ihr sollt wissen, ich würde alles für den Kapitän tun, genau wie ihr. Mag sie mich? Vielleicht. Aber ich frage euch: Kann man es ihr verübeln?« Er gluckste verschmitzt und deutete auf seinen Körper, wobei er die Rolle eines Lothario-Piraten spielte. Es schien zu funktionieren.

»Ich würde nichts tun, was den Kapitän verraten könnte, ich schwöre es.« Dann wandte er sich an Brianna. »Ich bitte dich, diesen Männern gegenüber Gnade walten zu lassen. Billy bezahlte mit seinem Leben, aber die anderen sollten eine Gelegenheit bekommen, sich zu beweisen. Lass sie an Bord bleiben.«

Er begegnete Briannas Blick, und für einen kurzen Moment schmolz die Welt dahin und ließ nur sie zurück. Er schüttelte sich und wandte sich wieder der Sache zu. Er spürte, wie die Spannung der Angeklagten hinter ihm zunahm, während sie schweigend ihre Entscheidung traf.

»Wie mein Vater glaube auch ich an zweite Gelegenheiten. Ihr werdet nicht für eure Verbrechen bestraft, aber euch werden zusätzliche Aufgaben zugewiesen, und ihr werdet jedes Mitglied dieser Besatzung mit Respekt behandeln, einschließlich Flynn. Ihr werdet dieses Schiff und meine Mannschaft verlassen, wenn wir Sugar Cove erreichen. Ihr habt Glück, dass ich gnädig bin, sonst würde ich euch alle sofort über Bord werfen.«

Brianna warf einen Blick auf Joe und dann wieder auf die Männer, die hinter Flynn standen. Sie starrte jeden Mann einen nach dem anderen an, bevor sie mit leiser, aber tödlicher Stimme hinzufügte: »Und wen ich in mein Bett nehme, geht niemanden etwas an, außer mich selbst. Der nächste, der meint, er habe das Recht, etwas anderes zu sagen, wird ein weitaus schlimmeres Schicksal erleiden als das des Kielholens.«

Mit diesen Worten wandte sie sich mit ruhiger Würde ab und kehrte in ihre Kabine zurück.

»Zurück an die Arbeit, Jungs, ihr faulen Säcke!«, brüllte Joe. Die Männer zerstreuten sich, und nur einige wenige wagten es, Flynn im Vorbeigehen in die Augen zu sehen.

Flynn stieß einen langen Seufzer aus. Nach dem manipulierten Rum, dem Kampf mit Billy und dem Beinahe-Ertrinken war er sich nicht sicher, wie er noch auf den Beinen sein konnte. Aber in mancher Hinsicht hatte Brianna noch schlimmer ausgesehen. Dieser Verrat durch ihre Mannschaft hatte sie erschüttert, und jemand sollte nach ihr sehen.

»Du solltest nachsehen, ob es ihr gut geht. Sie sah krank aus«, sagte er zu Joe.

Der Erste Offizier schüttelte den Kopf. »Ich glaube, dem Mädchen würde es besser gehen, wenn *du* nach ihr sehen würdest.«

»Das ist vielleicht nicht die beste Idee, wenn man bedenkt, was gerade passiert ist«, sagte Flynn und merkte dann, dass Joe ihm tatsächlich vorgeschlagen hatte, Brianna zu besuchen. »Du bist also mit mir einverstanden? Sag mir nicht, dass du weich geworden bist.«

Joe schnaubte. »Nein, aber was du gerade für diese Männer getan hast ...«

»Ich habe es für *sie* getan«, korrigierte Nicholas. »Ich glaube nicht, dass sie mit dieser Last, die sie ihrer eigenen Seele aufbürden wollte, leben wollte. Das würde sie verfolgen.«

»Aye, das würde es. Und deshalb sage ich dir, dass du ihr nachgehen sollst, solange du noch kannst.«

Solange er noch konnte? »Joe ...«

»Zeig dem Mädchen, wieviel sie dir bedeutet, dann finde deine Mannschaft in Sugar Cove und zieh weiter.«

Ah. Er sollte also eine Nacht der Glückseligkeit erleben und dann gehen.

»Es wäre zum Wohle aller«, sagte Joe, als ob er seine Gedanken lesen könnte.

»Nun gut, ich werde mich um sie kümmern.« Nicholas ging nach unten, um seine Piratenkönigin zu suchen. Joe mochte erwarten, dass er in Sugar Cove verschwinden würde, aber Flynn hatte andere Pläne. Er war so lange zur See gefahren, dass er vergessen hatte, was außer seiner Pflicht gegenüber der Krone und seiner Besatzung noch wichtig war, wenn er mit der Marine segelte.

Selbst wenn er sich von dieser Piratenbande und ihrem Kapitän einwickeln lassen wollte, musste er widerstehen. Er konnte fast Dominics lachende Stimme in seinem Kopf hören, die ihm sagte, dass es mehr im Leben gab als die Pflicht, aber Nicholas hatte Angst, dass irgendetwas in seinem Herzen wichtiger sein könnte als seine Pflicht, vor allem, wenn das, was wichtig war, eine schöne grünäugige Piratenkönigin war.

BRIANNA SCHRITT IN IHRER KABINE UMHER UND verfluchte sich selbst. Innerhalb von weniger als einer Woche hatte Flynn beinahe eine Meuterei auf ihrem Schiff ausgelöst. Es klopfte leise an ihre Tür.

»Wer ist da?« Sie war nicht in der Stimmung, jemanden zu sehen.

»Patrick.«

Brianna hörte auf, auf und ab zu gehen, und stellte sich an die hohen Fenster mit Blick auf das mondbeschienene Meer. »Herein.«

Die Tür knarrte, und sie hörte, wie der Junge sich räusperte. »Captain, ich wollte ...«

Brianna drehte sich zu ihm um. »Ja?« Sie wartete darauf, dass Patrick seinen Mut wiederfand.

»Es war meine Schuld. Ich habe Billy wütend gemacht, und Flynn ist mir zu Hilfe geeilt. Er hätte das nicht tun müssen, aber er tat es. Ich wusste nicht, dass sie seinem Rum etwas beigemischt hatten. Ich ...«

»Es ist alles in Ordnung, Patrick. Es war richtig, dass du zu mir gekommen bist.«

Der Schiffsjunge schien ihr nicht zu glauben.

»Geh ins Bett, Patrick. Wir sehen uns dann morgen früh an

Deck.« Sie wandte sich wieder den Fenstern zu und bedeutete ihm damit, dass er für diese Nacht entlassen war.

Sie war sich nicht sicher, wie lange sie dort am Fenster stand, aber schließlich hörte sie ein weiteres Knarren an der Tür.

»Ich habe gesagt, du sollst schlafen gehen, Patrick ...« Sie drehte sich um, und ihre Kehle schnürte sich zu, als sie Nicholas in der Tür zu ihrer Kabine stehen sah.

»Flynn.« Der Name war sowohl eine Warnung an ihn, zu gehen, als auch eine Aufforderung an ihn, zu bleiben. Er schloss die Tür hinter sich, näherte sich ihr aber nicht, sondern wartete auf ein Zeichen der Zustimmung von ihr.

»Schließ die Tür ab«, sagte sie.

Er schob den Bolzen in seine Position. Keiner würde sie unterbrechen.

Er kam auf sie zu, seine gemessenen Schritte waren beruhigend und beängstigend zugleich. Eine Nacht. Das war es, was sie wollte. Aber ihre Pläne, sich von ihrer besten Seite zu zeigen, waren dank dieses Bastards Billy zunichte gemacht worden.

»Das war ein tolles Kleid«, sagte Nicholas. »Hoffentlich ist es nicht ruiniert.«

»Ich hatte eine besondere Nacht geplant, bevor wir Sugar Cove erreichen«, sagte sie.

Flynn erlaubte sich ein Lächeln. »War ich in diesen Plänen enthalten?«

»Das warst du, aber jetzt ...« Sie ertappte sich bei dem dummen Wunsch, sich bei ihm zu entschuldigen. Ihr Haar war zerzaust, ihr Kleid durchnässt, und sie sah aus wie eine ertrunkene Ratte. Nicht gerade so, wie sie sich diesen Moment vorgestellt hatte. So viel dazu, sich wie eine hübsche, vornehme Lady zu verhalten. Nicht, dass ihr jemand glauben würde, wenn sie es versuchte, aber sie hatte trotzdem gut aussehen wollen.

Als er sie erreichte, strich er mit dem Handrücken über ihre Wange.

»Ich habe einmal ein Kätzchen vor einem Regensturm gerettet«, sagte er. »Die Kreatur war halb ertrunken, aber sie war ein wildes kleines Ding, stark wie die Hölle.« Er lächelte, als würde er sich an etwas ganz besonderes erinnern. »Diese Katze wuchs zu einem ausgezeichneten Mäusefänger heran und war ein wunderbarer Begleiter für einen kleinen Jungen, der seinen Freund verloren hatte.« Er fuhr mit den Fingern über ihren Hals. »Ich glaube, die Katze hat mich gerettet und nicht umgekehrt.« Seine Lippen öffneten sich ein wenig, als er mit der Fingerspitze über ihrem Dekolleté entlangfuhr, wo ihre Brüste sich eng an ihr nasses Mieder drückten. Diese Berührung ließ Hitze aufblühen.

»Was hat das zu tun mit ...«?

Er brachte sie mit einem Kuss zum Schweigen. Sie keuchte auf, als er seine Arme um sie schlang und sie an sich drückte. Er war klatschnass, aber nicht annähernd so kalt wie sie, und sie sonnte sich in der Wärme seines Körpers.

Der Kuss endete zu schnell, aber er ließ sie nicht los.

»Du bist kalt vom Meer. Lass mich dich aufwärmen, Captain«, murmelte er.

»Brianna«, flüsterte sie. »Heute Abend bin ich Brianna.«

»Wie du willst.«

Sie lächelte. Er ließ es so klingen, als würde er einen Befehl von ihr entgegennehmen, aber es lag eine unbestreitbare Zärtlichkeit in diesen drei Worten, »*Wie du willst*«, die sie vor Sehnsucht erzittern ließ.

Flynn küsste ihre Wange. »Du kümmerst dich jeden Tag um diese Mannschaft, Brianna. Heute Abend kümmere ich mich um dich.« Als Nächstes knabberte er an ihrem Hals, während seine Hände beruhigend und verlockend über ihren Rücken strichen.

»Ja, oh Gott, ja«, flüsterte sie. Seine Zähne kitzelten ihren Hals, und sie spürte, wie ihr ganzer Körper zum Leben erwachte.

Er drückte sie mit dem Rücken an die nächstgelegene Wand ihrer Kabine und begann mit schmerzhafter Langsamkeit an den Bändern ihres Korsetts zu zerren.

Sie trug kein Unterhemd unter dem Kleid, und so lugte mit jedem Schnürchen, das er löste, ein Stückchen mehr von ihrer Haut aus dem nassen Stoff hervor. Er arbeitete schnell, aber sicher, und im Handumdrehen fiel ihr Mieder zu Boden, und ihre Brüste kamen zum Vorschein.

Nicholas nahm eine Brust in seine Handfläche und zeichnete mit seinem Daumen einen Kreis um ihre Brustwarze. Die Berührung löste ein so heftiges Hungergefühl in ihr aus, dass sie die Augen schloss und versuchte, die Flut des Verlangens, die sich wie Nebel um sie legte, zu unterdrücken.

»Du hast eine sichere Hand, Flynn. Warst du schon mit vielen Frauen zusammen?«, fragte sie. Obwohl sie selbstbewusst genug klang, machte sich ein Teil von ihr Sorgen, dass sie seinen Erwartungen nicht gerecht werden könnte.

»Ein paar«, gab er zu. »Warst du mit vielen Männern zusammen?« Er streichelte immer noch ihre Brüste, und sie öffnete die Augen.

»Ein paar«, sagte sie und blieb ebenso vage. »Stört dich das?« Sie hatte sich noch nie Gedanken darüber gemacht, was es bedeutete, keine Jungfrau mehr zu sein, aber sie wusste, dass die meisten Gentlemen dies bevorzugten, es erwarteten. Nur eine weitere Sache, wo für einen Mann andere Maßstäbe galten als für eine Frau.

»Nein, nicht so lange du mit diesen Männern zusammen sein wolltest.« Nicholas lächelte sanft. »Du hast ein Recht zu leben und zu lieben, wie jeder andere auch. Und heute Nacht wird es nur Vergnügen zwischen uns geben«, versprach er.

Obwohl sie keine Jungfrau mehr war, zumindest nicht im körperlichen Sinne, fühlte sie sich ein bisschen wie eine, als er sie von sich wegdrehte und seine Hände begannen, die Haken am Rücken ihres Kleides zu öffnen. Die Röcke fielen ihr bald zu Füßen, und sie schlüpfte aus dem einzigen Unterrock, den sie trug. Brianna warf ihm einen Blick über die Schulter zu und war erleichtert, als sie sah, dass sein Verlangen nach ihr ihrem Verlangen nach ihm entsprach.

»Mein Gott, du bist atemberaubend«, sagte er mit heiserer Stimme.

Er hob sie in seine Arme, und sie quietschte überrascht auf, als er sie zum Bett trug. Er legte sie zärtlich hin und zog dann seine Stiefel aus, bevor er seine Kleidung ablegte. Sie sah die noch nicht verheilten Narben auf seinem Rücken, Wunden, die er erlitten hatte, als er sie vor diesem verrückten Waverly beschützt hatte. Seitdem hatte sie ihm zweimal das Leben gerettet, und trotzdem fühlte es sich nicht so an, als wären sie quitt.

Er war wunderschön, sogar mit den Narben seiner Verletzungen. Auch sie hatte ihre eigenen Narben, blasse weiße Linien, die in ihre Haut geätzt waren und bewiesen, dass sie ein Piratenleben voller Risiko und Belohnung geführt hatte.

Nicholas setzte sich neben sie auf das Bett. »Zieh die Decke zurück, Liebes.«

Sie tat, was er verlangte, und er schlüpfte mit ihr unter die Decke. Sie lagen eine ganze Weile nebeneinander, und als er sich über sie beugte und ihr schmeichelnde Küsse auf die Wangen drückte, fielen ihr die Augen zu. Er küsste ihr Kinn, ihre Stirn, ihre Augenlider. Sie war dies nicht gewohnt, dieses Liebesspiel.

Die anderen Männer, mit denen sie in der Vergangenheit zusammen gewesen war, waren begierig darauf gewesen, ihr Vergnügen zu haben, und sie war begierig auf ihr eigenes gewesen. Sie hatten sich schnell und aufregend gepaart, jeder suchte und fand seine eigene Befriedigung. Aber *so etwas* hatte es für sie noch nie gegeben. Jede einzelne Berührung, jeder einzelne Kuss versprach etwas Tieferes, Dinge, die sie nie zuvor mit einem Mann gewollt hatte. Es war ein Versprechen auf mehr. Nicholas' Körper drückte sich an den ihren, und ein Beben der Sehnsucht, das über ihr Fleisch hinausging, ließ sie sich noch enger an ihn drücken. Er knabberte an ihrem Ohr und drückte einen Kuss auf die Muschel, was ihr einen Schauer der Begierde über den Rücken jagte.

»Flynn«, flüsterte sie. »Bitte. Ich brauche dich.«

»Nicholas«, korrigierte er mit einem verspielten Kichern. »Heute Abend bin ich Nicholas.«

Sie lächelte. »Wie du willst.«

Das Kuscheln ging weiter, bis sie schließlich davon frustriert wurde. Sie drückte gegen seine Brust, sodass er seine Lippen von ihrer Kehle heben musste. »Nicholas?«

»Ja, meine Piratenkönigin?« Ein unanständiges Lächeln zuckte über seine Lippen.

»Du machst das einfach zu langsam. Es ist zum Verrücktwerden.« Sie stöhnte fast vor Frustration.

»Tue ich das? Nun, das können wir nicht zulassen, oder?« Er glitt an ihrem Körper hinunter, legte dann seine Hände auf ihre Knie und drückte ihre Beine auseinander.

Obwohl sie Erfahrung im Schlafzimmer hatte, war das, was er vorhatte, für sie völlig neu. »Warte, was ...?«

»Schweig, Weibsstück«, knurrte er. Sein Befehlston ließ sie zusammenzucken und lachen.

»Weibsstück, bin ich das? Ich werde dich an der - oh mein *Gott* - aufhängen lassen.« Sie schrie auf, als er ihre Pobacken packte und seinen Mund benutzte, um ihren Schamhügel mit einer Heftigkeit zu küssen, die sie noch nie zuvor gespürt hatte. Es gab keine Worte für das Gefühl, das sie empfand, als er sie mit seiner Zunge so quälte, für all diese Empfindungen, die sie verspürte. Als Nächstes schob er einen Finger sanft in sie hinein, während er an der zarten Knospe an der Spitze ihres Hügels saugte. Sie grub ihre Finger in seine Schultern, verzweifelt bemüht, Erleichterung in seinem Mund zu finden, und doch nahm er nur noch mehr von ihr in sich auf.

Ihr Höhepunkt war so nah, so wunderbar nah. Sie zuckte aufmunternd mit den Schultern, und er gab ihr einen leichten Klaps auf den Po, um sie daran zu erinnern, dass er jetzt das Sagen hatte. Das war alles, was es brauchte. Der darauf folgende Höhepunkt brach in ihr aus wie eine zarte Flamme, die in ein Fass mit Schießpulver fällt. Sie schrie, und das Geräusch hallte von den Wänden wider, aber das war ihr egal.

»Geht es dir gut?« Nicholas glitt wieder an ihrem Körper hinauf, seine schlanken, muskulösen Hüften schmiegten sich in die Wiege ihrer Oberschenkel.

»J-ja.« Oh, ihr ging es *mehr* als nur gut. »Aber du bist nicht ...« Sie wippte mit den Hüften, um ihn zu ermutigen, in sie einzudringen.

»Bald.« Er strich mit seinen Lippen federleicht über ihre und ließ dann seine Zunge gegen die ihre tanzen, während er seinen Körper anpasste und seine harte Länge an ihren Eingang stieß. »Du fühlst dich so eng an«, sagte er. »Ich will dir nicht wehtun ...«

»Nimm mich, Flynn.« Sie grub ihre Fingerspitzen in die harten Muskeln seiner Hinterbacken, und er drang tief in sie ein.

Sie stöhnten gemeinsam, als er in sie eindrang. Ihr Körper schmerzte fast von dem Druck, den sie spürte, als er jeden Zentimeter von ihr ausfüllte, bis es kein Ende und keinen Anfang mehr zwischen ihnen gab.

Es war wundervoll - und dann bewegte er sich in ihr, und es wurde noch besser. Sein warmer Atem vermischte sich mit ihrem, als er sie ganz und gar nahm. Nicholas' Lippen eroberten ihre in langsamen, betäubenden Küssen, während er immer wieder tief eindrang und die Intensität steigerte, bis keiner von ihnen mehr tun konnte, als nach Luft zu schnappen.

Sie bewegten sich gemeinsam, verloren sich ineinander und im Bann des Augenblicks. Sie gab sich einem weiteren erderschütternden Orgasmus hin, und dann schloss er sich ihr an und schrie ihren Namen, als er Erlösung fand. Wärme erfüllte sie, und sie vergrub ihr Gesicht in seinem Nacken, küsste ihn und schmeckte das Meersalz auf seiner Haut, völlig erschöpft. Ein Frieden, den sie nie für möglich gehalten hatte, hüllte sie ein, und sie seufzte selig. Er bewegte sich, als wolle er gehen, und sie protestierte mit einem leisen Laut und hielt sich an ihm fest.

»Ich gehe nirgendwo hin, Liebes. Ich muss nur mein Gewicht von dir runterkriegen.« Er küsste ihre Stirn und zog sich von ihrem Körper zurück, aber zum Glück nicht von ihrem Bett. Er zog sie an seine Seite, und sie schmiegte sich in seine Arme.

Sie lagen eine ganze Weile da, bevor sie sich traute zu sprechen. »Morgen dürfen wir nicht ...«

»Ich weiß«, antwortete er. »Eine Nacht. Ich verstehe.«

Als sie spürte, wie sich der Schlaf zu ihr schlich, fragte sie sich ... Glaubte einer von ihnen, dass eine Nacht jemals genug sein würde? Was würde geschehen, wenn sie Sugar Cove erreichten? Der Gedanke, ihn nie wieder zu sehen, bohrte sich wie ein scharfer Dolch in ihr Herz, und sie schloss die Augen und wünschte sich, dass es nur für diesen einen Moment kein Morgen gäbe.

Kapitel Elf

Im Hafen von Sugar Cove wimmelte es nur so von Piratenschiffen und Handelsschiffen mit zweifelhaftem Ruf. In den Docks hantierten Seeleute von mehr als einem Dutzend Besatzungen mit Fracht und verbrüderten sich.

Brianna stand oben auf dem Steg und sah zu, wie ihre Mannschaft mit Münzen in den Taschen das Schiff verließ. Sie hatten ein paar Tage Zeit, sich in den Tavernen und Bordellen auszutoben, bevor sie zum Schiff zurückkehren mussten. Es würde ihre Lebensgeister nach dem schweren Sturm, Billys Tod, der Entlassung der in den Mordversuch verwickelten Besatzungsmitglieder und den unerwarteten Verzögerungen, die ihre Zeit im Gefängnis von Port Royal verursacht hatte, wieder wecken.

Das letzte Besatzungsmitglied eilte den Steg hinunter und klirrte aufgeregt mit seinen Münzen.

»Das ist der letzte«, sagte Joe.

»Wir sollten uns zuerst um die Vorräte kümmern, denn in Port Royal haben wir unsere Chance vertan.«

Brianna starrte auf das Chaos, das vor ihr lag, und war so

froh wie noch nie, in ihren Hosen, ihrer Bluse und ihrer Weste zu sein. Ihre Perücke befand sich in ihrer Kabine; das war etwas, das sie nur in den »zivilisierteren« Häfen trug, wo sie sich als Mann ausgeben musste. Außerdem waren Frauen in Sugar Cove, die Röcke trugen, in der Regel Prostituierte oder die Ehefrauen von abtrünnigen Piraten, und sie wollte nicht mit so einer Frau verwechselt werden. Es war also besser, ihre Hosen zu tragen und von den Männern hier mehr oder weniger in Ruhe gelassen zu werden. Die meisten wussten es bereits besser, als sich an sie heranzumachen.

»Haben sich die Wege von dir Flynn endgültig getrennt?«, fragte Joe.

Brianna nickte. »Er ist früh gegangen. Wir waren uns einig, dass er seine Crew finden sollte, wenn sie hier ist.«

Die Wahrheit war, dass sie sich nicht hatte verabschieden wollen. Sie hatte es wortlos zugelassen, dass er die Decke zurückzog und das Bett verließ. Ihr Blick hatte auf seinem herrlich nackten Hintern verweilt, als er seine Kleider vom Boden aufhob und sich anzog. Als er gegangen war, hatte sie ihr Gesicht in die Wärme seines Kissens gedrückt. Sie hatte die Augen geschlossen und sich einen Moment lang vorgestellt, er wäre nicht weg.

Es war besser so. Sie musste den Frieden mit ihrer Mannschaft bewahren, und die Ereignisse des letzten Tages waren der Beweis dafür, dass seine Anwesenheit nur Ärger verursachen würde. Piratenmannschaften lebten von einer gewissen Gleichheit mit ihrem Kapitän. Alles, was zu Eifersucht führte, konnte auch zur Meuterei führen.

Joe klopfte ihr auf die Schulter. »Ich kümmere mich um die Vorräte. Warum gehst du nicht und lässt deinem Vater eine Nachricht zukommen?«

Ihr Vater besaß eine kleine, aber rentable Plantage auf der Insel St. Kitts, auf der seine Besatzung in Zeiten schlechten

Wetters an Land arbeitete. Das war besonders nützlich während der Hurrikan-Saison und im Winter. Ihr Vater war in den letzten Jahren immer seltener zur See gefahren. In privater Gesellschaft mit ihr und Joe hatte er davon gesprochen, sich zurückzuziehen und seinen Titel als Schattenkönig der Westindischen Inseln hinter sich zu lassen.

Mehr als einmal hatten sie und ihr Vater sich darüber gestritten. Brianna wollte nicht hören, wie er davon sprach, das loszulassen, was ihn in ihren Augen ausmachte, und er hatte es gewagt, ihr zu sagen, dass sie es verstehen würde, wenn sie älter war - verstehen, was es bedeutete, in einer neuen Lebensweise Frieden zu finden.

Frieden ... Sie wollte keinen Frieden. Sie wollte *Leben*.

»Ich werde ihn benachrichtigen«, sagte sie und überließ Joe die Verwaltung der Vorräte. Sie sprang von der Landungsbrücke und schlenderte über die hölzernen Stege in Richtung des Dorfes, wo sie bereits die aufregende Kakophonie der Geräusche hören konnte, die das Piratenleben ausmachte.

Im Piratenhafen war es nie langweilig. Sugar Cove war voll von Männern, die kämpften, spielten oder feierten, und manchmal sogar alles gleichzeitig. Jemand spielte eine Hornpipe, während betrunkene Feiernde auf den Straßen tanzten. Brianna wich prügelnden Männern und Prostituierten, die ihre Dienste anboten, sorgfältig aus und machte sich auf den Weg zu einer kleinen Apotheke am Rande des Dorfes.

Ein kleines Holzschild mit der Aufschrift *Dr. Melodys Medikamente* hing über der Tür. Das Innere des Ladens war düster und noch unwirtlicher als das Chaos draußen auf der Straße. Die Farbe war rissig und blätterte ab, staubige Gläser füllten die Regale an den Wänden, und dazwischen standen Töpfe mit verschiedenen Salben und Tinkturen.

»Brianna!«, grüßte sie ein alter Mann mit einem bärtigen Kinn von hinter dem schmutzigen Tresen. Er trug eine dicke

Brille, die seine Augen auf eine beunruhigende Weise vergrößerte, die Brianna an eine Eule erinnerte. Aber er war einer der wenigen Männer, denen sie ihr Leben anvertrauen würde - und das ihres Vaters. Er war einmal unter Buck gesegelt, bevor er zu alt geworden war, um die See zu überstehen.

»Dr. Melody«, sagte sie mit leiser Stimme. Obwohl der Laden leer war, wollte sie nicht, dass jemand draußen ihr Gespräch mitbekam. Sugar Cove war voller Augen und Ohren, die für den richtigen Preis von jedem gekauft werden konnten.

»Was kann ich heute für dich machen? Mehr Salben für Sonnenbrände ...«

Sie lehnte sich über den Tresen. »Du musst eine Nachricht für mich schicken.« Daraufhin räusperte er sich und nahm seine Brille ab, um sie intensiv zu betrachten.

»Und welche Botschaft soll ich übermitteln?«

»Löwen durchstreifen die Häfen und Hügel. Wir werden zu euch kommen.« Ihr Vater würde wissen, was sie meinte, dass die Marine zu Land und zu Wasser nach ihm suchte. Es hatte keinen Sinn, dass er seine Plantage verließ, solange sie sich nicht eine geschickte Methode ausgedacht hatte, um die Marine auf eine hoffnungslose Schnitzeljagd zu schicken.

»Das kann ich tun. Mein Partner wird jeden Moment hier sein. Er wird wissen, was zu tun ist.«

»Danke.« Brianna ließ sich ein paar Gläser mit Salbe geben und warf ihm ein paar schimmernde Münzen zu, deren Anblick seine Augen zum Glitzern brachte. Sie verließ Dr. Melodys Laden, ihre Einkäufe in einer Ledertasche. Wenn ihr jemand folgte, sah es so aus, als hätte sie in der Apotheke eingekauft und sonst nichts.

Sie kehrte auf den Marktplatz zurück und entdeckte mehrere bekannte Gesichter, Männer, die in der Vergangenheit mit Dominic Grey gesegelt waren. Sie lungerten in der Nähe einer Taverne herum, tranken Bier und unterhielten sich. Das Glück war ihr hold, wie es schien. Die Mannschaft der *Emerald Dragon* war hier, was bedeutete, dass Nicholas sich ihnen anschließen konnte, wenn er sie nicht ohnehin schon gefunden hatte.

Sie ging auf die Gruppe zu, hielt aber inne, als sie Nicholas um die Ecke kommen sah. Er stolperte in die Mitte seiner eigenen Mannschaft, die alle aufhörten zu trinken und ihn ansahen. Es gab einen unbehaglichen Moment, in dem die anderen Matrosen ihn anstarrten, angespannt, wachsam, als ob sie auf einen Kampf vorbereitet wären.

Worum ging es hier eigentlich?

Brianna beobachtete sie von einem versteckten Aussichtspunkt in einer Pension auf der anderen Seite des Platzes. Flynn sprach mit einem Mann in der Gruppe, bei dem es sich um den neuesten Kapitän der *Dragon* handeln könnte, aber sie war zu weit weg, um zu verstehen, was gesagt wurde. Nach einer Weile entspannten sich die übrigen Männer, und einer bot Nicholas sogar einen Becher Bier an. Es gab also etwas böses Blut, vielleicht weil er sich hatte erwischen lassen, aber alles war vergeben.

Nicholas schaute sich auf dem Platz um, und Brianna versank tiefer in den Schatten. Er war bei seiner Mannschaft, und das war alles, was jetzt zählte. Es war das Beste, wenn sie nicht mehr auf das zurückblickte, was hätte sein können. Es wäre nicht das erste Mal.

»Verdammt noch mal, wenn das nicht Nicholas Flynn ist!«

Jemand rief ein anerkennendes Lachen, und Flynn

entspannte sich. Er war ganz unerwartet direkt in Dominics alte Mannschaft von der *Emerald Dragon* gestolpert. Einen Moment lang hatte er das Schlimmste befürchtet, nämlich dass die Besatzungsmitglieder ihn als Spion für die Royal Navy vermuten würden. Doch dann sah er den neuen Kapitän unter ihnen, Reese Belishaw. Wenn Reese ihn willkommen hieß, würden die anderen folgen.

»Hallo, Flynn.« Reese ergriff seine Hand, und der Erste Offizier der *Dragon*, ein Mann namens Chibbs, schob Flynn einen Becher Bier zu.

»Was, zum Teufel, machst du denn hier?«, fragte Reese. »Ist Dom bei dir?«

»Nein, er ist noch in Port Royal bei Robbie.« Nicholas zögerte. »Reese, kann ich dich um einen Gefallen bitten?«

»Natürlich.« In einem anderen Leben hätten er und Reese mit dem Schwert gegeneinander gekämpft, Pirat gegen Marineoffizier, aber Dominic hatte die beiden in Vertrauen und Freundschaft zusammengeführt. Nicholas wollte Reese nicht anlügen, also würde er sein Bestes tun, um den Mann mit ein paar ausgedehnten Geschichten zur Mitarbeit zu bewegen.

»Ich bin mit der *Sea Serpent* in den Hafen gekommen.«

»Ach jaaa?«, sagte Reese langsam, und sein Blick verstärkte sich. »Wie hast du das denn geschafft? Der Kapitän der *Serpent* führt ein straffes Regiment.«

»Ja, das tut er.« Nicholas ruckte mit dem Kopf zur Seite, um anzuzeigen, dass sie sich einen Moment lang von den anderen entfernen sollten.

Auf die subtile Betonung des Wortes *er* hin entfernte sich Reese von seinen Männern und begab sich in einen abgelegeneren Teil der Taverne.

»Du hast sie also kennengelernt«, sagte Reese mit leiser Stimme.

»Ja, und sie ist ziemlich großartig.« Nicholas hätte sie

wahrscheinlich anders beschreiben sollen, etwa als *beeindru-ckend* oder *bemerkenswert*, aber solche Worte erschienen ihm unzureichend. Er lächelte bei der Erinnerung an seine Piratenkönigin, die sich inmitten eines Sturms ans Steuer gebunden und ihr Leben riskiert hatte, um das seine zu retten. Aber vor allem erinnerte er sich daran, wie sie sich in seinen Armen angefühlt hatte, wie sie ihm das Gefühl gegeben hatte, lebendiger zu sein als je zuvor in seinem ganzen Leben.

Reese gluckste. »Ah, du bist also in sie verliebt.«

»Ich bin nicht ...«, stammelte Nicholas, aber Reese winkte mit der Hand.

»Es ist ein glücklicher Mann, der sie *lieben* darf. Nur wenige Männer haben sie gut genug gekannt, um das sagen zu können.«

Einen Moment lang verspürte Nicholas einen kleinen Anflug von Eifersucht mit grünen Augen. Reese war ein attraktiver Kerl, hochgewachsen, mit sturmgrauen Augen und gebaut wie ein alter Krieger. Hatte er in Briannas Armen Vergnügen empfunden? »Bist du einer von ihnen?«, fragte er leise.

»Nein, ich kann eine so wilde Frau nicht zähmen, weil ich selbst zu wild bin. Wir würden die Welt zusammen niederbrennen«, sagte Reese. Es lag etwas Trauriges in der Art, wie er das sagte, als ob er nie eine Frau würde finden können, die zu seiner Natur passte oder sie vielleicht ein wenig zähmen könnte.

»Sie ist wild«, gab Nicholas zu, aber er wollte sich Brianna nicht als gezähmtes, gutmütiges Wesen vorstellen. Sie war so frei wie die Sturmvögel, die über die Küsten Cornwalls flogen. Er hatte oft auf den Felsen gesessen und beobachtet, wie sie mit ihren Flügeln den Wind einfingen. Die Menschen nutzten den Wind mit Segeltuch, aber die Sturmvögel ritten auf ihm wie kein anderes Tier auf der Erde.

»Was ist das für ein Gefallen, den du von mir brauchst?«, fragte Reese und kehrte zu ihrer Diskussion zurück.

»Ich habe Brianna erzählt, dass ich auf eurem Schiff gefahren bin. Sie und ich sollten uns eigentlich trennen, aber ich will nicht weggehen, noch nicht. Könntest du sie überzeugen, sich mit deiner Mannschaft zusammenzutun und auf dem Weg nach Cádiz ein paar Handelsschiffe zu verfolgen?«

Reese nippte wieder an seinem Bier. »Und gibt es solche Reichtümer, die man jagen kann? Oder ist das nur eine Möglichkeit für dich, mehr Zeit mit ihr zu verbringen?«

»Es gibt wirklich ein Trio von spanischen Handelsschiffen, die nach Cádiz fahren. Angenommen, sie haben den Sturm überlebt, durch den wir auf dem Weg hierher gekommen sind, dann sollten sie immer noch leicht zu verfolgen sein. Aber ich werde nicht lügen - mein Motiv ist es, in ihrer Nähe zu bleiben. Ich bin noch nicht bereit, sie entkommen zu lassen.«

Reese gluckste. »Dann bist du ihrem Zauber *tatsächlich* verfallen.«

Nicholas nickte. Das stimmte wohl. Wenn sie eine Hexe war, von den Seewinden geboren, dann hatte sie ihn in ihren Bann gezogen.

»Wenn Holland also einverstanden ist, sollte ich die bitten, dich als meinen Abgesandten auf ihrem Schiff mitfahren zu lassen, und sie könnte jemanden von ihrem Schiff auf meins schicken?«

»Ja, genau.« Nicholas hoffte, dass der andere Mann zustimmen würde. Das würde alles viel einfacher machen. Die Kommunikation über Flaggensignale war zwischen Schiffen, die dicht beieinander segelten, leicht möglich.

»Nun ... Meine Mannschaft hat sich etwas gelangweilt, seit Dom mit Robbie zusammen von Bord gegangen ist. Es wäre schön, ein paar Reichtümern hinterherzujagen.«

»Du wirst es also tun?«

»Wir werden es tun.« Reese lachte. »Hätte nie gedacht, dass ich dich mal sehe, einen Marine...«

»Das bin ich nicht mehr«, unterbrach Nicholas ihn und hinderte Reese daran, etwas zu sagen, was ihn hier in Schwierigkeiten bringen könnte.

»Oh? Aber ich dachte ...«

»Dominic zu finden, war der Grund, warum ich überhaupt zur See gefahren bin. Jetzt, wo ich das getan habe, sah ich keinen Grund mehr zu bleiben.«

Während er diese Worte sagte, wurde ihm klar, dass mehr Wahrheit in ihnen steckte, als er zugeben wollte. Die klare Moral, an die er einst geglaubt hatte, war bei weitem nicht so absolut, wie er gedacht hatte, und er konnte sich nur schwer vorstellen, Jahr für Jahr so weiterzumachen. Sobald dieser Auftrag erledigt war, würde er dem Admiral mitteilen, dass er sein Amt niederlegen wolle. Er wollte weggehen und nach Cornwall zurückkehren, um ein neues Leben zu beginnen.

»Und jetzt hast du Holland ins Visier genommen. Nun, ich wünsche dir viel Glück mit ihr. Warum treffen wir uns nicht morgen früh an den Docks und ich spreche mit ihr?«

»Danke, Belishaw.« Er schüttelte die Hand des Mannes und verabschiedete sich dann von den anderen Matrosen, mit denen er sich als Gefangener an Bord von Doms Schiff angefreundet hatte, was ihm nun vorkam, als sei es eine Ewigkeit her.

Er verließ die Taverne und schlenderte durch das Dorf, bis er fand, wonach er suchte. Ein betrunkener Mann lag halb an die Wand gelehnt neben einer Schmiedewerkstatt. Die einst weiß gepuderte Perücke des Mannes war jetzt schmutzig grau, sein Gesicht unrasiert und seine Kleidung verschlammt. Unter einem Arm hielt er eine Flasche Rum und summte ein unzüchtiges Liedchen vor sich hin.

»He da.« Der Mann sprach undeutlich, als er bemerkte,

dass Nicholas ihn ansah. »Hast du einen Schilling für einen armen Kerl?«

Nicholas kramte in seinem Mantel nach ein paar Münzen, die er dem Mann in die schmutzige Hand drücken konnte. Als die Münzen die Hand des Mannes berührten, sagte Nicholas: »So kannst du die Weißen Klippen noch einmal sehen.«

Die betrunkene, trübe Fassade des Mannes verschwand und wurde durch einen scharfen, wissenden Blick ersetzt.

»Lass Admiral Harcourt in Port Royal eine Nachricht zukommen, dass wir die Handelsschiffe auf dem Weg nach Cádiz verfolgen werden. Ich werde ihn benachrichtigen, wenn ich den Aufenthaltsort unseres Freundes erfahre.«

Die Münzen verschwanden, und der scharfe Blick in den Augen des Mannes auch. »Aye, danke.« Der Mann nahm einen kräftigen Schluck von seinem Rum und zwinkerte Nicholas verschmitzt zu, bevor er auf die Füße stolperte und davonlief.

Da er nicht verweilen wollte, nahm Nicholas einen anderen Weg zurück in die Stadt. Als er an einem Bordell vorbeikam, winkte ihn eine vollbusige Frau heran. Er hätte sie ignoriert, aber sie hatte einen dringenden, panischen Blick in den Augen, der ihn glauben ließ, dass sie in Schwierigkeiten sein könnte. Sie gab ihm ein Zeichen, durch die Küche in den hinteren Teil des Bordells zu kommen, wo sich ein dicker Koch an einem Topf mit Eintopf abmühte.

»Miss, geht es Ihnen gut?«, fragte Nicholas, als er die Frau einholte. Ihr Gesicht war weiß geschminkt und ihre Lippen waren dunkelrot angemalt, aber er konnte erkennen, dass sie unter der Farbe wahrscheinlich ein hübsches Geschöpf war.

»Du hilfst mir?«, flüsterte sie.

Er sprach mit leiser Stimme. »Wobei helfen?«

»Hier ist ein Mann, der sagt, sein Name sei Buck und ich weiß, dass es eine Belohnung für ihn gibt. Hilfst du mir, ihn zur

Marine zu bringen, damit ich mir die Belohnung abholen kann?«

Nicholas bezweifelte sehr, dass Buck hier war. Zweifellos hatte das Mädchen einen anderen Mann gesehen und angenommen, er sei Buck. Dennoch wollte Nicholas sich selbst davon überzeugen. »Miss, wo ist dieser Mann?«

»Ich zeige ihn dir nur, wenn du der bist, für den ich dich halte.«

»Und für wen halten Sie mich?«

»Einen Offizier der Marine. Das bist du doch, oder?«

Dies war ein gefährliches Spiel. Dies der falschen Person gegenüber zuzugeben, war ein sicherer Weg, um getötet zu werden. Es fühlte sich an wie eine Falle und hörte sich auch so an, aber wenn er es clever anstellte, konnte er erkennen, wer darin verwickelt war, und entkommen, bevor die Falle zuschnappte. »Ich könnte Ihre Informationen an einen Offizier weitergeben«, sagte er vorsichtig.

Sie schmollte und verschränkte die Arme vor dem Busen. »Nicht gut genug. Du wirst einfach weglaufen und die Belohnung für dich beanspruchen. Ich werde nur mit einem Offizier sprechen.«

Stures Weib, dachte er. »Sie werden es verdammt schwer haben, hier einen Marineoffizier zu finden, Madam, obwohl ich vielleicht weiß, wo man einen findet. Aber wie kommen Sie darauf, dass ich dazu geneigt wäre?«

»Aus demselben Grund wie ich, wegen der Belohnung. Es ist zu viel, um zu widerstehen. Ich habe lange darauf gewartet, Geld in meinen Taschen zu sehen, weil ich über ihn Bescheid weiß.« Sie lächelte verschmitzt. »Denk daran, wie viel Spaß wir haben könnten, wenn du mir hilfst. Ich werde es mit dir teilen.«

Er beschloss, mitzuspielen, und sei es nur, um zu sehen, was die Frau für ein Spiel trieb und wer ihre Partner sein könnten, wenn es sich tatsächlich um eine Falle für unvorsichtige

Offiziere handeln sollte. »Nun gut, wir teilen uns die Belohnung. Zeigen Sie mir, wo Buck ist.«

»Hier entlang, Süßer.« Sie führte ihn aus der Küche und in eine Gasse hinter dem Bordell. Er packte seinen Dolch fest, bereit für alles, was ihm begegnen könnte. Sie gingen ein halbes Dutzend Meter, bevor der Angriff kam.

Ohne Vorwarnung wurde er von hinten gepackt, eine Klinge legte sich gefährlich nahe an seinen Hals. Sollte er sich wehren, würde man ihm sofort die Kehle durchschneiden.

»Du zeigst also endlich dein wahres Gesicht, was?«, knurrte eine wütende schottische Stimme.

Einen Moment später explodierte ein Schmerz in seinem Schädel, und er fiel auf die Knie. Bevor er ohnmächtig wurde, hörte er das Mädchen sagen: »Ich habe dir doch gesagt, dass ich einen Marinesoldaten immer erkennen kann. Er ist zu edel. Schade, dass du ihn jetzt töten musst, was?«

Die Welt schrumpfte auf einen einzigen Lichtpunkt zusammen, bevor die Dunkelheit ihn ganz verschluckte.

Kapitel Zwölf

Brianna hörte den Tumult auf dem Gang vor ihrer Kabine und ließ ihre Karten auf dem Tisch liegen. Als sie die Tür öffnete, fand sie Joe und Patrick vor, die sich unterhielten, und zwischen ihnen lag Nicholas' bewusstloser Körper auf den Holzplanken.

»Joe?« Brianna stützte ihre Hände auf ihren Gürtel, ihr Entermesser in Reichweite.

»Wir haben ein Problem, Mädchen.« Er stieß Flynn mit der Spitze seines Stiefels an. »Und zwar ihn.«

»Was meinst du?« Ein Teil von Brianna wollte zu dem gefallenen Mann laufen, aber sie wagte es nicht. Stattdessen hob sie eine Augenbraue und wartete auf eine Erklärung.

Joe zuckte mit den Schultern. »Dem Jungen geht es gut. Ich habe ihn nur bewusstlos geschlagen.«

Patrick warf Joe einen besorgten Blick zu, und Brianna wusste, dass sie das Ganze etwas direkter ansprechen musste.

»In Ordnung. *Warum* hast du ihn niedergeschlagen?«

»Weil er kein Pirat ist. Er ist ein verdammter Marineoffizier«, spuckte Joe.

Der Boden unter ihren Füßen schien plötzlich nachzugeben.

Brianna konnte seine Worte nicht sofort verarbeiten, aber ihr Körper versteifte sich. »Er ist *was?*«

»Er ist der *Feind*, Mädchen. Wir haben ihn hierher gebracht, damit du selbst entscheiden kannst, was mit ihm zu tun ist, bevor der Rest der Besatzung davon erfährt.«

Brianna zitterte, als sie zurücktrat, um Joe und Patrick in ihre Kabine zu lassen. »Bringt ihn rein.«

Joe hob Flynn hoch und warf ihn über seine Schulter, bevor er ihn in die Kajüte trug.

»Patrick, hol mir eine Flasche Rum«, sagte sie und schickte den Kajütenjungen weg.

Als sie allein in Briannas Kabine waren und Flynn wieder auf dem Boden lag, wandte sie sich an ihren ersten Offizier.

»Du hältst ihn also für einen Spion. Wie kannst du dir da so sicher sein?«

Joe seufzte schwer. »Weil ich derjenige war, der es herausgefunden hat.« Sie konnte sehen, dass es ihm keine Freude bereitete, ihr das zu offenbaren.

»Wie?«

»Ich bin ihm gefolgt. Er hielt am Stadtrand an und sprach mit einem Mann, den ich schon einmal gesehen habe und von dem ich weiß, dass er Nachrichten an die Marine überbringt.«

»Das ist alles? Das reicht nicht aus, um ...«

Joe unterbrach sie. »Ich habe eine Hure in einem Bordell angeheuert, um ihn um Hilfe zu bitten, um ihm etwas zu sagen, von dem ich glaube, dass er es hören wollte, und dass sie einen Offizier brauchte. Er sagte ihr, er sei einer.«

»Ein Mann könnte lügen, um die Aufmerksamkeit einer hübschen Frau zu bekommen ...«

»In Sugar Cove?« Joe schnaubte. »Nur ein Narr würde das

sagen, um unter den Rock einer Frau zu kommen. Nein, er hat es gesagt, weil es wahr ist.«

»Warum dann die Maskerade? In Port Royal, Joe, wurde er demnach von seinen eigenen Männern ausgepeitscht. Er wäre fast *gestorben*.«

»Er wäre fast für *dich* gestorben, Mädchen. Gibt es einen besseren Weg, dein Vertrauen zu gewinnen? Ein Mann, der sich einer Sache verschrieben hat, wird das tun und noch mehr.«

Briannas Verstand war von Schmerz vernebelt, als sie versuchte zu verstehen, was Flynns Verrat bedeutete. »Warum, Joe? Warum ich?«

»Es geht nicht um dich, sondern darum, wen du kennst.«

Die Erkenntnis dämmerte ihr. »Mein Vater.«

»Aye. Selbst wenn sie nicht wüssten, dass du Kapitän der *Serpent* bist, könnten sie dich benutzen, um Buck zu finden, wenn sie glauben, dass du mit mir gesegelt bist.«

Sie starrte auf Nicholas hinunter. Ihre Träume von einem anderen Leben verdorrten wie Pflanzen ohne Regen. Sie hatte das Gefühl, als würde ihre Seele bei der kleinsten Brise davonschweben.

»Wir sollten ihn anketten, bevor er aufwacht«, schlug Joe vor. »Ich bin gleich wieder da.«

Er verließ die Kabine, und Brianna sackte auf ihrem Bett zusammen und starrte in Nicholas' Gesicht. Vorausgesetzt, dass das überhaupt sein richtiger Name war. Er war verletzlich, völlig in ihrer Gewalt. Jeder andere Piratenkapitän würde ihn töten, und damit fertig. Aber sie hatte zu viel von ihrem Vater in sich. Sie war keine skrupellose Mörderin.

Selbst wenn er ein Marinesoldat war, wie Joe sagte. Der Gedanke daran ließ sie erschaudern. Sie hatte gesehen, wie ein zwölfjähriger Kajütenjunge zusammen mit seiner Mannschaft wegen Piraterie gehängt wurde. Sie hatte gesehen, wie Häuser mit Frauen und Kindern darin brannten, weil die Marine glaubte, dass sich ein gesuchter Pirat darin befand. Während der ganzen Zeit, in der sie von Nicholas' blauen Augen verzaubert worden war, könnte er den Tod von ihr und ihrer Mannschaft geplant haben. Der Verrat war unendlich tiefer, als sie es sich je hätte vorstellen können.

»Verräter«, murmelte sie. Nein, sie konnte sich nicht überwinden, so über ihn zu denken. Sie hatten zu viel zusammen durchgemacht, als dass sie ihn einfach so abtun könnte. Sie hatte es gewagt, ihre Wachsamkeit zu vernachlässigen, und jetzt musste sie dafür bezahlen, *teuer*.

»Oh, Nicholas, was hast du getan?«

Sie rührte sich nicht, bis Joe zurückkam. Sie beobachtete ihn nur beim Atmen, während sie überlegte, was sie tun sollte.

Als Joe wieder da war, hob er Nicholas in eine sitzende Position, mit dem Rücken zur Wand gegenüber von Briannas Bett, und legte ihm eine Fessel um sein linkes Handgelenk. Das andere Ende wurde an einem Metallring in der Wand befestigt, wo Brianna normalerweise nasse Kleidung zum Trocknen aufhängte.

»Das sollte ihn für eine Weile davon abhalten, Schwierigkeiten zu machen. Ich traue der Mannschaft nicht zu, dass sie ihn am Leben lässt, wenn sie erfährt, warum er hier ist.«

Brianna nickte, ihre Brust fühlte sich hohl an. Sie wollte nicht, dass Nicholas verletzt wurde, trotz seines Verrats und seiner Täuschung.

»Kommst du mit ihm hier zurecht?«, fragte Joe.

»Ich komme schon klar.« Es war nicht ganz gelogen, aber Joe ging nicht weiter darauf ein.

»Ruf, wenn du mich brauchst, Mädchen.« Er warf ihr einen bedauernden Blick zu, der nur noch deutlicher machte, dass sie das Schicksal von Nicholas in den Händen hielt.

Und wie würde dieses Schicksal aussehen? Im Moment hatte sie keine Ahnung.

NICHOLAS STÖHNTE. ER ERWACHTE MIT SCHMERZEN, DIE einen sinnlosen Rhythmus in seinen Schädel schlugen. Die Dunkelheit verblasste und gab den Blick auf Briannas Kabine frei. Wie, zum Teufel, war er hier gelandet? Das Letzte, woran er sich erinnerte, war, wie er ein Bordell verließ, um einer Frau zu helfen.

Er sprang auf die Beine, ohne zu bemerken, wie sich der Raum um ihn herum drehte. Brianna hockte auf der Bettkante und beobachtete ihn. Sie trug eine Kniebundhose und eine weiße Bluse, die von einer Lederweste zusammengehalten wurde. Ihr Haar war im Nacken mit einem schwarzen Band zu einem Zopf gebunden. Sie sah sowohl schön als auch gefährlich aus.

»Brianna.« Er ging ein paar Schritte auf sie zu und blieb ruckartig stehen. Seine linke Hand blieb an etwas hängen, das ihn festhielt, und er merkte, dass er am Handgelenk an die Wand gekettet war. Ein Gefühl des Versinkens überkam ihn, als würde er unter die Oberfläche des Ozeans gezogen werden. Brianna wusste, wer er wirklich war.

»Warum?« Briannas Stimme war kalt wie der Stahl ihrer Klinge, aber sie könnte den Schmerz, den sie sicherlich empfand, nicht ganz verbergen.

Nicholas antwortete nicht sofort. Was könnte er sagen, das ihn nicht weiter ins Verderben stürzen würde?

»Flynn, warum hast du mich verraten?«

»Ich habe dich nicht verraten und hatte es auch nie vor. Meine Aufgabe war es, Thomas Buck zu finden. Nur ihn.«

Sie wandte ihren Blick von ihm ab. »Es ging nur um Buck? Dafür hast du mir einen Dolch in den Rücken gerammt?«

Er holte tief Luft, konnte kaum noch atmen. Ein gewaltiges Gewicht drückte ihn nach unten, zerquetschte ihn. »Brianna ...«

»*Kapitän* Holland«, korrigierte sie. Ihre Worte trafen ihn, als hätte sie ihm den Handrücken ins Gesicht geschlagen.

Er versuchte es erneut. »Kapitän Holland. Ich wurde beauftragt, Thomas Buck zu finden, und Admiral Harcourt dachte, du würdest ...« Er hielt inne. »Aber das ist nicht der Grund. Nicht wirklich. Ich habe es getan, weil Captain Waverly dich aufhängen wollte, sobald er haben würde, was er wollte, und wenn er vorher herausgefunden hätte, dass du eine Frau bist, wäre es unendlich viel schlimmer für dich geworden. Dieser Mann lässt sich nicht kontrollieren. Ich möchte nicht daran denken, was er dir angetan hätte.«

Briannas Augen wurden hart. »Oh, das war also alles nur zu meinem Vorteil, ja?«

»Admiral Harcourt wollte, dass ich dein Vertrauen gewinne, weil er erfahren hat, dass du eine enge Verbindung zu Buck hast. Zuerst dachte er, du wärst Bucks Sohn, aber als ich ihm sagte, dass du eine Frau bist, dachte er, du wärst vielleicht eine Tochter oder eine Geliebte.«

»Ist das so?«, Briannas Tonfall verriet nicht, wie sie seine Erklärung auffasste.

»Ja. Admiral Harcourt hat selbst eine Tochter. Er würde nie eine Frau verletzen. Das war die einzige Möglichkeit ...« Nicholas' Stimme brach ab. Ihm wurde klar, dass er nichts anderes sagen konnte, um ihr Vertrauen zurückzugewinnen. Es war für immer verloren. Das Beste, was er tun konnte, war, am Leben zu bleiben und sie zu beschützen, wenn sie ihn ließ.

Aber er würde nie zurückgewinnen, was er ... als seine eigene Art von Glück gesehen hatte.

»Ich verstehe«, sagte Brianna.

Nicholas blinzelte. »Wirklich?«

Brianna nickte langsam. »Ich weiß, wenn ich Bryan statt Brianna wäre, wäre ich jetzt tot. Dass meine *einzige* rettende Gnade in deinen Augen mein Geschlecht ist. Sag mir, was wäre passiert, wenn Patrick mit dir in der Zelle gesessen hätte und nicht ich?«

»Patrick?«

Sie stand auf und machte einen Schritt auf ihn zu. »Mein Kajütenjunge. Junger Bursche, kaum alt genug, um sich zu rasieren. Du weißt schon, der, den du vor Billy gerettet hast. Er hat noch nie einen Schuss im Zorn abgefeuert oder irgendwelche Aktionen gegen ein anderes Schiff unternommen. Welche Gnade hätten du und dein *Admiral* ihm erwiesen, wenn er an meiner Stelle in Port Royal gewesen wäre?«

Sie war jetzt nah, nah genug, um ihn zu durchbohren, wenn sie sich entschließen sollte, ihr Entermesser zu ziehen. Flynn sah zu Boden. Er kannte die Antwort genauso gut wie sie, aber er brachte es nicht über sich, sie auszusprechen. Es war die Wahrheit; an einen Jungen wie Patrick hatte er vielleicht keinen zweiten Gedanken verschwendet. Er hätte die gesuchten Informationen erhalten und wäre zu seiner nächsten Mission aufgebrochen, und im Hinterkopf ... hätte er gewusst, dass der Junge am Galgen baumelte.

»Das habe ich mir schon gedacht. Du ekelst mich an.«

Sie drehte sich um und ging von ihm weg. Irgendwie tat das mehr weh, als wenn sie ihn erstochen hätte. Sie hatte seine Heuchelei entlarvt, und dennoch konnte er die Entscheidungen, die er getroffen hatte, nicht bereuen.

»Wie hast du es herausgefunden?«, fragte er nach einem langen Moment des Schweigens.

»Wie?« Sie wiederholte das Wort leise, während sie aus dem Fenster ihrer Kabine schaute.

»Ja, woher hast du es gewusst?«

Sie lachte, obwohl der Klang bitter war. »Das habe ich nicht. Joe hat gesehen, wie du mit einem Mann gesprochen hast, der dafür bekannt ist, Nachrichten an die Marine weiterzugeben. Er hat dann eine Frau angeheuert, um dich dazu zu bringen, dein wahres Gesicht zu zeigen.«

Obwohl ihm der Kopf pochte, konnte er sich jetzt alles zusammenreimen. Er war ein Narr gewesen, ungeschickt und viel zu sehr darauf bedacht, der Sache ein Ende zu setzen.

Jetzt zückte Brianna ihr Entermesser, wandte ihm aber den Rücken zu. »Was hast du dem Boten gesagt?«

Nicholas könnte lügen, aber nachdem er heute Abend ihr Gesicht gesehen hatte, den Schmerz in ihren Augen, den Schmerz, den er verursacht hatte, war er fertig mit Lügen. Was würden ihm Lügen überhaupt nützen? Er würde wahrscheinlich so oder so tot sein. Sie hatte keinen Grund, ihm Gnade zu gewähren, und selbst wenn sie es täte, hätte ihre Mannschaft andere Pläne. Da er wusste, dass sein Tod unmittelbar bevorstand, legte er umso mehr Wert auf die Wahrheit.

»Ich sagte ihm, dass wir vorhätten, spanische Handelsschiffe nach Cádiz zu verfolgen, und dass ich Buck noch nicht gefunden hätte. Ich sagte ihnen, dass ich noch auf der Suche sei. Wenn die Marine euch dann erwischt, könnte ich ihnen sagen, dass ich nur gesehen habe, wie ihr spanische Schiffe verfolgt habt, ein Land, mit dem wir im Krieg sind. Das wäre nicht dasselbe wie ein Angriff auf englische Schiffe.«

Sie starrte ihn einen langen Moment an und wog seine Worte ab.

»Das ist alles?«

Nicholas nickte. »Es gab nichts anderes zu erzählen. Sie

werden die Schiffe auf der Strecke nach Cádiz verfolgen und nach euch suchen. Jetzt könnt ihr ihnen leicht ausweichen.«

Langsam drehte sie ihm den Rücken zu, während sie zu den Fenstern ging und auf das Meer blickte.

»Ich muss meinen Vater warnen«, flüsterte sie, mehr zu sich selbst als zu ihm.

»Es ist also wahr? Du bist die Tochter des Piratenkönigs?«

»Überrascht dich das?«, fragte Brianna.

»Ich habe gehört, dass Buck ein außergewöhnlicher Mann ist. Es ist nur natürlich, dass sein Kind das auch sein würde.«

Sie drehte ihren Kopf halb in seine Richtung und hob ihr Entermesser gegen ihn. »Deine Schmeicheleien sind nicht mehr willkommen, Verräter. Du wirst nicht bekommen, was du haben willst. Ich werde nicht zulassen, dass du meinem Vater etwas antust.«

»Ich wollte dich nur beschützen«, sagte Flynn.

Brianna hätte fast gelacht. »Während alle, die mir etwas bedeuten, erschossen oder gehängt werden? Sei still, mein rasendes Herz - solch galanter Edelmut wird mich sicher in Ohnmacht fallen lassen.« Sie grinste, und ihre Augen nahmen einen wilden, raubtierhaften Ausdruck an. Sie schob ihr Entermesser zurück in die Scheide, löste den Gürtel, in dem es und ihre Pistole steckten, und warf ihn auf das Bett.

Sie näherte sich ihm jetzt ohne Furcht, und das machte Flynn ein wenig unruhig. Er wich einen Schritt zurück, als sie ihren Finger unter sein Kinn legte und es leicht anhob.

»Außerdem hast du mein Bett geteilt - ist das nicht genug?«

Was zum Teufel spielte sie?

»Als ob eine Nacht mit dir jemals genug wäre«, sagte er und ließ den Wüstling in ihm wieder auftauchen. Sie spielte mit ihm, wie eine Katze mit einer Maus, aber wenn dies sein letzter intimer Moment mit ihr sein sollte, wollte er ihn genießen. Er ergriff ihren Arm und zog sie in seine Umarmung, um sie vielleicht ein letztes Mal seiner Leidenschaft zu unterwerfen.

Er senkte seinen Kopf zu ihrem Gesicht, und sie wehrte sich nicht. Briannas Mund öffnete sich unter seinem, und er küsste sie wie ein Besessener. Sie drückte leicht gegen seine Brust, dann schien sie es sich anders zu überlegen und rückte näher an ihn heran, während ihre Lippen um die Vorherrschaft kämpften. Er knabberte an ihrer Unterlippe, und sie rieb ihre Zunge gegen die seine, beide entfachten einen sinnlichen Kampf zwischen ihnen. Ja, er würde nie genug von dieser Frau haben, aber das Glück war auf seiner Seite, denn er würde nicht lange genug leben, um den Rest seines Lebens ohne ihre Berührung oder ihren Kuss verbringen zu müssen.

Dann, kaum hatte es begonnen, zuckte sie zurück und berührte mit dem Handrücken ihre Lippen, während sie ihn verzweifelt anstarrte.

»Das ist das letzte Mal, dass du von mir gekostet hast. Es bleibt nur noch, über dein Schicksal zu entscheiden.« Sie ging zurück zum Bett und legte ihren Gürtel und ihre Waffen wieder an.

»Was soll es also sein?«, fragte Flynn.

»Eigentlich sollte ich dich stranden lassen. Das ist besser, als du es verdienst.« Obwohl sie nicht schrie, war in ihren Worten Zorn zu hören, der den Schmerz in ihren Augen verbarg.

»Aber das wirst du nicht, meine schöne Piratenkönigin«, sagte er und spielte die einzige Karte, die er noch hatte. »Aus demselben Grund, aus dem du auch deine Mannschaft nicht hast stranden lassen.«

»Das hatte ich vor«, erwiderte sie.

»Und du hättest dich für den Rest deines Lebens gehasst, wenn du das getan hättest. Es brauchte nicht viel, um dich zu überzeugen, Barmherzigkeit zu zeigen, denn das ist es, was in deinem Herzen ist. Dasselbe Gefühl der Barmherzigkeit ist es, das mein Schicksal mit dem deinen in Port Royal verband. Lass nicht zu, dass mein Handeln dich in ein Monster verwandelt, Brianna. Wenn das passiert, habe ich in jeder Hinsicht versagt, und ich würde es wirklich vorziehen, zu sterben, als das zu sehen.« Sie hatte zu viel Herz, zu viel Seele, um so etwas Grausames zu tun, nicht einmal für jemanden wie ihn, der sie verletzt und verraten hatte.

Ihre Augen verengten sich. »Verdammt seist du, Flynn«, sagte sie, verließ die Kabine und ließ sein Schicksal im Ungewissen.

Er sank auf den Boden, lehnte sich mit dem Rücken an die Wand und schloss die Augen. Es würde eine lange Nacht werden.

Brianna ignorierte die Blicke ihrer Besatzung an Deck, als sie zum Großmast ging und begann, die Takelage zu erklimmen. Sie erreichte das Krähennest und lehnte sich gegen den Mast. Das war ihr Lieblingsplatz auf dem Schiff. Nur wenige Männer kamen hierher, und so hatte sie die Möglichkeit, allein zu sein und das Meer zu beobachten. Außerdem empfand sie das Schwanken des Schiffes, das selbst bei ruhiger See spürbar war, als seltsam entspannend.

Sie würden innerhalb einer Stunde in See stechen. Sie mussten noch den Rest der Besatzung an Land zusammensuchen, aber sobald alle an Bord waren, würden sie die Segel in Richtung St. Kitts setzen, da der Wind mit ihnen war und die Flut den Hafen verließ. Wenn die Marine auf der Suche nach ihrem Vater war, musste er gewarnt werden. Die Marine hatte ihn seit Jahren gejagt, aber jetzt war etwas anders. Einen Spion in die Mitte der Besatzung zu schicken - das war ein neuer Trick und weitaus kühner als die üblichen Taktiken der Marine. Wer wusste schon, welche anderen Mittel sie in diesem Moment einsetzten? Sie musste ihren Vater selbst aufsuchen, damit er für den Fall der Fälle Pläne zur Flucht machen konnte.

Je mehr sie jedoch darüber nachdachte, desto mehr wurde ihr klar, dass dies nicht der Grund war. Das war die Ausrede. Buck hatte sich zwanzig Jahre lang der Gefangennahme entzogen, und zwar unter noch schlimmeren Umständen als jetzt. Nein, was dieses Mal anders war ... war sie.

So ungern Brianna auch daran denken wollte, sie wusste, dass sich die Dinge ändern mussten. Ihr Vater konnte nicht ewig vor der Marine fliehen. Früher oder später würden sich die Netze um ihn schließen. Keiner konnte ewig davonlaufen. Die Frage war, ob sie aufhören konnten zu fliehen und doch nicht gefangen genommen werden? Wie sähe ihr Leben ohne die Freiheit des Meeres aus? Wie würde *ihr eigenes* Leben aussehen?

Sie sah zu, wie die Sonne langsam hinter dem Horizont versank, bis die letzten Reste ihres Glanzes auf der Meeresoberfläche verschwanden. Und damit wurde ihr Magen noch flauer. Was sollte sie wegen Flynn unternehmen? Das Klügste wäre, ihn einfach selbst zu töten. Sie hatte ihn an Bord geholt, also lag die Verantwortung bei ihr.

Aber so war sie nicht und *könnte* es auch nie sein. Flynn hatte Recht. Sie wollte nicht zu einem Monster werden.

Brianna zog ihre Knie unter ihr Kinn. Zum ersten Mal in ihrem Leben fühlte sich Brianna wirklich allein. Irgendetwas in ihr hatte sich verändert, und sie konnte nicht mehr zu ihrem alten Selbst zurückkehren. Jetzt war alles anders. Die sorglose Wanderin, die sie einmal gewesen war, die Tochter von

Thomas Buck, war dabei, ihren Griff um die Welt zu verlieren.

Flynn würde ihr Untergang sein. Sie hatte es in dem Moment gespürt, als er ihre Gefängniszelle betreten hatte, und diese Sorge hatte verhängnisvolle Früchte getragen.

Was, zum Teufel, sollte sie mit ihm machen?

REESE BELISHAW KIPPTE DEN LETZTEN SCHLUCK SEINES Bieres hinunter und rammte seinen Becher mit einem zufriedenen Seufzer auf die Tischplatte. Seine Mannschaft füllte die Taverne, und er lächelte, als er die Gesichter der Männer sah, denen er sein Leben anvertraute. Aber egal, wie lange er die *Emerald Dragon* als Kapitän führen würde, er würde nie ihr erster Kapitän sein, ihr *wahrer* Kapitän. Diese Ehre würde immer Dominic Grey gebühren.

Dom fehlte ihm. Ihnen allen. Aber Dominics Weg hatte sich in dem Moment geändert, als er die Tochter von Admiral Harcourt entführt hatte. Er hätte sich beinahe selbst an den Galgen gehängt, bevor eine glückliche Rettung ihn vor dem Strick bewahrt hatte, aber seine Rettung war mit einem hohen Preis verbunden gewesen. Dominics Piratentage waren vorbei. Er war ein Ehemann und der zukünftige Earl of Camden, und das reichte ihm. Also hatte Dominic die *Dragon* an Reese übergeben, und die Mannschaft hatte sich bereit erklärt, unter ihm zu dienen. Aber es fühlte sich trotzdem seltsam vorübergehend an. Als ob Dominic jeden Moment zurück an Bord kommen und das Kommando übernehmen könnte.

»Käpt'n?« Chibbs, sein Erster Offizier, tauchte vor ihm auf, atemlos und mit rotem Gesicht, weil er gerannt war. Chibbs' fröhliches, rundliches Gesicht und sein lebhaftes Auftreten hatten ihm das Vertrauen und die Zuneigung selbst der rauesten Piraten eingebracht.

»Was ist los, Chibbs?«

»Es geht um Flynn, Kapitän. Irgendetwas stimmt nicht.«

»Was meinst du?« Reese stand auf und griff nach seinem Gürtel, an dem seine Pistole hing.

»Jemand von der *Sea Serpent* hat ihn aus einer Taverne am Ende der Straße gelockt und, nun ja, ihn so hart geschlagen, dass er bewusstlos wurde. Ich habe gesehen, wie sie Flynn weggebracht haben. Ich dachte mir, dass das nicht richtig aussah. Ich meine, er kam vor nicht allzu langer Zeit zu uns und sagte, er wolle, dass wir uns mit der *Serpent* zusammentun, um zu sehen, ob Cap'n Holland mit uns auf die Jagd gehen würde. Da habe ich mich gefragt, warum der Erste Offizier von Kapitän Holland Flynn so geschlagen hat.«

»Der Erste Offizier?«, wiederholte Reese.

»Aye, es war Joe McBride selbst, der ihn niedergeschlagen hat.«

Irgendetwas stimmte definitiv nicht. Reese konnte es riechen. »Hat die *Serpent* den Hafen schon verlassen?«

»Soeben wurde die Besatzung zum Schiff zurückgerufen. Was sollen wir tun?«

»Schickt eine Nachricht an Dominic in King's Landing. Er wird es wissen wollen. Hast du schon herausgefunden, wohin die *Serpent* unterwegs ist? Sind sie noch auf dem Weg nach Cádiz?«

»Nein, Sir. Am Hafen heißt es, sie seien auf dem Weg nach St. Kitts.«

»St. Kitts ...«, begann Reese.

»Aye, Cap'n. Sie ist auf dem Weg zu Bucks Nest. Ich würde sagen, irgendetwas hat sie erschreckt.«

»Aber was?« flüsterte Reese vor sich hin. »Brianna riskiert

niemals einen Besuch bei ihrem Vater, wenn Fregatten der Marine in den Gewässern unterwegs sind. Sie muss einen verdammt guten Grund haben, zu ihm zu gehen.«

»Du glaubst doch nicht etwa ...?«, begann Chibbs, dessen Gesicht sich zu einem dunklen Rot verfärbte.

»Ich glaube was?«

»Nun ... dass sie und Flynn sich auf ihrem Schiff vielleicht zu nahe gekommen sind und sie nun schwanger sein könnte? Das würde erklären, warum Flynn gegen seinen Willen zum Schiff zurückgebracht werden könnte. Vielleicht will sie, dass der alte Mann Flynn zwingt, eine ehrliche Frau aus ihr zu machen?«

Darüber musste Reese kichern. Er hielt es für möglich, aber er könnte sich nicht vorstellen, dass Brianna Holland sesshaft werden würde. Nein, das hier fühlte sich viel ernster an als eine Hochzeit, die am Ende einer Donnerbüchse stattfand.

»Was auch immer der Grund sein mag, wir sollten ihnen folgen und herausfinden, was zu tun ist, um Flynn zu retten, vorausgesetzt, er muss gerettet werden. Trommle die Besatzung zusammen und sage ihnen, dass wir auf einer Rettungsmission für Flynn sind. Ich denke, die Jungs werden zustimmen.«

»Aye, das werden sie. Niemand würde zulassen, dass dem besten Kumpel von Kapitän Dom etwas passiert.«

»Nein, das würden wir nicht.« Flynn wäre Dominic bis ans Ende des Horizonts gefolgt, und Dominics ehemalige Crew würde dasselbe für Dominics Freund tun.

Wir kommen, Flynn, versprach Reese im Stillen. Als er aus der Taverne trat, blickte er in den klaren karibischen Himmel und atmete tief ein. Ein Sturm braute sich zusammen.

Kapitel Dreizehn

Admiral Charles Harcourt beendete die Lektüre in Gegenwart des jungen Fähnrichs, der ihm den Brief überreicht hatte. Die Nachricht stammte von einem ihrer zuverlässigsten Spione in Sugar Cove. Er legte den Brief nieder und überlegte, was für Optionen er hatte. »Interessant.«

Der junge Mann, der den Brief in Charles' Büro gebracht hatte, stand noch strammer, wenn das überhaupt möglich war. »Wie lauten Ihre Befehle, Sir?«

»Nun ... Es sieht so aus, als würden wir nach St. Kitts segeln.«

»Sir?«, fragte der junge Mann verwirrt. »Aber in dem Brief steht doch, dass Leutnant Flynn ...«

»Ja, unser Mann hat die Anweisungen von Leutnant Flynn weitergegeben, aber er sagte auch, dass er auf den Docks gehört hat, dass die *Sea Serpent* nach St. Kitts unterwegs ist.«

»Heißt das, Sie glauben, dass Flynn uns belogen hat, Sir?«

Charles schüttelte den Kopf. »Flynn ist unser Mann, durch und durch. Er würde nicht versuchen, mich in die Irre zu führen, nicht für ein paar Piraten.« Noch während er das sagte, nagte eine Sorge an ihm. Flynn schien sich mit der jungen Holland so verbunden zu fühlen, dass er sie beschützen wollte. Könnte dies Flynns Loyalität verändert haben? *Sicherlich nicht.*

Andererseits hatte er am eigenen Leib erfahren, wie eine Frau, vor allem eine kluge und schöne, das Schicksal eines Mannes verändern konnte. Seine eigene Tochter hatte dies getan, indem sie Dominic Greyville, einen der berüchtigtsten Piraten der Karibik, vor dem Galgen gerettet hatte. Wer sagt denn, dass es nicht auch andersherum passieren und jemandem zum Verhängnis werden könnte?

Der Fähnrich versuchte immer noch, sich das alles zusammenzureimen. »Flynn hat also nicht gelogen ...«

»Nein, aber wenn sie einen anderen Kurs einschlagen, dann könnten die Piraten ihn entlarvt haben. Er könnte sehr wohl in Gefahr sein. Ein Grund mehr für uns, uns auf dem Weg nach St. Kitts zu beeilen.« Charles kritzelte ein paar Briefe und übergab sie dann dem Fähnrich, der sie den vier Kapitänen überbringen sollte, deren Schiffe derzeit in Port Royal vor Anker lagen. Zum Glück waren die Besatzungen nicht länger an Land, sondern in den letzten Stunden zu ihren Schiffen zurückgekehrt. Sie würden schnell ablegen können.

Sie würden innerhalb einer Stunde nach St. Kitts aufbrechen. Wenn das Wetter mitspielte, konnten Flynn und die Piraten die Insel zur gleichen Zeit erreichen. Vielleicht wäre Thomas Buck unter ihnen. Wenn ihm das Glück hold wäre. Er sah sich seine Karten an, um den bestmöglichen Weg zu finden.

Wenige Minuten später öffnete sich die Tür zu seinem Büro, und Hauptmann Waverly stürmte herein.

»Stimmt das? Sie wollen dem Holland-Jungen hinterhersegeln?« Waverlys dunkle Augen blitzten vor grausamer Erregung.

Charles runzelte die Stirn. Es war seine Pflicht, das Gesetz durchzusetzen, aber es sollte ihm keinen Nervenkitzel oder Freude bereiten, einen anderen Menschen zum Tode zu verurteilen. Seelen, die vom Pfad des rechtmäßigen Verhaltens abgewichen waren, sollten beklagt und bemitleidet werden, nicht verfolgt werden wie von einem Hund, der einen verängstigten Fuchs aufstöberte. Und Waverly war nichts weniger als ein Sadist.

»Wir gehen einer möglichen Spur nach«, antwortete Charles vorsichtig, aber Waverly schien ihn zu durchschauen.

»Es muss eine Spur sein, Admiral, wenn Sie alle Schiffe im Hafen mobilisieren. Ich werde ein Kontingent meiner Männer bereithalten, um auf Ihre Schiffe zu gehen, und ich werde sie persönlich anführen.«

»Wirklich, Hauptmann, das ist nicht nötig. Dies ist schließlich eine Angelegenheit der Marine. Wir gehen einer möglichen Sichtung nach.« Charles wusste, dass er sich weigern könnte, Soldaten mitzunehmen, da er der eigentliche Machthaber im Fort war, aber die Weigerung, die Soldaten mitkommen zu lassen, könnte seine Position gefährden, wenn sie tatsächlich auf Buck stoßen sollten.

»Und wenn Sie auf Bucks Versteck stoßen sollten? Wenn an Land gekämpft werden muss, werden Sie meine Männer brauchen«, erinnerte ihn Waverly mit einem kalten Lächeln.

»Hauptmann, wirklich ...«, begann Charles, aber Waverly hatte sich bereits umgedreht und war weggegangen.

»Verdammt«, murmelte Charles. Jetzt würde er sich darum kümmern müssen, Waverly von Nicholas und dem Holland-Mädchen fernzuhalten. Der Hauptmann hatte einen persönlichen Hass auf Holland und sogar auf Nicholas entwickelt. Charles würde sehr gern verhindern, dass es zu einem erneuten Zusammentreffen der beiden Männer kommen würde.

Wenn Charles Buck fand, würde das vielleicht Waverlys Interesse von Nicholas ablenken. Das konnte er nur hoffen, denn er mochte Nicholas. Der Mann war für ihn wie der Sohn, den er nie gehabt hatte, und er wollte nicht zulassen, dass ein sadistischer Verrückter wie Waverly ihm etwas antäte.

AN DIE WAND GEKETTET ZU SCHLAFEN WAR NICHT DIE Art, wie Nicholas seine letzten beiden Nächte verbringen wollte. In der ersten Nacht war er kurz aufgewacht und hatte gesehen, wie der Hüttenjunge ein paar von Briannas Sachen aus dem Zimmer geholt hatte. In der zweiten Nacht hatte Joe ihm einen Besuch abgestattet, ihm einige Fragen gestellt und Nicholas dann mit geprellten Rippen und einem schmerzenden Kiefer zurückgelassen.

Patrick war das einzige Besatzungsmitglied, das er in den letzten drei Tagen gesehen hatte, abgesehen von Joe. Der Kajütenjunge hatte den Nachttopf geleert und ihm Essen und Trinken sowie einen Schwamm und Wasser zum Baden gebracht. Er war sehr gesprächig, wenn Nicholas mit ihm sprach. Als Nicholas den Jungen jedoch fragte, wie es Brianna ging, errötete dieser.

»Das darf ich nicht sagen«, sagte Patrick. »Sie ist sehr wütend.«

»Auf mich?«

Flynn schmunzelte, als der Junge mit großen Augen nickte.

»Was ... was hast du zu ihr gesagt?«, fragte Patrick in einem ernsten Flüsterton.

»Sie hat es dir nicht gesagt?«

»Nein. Niemand außer mir, Joe und dem Kapitän weiß,

dass du hier drin bist. Die anderen denken, du bist immer noch in Sugar Cove.«

»Wenn der Kapitän also nicht hier schläft, wo dann?«

»Sie schläft in Joes Kabine.«

Flynn sprang plötzlich auf die Füße. War das Mädchen so schnell weitergezogen? Mit Joe? Er musste doch um die zwanzig Jahre älter ...

»Joe schläft auf dem Boden«, fügte Patrick mit gedämpfter Stimme hinzu.

»Oh. Sie sind also nicht ...?«

»Sind was nicht?«, fragte Patrick, und ein wissendes Lächeln erschien auf seinem Gesicht. »Glaubst du, sie treiben es miteinander?« Der Junge lachte plötzlich. »Großer Gott, nein, Mr. Flynn. Joe würde nie ... nicht mit dem Kapitän. Er ist wie ein Onkel für sie, hat sie praktisch mit aufgezogen. Und im Moment streiten sie zu viel, um ...«

»Nun, manchmal führt ein Streit zum Vögeln«, murmelte Nicholas düster und hielt dann inne, um über das nachzudenken, was Patrick gesagt hatte. »Worüber streiten sie?«

»*Über dich*, natürlich. Joe will dich an der Rah aufhängen, aber der Kapitän will das nicht tun. Sie sagt, du bist lebendig mehr wert als tot.«

»Wie beruhigend«, seufzte Nicholas. »Kannst du mir sagen, wohin wir fahren?« Durch die hohen Fenster des Kapitänsquartiers konnte er nur endloses, hellblaues Wasser sehen.

»Nun ... Ich nehme an, ich könnte dir das sagen, weil du mir ja auch geholfen hast. Wir nähern uns St. Kitts.«

»St. Kitts? Warum dort?« Er wusste, dass es Gerüchte über Piraten auf St. Kitts gab, die mit Zucker beladene Schiffe auf dem Weg nach England überfielen, aber fast jede Insel der Westindischen Inseln hatte ihre Piratennester. St. Kitts hatte, wie die meisten der umliegenden Inseln, ein blutiges Erbe:

Mitte des 17. Jahrhunderts hatten Franzosen und Briten die auf der Insel lebenden Kariben massakriert.

»Legen wir in Basseterre an?« Das war die Hauptstadt der Insel. Wenn Flynn raten müsste, würde er vermuten, dass sie dort vor Anker gehen würden.

»Essen Sie, Mr. Flynn. Wir werden bald anlegen.« Patrick eilte davon und ließ Flynn mit seinen unbeantworteten Fragen und seinem unangetasteten Essen allein in der Kabine zurück. Er beugte sein Handgelenk, um die Stärke der Fessel zu testen, die ihn hier festhielt.

Eine leise Stimme kam aus dem Türrahmen hinter ihm. »Planst du deine Flucht?«

Flynn warf Brianna ein böses Grinsen über seine Schulter zu. »Natürlich.« Er war ein Mann, der dem Tod ins Auge blickte, und er wollte wie verrückt lachen, um ihm zu trotzen.

»Man munkelt, dass wir in Basseterre anlegen«, sagte er und beobachtete ihr Gesicht, um eine Reaktion auf seine Vermutung zu erhalten. Ihre Augen weiteten sich leicht, und ihre Lippen öffneten sich, bevor sie sich zurückhalten konnte.

»Patrick ...«, knurrte sie und ballte die Fäuste. Er hatte gehört, wie Männer Frauen als »zauberhaft wütend« bezeichneten, und jetzt konnte er diesen Ausdruck verstehen. Sie war zauberhaft - mehr als das. Sie trug immer noch ihre enge Hose, und ihre wohlgeformten Waden waren unter den weißen Strümpfen zu sehen. Ihre schlanke Taille wurde durch die Weste geformt, und ihr langes goldenes Haar floss hinter ihr, locker mit einem Band gebunden. Sie war ganz und gar eine Piratenkönigin. Er hätte alles getan, um sie noch einmal in die Arme zu nehmen und sie zu schmecken, um den wilden Puls an ihrer Kehle zu spüren, wenn er an ihrem Hals knabberte, und den warmen Atem ihrer Seufzer in seinen Ohren zu spüren, wenn er mit ihr Liebe machte. Stattdessen ballte er seine Hände an den Seiten, um nicht törichterweise nach ihr zu greifen.

»Gib dem Jungen nicht die Schuld. Er hat kein Wort gesagt. Ich erkenne nur diese Gewässer«, log er. »Es gibt einen bestimmten Blauton, den es nur in der Nähe von St. Kitts oder Nevis gibt.«

Sie wölbte eine dunkelgoldene Braue. »Ist das so?«,

»Das ist es.« Er lächelte sie wieder an, und eine Sekunde lang brach etwas in ihrem harten Blick, bevor es verschwand. Seine Brust zog sich zusammen, als er spürte, wie das, was zwischen ihnen gewachsen war, ein so neues, zerbrechliches Ding, seinem Griff entglitt und in das endlose Meer weit unter ihnen stürzte.

»Du bleibst hier, bis ...« Ihre Stimme schwankte ein wenig. »Bis ich mir überlegt habe, was ich mit dir machen soll, verdammt.«

Nicholas versuchte weder zu betteln, noch zu verhandeln. Welche Entscheidung sie auch immer treffen würde, es würde die richtige für sie sein. Das würde auch für ihn reichen müssen.

»Nun gut. Ich erwarte Ihre Entscheidung, Captain.«

Brianna trat aus ihrer Kabine und schloss die Tür hinter sich ab, wie sie es in den letzten drei Nächten jeden Abend getan hatte. Sie kam lange nachdem er eingeschlafen war, um nach ihm zu sehen, und wenn sie es nicht mehr ertragen konnte, ihn zu beobachten, ging sie wieder. Jedes Mal, wenn Patrick den Raum verließ, bewachten sie oder Joe die Kabinentür, aber er tat es lässig, da sein Zimmer nebenan lag.

Jede Sekunde, die er sich an Bord ihres Schiffes aufhielt, war für Flynn immer noch gefährlich.

Sie wusste, was von ihr erwartet wurde, aber sie hatte nicht den Willen, es durchzuziehen. Und wenn die Besatzung das herausfinden würde, könnte es das Ende ihrer Karriere als Pirat bedeuten. Es war verdammt gut, dass sie in den Gewässern ihres Vaters waren. Die Besatzung würde sich von ihrer besten Seite zeigen. Niemand kam Thomas Buck in die Quere, und niemand würde es wagen, so nahe an Bucks Haus gegen seine Tochter zu meutern.

Rufe vom Oberdeck verrieten ihr, dass sie Basseterre erreicht hatten, aber das wusste sie bereits. Sie hatte gespürt, wie ihr Schiff angedockt hatte, als es langsamer wurde und der fallende Anker ihm einen kleinen Ruck gab, bevor es zum Stehen kam. Schritte auf der Leiter über ihr ließen sie ein wenig zusammenzucken, aber nur Joe erschien, kein Besatzungsmitglied, das wütend darüber war, betrogen worden zu sein. Es war so weit gekommen, dass sie jetzt jeden Augenblick mit einer Revolte rechnete.

»Ich habe deinem Vater mitteilen lassen, dass du ihn bald aufsuchen wirst. Ich werde hier Wache halten, bis du zurückkommst.« Joe lehnte sich an den Türrahmen und drückte sie sanft aus dem Weg.

»Danke, Joe.« Sie küsste ihn impulsiv auf die Wange, woraufhin der Schotte errötete und etwas von »Marinetrotteln« murmelte. Es kam nicht oft vor, dass sie Joe in der Öffentlichkeit ihre Zuneigung auf diese Weise zeigte. Es war wichtig, sich immer wie der Kapitän zu verhalten, der sie war, aber die Sorge um Flynn - und um sich selbst und ihr Schiff - hatte sie so sehr gefesselt, dass sie sich mehr als sonst auf Joe verlassen hatte.

»Ich bin so schnell wie möglich zurück.« Sie eilte die Leiter zum Deck hinauf. Die Besatzung brachte den Steg zum Dock aus, während andere die Festmacherleinen an den Pfosten befestigten. Sie spürte die Augen der gesamten Schiffsbesatzung auf sich gerichtet, als sie auf den Steg sprang und selbstbewusst zum Dock schritt. Wahrscheinlich waren es nur ihre aufgewühlten Nerven, aber sie fürchtete immer mehr, dass die Besatzung wusste, dass an Bord etwas nicht stimmte, und sie wollte nicht, dass man sie mit eingezogenem Schwanz zu ihrem Vater laufen sah.

In Basseterre herrschte in der Mittagssonne reges Treiben. Da der Zuckerhandel auf St. Kitts immer noch boomte, gab es viele Hafenarbeiter, die Kisten mit Fracht auf Dutzende von Schiffen verluden. Der Hafenmeister würde, wie mit ihrem Vater vereinbart, die *Sea Serpent* unter einem weniger bekannten Namen anmelden.

Brianna bahnte sich ihren Weg durch die Docks, bis sie die Stadt erreichte, wo sie ein vertrauter Anblick erwartete. Eine dunkelblaue Kutsche wartet an ihrem üblichen Platz. Sie verdrehte die Augen und ging zu dem schicken Gefährt hinüber. Der Fahrer entdeckte sie und sprang herunter, um ihr die Tür zu öffnen.

»Miss Brianna«, begrüßte der Fahrer mittleren Alters sie mit einem warmen Lächeln.

»Hallo, Phineas.« Sie umarmte den Fahrer, bevor sie einstieg. Phineas arbeitete seit mehr als fünfzehn Jahren für ihren Vater. Ihr Vater bestand darauf, sie wie eine feine Dame zu behandeln, was bedeutete, dass sie jedes Mal, wenn sie nach Basseterre kam, Phineas erlauben musste, sie zum Haus ihres Vaters zu fahren.

»Dein Vater wird sehr erfreut sein, dich zu sehen.« Phineas zwinkerte ihr zu, als er die Tür schloss und wieder auf seine Sitzstange kletterte. Die Kutsche setzte sich ruckartig in Bewegung, und Brianna lehnte sich auf den dunkelblauen Samtpolstern zurück. Das Haus, das ihr Vater gebaut hatte, lag in den Hügeln, aber es dauerte nicht länger als eine halbe Stunde, um es zu erreichen. Als sie vor dem Haus hielten, öffnete sie die Tür und sprang heraus, bevor Phineas ihr helfen konnte. Sie machte sich auf den Weg zur Veranda des weiß getäfelten Plantagenhauses, wo sie bereits ihren Vater sah, der auf sie wartete.

»Bri, Liebling«, begrüßte die dröhnende Stimme ihres Vaters sie. Sein dunkles Haar war mit silbernen Fäden durchzogen, aber er war immer noch ein schneidiger Mann für sein Alter. »Gesund und kämpferisch«, erklärte Joe jedes Mal, wenn jemand fragte, wie es Thomas Buck ging.

»Vater!« Sie lachte, als er sie an der Taille packte und hochhob und sie herumschwang. Seine Augen kräuselten sich in den Winkeln, als er sie anlächelte.

»Ich habe mich sehr gefreut, als Joes Nachricht eintraf.« Er küsste ihre Stirn, und sie lachte wieder, als sie sich von ihm löste.

»Hör auf damit. Ich bin kein Kind mehr«, erinnerte sie ihn.

»Dessen bin ich mir sehr wohl bewusst. Die Berichte über deine letzten Beutezüge waren beeindruckend. Du warst fleißig mit der *Sea Serpent*.« Seine Augen funkelten mit verspieltem Stolz, zu dem nur ein Piratenvater wie er fähig sein konnte.

Sie war froh, dass er noch nichts von ihrer Gefangennahme in Port Royal gehört hatte, aber früher oder später würde sie es ihm sagen müssen, und es wäre ihr lieber, wenn er das von ihr selbst erfuhr.

»Ja, nun ...« Sie sah auf ihre Stiefelspitzen hinunter, und er legte seine Hand unter ihr Kinn und hob ihr Gesicht an, sodass sie seinem Blick nicht ausweichen konnte.

»Was ist los, Brianna?«

»Wir haben in Port Royal angedockt, um Nachschub an Bord zu nehmen ...« Sie schluckte schwer. »Joe wurde erkannt.

Ich habe ihm Zeit gegeben zu fliehen, aber ich wurde gefangengenommen.«

Das Gesicht ihres Vaters erbleichte. »Und aus deinem Tonfall schließe ich, dass du nicht freigelassen wurdest, nachdem du deinen Entführern eine überzeugende Lügengeschichte aufgetischt hast?«

Sie schüttelte den Kopf.

Ihr Vater legte einen Arm um ihre Schultern. »Komm rein und erzähl mir alles, von Anfang an. Lass keine Einzelheit aus.«

Er führte sie in die Küche, wo Brianna ihm alles erzählte. *Fast.* Sie ließ den Teil aus, in dem sie und Nicholas das Bett geteilt hatten.

»Jetzt sitzt Flynn also in meiner Kabine angekettet, und die Marine dürfte auf dem Weg nach Cádiz sein, wenn sie der Nachricht glauben, die er ihnen geschickt hat. Aber ich mache mir Sorgen, Vater. Das fühlt sich anders an als ihre früheren Versuche, deiner habhaft zu werden.«

Thomas stand von dem Tisch auf, an dem er und Brianna Tee getrunken hatten, und ging in der Küche umher. »Nun, es ist nicht das erste Mal, dass ein Spion unter meine Männer geschickt wird. Aber ich muss zugeben, dass sie mir noch nie so nah gekommen sind. Und dieser Waverly, den du erwähnt hast ...«

Elida, seine spanische Haushälterin, war damit beschäftigt, auf dem Tisch Brot zu kneten. Ihr Blick huschte zwischen Brianna und ihrem Vater hin und her. Sie schien zu spüren, dass Thomas besorgt war. Sie arbeitete ebenso lange für Buck wie Phineas, vielleicht sogar noch länger. Brianna konnte sich an keine Zeit erinnern, in der die braunäugige spanische Schönheit nicht in ihrem Leben gewesen wäre.

»*Señor*, trinken Sie Ihren Tee aus«, sagte Elida so liebevoll und befehlend, dass Thomas ohne zu fragen gehorchte. Er nahm seine Tasse vom Tisch und nippte daran, ging aber weiter auf und ab.

»Vater, was ist denn los?« Brianna hatte ihren Vater noch nie so gesehen.

»Du hast Recht, besorgt zu sein. Man kann nie davon ausgehen, dass die Royal Navy nicht die Oberhand hat. Selbst wenn dieser Flynn glaubt, dass er sie in die falsche Richtung geschickt hat, heißt das nicht, dass nicht ein anderer Spion in Sugar Cove eure Bewegungen beobachtet hat.«

»Du denkst, wir sind nicht sicher?« Langsam stand sie auf, und ein schreckliches Gefühl des Grauens umklammerte ihre Brust mit seinen unsichtbaren Händen und drückte sie zusammen.

Ihr Vater lächelte. »Liebling, du weißt doch am besten, dass wir *nie* sicher sind. Aber ja, das hier fühlt sich anders an.«

»Wir müssen hier weg. *Du* musst hier weg.«

»Lass mich einen Moment nachdenken.« Er blickte finster drein, seine Gedanken wandten sich nach innen, und dann wandte er sich wieder Brianna zu. »Du hast gesagt, dieser Mann sei ein Offizier?«

»Ja, ein Leutnant. Ist das wichtig?«

»Vielleicht.« Er setzte seine Teetasse ab und war wieder in Gedanken versunken. »Ich möchte, dass er sofort auf die Brigg der *Sea Hawk* verlegt wird. Er wird ein nützliches Verhandlungsobjekt sein. Wäre er ein einfacher Seemann, würden sie ihn wahrscheinlich sterben lassen, aber wenn es sich um einen Offizier handelt, ist er wahrscheinlich ein wohlhabender junger Mann. Es ist eine Frage der Ehre, ihn wohlbehalten zurückzubringen, sonst drohen ihnen in England Konsequenzen, weil sie den Sohn eines Aristokraten haben sterben lassen.«

»Glaubst du, dass er adelig geboren sein könnte?«

»Zumindest wird er der Sohn eines Landadeligen sein. Jungs, die als Fähnriche anfangen, müssen familiäre Beziehungen zu einem Kapitän haben oder von besonders hohem Ansehen oder gesellschaftlichem Einfluss sein.«

Das erklärt so vieles, dachte sie. Flynn kam aus einer anderen Welt. Seine Umgangsformen waren von einer kultivierten Eleganz, die sich noch hinter seinem charmanten Schalk verbarg. Sie hatte ihn für einen Gentleman-Piraten gehalten, als sie ihn zum ersten Mal getroffen hatte. Sie hatte Recht gehabt mit dem Teil über den Gentleman.

»Brianna.« Die Stimme ihres Vaters riss sie aus ihren Gedanken. »Ich weiß, dass du diesen Mann gemocht haben musst, aber was auch immer er zu dir gesagt hat, es ist vielleicht nicht die Wahrheit. Vergiss das nicht.«

Er hätte sie nicht daran erinnern müssen. Das war der Grund, warum alles in ihrer Welt jetzt in Grautönen gefärbt war. Er hatte ihrer Welt die Farbe und den Glanz genommen, und doch konnte sie ihn dafür nicht hassen.

»Ich weiß«, seufzte sie. »Wir sollten jetzt besser gehen.«

»Elida, du weißt, was du zu tun hast, bis ich zurückkomme.« Er zog die hübsche Haushälterin an sich und küsste sie kurz. Sie errötete und murmelte etwas auf Spanisch, bevor sie den Raum verließ, in ihren Augen schimmerten Tränen.

»Es wird immer schwieriger, sie zu verlassen«, gestand Thomas mit rauer Stimme gegenüber Brianna.

Jetzt verstand sie, warum ihr Vater sesshaft werden wollte. Er und Elida waren sich im Laufe der Jahre nahe gekommen, und der Gedanke, sie einem möglicherweise grausamen Schicksal in den Händen der Marine überlassen zu müssen, lastete schwer auf ihm. Sie hatte dieses schreckliche Gefühl auch erlebt, als sie sich zum ersten Mal von Flynn hatte trennen müssen, und sie kannte den Mann erst seit kurzer Zeit. Ihr Vater hatte sein Leben fast zwanzig Jahre lang mit Elida geteilt.

Brianna räusperte sich und griff nach dem Ärmel ihres Vaters, als sie wieder nebeneinander durch das Haus gingen.

»Warum heiratest du Elida nicht? Sie liebt dich schon seit Jahren.«

Thomas sah fassungslos aus. »Du würdest mir nicht böse sein?«, fragte er.

Brianna hielt inne, ihre Hand ruhte auf der Eingangstür. »Warum sollte ich dir böse sein? Du verdienst es, wieder geliebt zu werden.«

»Du hättest dann nicht das Gefühl, dass ich dich im Stich gelassen habe?«

»Was? Nein, natürlich nicht. Ich würde niemals so empfinden. Was ist der Sinn des Lebens, wenn man nur in der Schlinge des Henkers landet?« Sie sagte ihm nicht, dass sie ihn vermissen würde, denn solange sie die Piraterie nicht aufgegeben hatte, musste sie die meiste Zeit des Jahres von ihm getrennt bleiben, um ihn zu schützen.

Daraufhin leuchteten die Augen ihres Vaters. »Das würde bedeuten, nach England zurückzukehren. Auf den Westindischen Inseln würde ich nicht sicher bleiben können. Es ist nicht mehr wie früher, als Morgan Gouverneursleutnant wurde. Ich wäre hier niemals sicher, nicht einmal in St. Kitts, nicht, wenn ich das Leben wirklich genießen und mich nicht auf meiner Plantage verstecken will.«

»Ich weiß.« Das bedeutete, dass er sie auf den Inseln allein lassen würde, es sei denn, sie würde mit ihm gehen.

»Wir haben später Zeit, das zu besprechen. Jetzt müssen wir uns um deinen Offizier kümmern.«

Nicholas stand da und blickte durch die Fenster von Briannas Kabine auf das Meer, die Beine gestreckt und die Hände in militärischer Haltung hinter dem Rücken, die Kette nur einen Zentimeter locker. Er drehte sich nicht um, als sich die Kabinentür öffnete.

»In Ordnung, Kleiner, Zeit zu gehen«, sagte Joe.

Es war also eine Entscheidung getroffen worden.

Der Schotte stand nicht allein in der Kabinentür. Ein weiterer Mann stand neben ihm. Dieser Mann trug eine schwarze Hose und ein weißes Hemd, hatte dunkles Haar und war schlanker gebaut als Joe, vielleicht Mitte vierzig. Der Mann hielt sich auf eine Art und Weise, die Nicholas warnte, dass er gefährlich war, aber er war mehr an den Augen des Mannes interessiert. Sie waren scharf und verpassten nichts, während der Mann ihn musterte. Neben seinem Kapitän gab es nur einen Menschen, dem Joe die Tür öffnen würde, und nur einen Mann, der den Blick eines schlauen Fuchses hatte.

»Thomas Buck«, sagte Nicholas mit einem leichten Nicken.

»Mr. Flynn«, antwortete Buck ebenso ruhig. »Es scheint, als befänden wir uns in einer ziemlich schwierigen Situation.«

»Es scheint so.«

»Sie haben das Leben meiner Tochter gerettet. Damit stehe ich in Ihrer Schuld. Aber Sie haben sie auch benutzt und manipuliert, um mich im Auftrag der Royal Navy zu finden, was viele Menschenleben kosten könnte. Ich würde sagen, das bringt uns auf eine etwas unausgeglichenere Basis, nicht wahr?«

Nicholas antwortete nicht.

»Da die Marine mich jagt, werde ich Sie auf mein Schiff mitnehmen, um Sie bei Bedarf als Verhandlungsobjekt zu benutzen. Wenn wir es nach England schaffen, ohne dass jemand mein oder Briannas Schiff verfolgt, werden Sie freigelassen und können nach Hause zurückkehren, wenn Sie versprechen, unser endgültiges Ziel nicht zu verraten.«

»Sie vertrauen darauf, dass ich das geheim halten würde?«, fragte Nicholas.

»*Vertrauen* ist kein Wort, mit dem man in meiner Welt leicht umgehen sollte, Mr. Flynn. Aber ich denke, Sie werden das aus zwei Gründen geheim halten. Erstens habe ich die Absicht, mich aus der Seeräuberei zurückzuziehen und nichts mehr damit zu tun zu haben. Zweitens glaube ich nicht, dass Sie Brianna freiwillig in Gefahr bringen würden, und da sie mit mir zusammen sein wird, würde das sicherlich ihr Schicksal besiegeln. Wenn Sie zustimmen, werde ich dafür sorgen, dass Sie freigelassen werden. Wenn wir angegriffen werden, werde ich Sie einsetzen, wie ich es für richtig halte, um meine Tochter und meine Mannschaft zu retten.«

Nicholas wartete einen Moment, bevor er antwortete. »Ich verstehe und stimme zu, dass ich schweigen werde.« Wenn Buck wirklich vorhatte, dieses Leben an den Nagel zu hängen, dann hätte es keinen Sinn mehr, ihn zu verfolgen. Ein Mann wie Waverly würde ihn jagen, bis einer von ihnen starb, aber nicht Nicholas.

»Du kannst ihn losketten, Joe«, befahl Buck.

Joe löste die Handschelle, und Flynn rieb sich das gerötete Fleisch am Handgelenk.

»Folgen Sie mir, Mr. Flynn.« Buck verließ die Kajüte, und Nicholas folgte ihm, zwischen Buck und Joe eingeklemmt. Als sie die oberen Decks erreichten, sah er, wie Brianna und ihre Mannschaft ihn von einer Seite des Schiffes aus beobachteten. Er begegnete ihrem prüfenden Blick und wünschte, er hätte die Möglichkeit, etwas zu sagen.

»Holland«, rief Buck. Seine Tochter gesellte sich zu ihnen auf dem Steg, der nun die *Sea Serpent* mit dem Nachbarschiff verband.

»Verabschiede dich«, sagte Buck zu ihr und ging über die Gangplanke zum anderen Schiff.

Joe räusperte sich und wich zurück. Sie hatten einen Moment für sich, um wenigstens ungehört zu sein. Nicholas war sich nicht sicher, was er sagen sollte. Es gab tausend Dinge, die ihm auf der Zunge lagen. Aber die Mannschaft beobachtete sie, und er wollte nicht, dass jemand etwas sah, das Brianna in ihren Augen schwächen würde. Jeder Mann an Bord musste sich gefragt haben, was passiert war. Auch er fragte sich, was passieren würde, wenn er ihr Schiff verließ. Er befand sich jetzt in der Welt der Piraten, einem Meer voller Haie, und er hatte nichts, woran er sich festhalten konnte, nichts als seine eigenen Gliedmaßen, um den Kopf über Wasser zu halten ... und selbst das würde die Gefahr nur noch schneller auf ihn lenken.

»Dein Vater sagt, dass er mich befreien wird«, sagte er stattdessen.

»Wenn er das sagt, wird er es auch tun.« Sie hob ihr Kinn, hochmütig, und versuchte, den Schmerz, den er ihr zugefügt hatte, zu verdrängen. Es war alles seine Schuld. Er hatte diese schöne Piratenkönigin unvorstellbar verletzt, und er fragte sich, ob sie jemals wieder einem Mann genug vertrauen würde, um zuzulassen, dass er sich ihr näherte.

Schweigen herrschte zwischen ihnen, und der Wind kräuselte das Segeltuch über ihren Köpfen.

»Brianna.« Er sagte leise ihren Namen, und ihre schönen Augen, die so sommerlich grün waren, hielten ihn in einem warmen Traum fest, der nur allzu bald enden würde.

»War ... war irgendetwas davon echt?«, fragte sie mit leiser Stimme. »Du ... ich ... was wir geteilt haben. Bin ich verrückt, weil ich will, dass es echt war?« In ihren Worten lag sowohl Verletzlichkeit als auch Verurteilung. Einen Moment lang überlegte er, ob er lügen sollte, ob es ihr leichter fallen würde, wenn er sagte, er habe nichts gefühlt. Das könnte ihr die

Möglichkeit geben, die ganze Affäre zu vergessen und ihr Leben neu zu beginnen. Aber sein Herz befahl ihm, die Wahrheit zu sagen. Das war er ihr schuldig.

»Ich war nie ein Pirat, aber ich habe der *Emerald Dragon* geholfen, der Marine zu entkommen, und Dominic Greyville ist wirklich mein bester Freund auf der ganzen Welt.« Er hielt inne und holte tief Luft. »Und was zwischen uns passiert ist, das war alles echt. Vielleicht, in einem anderen Leben ...« Er hielt inne, bevor er etwas töricht Romantisches sagen konnte.

»In einem anderen Leben?«, drängte sie ihn, zu Ende zu sprechen.

Als er die Hoffnung in ihren Augen sah, sprudelten die Worte nur so aus ihm heraus.

»In einem anderen Leben hätte ich den Himmel selbst bewegt, um dich zu mir zu holen.« Bevor sie antworten konnte, überquerte er den Landungssteg, wo Thomas Buck auf ihn wartete. Er schaute nicht zurück, wollte nicht, dass sich das Bild ihres traurigen Gesichts in sein Gedächtnis einbrannte. Er würde sich an andere Erinnerungen klammern, an solche, in denen diese Augen vor Schalk und Leben funkelten.

Nicholas ignorierte die Blicke von Bucks Mannschaft, als er in die Brigg geführt wurde. Eine weitere Zelle wartete auf ihn. Er drehte sich zu den Gitterstäben um, als sie sich klappernd schlossen. Briannas Vater machte Anstalten zu gehen.

»Buck!«, rief er aus.

Bucks Kiefer verkrampfte sich, als er Nicholas wieder gegenüberstand. »Ja?«

»Sie sollten sie dazu bringen, die Westindischen Inseln zu verlassen. Sie ist hier nicht sicher. Es gibt einen Hauptmann in der Armee Seiner Majestät, einen Mann namens Waverly - er wird nicht aufhören, bis er Sie und sie gefunden hat. Ich habe sie aus dem Gefängnis in Port Royal geholt, bevor er herausfand, dass sie eine Frau ist. Aber wenn er erfährt, was sie wirklich ist, wird Brianna niemals wirklich sicher sein.«

Buck kam an das Gitter und lehnte sich dagegen, um ihn zu betrachten. »Warum beschäftigt dich ihr Schicksal so sehr? Sie ist nur ein weiterer Pirat, einer von Hunderten, die ein gefährliches Leben führen.«

Nicholas wusste, dass ihm die Wahrheit nicht gefallen würde, also schwieg er.

Bucks trauriges Lächeln war das Einzige an ihm, das ihn an Brianna erinnerte. Sie hatten keine weiteren Gemeinsamkeiten.

»Weiß sie, dass du sie liebst?«, fragte Buck.

»Ja, aber das spielt keine Rolle. Ich weiß, dass unsere Schicksale nicht miteinander verknüpft sind. Ich wünschte nur ... Ich wünschte, sie könnte ein anderes Leben haben, eines, in dem sie nicht Gefahr läuft, an sechs Fuß Seil und mit drei Fuß Luft unter den Füßen zu enden.«

Buck nickte kurz und ging ohne ein weiteres Wort. Nicholas blieb allein in der Zelle zurück, während sich das Schiff zum Auslaufen bereit machte.

Nicholas wusste, dass er Brianna nie wieder sehen würde. Er war zum Spielball zwischen den Piraten und der Marine geworden, und er war ein verdammter Narr, dass er sich in die Tochter des Schattenkönigs verliebt hatte.

Kapitel Vierzehn

Der Pfiff des Bootsmanns, der die Männer zu den Waffen rief, kam zu spät. Nicholas hatte auf einer umgestürzten Kiste gesessen und gegrübelt, als er die Warnrufe auf dem Deck hörte, die auf den durchdringenden Pfiff folgten. Nur ein Marineschiff würde hier eine solche Notlage verursachen.

Bucks Schiff bewegte sich schnell und versuchte zweifellos, aus der Bucht von Basseterre zu entkommen, aber wenn Admiral Harcourt das Kommando hatte, würde er seine Flotte den Eingang umzingeln lassen, lange bevor die Piraten merkten, dass sie in der Falle saßen. Sowohl Buck als auch Brianna würden gefangen genommen ... oder getötet werden.

»Hey!«, rief Nicholas an der Leiter in der Nähe seiner Zelle. Über ihm donnerten Schritte, während die Männer sich beeilten, die Geschützpforten zu öffnen und die Kanonen herauszurollen. Seine Gedanken drehten sich um Brianna und die *Sea Serpent* und versetzten ihn in eine Angst, wie er sie noch nie zuvor verspürt hatte. Er erinnerte sich daran, dass sie mehr als fähig war, sich und ihre Mannschaft zu verteidigen, aber das minderte nicht seine Angst um sie.

Seine Finger krümmten sich um die Gitterstäbe. »Ich muss Captain Buck sprechen!«, rief er erneut. Er zerrte an dem Eisen, aber es ließ sich nicht bewegen. Dies war das zweite Mal, dass er während einer großen Seeschlacht eingesperrt war. Es hätte ihn beschämt, wenn er nicht so verdammt besorgt gewesen wäre. Dieses Mal war es noch schlimmer, denn Brianna war diejenige, die in Gefahr war.

Großer Gott, ihr Vater hatte Recht. Er war in die Frau verliebt, und wenn ihr etwas zustoßen würde ... Er hielt inne und lauschte der plötzlichen Stille an Deck. Vielleicht hatte die Marine nicht zu viele Schiffe entsandt, und sie ...

Über ihm explodierten Kanonen, und das Schiff vibrierte vom wütenden Donnern ihres Lärms. Nicholas stützte sich mit den Beinen ab und hielt sich an den Gitterstäben seiner Zelle fest, während das riesige Schiff unter der Wucht der Schlacht bebte. Nach dem, was Nicholas kurz gesehen hatte, handelte es sich bei Bucks Schiff um eine schnelle Schaluppe in gutem Zustand. Er vermutete, dass sie jedes Jahr an Land gezogen wurde, um den Rumpf von Seepocken zu befreien und Schäden zu reparieren, die sie auf ihren Reisen erlitten hatte. Wenn sie durch die Lücken zwischen den Marineschiffen schlüpfen könnte, hätte sie vielleicht eine Chance. Andererseits würde das Schiff, wenn es aus nächster Nähe Breitseite von den Kanonen bekommen würde, innerhalb weniger Minuten sinken, ihn auf den Grund ziehen und in der Brigg ertränken. Wenn er in der Brigg ertrank, würde er nie einen Weg finden, zu Briannas Schiff zu gelangen oder die Marine davon abzuhalten, die *Sea Serpent* zu beschießen.

»Hilfe!«, rief Nicholas, aber seine Stimme wurde von den Kampfgeräuschen um ihn herum übertönt.

Er brach die Kiste, die als Schemel diente, auseinander und

schob mehrere Holzbretter zwischen die Eisen, in der Hoffnung, die Gitterstäbe mit Hebelkraft zu überwinden. Für ein paar kurze Sekunden hörte er das Eisen ächzen, aber es rührte sich nicht. Mit einem Fluch trat er gegen die Gitterstäbe und drückte seinen Kopf dagegen, die Augen niedergeschlagen geschlossen.

Das Geräusch von Füßen auf der Leiter ließ ihn die Augen wieder öffnen. Buck kam auf die Zellentür zu, sein Gesicht war von Sorge gezeichnet und er sah um Jahre älter aus.

»Was zum Teufel ist da oben los, Buck?«

»Die Marine hat uns umzingelt. Ich fürchte, der einzige Ausweg für uns alle ist, dass ich mich ergebe.« Der kalte Piratenblick verschwand aus Bucks Augen, und Nicholas sah einen Mann, der so sterblich war wie jeder andere. »Sie werden uns nicht versenken, wenn ich mich stelle, oder? Brianna und ihre Leute könnten fliehen, wenn ich sie mit meiner Kapitulation ablenke. Brianna ...« Bei ihrem Namen hielt er inne, und Nicholas verstand jetzt die Angst in Bucks Stimme. Das war keine Angst um ihn selbst, sondern um seine Tochter.

»Es ist zu spät. Ich hatte nie geplant, dass sie in diese Sache verwickelt wird, aber jetzt ...« Nicholas schüttelte den Kopf. »Sie hätte sich aus dem Netz befreien sollen, bevor es sich um Sie schließen würde. Das war immer mein Plan. Aber wir wissen beide, dass sie niemals weglaufen würde, nicht wenn sie weiß, dass ihr Vater in Gefahr ist.«

Anstatt ihn zu verfluchen, leuchteten Bucks Augen auf, und er tastete nach den Zellenschlüsseln.

»Vielleicht ist es noch nicht vorbei. Ich habe eine Idee, aber sie erfordert Ihre Hilfe und Ihr Vertrauen. Sagen Sie mir, was sind Sie bereit zu tun, um Brianna zu retten?«

»Ich würde alles für sie tun.«

Buck schloss die Zelle auf. »Dann folgen Sie mir. Wir haben keine Zeit zu verlieren.«

Nicholas eilte Buck hinterher, der sich mitten in der Schlacht durch das Chaos auf seinem Schiff bewegte. Jeder Mann war entweder an den Segeln oder an den Kanonen. Sogar die kleinen Jungen, die als Pulveraffen bekannt waren, rannten unbeirrt umher und trugen Pulver in die Reihen der Kanonen.

Buck öffnete die Tür zu seiner Kapitänskabine und forderte Nicholas auf, mit ihm zu kommen. Durch die Fenster am Heck sah Nicholas den Hafen von Basseterre und das Chaos der Hafenarbeiter, die flüchteten, als die Kanonenkugeln gefährlich nahe am Ufer einschlugen.

Buck öffnete die Truhe am Fußende seines Bettes und wühlte sich durch mehrere Schichten von Kleidung, bis er fand, wonach er suchte: einen geölten Lederranzen. Er drückte das Ding Nicholas in die Arme.

»Da drin liegt der Schlüssel zu ihrer Rettung«, sagte Buck. »Es ist ein Beweis für ihre wahre Familie.«

»Was meinen Sie, ihre wahre Familie?«

»Aye, sie war nie wirklich *mein*, Flynn. Ich habe ihre Eltern auf einem sinkenden Schiff nicht weit von hier gefunden. Ihr Vater war nicht mehr zu retten, und ihre Mutter gebar Brianna inmitten eines wütenden Sturms, kurz bevor sie starb. Bevor er starb, gab mir ihr Vater dies.«

Buck zog den Siegelring heraus, der an einer Lederschnur um seinen Hals hing, und hielt ihn Nicholas hin. Das Wappen, das darauf prangte, war eines, das Nicholas schon seit seiner Kindheit kannte. Wie jeder junge englische Aristokrat hatte er gelernt, die Wappen der mächtigsten Familien Englands zu erkennen.

»Das ist das Wappen des Hauses Essex. Aber wie ...?«

»Ihr Vater war der jüngere Bruder des Herzogs.«

»Brianna ist die Nichte des Herzogs von Essex?«

»Aye.« Buck stieß Nicholas in den Gang. »Und mit diesem Wissen können Sie sie retten.«

Vorausgesetzt, er konnte sie rechtzeitig erreichen. Ihr Onkel hatte fast so viel Einfluss wie die Krone selbst.

Nicholas und Buck rannten auf das Deck und kamen unter einem plötzlichen Regenschauer, der auf St. Kitts zurollte, zum Stehen. Der Regen verhüllte fast völlig die Marineschiffe in der Ferne. Weiße Feuerstöße im Sturm zeigten die Position der feuernden Schiffsgeschütze an.

»Wo ist Brianna?«, fragte Nicholas. Buck spähte in die Ferne, um ihr Schiff zu finden, und zeigte dann auf eine andere Schaluppe, die weiter entfernt war.

»Da! Sie haben sich unter dem aufziehenden Sturm an die *Sea Serpent* herangepirscht.« Buck fluchte. »Sie versucht, sie abzulenken. Sie glauben, ich sei an Bord dieses Schiffes.«

»Warum sollten sie das denken?«

»Bevor ich Brianna das Kommando über die *Sea Serpent* gab, war sie fast zwanzig Jahre lang mein Schiff.«

Nicholas schaute zwischen der *Sea Serpent* und den Marineschiffen hin und her, schätzte ihre Geschwindigkeit und Richtung ein und sah eine wachsende Öffnung, durch die die *Sea Hawk* unter den richtigen Bedingungen entkommen konnte.

Nicholas legte Buck eine Hand auf die Schulter und lenkte seinen Blick von Briannas Schiff und der Mannschaft ab, die tapfer für sie kämpfte. »Buck ...«

»Hebt die weiße Fah...«, begann Buck zu schreien.

»Lassen Sie das!«, überschrie Nicholas ihn.

Buck starrte ihn an, aber Nicholas schüttelte den Kopf. »Wenn Sie bleiben, sterbt ihr *beide*. Wenn Sie fliehen, besteht die Chance, dass ich sie retten kann.«

»Sind Sie verrückt? Sie ist *meine* Tochter. Ich habe sie aufgezogen. Ich werde sie jetzt nicht verlassen.« Bucks Stimme brach, und es versetzte Nicholas einen Stich ins Herz. Wie oft hatte Nicholas den Vater von Dominic so reden hören, der die Suche nach seinem vermissten Sohn nie aufgegeben hatte?

»Sie werden sie wiedersehen, aber nicht in der Schlinge des Henkers«, versprach Nicholas.

Buck schaute noch einmal in die Richtung seiner Tochter. »Was ist mit Ihnen? Wie wollen Sie zu ihr gelangen?«

»Ich werde Ihre Jolle brauchen.«

Es gab einen Moment, in dem sich ihre Blicke trafen, ein Vater, der dem Mann gegenüberstand, der seine Tochter genug liebte, um sein Leben zu riskieren und sein Land zu verraten. Buck musste das in Nicholas' Augen gesehen haben, denn eine Sekunde später rief er seiner Mannschaft etwas zu.

»Lasst die Jolle runter!«, brüllte Buck. Seine Männer beeilten sich, das kleine Boot zu Wasser zu lassen, auch als eine weitere feindliche Salve gefährlich nahe an der *Sea Hawk* einschlug. Nicholas warf sich die Ledertasche über den Arm und kletterte an der Seite des Schiffes hinunter, wobei er ein letztes Mal die Gelegenheit nutzte, zu seinem Kapitän aufzuschauen. Buck stand auf dem Zwischendeck des Schiffes, die schwarze Flagge mit dem weißen Falken wehte hoch über ihm, und er nickte Nicholas feierlich zu, bevor er und seine Mannschaft sich bereit machten, hinter einem Schleier aus starkem Regen zu entkommen.

Viel Glück, Schattenkönig.

Nicholas setzte sich in das kleine Boot, hisste die Segel und steuerte auf die weit entfernten, kämpfenden Schiffe zu, die wie Geister aussahen, während sie sich im Sturm duellierten.

Sie waren am Verlieren. Kanonenkugeln schlugen auf dem Deck von Briannas geliebtem Schiff ein. Unter dem starken Regen schien alles viel langsamer zu gehen. Männer lagen auf dem Deck, einige in Stücke gerissen, andere kämpften tapfer weiter. Es war ihnen gelungen, das Feuer vom Schiff ihres Vaters abzulenken und ihm eine Möglichkeit zu geben, an den Fregatten vorbeizukommen und auf offenes Wasser hinauszufahren, wo die *Sea Hawk* den Feind würde abhängen können. Aber die *Serpent* würde nicht so leicht entkommen können. Der Großmast war gebrochen, und die Mannschaft kämpfte um ihr Leben.

»Wir können nicht mehr lange durchhalten, Mädchen«, sagte Joe. Sein Brustkorb blähte sich auf, als er einen tiefen Atemzug einsog. Er war mit den Matrosen in der Takelage gewesen, um die Segel zu bedienen, in der Hoffnung, ihrer derzeitigen Position zu entkommen. Aber die Marineschiffe hatten die *Sea Serpent* eingekesselt.

»Wo ist mein Vater?« Sie suchte die Bucht ab und sah kein Zeichen der *Sea Hawk*. Hatte er es geschafft zu entkommen? Das konnte sie nur hoffen, denn ihre Mannschaft bezahlte diese Chance mit ihrem Leben.

»Er hat es geschafft, zu entkommen«, sagte Joe. »Ich habe den *Sea Hawk* mit eigenen Augen wegsegeln sehen.«

Ein weiterer ohrenbetäubender Kanonendonner erschütterte das Schiff. Sie würden untergehen, wenn sie noch einmal so einen Treffer abbekamen.

»Hiss die weiße Flagge, Joe«, sagte sie ruhig.

»Ganz sicher?«, fragte er sie.

Brianna sah Männer, die an Deck verbluteten; die Schreie der Besatzung ertränkten sie zusammen mit den sintflutartigen Regenfällen.

»Das ist unsere einzige Chance. Wenn wir die Flagge hissen, werden sie das Feuer einstellen, und unsere Männer können ans Ufer schwimmen, bevor der Feind uns entert.« Sie waren nahe genug, dass die meisten der Männer, die gute Schwimmer waren, das Ufer erreichen und auf der Insel verschwinden könnten.

Joe nickte und hielt sich eine Hand vor den Mund. »Hisst die weiße Fahne!«

Sie sah zu, wie die blasse Fahne den Mast emporschnellte und wild schlug, als Wind und Regen dagegen peitschten. Nach einer gefühlten Ewigkeit hörten die anderen drei Schiffe auf, die *Sea Serpent* zu beschießen.

»Unsere Männer sollen das Schiff verlassen. Jetzt!«

»Kommst du mit, Mädchen?«

Sie nickte. »Du gehst. Ich bin gleich hinter dir.«

Joe gab den Befehl, alle verbliebenen Rettungsboote zu Wasser zu lassen, und jeder, der schwimmen konnte, durfte mitfahren. Ihre Männer kletterten über die Bordwand und sprangen so schnell sie konnten ins Wasser, Joe folgte ihnen. Brianna kletterte die Begleitleiter hinunter und rief den Männern, die sie noch an den Kanonen sah, zu, das Schiff zu verlassen. Als sie ihre Kajüte erreichte, hatte sie nur ein paar Minuten Zeit, um ihre geliebten Habseligkeiten - einschließlich der Haarbürste ihrer Mutter - zusammenzusuchen und in eine Tasche zu stecken, bevor sie den Raum wieder verließ. Stiefelschritte auf dem Deck über ihr ließen sie erstarren. Die Stimmen, die sie hörte, gehörten nicht zu ihrer Besatzung. Sie hörte, wie ihr Schiff ächzte und die Wellen gegen die Bordwand schlugen, und darüber hörte sie die männlichen Stimmen, die immer näher kamen.

Verflixt und Verdammnis ... Ihr Schiff war schneller geentert worden, als sie erwartet hatte. Brianna rannte zurück zu ihrer Kabine, verriegelte die Tür mit einem Stuhl und schob das Schloss in Position. Ihr gingen ein Dutzend möglicher Ideen durch den Kopf, aber nur eine gab ihr die Chance, nicht für eine Piratin gehalten zu werden. Sie entledigte sich ihrer Reithosen und anderer Männerkleidung und zog eilig ihr rotes Kleid an. Sie beeilte sich, die Schnürung unter ihren Brüsten zu schließen und das Mieder enger zu schnüren. Die Stimmen wurden lauter, und eine Faust hämmerte gegen ihre Tür.

»Aufmachen! Sie werden hiermit aufgefordert, sich zu ergeben.«

Brianna starrte kurz durch das Glasfenster ihrer Kabine und wünschte sich, eine Kanonenkugel hätte es zerschmettert. Wenn das der Fall gewesen wäre, hätte sie sich durch das Fenster ins Wasser stürzen können, anstatt sich so zu blamieren.

»Brecht sie auf!«, rief jemand vor der Kabinentür.

Brianna verfluchte ihr Pech, zog den Stuhl von der Tür zurück und schloss sie auf.

Sie keuchte durch schimmernde Tränen, als vier Männer in den Raum stolperten, »Bitte! Tun Sie mir nichts! Ich bin kein Pirat.« Ein Mann war ein junger Offizier, die anderen drei waren einfache Seeleute. Der Offizier hielt eine Pistole hoch und zielte damit auf ihre Brust.

»Nehmt diese Frau fest.«

»Nein! Bitte! Ich wurde gegen meinen Willen hier festgehalten. Diese Piraten *haben mich entführt.*« Brianna brach in klägliches Schluchzen aus, und die Männer sahen sich alle unsicher an.

Der junge Offizier ließ überrascht seine Pistole ein wenig sinken. »Äh ... Entschuldigung, Miss. Es ist alles in Ordnung ... Hören Sie bitte auf zu weinen.«

Einer der Seeleute knurrte: »Seien Sie nicht dumm, Sir. Sie ist nicht unschuldig. Sie ist nur eine Piratendirne.« Dann stürzte er sich auf Brianna. Sie reagierte instinktiv und schlug den Mann mit ihrer Tasche nieder. Leider gelang es den beiden anderen Männern, ihre Arme zu ergreifen und sie mit dem Rücken auf das Bett zu drücken. Als der junge Offizier eingreifen wollte, schlug ihn einer der Männer mit der Faust nieder. Er brach auf dem Boden zusammen.

Sie schrie vor Wut und trat um sich. »Wie *können* Sie es wagen!« Doch ihre Schreie wurden ignoriert, während sie auf dem Bett festgenagelt war. Brianna war stark, aber sie konnte sich nicht gegen die Muskeln der beiden Männer wehren, die sie festhielten.

»Ich will sie zuerst haben«, knurrte der, den sie niedergeschlagen hatte, als er vom Boden aufstand.

»Man darf eine Frau nicht vergewaltigen«, versuchte Brianna zu protestieren. Aber sie wusste, dass sie es tun würden. Böse Männer waren böse Männer - egal, unter welcher Flagge sie segelten - genauso wie es gute Männer gab, die als Piraten segelten.

Ein Mann lachte. »Du bist nichts weiter als die Hure eines Piraten. Das ist etwas anderes.«

Brianna würde jeden einzelnen dieser Männer auf schrecklich schmerzhafte Weise töten, sobald sie die Chance dazu bekäme, und sie *würde* ihre Chance finden ...

Jemand griff unter ihren Rock, und sie schlug nach dem Gesicht des Mannes, der sie berührt hatte. Sie spürte, wie eine Nase unter ihrem Stiefel brach, und der Mann schrie vor Schmerz auf. Sie lachte triumphierend.

»Du kleine Schlampe!« Einer der anderen verpasste ihr eine so harte Ohrfeige, dass ihr für ein paar Sekunden die Sicht verschwamm und sie Blut schmeckte. Raue Hände waren überall dort, wo sie nicht sein sollten. Sie schrie, ein Urlaut weiblicher Wut, der in alten Zeiten das Meer heraufbeschworen hätte, um jeden Mann zu ertränken, der es gewagt hatte, sie zu verletzen. Eine Pistole wurde abgefeuert, und alle erstarrten.

Nach Luft ringend starrte Brianna den Mann an, der in der

Tür zu ihrer Kabine stand, schwarze Wut in seinen kalten blauen Augen. Wie zum Teufel ...? Ihre Gedanken wurden unterbrochen, als ihr Retter sprach.

»Lassen Sie die Frau sofort los«, sagte er. »Oder ich schwöre, jeder von Ihnen eine Kugel essen.«

Langsam zogen sich die Hände von ihrem Körper zurück. Brianna starrte ihren unerwarteten Retter an.

»Wer sind Sie?«, wollte der Mann wissen.

»Lieutenant Nicholas Flynn. Ich bin auf Befehl von Admiral Harcourt hier.«

»Wir haben nur ein bisschen Spaß gemacht ... Sie ist nur ein Piratenmädchen, das ist alles.«

»Da liegen Sie aber völlig falsch. Die Frau, von der Sie reden, ist *meine* Frau und die Nichte des Herzogs von Essex. Er wird dafür sorgen, dass Sie für das, was Sie ihr angetan haben, bestraft werden.«

»Was?« spottete der Mann. »Sie, die Nichte eines schicken Herzogs? Was macht sie dann hier?«

Brianna hatte nur einen Moment Zeit, Nicholas' clevere Lügen zu nutzen, um ihre eigene Geschichte zu untermauern.

»Ich bin hier, weil ich *von Piraten entführt wurde*, ihr verdammten Narren. Ich war auf dem Weg zu meinem Mann, als mein Schiff von Piraten angegriffen und ich gefangen genommen wurde. Jetzt hast du mich gefunden, aber anstatt mich zu retten, hast du es *gewagt*, mich anzugreifen.« Sie riss sich ruckartig von den Männern los und kletterte vom Bett. Nicholas reichte ihr die Hand, und sie stürzte sich in seine Umarmung. Er fing sie auf und drückte sie an sich, wobei er immer noch einen Arm erhoben hielt und auf die drei Männer zielte, die sie angegriffen hatten. Der junge Offizier, der niedergeschlagen worden war, kam mit einem Stöhnen wieder zu sich.

»Geht es dir gut?« Nicholas flüsterte so, dass nur sie es hören konnte.

»Ich werde mich viel besser fühlen, wenn du mir deine Pistole gibst und ich die Bastarde erschossen habe«, zischte sie zurück.

»Ja, nun, das kann ich nicht tun. Aber wenn du mitspielst, kann ich dir vielleicht das Leben retten.«

Sie legte ihre Rachepläne beiseite und schluchzte theatralisch auf, während sie ihr Gesicht an seine Schulter drückte.

»Wir wussten nicht, wer die Frau ist, ehrlich«, protestierte einer der Männer.

»Das ist mein kluges Mädchen«, kicherte er, bevor er ihren Scheitel küsste, wie es nur ein besorgter Ehemann tun würde. Später würde sie die Tatsache verdauen, dass sie die Rolle von Flynns Frau hatte spielen müssen.

Er ließ die Pistole sinken und steckte sie in den Gürtel an seiner Hüfte. »Der Admiral wird Sie anhören, wenn Sie Ihren Fall vortragen. Komm, meine Liebe, wir bringen dich in Sicherheit.«

Flynn geleitete sie die Leiter zu den oberen Decks hinauf. Beim Anblick ihrer verbliebenen Besatzung kam sie ins Schwanken und blieb stehen. Sechs von ihnen unter Bewachung, die es nicht rechtzeitig vom Schiff geschafft hatten, ihre Waffen lagen auf dem Deck. Ihr Kajütenjunge war unter ihnen. Patrick trug einen stoischen Gesichtsausdruck wie alle anderen. Keiner von ihnen sagte auch nur ein Wort, als sie gezwungen war, mit Flynns schützendem Arm um ihre Schulter an ihnen vorbeizugehen. Ihre Augen brannten vor verräterischen Tränen bei dem Gedanken, dass sie sie mit ihrem Schweigen bis zu ihrem letzten Atemzug schützen würden, und sie fühlte sich wie ein Feigling, weil sie nicht zugab, wer sie war, und sich ihrem Schicksal anschloss. Aber zumindest könnte sie später vielleicht eine Möglichkeit finden, sie zu retten.

Der Admiral und einige der Kapitäne der anderen Schiffe standen dicht gedrängt und sprachen miteinander.

»Admiral«, rief Nicholas ihm zu. »Auf ein Wort, wenn es Ihnen nichts ausmacht?«

Der Admiral drehte sich um, und seine Augen weiteten sich ein wenig, als er Brianna entdeckte.

»Natürlich, Leutnant.« Der Admiral entschuldigte sich und kam zu ihnen.

»Admiral«, flüsterte Flynn. »Sie müssen mir jetzt vertrauen. Ich kann alles erklären, wenn wir sicher unter vier Augen sind.«

»Ich vertraue Ihnen«, antwortete der Admiral ohne zu zögern.

»Gut. Dies hier ist meine frisch angetraute Frau, Brianna Flynn, geborene Brianna St. Laurent, und sie ist die Nichte des Herzogs von Essex.«

»Nichte des ...« Die Brauen des Admirals hoben sich. »Was soll das werden, Flynn?«

»Glauben Sie mir, Admiral, es ist wahr. Ich werde es bald erklären, aber jetzt müssen wir sie erst einmal beschützen.«

»Äh ... Ja. Ja, natürlich.« Der Admiral räusperte sich und ging zurück zu den Männern unter seinem Kommando, die ihn neugierig beobachteten. Er sprach mit ihnen in gedämpftem Ton, und was er sagte, wurde offenbar geglaubt.

»Hier entlang, Leutnant. Sie und Ihre Frau werden sofort an Bord meines Schiffes gebracht.«

Sie und Flynn gingen an ihrer Mannschaft vorbei, und sie spürte das Gewicht ihrer Blicke, während sich ein Kloß in ihrem Hals bildete. Sie würden alle gehängt werden. Ihr waren die cleveren Spiele und Fluchtwege ausgegangen. Kein Tomatenwerfen und keine großartigen Verfolgungsjagden auf dem

Marktplatz würden ihre Männer diesmal retten ... oder sie selbst. Sie würde sich allem stellen, was Flynn für sie bereithielt, und sie würde alles in ihrer Macht Stehende tun, um einen Plan zur Rettung ihrer Mannschaft auszuarbeiten.

Der Sturm, der die Flucht ihres Vaters verhüllt hatte, hatte sich gelegt, und sie blickte auf das Meer hinaus.

Auf Wiedersehen, Vater. Sie straffte die Schultern, bereit, dem Ende ihrer Freiheit mit dem letzten Rest an Mut entgegenzutreten, den sie noch hatte. Und wenn sie noch ein bisschen Glück hatte, würde sie ihre Männer retten.

Kapitel Fünfzehn

Nicholas begleitete Brianna in eine geräumige Kabine auf Admiral Harcourts Schiff. Er verhielt sich ruhig, zumindest soweit die anderen Seeleute an Bord es sehen konnten, aber tief in seinem Inneren war er so erleichtert, dass er kaum glauben konnte, dass er es geschafft hatte. Er hatte sie schon einmal gefunden und gerettet ... Er versuchte, nicht daran zu denken, was diese Männer mit ihr gemacht hätten. Sie hatte gekämpft wie eine Löwin, aber sie war in der Unterzahl.

Er legte seinen Arm um ihre Schultern und bemerkte, dass sie anfing, zu zittern. Das Gleiche passierte ihm oft nach einem gefährlichen Kampf auf See. Er zitterte dann mehrere Minuten lang, bis der Schock nachließ. Sie würde wahrscheinlich wütend auf ihn sein, wenn sie sich wieder wie sie selbst fühlen würde.

»Wo sind wir?«, fragte sie. Ihre Stimme klang fast wie betäubt.

»Eine der Offizierskabinen. Warum setzt du dich nicht?«

Flynn ließ seinen Arm von ihren Schultern sinken und schob sie zum Bett.

Einer der Offiziere hatte seine Kabine aufgegeben, damit die Braut von Nicholas eine bequemere Rückreise nach Jamaika haben würde. Der Offizier hatte ja keine Ahnung, dass Brianna keine zarte englische Rose war, die beim Anblick einer winzigen Kajüte verwelken würde. Doch nach dem Tag, den sie hinter sich hatte, musste sie sich ausruhen und erholen.

Brianna brach auf dem Bett zusammen, ihr Blick war distanziert und ihr Körper zitterte. Sie war wie er bis auf die Knochen durchnässt, aber Nicholas befürchtete, dass sie einen Schock erlitten haben könnte. Er schloss die Kabinentür und stellte die Tasche ab, die Thomas Buck ihm anvertraut hatte, zusammen mit der Tasche, die sie aus ihrem Schiff mitgenommen hatte. Er kam zu ihr und kniete sich vor sie, sein Gesicht in dieser Position auf gleicher Höhe mit dem ihren, und nahm ihr Gesicht sanft in seine Hände.

»Brianna.« Er hielt ihr Gesicht sanft zwischen seinen Fingern. »Brianna. Sieh mich an.«

Ihr glasiger Blick wurde langsam schärfer. »Warum hast du mich gerettet? Warum lügen? Ich sollte mit meinen Männern in der Brigg sein.« Der Verlust ihres Schiffes, ihres Vaters, ihrer Männer und ihrer Freiheit ... das war eine Frau, die alles verloren hatte. Stärkere Männer wären an einem solchen Verlust zerbrochen.

»Ich habe nicht gelogen. Nun, der Teil, dass wir verheiratet sind, ja, aber der andere Teil war keine Lüge. Hör mir zu ...«

Ein Klopfen an der Kabinentür unterbrach ihn. Er fluchte und sah nach, wer es war. Der Admiral stand im Gang und blickte Nicholas an.

»Kommen Sie herein, Sir.« Er trat zurück und ließ den Admiral eintreten, bevor er die Tür wieder schloss. Wenigstens musste er die Geschichte dann nicht zweimal erzählen.

»Sie haben mir Antworten versprochen, mein Junge. Was zum Teufel hat das alles zu bedeuten?«

»Sir, diese Frau ist Brianna, die Tochter von Hugh und Beatrice St. Laurent, dem jüngeren Bruder und der Schwägerin des Herzogs von Essex.«

Obwohl er mit dem Admiral sprach, ließ Nicholas seinen Blick nicht von Brianna. Ihre Augen weiteten sich ungläubig. Er konnte sich nicht vorstellen, wie sehr seine nächsten Worte sie verstören würden. Er würde ihr die Vaterschaft von Buck wegnehmen, um ihr dann das Schicksal ihrer wahren Eltern mitzuteilen. Das war ein Schlag, den er niemandem wünschen würde. Er hoffte nur, dass sie ihm verzeihen würde, was er gleich sagen musste.

»Aber wie? Er und seine Frau waren vor zwanzig Jahren auf See verschollen. Wir haben überall nach ihnen gesucht. Ich war damals ein junger Kapitän und hatte den Auftrag, sie zu finden. Es war einfach keine Spur zu finden.«

Brianna murmelte die Worte *auf See verloren*, und der Blick in ihren Augen zeigte ihm, dass diese Nachricht ihre ganze Welt auf den Kopf gestellt hatte.

»Thomas Buck stieß auf ein Schiff, das in einem Sturm auf ein Riff aufgelaufen war. Er fand nur noch zwei Überlebende, einen Mann und seine schwangere Frau. Sie befand sich in den letzten Zügen der Geburt ihres Kindes, als Buck sie entdeckte. Der Ehemann starb kurz darauf an seinen Verletzungen, während die Frau dem Kind den Namen ihrer Mutter gab, bevor auch sie starb.«

Briannas Lippen zitterten, während sie wie betäubt blinzelte, als sei dies alles ein ziemlich verrückter Traum, aus dem sie nicht erwachen konnte.

»Lady Brianna war Beatrice St. Laurents Mutter ...«, murmelte der Admiral, während er Brianna anschaute. »Ich habe sie einmal getroffen, vor Jahren.«

»Nach dem Tod von Beatrice nahm Buck das neugeborene Kind und die persönlichen Gegenstände der Eltern mit, die er finden konnte. Er hat das Mädchen wie sein eigenes Kind aufgezogen, und bis heute weiß sie nichts von ihrer wahren Familie oder dem Leben, das sie gehabt hätte, wenn ihre Eltern an jenem Tag nicht gestorben wären.«

»Ist das wahr?«, fragte der Admiral Brianna.

Sie hob ihren schockierten Blick zu dem des Admirals. »Ich ... Ich weiß es wirklich nicht ...«, stammelte sie.

Nicholas holte die Tasche, die Buck ihm anvertraut hatte, und öffnete sie. Er kramte darin herum und fand den Siegelring. Er hielt das Stück dem Admiral hin, damit dieser es nehmen konnte.

»Das ist das Wappen des Hauses Essex. Mein Gott.« Der Admiral sah Brianna mit neuen Augen an. »Niemand darf wissen, dass sie von einem Piraten aufgezogen wurde. Selbst wenn sie wissen, wer ihr Onkel ist, können sie sie immer noch hängen. Wir müssen eine Erklärung finden, wie sie auf dieses Piratenschiff gekommen ist.«

»Deshalb sagte ich, sie sei meine Frau, die das Pech hatte, auf dem Weg von England hierher von Piraten gefangen genommen zu werden.«

Nicholas sah Brianna nicht an. Er hatte Angst, dass er etwas in ihrem Gesicht sehen würde, was er nicht sehen wollte. Er hatte sie verraten, hatte ihr Leben zerstört, oder zumindest das Leben, mit dem sie aufgewachsen war, und um sie zu retten, musste er sie in eine neue Welt werfen, auf die sie nicht vorbereitet war. Um sie zu retten, würde er ihr die Freiheit rauben müssen.

»Verstehen Sie, was Sie da tun? Was dafür nötig sein wird?«, fragte der Admiral in leisem Tonfall.

»Ja, Sir, das tue ich.« Er warf Brianna erneut einen Blick zu, und ihren großen, verwirrten Augen nach zu urteilen, wusste er, dass sie den Ernst ihrer Lage nicht verstand. Aber er tat es, und bis sie sich von diesem erneuten Schock erholt hatte, würde er sich um sie kümmern, so wie sie sich um ihn in dieser Zelle gekümmert hatte, nachdem er die Prügel eingesteckt hatte, um sie zu retten.

»Gut. Sobald wir in Port Royal ankommen, werden wir alle Vorkehrungen treffen, aber es muss ein Geheimnis bleiben. Niemand darf es wissen.«

»Ich verstehe.«

Der Admiral atmete tief durch, als ob ihm ein kleiner Teil einer viel größeren Last von den Schultern genommen worden wäre. »Ich werde tun, was ich kann, um Ihre Geschichte hier zu unterstützen. Warum ruhen Sie sich in der Zwischenzeit nicht beide aus? Wir werden morgen wieder miteinander sprechen.«

»Soll ich meinen Posten auf diesem Schiff wieder einnehmen?«

»Nein, Junge. Ruhen Sie sich einfach aus. Das haben Sie sich verdient.« Der Admiral lächelte traurig und ließ sie dann allein. Nicholas schloss die Tür hinter ihm.

»Was hat er damit gemeint? Welche Vorkehrungen?« Briannas Stimme war leise, aber von Misstrauen geprägt. »Was hast du mit mir vor?«

Nicholas kam zurück zum Bett. Er ließ sich neben ihr nieder und überlegte, wie er ihr die Nachricht am besten überbringen konnte. »Brianna, du solltest dich ausruhen.«

»Sag es mir, Nicholas. Das bist du mir schuldig.« Der Schmerz verlieh ihren harten Augen einen rauen Schimmer.

Sie hatte Recht. Das schuldete er ihr, und noch viel mehr.

»Sobald wir in Port Royal anlegen, müssen wir beide rechtmäßig verheiratet werden. Wir müssen es zu einer richtigen Ehe machen und unsere Urkunde vom Richter so datieren lassen, dass daraus ersichtlich wird, dass wir vor einem Jahr geheiratet haben. Es wird uns helfen, unsere Täuschung zu verbergen, bis wir dich sicher zu deinem Onkel nach England bringen können.«

Ein Dutzend Emotionen blitzten über ihr Gesicht. »Mein Onkel ...«

»Der Duke of Essex ist ein mächtiger Mann. Er kann dich beschützen, sobald du sicher sein Anwesen erreichst. Solange alle glauben, dass du und ich vor Monaten heimlich geheiratet haben, bist du in Sicherheit.« Er griff nach ihrer Hand, die unruhig an ihren Röcken zerrte. So hatte er sie noch nie gesehen, so aufgewühlt und unfähig, sich zu beruhigen.

Sie zog sich aus seiner Reichweite zurück. »Ich werde *gefangen* sein.«

Er stieß einen Seufzer aus. Er hatte damit gerechnet. »Wenn dir eine bessere Lösung einfällt, bin ich bereit, dir zuzuhören. Warum schläfst du nicht ein bisschen?« Der Schlaf würde ihr Zeit geben, all das zu verarbeiten, was sie erlebt hatte. Er erhob sich vom Bett und richtete sich eine Pritsche auf dem Boden ein.

»Ich kann nicht glauben, dass er mir das angetan hat«, flüsterte Brianna vor sich hin. Nicholas blieb neben seiner Pritsche stehen, die er neben dem Bett aufgebaut hatte, und starrte sie an.

»Was hast du von ihm erwartet? Sollte er dich zum Sterben zurücklassen? Er ist dein Vater, Brianna. Diese Geschichte hat dir das Leben gerettet.«

»Ein Vater würde das seinem Kind nicht antun. Er *zerstörte* mein Leben, mein Gefühl dafür, wer ich bin, meine Vergangenheit. Er ist nicht einmal mein Fleisch und Blut.«

Nicholas kniete noch einmal vor ihr nieder. »Ein guter Vater, ob blutsverwandt oder nicht, wird alles tun, um sein Kind zu schützen. Mir zu sagen, wer du wirklich bist? Er wusste, dass dies bedeutete, dich für immer aufzugeben, aber er wusste auch, dass es dich retten würde, also tat er es. Und er würde es wieder tun, wenn er es müsste.«

Sie wischte sich die Tränen aus den Augen, als sie sich auf das Bett legte.

»Du willst also, dass ich meine Freunde hängen sehe, während ich in einem goldenen Käfig sitze. Mir wäre es lieber, du hättest mich erschossen und die Sache wäre erledigt.«

Sie rollte sich mit dem Gesicht zur Wand und zeigte ihm nur ihren Rücken. Nicholas krümmte seine Finger frustriert um den hölzernen Bettrahmen, während er auf sie hinunterstarrte. Eines Tages würde sie verstehen, was Buck für sie getan hatte. Eines Tages würde auch sie verstehen, was Nicholas getan hatte. *Eines Tages ... vielleicht.*

BRIANNA WAR NICHT SICHER, WIE LANGE SIE GESCHLAFEN hatte, aber als sie aufwachte, stand ein Tablett mit Essen auf dem Tisch neben dem Bett, und sie war allein in der Kabine. Sie atmete erleichtert auf. Sie konnte es nicht ertragen, jetzt jemandem gegenüberzustehen, vor allem nicht Nicholas. Sie fühlte sich, als wäre sie immer und immer wieder gegen ein Schott geschlagen worden, bis jeder Teil von ihr weh tat.

Sie wollte nicht darüber nachdenken, was er über ihre Vergangenheit oder ihren Vater gesagt hatte. Das Einzige, worauf sie sich konzentrieren konnte, war, was sie jetzt tun würde, da ihr Leben für immer mit dem von Nicholas verbunden sein würde.

Es fühlte sich an wie ein schrecklicher Traum, vor dem sie nicht schnell oder weit genug weglaufen konnte. Joe und die meisten ihrer Leute versteckten sich wahrscheinlich in den

Hügeln von St. Kitts, aber die anderen würden hängen, wenn sie keinen Weg fand, sie zu befreien. Ihr Vater war weg, und sie sollte Nicholas heiraten und wie ein Gepäckstück nach England verfrachtet werden. Wie schnell war alles, was ihr wichtig war, zu Asche geworden. *Ich könnte jederzeit weglaufen ...* Der Gedanke flüsterte ihr durch den Kopf. *Einen Weg finden, meine Mannschaft zu befreien, und dann fliehen.* Aber der Gedanke, Nicholas zu verlassen, zerriss sie innerlich ebenso sehr wie der Gedanke, zu bleiben und diese Scheinehe zuzulassen.

Sie starrte aus dem Bullauge der Kabine. Ein klarer Himmel und ein gesunder Wind würden sie bald nach Jamaika zurückbringen. Sie hatte so wenig Zeit. Nur ihre Männer hatten noch weniger davon. Ein Schauer lief ihr über den Rücken, als sie sich der Tatsache stellte, dass Patrick und die anderen wegen ihrer Entscheidungen sterben würden. Alles nur, weil sie Nicholas auf ihr Schiff mitgenommen hatte.

»Ich wünschte, ich hätte dich nie kennengelernt, Flynn.«

Sie genoss noch immer den Anblick des Meeres aus dem kleinen Fenster, als sich die Tür öffnete. Sie beobachtete, wie Flynn hereinkam und auf das unangetastete Tablett mit dem Essen starrte.

»Brianna, du musst essen.«

Sie drehte ihm den Rücken zu. »Ich bin nicht hungrig.« Wenn er es wagen würde, ihr das Essen aufzudrängen, würde sie ihm das Tablett direkt an den Kopf werfen.

»Gut, aber den Märtyrer zu spielen, hilft niemandem, schon gar nicht deinen Männern.«

Daraufhin drehte sie sich informationshungrig um. »Darf ich sie sehen? Kannst du mich zu ihnen bringen?«

Sie war sich nicht sicher, warum das so wichtig für sie war. Vielleicht wollte sie ihnen versichern, dass sie ihr Bestes tun würde, um einen Ausweg für sie alle zu finden. Vielleicht wollte sie ihre Vergebung, wissend, dass es keinen Ausweg gab. Aber sie würde alles geben, um sie zu befreien, wenn sie nur einen Weg finden könnte.

Nicholas vergewisserte sich, dass die Kabinentür verschlossen war, bevor er zu ihr kam. »Auf dem Schiff darfst du sie nicht sehen. Das würde zu viele Fragen aufwerfen. Aber ...« Er zögerte. »Wenn wir an Land gehen, hast du vielleicht die Möglichkeit, sie im Fort in Port Royal zu sehen.«

Es gab etwas, das er ihr nicht sagte. Sie konnte es in seinen Augen sehen. Log er sie an, um sie zur Kooperation zu bewegen?

Er nahm die Tasche vom Boden. »Hier, warum nimmst du nicht das? Es gehört jetzt dir.« Sie hatte vergessen, dass die Tasche überhaupt da war. Sie war am Vortag so sehr in ihrer Trauer versunken gewesen, dass sie sich erst jetzt wieder auf das konzentrieren konnte, was zu tun war. Sie kam und nahm ihm die Tasche ab, ihre Hände waren wie taub, als sie sich um das Leder schlossen.

»Ich werde eine Wanne herbringen lassen, damit du baden kannst. Ich bin sicher, dass ich etwas zum Anziehen für dich finden kann, wenn du fertig bist.«

Sie warf einen Blick auf das regennasse rote Kleid und schluckte eine unerwartete Welle des Selbstmitleids herunter. Es hatte etwas Symbolisches, ein zerfetztes, zerrissenes Kleid zu tragen, das sie einst für schön gehalten hatte, das ihr etwas bedeutete, weil es ihr gehörte und *sie* es sich ausgesucht hatte. Und nun fragte sie sich, ob sie jemals wieder etwas in ihrem Leben selbst entscheiden könnte.

Ja. Ja, das könnte sie. Ihr Leben gehörte ihr, und das konnte ihr niemand nehmen. Aber sie brauchte Zeit. Ihre Männer brauchten Zeit. Und so würde sie das Spiel spielen, das vor ihr lag. Das war etwas, was ihr Vater ihr beigebracht hatte. Gib niemals auf, egal wie verzweifelt die Situation auch erscheinen mag. *Wenn du einen Sturm siehst, der so groß ist, dass du glaubst, er wird dein Schiff ganz verschlingen, kannst du dieses Schicksal entweder akzeptieren, oder du kannst dich an die Arbeit machen und Schritt für Schritt tun, was getan werden muss, bis der Sturm vorüberzieht - und du stehst immer noch auf deinen eigenen Beinen.*

»Ich danke dir. Ich hätte gerne ein Bad und die Kleidung, die du finden kannst.« Da es sich um ein Schiff handelte und es unwahrscheinlich war, dass es die Garderobe einer Frau transportierte, würde sie wahrscheinlich wieder in Reithosen und einem Hemd landen. Zumindest würde sie sich dann mehr wie sie selbst fühlen.

Nicholas schien erleichtert zu sein, dass er etwas tun konnte, und verließ schnell die Kabine. Brianna setzte sich wieder auf das Bett und öffnete die Tasche. Sie nahm den Inhalt ein Stück nach dem anderen heraus und untersuchte jeden einzelnen Artikel.

Da war ein silberner Kamm, der zu der Bürste passte, die sie ihr Leben lang benutzt hatte, und einen ebenfalls dazu passenden Handspiegel. Die drei Teile bilden ein elegantes Set. Ein Päckchen mit Briefen, die mit einem dunkelroten Band verschnürt waren und deren Tinte von Schwarz zu Hellbraun verblasst war, befand sich ebenfalls unter dem Inhalt. Sie strich mit den Fingerspitzen darüber und legte sie für später beiseite. Da war der Siegelring, den Nicholas dem Admiral gezeigt hatte. Sie hatte gesehen, wie ihr Vater das Ding jeden Tag seines Lebens getragen hatte, aber sie hatte nie daran gedacht, ihn danach zu fragen. Sie hatte angenommen, dass der Ring ihm gehörte, und wollte nie in sein Leben eindringen, falls es etwas Schmerzhaftes war. Und zu wissen, dass er ein so wichtiges Stück ihrer Vergangenheit die ganze Zeit am Herzen getragen hatte ... Der Gedanke daran ließ sie vor Emotionen erzittern, die sie noch gar nicht zuordnen wollte.

Sie schob ihn nacheinander auf jeden ihrer Finger, um zu prüfen, ob er passte. Schließlich saß er ein wenig locker um ihren Mittelfinger. Sie zeichnete das in die flache Oberfläche eingeritzte Wappen nach. Zwei Löwen umgeben ein Schild mit den Buchstaben *EX*. *Das Haus von Essex*. Ihre Familie.

Sie wusste nichts über England oder die alten Familien, die dort an der Macht waren. Ihr Leben war hier auf den Westindischen Inseln, am Meer, und nicht in einem stickigen alten Haus an einem kalten und trostlosen Ort am anderen Ende der Welt.

Fast hätte Brianna den Ring wieder abgenommen, aber das Gewicht des Goldes war seltsam beruhigend. Sie ließ ihn an ihrem Finger und kramte tiefer in der Tasche. Ganz unten fand sie ein silber-hellblaues Kleid sorgfältig aufgerollt. Es hatte keine Unterwäsche, aber ein wunderschönes Mieder mit Spitzenärmeln und eine Lage Röcke. Sie entrollte die Seide und stieß angesichts der exquisiten Qualität einen leisen Schrei aus. Sie hatte in ihrem Leben noch nie etwas so Feines und Schönes gesehen. Hatte das ihrer Mutter gehört?

Es war seltsam, sich ihre Mutter jetzt als jemand anderes vorzustellen, nicht mit ihrem Vater verheiratet, sondern mit diesem *anderen* Mann, der seinen Ring, das Symbol seiner Familie, einem Fremden anvertraut hatte, der sich bereit erklärt hatte, sein Kind in Sicherheit zu bringen. Wie waren sie gewesen? Die einzigen Eltern, die sie je gekannt hatte, waren Thomas und seine Haushälterin Elida.

Sorgfältig packte sie die Gegenstände zurück in die geölte Tasche. Mit einem schweren Seufzer gab sie dem Grummeln ihres Magens nach. Sie holte das Tablett mit dem Essen und stellte es auf das Bett. Im Gegensatz zu den steinharten Keksen, dem gesalzenen Schweinefleisch und dem Erbsenpüree, die sie normalerweise an Bord der *Sea Serpent* zu sich nahm, war das hier weitaus besser. Nicholas musste die Speisekammer geplündert haben, um die für Offiziere reservierten Lebensmittel zu holen.

Sie knabberte eine kleine Hähnchenkeule, gegrillte Kartoffeln, Karotten und mehrere Scheiben frischer Zitronen, die zusammen mit dem Huhn gebacken worden waren und eine wahre Delikatesse darstellten. Sie beendete die köstliche Mahlzeit, genoss sie aber nicht. Alles, woran sie denken konnte, war, dass ihre Männer wahrscheinlich nicht gut oder gar nicht essen würden. Die kurzzeitige Aufheiterung ihrer düsteren Stimmung verblasste. Sie musste etwas tun, irgendetwas, um ihren Männern zu helfen. Aber was konnte sie tun, gefangen in dieser Kabine?

Ein strammer Kajütenjunge schleppte eine Kupferwanne heran, und sie konnte baden und über das Problem nachdenken. Es wäre sinnlos, einen Ausbruch auf See zu planen. Es gab nicht genug von ihnen, um das Schiff zu erobern, und selbst wenn, würde es zu viel Blutvergießen geben. Hätte sie mehr Zeit und eine Möglichkeit gehabt, ihren Vater zu kontaktieren, hätte man vielleicht schon während der Überführung ins Gefängnis etwas arrangieren können. Es blieb also nur ein Plan, nachdem sie eingeschlossen sein würden, und der würde, gelinde gesagt, verzweifelt sein.

Nach dem Bad warf sie sich wieder das rote Kleid über und schritt auf den Dielen umher, um nachzudenken, bis Nicholas zurückkehrte. In seinen Armen trug er mehrere bunte Kleidungsstücke.

»Diese sind eine Aufmerksamkeit von Admiral Harcourt. Seine Tochter reist gelegentlich mit ihm, und sie hat immer ein oder zwei Ersatzkleider an Bord.« Er legte die Kleidung vor ihr auf dem Bett aus.

»Ein oder zwei Ersatzkleider?« Sie starrte auf die Seide, die vor ihr lag. Diese Kleider waren fein und teuer, aber die Frau, die sie besaß, hatte genug Kleider, um sie einfach auf dem Schiff zurückzulassen.

Das Kleid war ein blass-creme- und rosafarben gestreiftes Kleid, das an der Schleppe in Falten gelegt war und der Trägerin an den Hüften und am Hintern eine volle Figur verlieh, was, wie sie hörte, immer noch modern war. Dazu gehörten Reifen und ein Korsett. So etwas hatte sie noch nie getragen, und für die Arbeit auf einem Schiff waren diese Dinge sicher nicht geeignet. Sie hob eine Seite der Reifen an und starrte auf den Käfig, der sich bildete, als die Reifen herunterfielen. Als sie in Port Royal Kleider gekauft hatte, hatte sie nicht viel über die Unterwäsche nachgedacht, die nötig war, um Röcke wie diese zu halten.

»Brauchst du dabei Hilfe?« Nicholas räusperte sich unbeholfen. »Ich ... äh ... weiß, wo alle Teile hingehören.«

»Und wie genau ...?« Sie schluckte den Rest der Frage hinunter. Es war eine Einladung zu einem Gespräch, das sie nicht führen wollte. »Ich komme schon klar.«

»Nun, dann beeil dich. Ich würde gerne an Deck gehen.«

Sie fummelte an dem steifen roten Kleid herum und hielt es hoch, um sich zu schützen, während Nicholas unter den Sachen, die er auf das Bett gelegt hatte, ein Unterhemd fand. Sie schämte sich nicht für ihre Nacktheit, aber die Dinge hatten sich zwischen ihnen verändert, und sie fühlte sich verletzlicher als je zuvor. Verrat machte das mit einem Menschen.

»Das hier zuerst.« Er hielt ihr das Hemd hin und drehte ihr den Rücken zu. Sie ließ ihr rotes Kleid auf den Boden fallen und zog das Hemd über ihren Körper.

»Was kommt als Nächstes?«

»Das Korsett.« Nicholas hielt ein locker zu schnürendes

Korsett aus Walknochen hoch. Es war unmöglich, dass sie das allein anziehen könnte.

»Ich nehme an, ich könnte dabei wirklich deine Hilfe gebrauchen.« Sie hob ihre Arme, und er senkte das Ding langsam über sie. Dann bewegte er sich hinter sie.

»Ich ziehe nur diese Bänder fest«, sagte er, seine Lippen nahe an ihrem Ohr. Sie schloss die Augen, so sehr war ihr bewusst, wie nahe er ihr war und wie sehr sie das vermisst hatte, wie sehr sie *ihn* vermisst hatte. Die Erkenntnis ließ sie mit einem bittersüßen Schmerz zurück, denn *diese* Version von ihm war eine Lüge gewesen. Sie hatte keine Ahnung, wer der Mann hinter ihr war. Er zog und zerrte sanft an dem Korsett, bis es fest saß und ihre Brüste auf skandalöse Weise nach oben gehoben wurden.

»Nicht zu eng. Ich möchte noch atmen«, keuchte sie. An so etwas war sie nicht gewöhnt. Sie hatte ihr ganzes Leben damit verbracht, diese Brüste flach an ihren Körper zu pressen.

Er lockerte die Bänder, aber nur ein wenig. »Entschuldigung. Es scheint, dass Roberta eine ähnliche Größe trägt wie du, aber ich glaube, dass ihre Kleider ein paar Zentimeter kürzer sind. Nicht, dass es jemand merken wird - sie werden nicht auf deine Füße schauen, sondern auf dein Gesicht.« Nicholas zerrte ein letztes Mal an den Bändern und nahm dann die Reifen zur Hand. Er band einen um ihre linke Hüfte und benutzte die langen Bänder, um das Ding um ihre Taille zu schnüren und es an ihr zu befestigen. Dann machte er das Gleiche mit dem anderen Reifen an ihrer anderen Hüfte.

Danach zog er ihr einen Unterrock über den Kopf, der die Unterwäsche vollständig bedeckte. Dann holte er den üppigen cremefarbenen Unterrock hervor und half ihr, ihn über den Petticoat zu ziehen. Sie hatte all diese Frauen in den Häfen in feinen Kleidern gesehen, und sie hatte nie wirklich gewusst, was sie darunter trugen, oder wie viel Mühe es war, das alles anzuziehen. Und es war *warm* - viel zu warm, um so viele Schichten zu tragen, zumindest auf den Inseln.

»Jetzt die äußeren Röcke und das Mieder.«

»Noch *mehr?*«

»Oh ja.« Nicholas half ihr, die Arme in die Ärmel des Mieders zu schieben, die an den Ellbogen in einer dreifachen Schicht eleganter Spitzenmanschetten endeten. Dann half er ihr, die abgerundeten Knöpfe in der Mitte des Mieders zu schließen, um es zu befestigen.

»Es ist ein Wunder, dass Frauen, die so etwas tragen, überhaupt etwas zustande bringen«, murmelte sie.

»Sie scheinen es irgendwie zu schaffen«, sagte Nicholas, und dabei berührten sich ihre Hände kurz. Sie zog sich zurück. Entschlossen, sich nicht von rührseligen Gedanken leiten zu lassen, ging sie zum Spiegel und starrte auf ihr Äußeres.

Sie sah weiblich aus, so weiblich wie nie zuvor in ihrem Leben. Sie sah auch wie eine Fremde aus. Zumindest in ihrem alten roten Kleid hatte sie sich wie sie selbst gefühlt. Wenigstens konnte sie sich darin *richtig bewegen.*

Und doch sprach sie noch etwas anderes an ihrem Spiegelbild an. Es sprach von einem Leben, das sie hätte haben können, wenn nicht ein schrecklicher Sturm ihr Leben verändert hätte.

Nicholas stand hinter ihr im Spiegelbild. »Alles gut?«

»Ich ...« Sie starrte erst sich selbst, dann ihn an, und die Wahrheit wurde ihr unerwartet bewusst. »Ich kenne sie nicht, diese Frau ... Das bin nicht ich.«

Nicholas bewegte sich um sie herum, um sich zwischen sie und den Spiegel zu stellen, und ergriff eine ihrer Hände, die er festhielt, als sie versuchte, sich loszureißen. Zärtlich zeichnete er die dicken Schwielen auf ihren Handflächen nach. Eine plötzliche Scham erfüllte sie. Sie wollte sich nicht so fühlen, gekleidet in Schleifen und Prunk. Sie war keine Lady. Sie ...

»Du bist immer noch *du*, Brianna. Ein Kleid, egal wie hübsch es ist, ändert nichts daran, wer du im Inneren bist. Du bist der Kapitän der *Sea Serpent*. Du bist mit der Seeluft in der Lunge aufgewachsen, und die Wellen und die Schreie der Sturmschwalben waren deine Schlaflieder. Du bist eine Piratenkönigin.« Seine tiefblauen Augen versetzten sie in eine verführerische Trance, während er sie festhielt. Sie versuchte, sich von diesem hypnotisierenden Blick zu lösen.

»Aber warum dann so tun, als ob? Warum kann man mich nicht so sein lassen, wie ich bin, mich bei meiner Mannschaft sein und das gleiche Schicksal erleiden lassen wie sie? Warum diese Maskerade als deine Frau?«

Er war einen Moment lang still. Sie sah den Schmerz in seinen Augen, aber nicht den, den sie verursacht hatte.

»Weil dein Onkel es verdient hat, dich kennenzulernen. Er hat jahrelang nach seinem Bruder und seiner Schwägerin gesucht. Ich *kenne* diesen Schmerz. Ich weiß, was es bedeutet, Jahrzehnte ohne Antworten zu leben. Tu das deinem Onkel nicht an. Triff dich mit ihm, und wenn du ihm von dir und dem Schicksal deiner Eltern erzählt hast, kannst du wieder in See stechen.«

Ohne ein Schiff. Ohne Besatzung. Doppelt verdammt, ein Feigling zu sein. Und doch ... »Ich werde ihn treffen«, versprach sie und überraschte damit sogar sich selbst.

»Gut.« Nicholas wandte sich wieder dem Bett zu und holte zwei Strümpfe und ein Paar schöne rosa Satinschuhe mit silbernen Schnallen. »Probier die an. Komm dann nach draußen, sobald du soweit bist. Ich habe die Erlaubnis, dich über die Decks zu begleiten.« Er ließ sie allein, und sie starrte auf die geschlossene Tür, während sie über ihr Schicksal nachdachte.

Nicholas' Hände juckten vor dem Hunger, Brianna wieder zu halten. Sie sah so *verloren* aus. Seit er sie kannte, war sie nie verloren gewesen. Ein Wanderer, ja, aber verloren? *Nie.* Als er ihr beim Anziehen geholfen hatte, hatte sie sich von ihm führen lassen. Wenn sie ihm nur vertrauen könnte, würde er alles tun, um sie wieder frei zu bekommen und auch ihre Mannschaft zu retten. Doch um dieses Vertrauen zu gewinnen, bedurfte es vielleicht eines Wunders.

Die Kabinentür öffnete sich. Brianna stand da, ein Anblick wilder Schönheit, kaum von einer vornehmeren weiblichen Verkleidung verhüllt. Die rosa gestreifte Seide betonte das natürliche Rosa ihrer Wangen, brachte ihre grünen Augen zum Strahlen und ließ ihr honigblondes, im Nacken zurückgebundenes Haar leuchten.

Sie sprach zu ihm; er sah, wie sich ihre Lippen bewegten, aber Nicholas war in ihrem herrlichen Anblick versunken. Als er ihr beim Anziehen geholfen hatte, hatte er sich auf die anstehende Aufgabe konzentriert, aber jetzt war er Zeuge des Anblicks ihrer Schönheit.

»*Nicholas.*« Sie winkte mit einer Hand vor ihm. »Flynn, hörst du mir zu?«

»Äh ... Was? Ja, Entschuldigung.« Er winkelte seinen Arm an, und wie ein scheues Fohlen schob sie ihren Arm in seine Ellenbeuge.

»Na also«, flüsterte er. »Ist doch nicht so schlimm, oder?«

»Was ist nicht schlimm?«, flüsterte sie zurück, ihre Augen weiteten sich vor Verblüffung.

Er lächelte sie an. »Die Lady zu spielen.«

Ihre Augen verengten sich. »Ich mache das nur, wenn ich dadurch die Gelegenheit bekomme, meine Mannschaft zu sehen. Und meinen Onkel.«

»Du wirst ihn also treffen?«

»Ja, und sei es nur, um die Sache aus der Welt zu schaffen und nichts weiter.«

Die Freude über den kleinen Sieg war groß. Sie hatte ihm also zugehört und wollte sich mit ihrem Onkel treffen.

»Lass uns an Deck etwas frische Luft schnappen.« Er führte sie zur Leiter hinauf und hielt inne, damit sie ihre Röcke raffen konnte, um nicht zu stolpern. Als sie das Deck erreichten, waren die Matrosen alle mit ihrer Arbeit beschäftigt. Die Toppleute waren in der Takelage oder rittlings auf den Rahen, um die Segel zu setzen. Andere flickten Seile, und einige wenige schoben Steine, weiche und brüchige Sandsteine, über das Deck, um es zu reinigen. Brianna atmete kurz durch, während sie das Schiff musterte.

»Ich war noch nie an Bord einer Fregatte wie dieser«, sagte sie leise. »Wie groß ist die Besatzung?«

»Zwei- oder dreimal so viele wie auf der *Serpent*«, antwortete er. Sie hielten an der Reling inne, und Brianna lehnte sich dagegen und starrte auf das sattblaue Wasser hinunter.

»Leutnant.« Beim Klang der Stimme eines Mannes drehten sie sich beide herum. Nicholas spannte sich an. Hauptmann Waverly stand in seiner roten Uniform da, trotz der steifen Brise kein einziges Haar fehl am Platz. Verdammtes Pech, dass der Mann auf diesem Schiff war und nicht auf einem der anderen drei.

»Captain Waverly.« Nicholas hielt seine Stimme ruhig, aber abgehackt. Das Letzte, was er wollte, war, Waverly auf die Möglichkeit aufmerksam zu machen, dass etwas nicht stimmte.

Waverly lächelte Brianna an. »Ich habe gehört, dass diese bezaubernde Frau, die wir vor den Piraten gerettet haben, Ihre

Frau ist. Ich hatte keine Ahnung, dass Sie verheiratet sind, Flynn.« In diesem Moment verhielt er sich nicht wie der Waverly, der ihn in Port Royal verprügelt hatte. Er hatte diese Art von Mann sein ganzes Leben lang gekannt, ein Monster in einer Offiziersuniform, das so lange lächelte, bis er entschied, dass man der Feind war. Er hatte öfter an der Seite solcher Männer gedient, als er zugeben wollte.

Brianna hielt ihren Kopf gesenkt und wirkte schüchtern und ängstlich. Hoffentlich würde Waverly die List glauben.

»Sie haben richtig gehört«, sagte Nicholas. »Das ist Brianna Flynn, meine Frau. Sie ist die Nichte des Herzogs von Essex.«

»Ist sie das wirklich? Ich wusste gar nicht, dass Lord Essex oder sein Bruder Töchter haben.« Waverlys Lächeln und sein intensiver Blick schienen Brianna nicht zu beeindrucken, aber ihre Hand auf Nicholas' Arm grub sich leicht in seine Haut.

»Es ist ein ziemlicher Skandal, Captain Waverly«, sagte sie zaghaft. »Meine Eltern starben auf ihrer Reise hierher. Ich wurde von einem netten älteren Ehepaar auf Nevis aufgezogen. Als ihre Zuckerernte misslang, beschlossen sie, nach England zurückzukehren. Ich lernte Nicholas kennen, als er in Cornwall war, und ich stimmte zu, ihn zu heiraten und ihm hierher zu folgen, aber ...« Sie hielt inne und seufzte, ihre Stimme war mädchenhaft und atemlos. »Piraten haben unser Schiff gekapert ... *Ohhh* ...« Sie stieß einen kleinen Laut der Verzweiflung aus. »Verzeihung, Hauptmann. Ich habe meine Tortur noch nicht überwunden.«

Sie wandte sich dem Meer zu und wischte sich über die Augen. Ohne zu zögern bot Waverly Brianna sein Taschentuch an, als er sich zu ihr auf die andere Seite des Geländers begab.

»Ich wollte Sie sicher nicht beleidigen, Mylady«, sagte er. »Sie sind ... Verzeihen Sie mir, wenn ich das sage, aber Sie sind wirklich bezaubernd. Sind wir uns schon einmal im Vorbeigehen begegnet? Vielleicht irgendwo in Cornwall? Ich habe das seltsame Gefühl, dass wir uns schon einmal begegnet sind.«

Nicholas ballte die Fäuste an seinen Seiten. Waverlys Lächeln war so natürlich und seine Besorgnis so aufrichtig, aber ein Teil von ihm konnte nicht anders, als sich zu fragen, ob der Mann etwas vorhatte.

»Vielleicht, Hauptmann. Aber falls doch, war mir das nicht bewusst.« Sie lehnte sein Taschentuch höflich ab. »Danke, aber jetzt geht es mir besser.«

»Natürlich. Leutnant, Sie haben hier eine wunderbare Lady. Ich hoffe, Sie sind klug genug, sie zu halten.«

Flynn zwang sich zu einem Lächeln. »Ich wäre ein Narr, wenn ich das nicht tun würde. Entschuldigen Sie uns, Hauptmann. Aber ich habe versprochen, den Admiral mit meiner Frau sprechen zu lassen.« Nicholas legte einen Arm um Briannas Taille und führte sie sanft weg.

»Gott, ich hasse ihn. Ich würde seine Eingeweide als Strumpfbänder tragen«, zischte Brianna, als sie sicher weg waren.

»Ich hasse ihn auch«, murmelte Nicholas. Ihr netter Austausch hatte ihn nur daran erinnert, wie unberührt Waverly von seiner eigenen Grausamkeit war.

Der Admiral befand sich mit zwei weiteren Leutnants auf dem Achterdeck. Nicholas rief ihm einen Gruß zu, als er Brianna die Treppe hinauf begleitete.

»Ah ...« Der Admiral entschuldigte sich bei den anderen Offizieren. »Wie geht es Ihnen heute, Lady Brianna?«

Brianna versteifte sich, da sie es nicht gewohnt war, auf diese Weise angesprochen zu werden, aber sie passte sich schnell an.

»Mir geht es gut, danke, Admiral.« Sie warf Nicholas einen kurzen Blick zu, und er nickte zustimmend. Seine Piratenkönigin lernte schnell.

»Gut, gut. Nun, der Wind ist uns wohlgesonnen. Wir werden in etwa einem Tag in Port Royal sein. Ich habe den Offizieren mitgeteilt, dass Lady Brianna sich noch immer von ihrer Tortur erholt und heute Abend nicht am Offizierssessen teilnehmen wird. Das sollte Ihnen etwas Privatsphäre verschaffen.«

»Danke.« Nicholas war froh über die Ausrede des Admirals. Wenn Brianna Waverly beim Abendessen gegenübersitzen würde, könnte sie versucht sein, ihr Messer nach ihm zu werfen, und Nicholas würde es ihr nicht verdenken können.

Briannas Blick wanderte von dem Admiral weg zum Schiff und dem Meer. Nicholas ließ ihren Arm los, als sie zur Reling ging, die um das Achterdeck führte. Der Wind zupfte spielerisch an ihren honigblonden Locken, als das Schiff durch den Ozean fuhr. Ihre stolzen und starken Gesichtszüge wurden durch die weibliche Kleidung nur wenig gemildert, und doch stand sie ihr gut. Sie war keine zierliche, jungfräuliche Frau, die er in einem Ballsaal in London kennengelernt hätte. Sie war der Wind und die Wellen, das Meer und der Himmel, eine Göttin aus einer Religion, die zu alt war, als dass die Menschen sie benennen könnten.

»Sie sollten besser vorsichtig sein«, sagte der Admiral.

Nicholas drehte sich zu seinem befehlshabenden Offizier um, ohne zu wissen, wovor er gewarnt worden war.

»Eine solche Frau kann man nicht ändern, nicht, wenn ein Mann sie wirklich liebt. Ich weiß, dass Sie sich nach einem ruhigen Leben in Cornwall zurücksehnen, aber wenn Sie Ihr Schicksal mit dem ihren verbinden wollen, sollten Sie wissen, dass sie sich niemals einsperren lassen wird. Nicht diese Frau.« Der Admiral legte Nicholas eine Hand auf die Schulter, sein Blick war traurig und sein Lächeln reuevoll, bevor er sich abwandte.

Nicholas hatte das Gefühl, dass er in verschiedene Richtungen gezogen wurde. Die Pflicht seinem König und seinem Land gegenüber sah ihn an der Seite des Admirals, ein Leben im Dienst. Aber der Admiral hatte Recht - er sehnte sich auch nach einem ruhigen Leben in der Heimat. Und dann war da noch der Ruf der Sirenen nach Brianna und den Gefahren und Abenteuern, die mit der Liebe zu einer Frau wie ihr einhergehen würden.

Die karibische Sonne wärmte sein Gesicht, als er zu ihr an die Reling trat. Sie standen Schulter an Schulter und starrten auf das Meer hinaus, während das Schiff wie ein Götterwagen flog und seine weißen Segeltuchsegel es durch tiefblaues Wasser zogen, das so rein war wie der Himmel darüber.

Brianna schenkte ihm ein rätselhaftes Lächeln, das mehr Frage als Antwort war. Als er ihr die Hand reichte, wusste er, was es hieß, zu fliegen.

Kapitel Sechzehn

Brianna spürte eine neue Welle der Angst, als das Schiff in Port Royal anlegte. Nicholas stand an ihrer Seite, seinen Arm um ihre Taille gelegt. Eigentlich hätte sie sich darüber ärgern sollen, weil sie das Gefühl hatte, dass dahinter eine subtile Botschaft des Besitzes steckte, aber im Moment war es das Einzige, was sie tröstete und bei Verstand hielt.

Die letzten drei Tage hatten alles verändert. Sie hatte ihn gehasst, dann hatte sie ihn benutzt, und nun brauchte sie ihn. Am dritten Tag hatte er sein Bett auf dem Boden verlassen und sich an sie geschmiegt, und sie hatte sich an dem Arm festgehalten, den er um ihre Taille gelegt hatte, als wäre es das Einzige, was ihr Halt gab. Er hatte nicht versucht, sie ins Bett zu locken, hatte nicht vorgeschlagen, sich die Zeit mit vergnüglichen Ablenkungen zu vertreiben. Er hatte sie nur auf die Wange geküsst, zärtlich und tröstend, bevor er ihr das gab, was sie brauchte - ein Gefühl des Trostes.

Doch nun war es mit der stillen Vertrautheit vorbei, und sie standen vor etwas ganz anderem - einer Ehe.

Es war schon spät am Nachmittag, als das Schiff anlegte. Der Admiral organisierte eine Kutsche, die sie nach King's Landing brachte, wo ein Magistrat wartete, um die Trauung im Geheimen durchzuführen.

»Bist du bereit?« Nicholas hielt die Tasche in der Hand, in der sich ihre neue Welt befand. Irgendwie erschreckte und beruhigte sie das zu gleichen Teilen.

»So bereit, wie man nur sein kann«, antwortete sie kühl, während sie über das Deck zum Steg gingen. Waverly stand am unteren Ende des Stegs und gab seinen Männern Befehle. Ihre Besatzung war ebenfalls dort, die Männer wurden als Gefangene abgeführt.

Sie spannte sich an und konnte kaum den Drang unterdrücken, nach dem kurzen Dolch in Nicholas' Gürtel zu greifen und auf Waverly zuzustürmen. Sie wollte den Mann *töten*, wie sie noch nie jemanden in ihrem Leben hatte töten wollen.

»Einfach atmen«, murmelte Nicholas in ihr Ohr, bevor er sie auf die Wange küsste, wie es ein liebevoller Ehemann tun würde. Es erinnerte sie an die letzten drei Nächte in der Kabine, wo sie sich sicher gefühlt hatte. Er war bei ihr gewesen, hatte sie gehalten. Genau wie jetzt.

Sie atmete. Und atmete. Jeder Atemzug gab ihr die Chance, an dem Mann vorbeizukommen, der ihren Tod wollte. Dann ließen sie ihn hinter sich und stiegen in eine Kutsche, die sie wegbringen sollte.

»Wo ist dieser Ort, an den wir fahren?«, fragte sie Nicholas, als sie allein waren.

»King's Landing gehört einem alten Freund. Der Admiral hat ihm eine dringende Nachricht geschickt, sobald wir angedockt haben, um ihn wissen zu lassen, dass wir kommen.«

»Ein alter Freund?«

Nicholas lächelte, und es war ein Ausdruck, den sie noch nie bei ihm gesehen hatte. Es war jungenhaft, fröhlich, nicht einfach angenehm oder verführerisch. »Glaub mir, du wirst froh sein, dort zu sein.«

Brianna bezweifelte das. Sie konnte sich nicht vorstellen, warum sie froh sein sollte, einen von Nicholas' alten Freunden zu treffen. Würde es ein anderer alter Admiral oder ein anderer Offizier sein?

Als der Wagen endlich anhielt, griff sie nach der Tür und wollte die Sache hinter sich bringen.

Nicholas drängte sie zurück auf ihren Platz. »Nur einen Moment.«

Sie brummte und verschränkte die Arme vor der Brust. Er hatte sie in ein anderes Kleid der Admiralstochter gesteckt, das leuchtend grün war, mit blau-weiß gestreiften Röcken und einem blumenbestickten Mieder. Es war wunderschön, aber Brianna wäre jetzt lieber wieder in ihren Reithosen. Ein Teil von ihr vermutete, dass die Kleidung sowohl dazu diente, jeden Fluchtversuch zu erschweren, als auch, um ihre List aufrechtzuerhalten.

Die Kutschentür öffnete sich, und ein Diener klappte die kleinen Stufen herunter, bevor er ihr die Hand reichte. Brianna starrte auf die wartende Hand des Dieners und unterdrückte einen Seufzer. Nicholas unterdrückte ein Lachen, als sie unbeholfen ihre Röcke raffte, sie fast bis zu ihrem Kopf hochhob, und eine Hand auf die Handfläche des Dieners legte, um abzusteigen. Diese Welt war nicht die ihre, und in Zeiten wie diesen zeigte sich das schmerzlich.

Sie blickte auf das große Haus vor ihr, das sie an das Haus ihres Vaters in St. Kitts erinnerte. Ein junges Paar stand Arm in Arm und wartete darauf, sie zu begrüßen. Sie erkannte sie sofort. Die junge Frau war die Tochter des Admirals, Roberta, und der Gentleman war Dominic Grey, der ehemalige Pirat und ein guter alter Freund. Als Dominic sich von der Piraterie zurückgezogen hatte, hatte sie ihn aus den Augen verloren, als er sich zur Ruhe gesetzt hatte. Es war eine Frechheit von ihm, hier zu hocken wie ein Fuchs unter Hühnern.

Roberta eilte vor ihrem Mann zu ihnen herunter. »Willkommen, *Lady* Brianna.« Sie nahm Briannas Hände in die ihren und lächelte breit, mit einem verspielten Schimmer in den Augen, der Brianna sofort gefiel. Die Schönheit mit dem kastanienbraunen Haar war einfach atemberaubend. Sie fragte sich, ob Roberta erkannte, wer sie war, oder nicht. Sie hatten sich nur einmal kurz im Büro des Admirals getroffen, als sie als Junge verkleidet gewesen war.

»Robbie, das ist Brianna«, sagte Nicholas. »Brianna, das ist Roberta.«

»Sie können mich genauso gut Robbie nennen. Die Männer tun das auch alle.« Roberta seufzte dramatisch.

»Warum Robbie?« Brianna war ein wenig verwirrt, aber das brachte Roberta nur zum Lachen.

»Ich habe mich als Kajütenjunge verkleidet, als ein gewisser Pirat mein Schiff gekapert hat. Er nennt mich immer noch Robbie, und jetzt hat er auch noch Nick dazu gebracht, es zu tun.« Roberta warf ihrem Mann diesen verschmitzten Blick zu, als er sich zu ihnen gesellte. Dann warf sie ihre Arme um Nicholas auf eine intime Art und Weise, die Briannas Eifersucht aufflammen ließ, sehr zu ihrer eigenen Überraschung.

»Wir sind so froh, dass du in Sicherheit bist, Nick«, sagte Roberta. »Reese kam gestern mit der Nachricht, dass du entführt wurdest von ...« Roberta sah zu Brianna. »Nun, *von ihr*.«

»Es war ein kleines Missverständnis«, beruhigte Nicholas sie.

»Ich verstehe.« Robertas Augen funkelten amüsiert.

»Es ist also schon eine Weile her, Holland.« Dominics Stimme grollte mit einem Lachen, und dann sah er zu Brianna.

»Bist du auch in das Netz der Marine geraten, so wie ich?« Der ehemalige Pirat grinste sie an.

Sie schaffte es, ihn anzulächeln. »So scheint es.«

Dominic zwinkerte ihr zu, und sie verdrehte die Augen. Es wäre einfach, sich in der Nähe von Dominic zu entspannen. Er war schließlich aus ihrer Welt. Sie war ein junges Mädchen gewesen, als Dominic ihren Vater zum ersten Mal als Mitglied der Piratenbrüderschaft besucht hatte, und er hatte sich gut mit ihrem Vater verstanden. Sie hatte ihn in dem Jahr, seit er dieses Leben verlassen hatte, sehr vermisst.

»Kommt rein.« Dominic versuchte nicht, sie in den Arm zu nehmen, sondern winkte einfach zur Tür, und sie gingen gemeinsam zum Haus. »Jeder hier ist ein ehemaliges Besatzungsmitglied der *Emerald Dragon* oder ein Freund oder Familienmitglied von einem. Ihr seid also unter vertrauten Freunden.«

Sie stieß einen Atemzug aus, von dem sie gar nicht wusste, dass sie ihn angehalten hatte, als sie und Dominic hineingingen, Nicholas und Roberta folgten hinterher. Die Tatsache, dass er seine Leute auch heute noch in seinem Haus beschäftigte, anstatt normale Diener einzustellen, deutete darauf hin, dass er Menschen um sich haben wollte, die jederzeit bereit waren, das Haus zu verlassen, aus welchem Grund auch immer. Vielleicht hatte er sein Piratenleben doch noch nicht ganz hinter sich gelassen.

Dominic und Brianna waren einen Moment allein, als die Tochter des Admirals Nicholas einige Neuerungen in ihrem Haus zeigte. Er nahm Briannas Hand. »Du kennst mich, Brianna. Ich würde niemanden an den Galgen schicken, und ich werde auch keine Mitstreiterin ins Verderben schicken. Ich habe einen Magistrat im Salon.« Sie blickte überrascht zu Dominic auf. »Aber wenn du es willst, werde ich dich von der

Insel schmuggeln und Nicholas auf eine wilde Verfolgungsjagd ans andere Ende der Karibik schicken.«

Brianna wollte Ja sagen, aber sie konnte nicht. Sie saß in der Falle. Gefangen von ihren Gefühlen für Nicholas, gefangen von ihren Ängsten um das Schicksal ihrer Mannschaft und dem Bedürfnis zu wissen, wer sie wirklich war und woher sie kam.

»Ich ...«, begann sie, schüttelte dann aber den Kopf über Dominic, als Nicholas und Roberta wieder zu ihnen stießen. Ihre Köpfe waren einander zugeneigt, während sie miteinander sprachen. Sie teilten eine unkomplizierte, vertraute Freundschaft, nach der sich Brianna bei ihm sehnte.

»Die haben einander bereits gekannt, bevor ich Robbie kennengelernt habe«, sagte Dominic. »Das Schicksal ist eine komische Sache, nicht wahr? Als ich dachte, ich werde gehängt, mussten sie mir schwören, dass sie stattdessen einander heiraten würden. Sie haben zugestimmt, die Lügner, alle beide.« Er sagte dies alles mit Zuneigung. »Sie versprachen, an dem Tag, an dem ich gehängt werden sollte, nicht zu kommen, aber stattdessen kamen sie, um mich zu retten. Sie hatten nie vor, das zu tun, was sie versprochen hatten.« In Dominics Tonfall schwang ein Hauch von bittersüßem Elend mit. »Ich weiß noch, wie ich sie auf dem Podium stehen sah, als es unter mir nachgab. Damals dachte ich nicht an ihr gebrochenes Versprechen, sondern nur daran, wie verdammt froh ich war, dass sie so loyal waren, dass sie sich weigerten, meine Befehle zu befolgen. Es war ein seltsamer Trost zu wissen, dass ihre Gesichter die letzten sein würden, die ich sah.« Dominic räusperte sich. »Wenn du ihn heiratest, Brianna, wird er das für *dich* sein. Nicholas ist ein Mann, der keine halben Sachen macht. Er liebt ganz und gar wie ein Freund oder Liebhaber. Er wird dir gehören, bis er stirbt, wenn du ihm nur die Chance dazu gibst.«

Abgesehen von ihrem Vater und Joe war Dominic vielleicht der einzige Mensch, dessen Meinung sie vertraute. Er stammte sowohl aus ihrer Welt als auch aus der von Nicholas, und seine Loyalität war weder zu der einen noch zu der anderen Seite gebrochen. Wenn er sagte, Nicholas sei ein Mann, dem sie vertrauen könne, würde sie Dominics Wort nicht anzweifeln.

Roberta ließ Nicholas stehen und kam zu ihr herüber, wobei ihr ansteckendes Lächeln Brianna widerwillig zurücklächeln ließ. »Brianna? Stört es Sie, wenn ich Sie so nenne? Ich habe das Gefühl, dass wir uns wie Schwestern nahe stehen werden, jetzt, wo Sie die Frau von Nicholas sein werden.«

»Aber Ihnen ist doch klar, dass diese Vereinbarung nur dazu dient, damit ich nicht aufgehängt werde, oder?« Ihre Stimme klang bitterer, als sie es beabsichtigt hatte.

Roberta sah sie nachdenklich an. »Für Sie vielleicht. Aber für Nicholas ist diese Hochzeit real, was bedeutet, dass sie auch für Dominic und mich real ist.«

Brianna biss sich einen langen Moment auf die Lippe und dachte über Robertas Worte nach, bevor sie schließlich antwortete.

»Sie können mich Brianna nennen, wenn Sie das möchten.« Brianna fragte sich, warum Roberta sie als Schwester haben wollte. Über Geschwister hatte sie noch nie nachgedacht. Das Leben auf einem überfüllten Schiff hatte ihr viele Brüder beschert, aber eine Schwester ... das wäre eine ganz andere Sache, vielleicht sogar aufregend. Sie könnte Roberta die Art von Fragen stellen, die sie nie jemandem gestellt hatte, außer Elida, aber Elida hatte nicht die Erfahrung einer englischen Lady. Sollte Briannas Schicksal sie tatsächlich nach England führen und sie ihren Onkel treffen, würden Robertas Ratschläge dazu beitragen, dass sie nicht aus den Ballsälen Londons ausgelacht werden würde.

»Möchten Sie mit nach oben kommen? Nicholas hat erwähnt, dass Sie ein Kleid haben. Ich dachte, wir könnten es bügeln lassen und sehen, ob es für Ihre Hochzeit heute Abend passt?«

»Ich ...« Sie blickte hilflos zu Nicholas, der ihr die Tasche mit dem Kleid ihrer Mutter und den anderen Gegenständen ihrer Eltern hinhielt. Sie nahm ihm die Tasche ab, zögerte, was sie als nächstes tun sollte, und erinnerte sich dann daran, wer sie war. Sie war die Tochter eines Piraten, selbst eine Piratenkönigin. Sie ließ sich weder von einem schönen Haus noch von einem schönen Kleid noch von einer erzwungenen Hochzeit aus der Ruhe bringen.

Sie straffte die Schultern und folgte Roberta die Treppe hinauf zu einem Schlafzimmer, wo sie ihre Tasche auf dem Bett abstellte. Etwas verlegen kramte sie darin herum, bis sie das Kleid fand, und hielt es Roberta vor die Nase. Was wäre, wenn es nicht passen würde? Was wäre, wenn ihre Mutter eine zierliche Frau gewesen wäre? Sie war ziemlich hochgewachsen, wie ihr Vater ... Moment, war Hugh St. Laurent ein großer Mann gewesen? Sie wünschte sich plötzlich, sie wüsste es.

»Oh mein Gott«, keuchte Roberta. »Ich habe noch nie in meinem Leben ein so exquisites Kleid gesehen. Oh, es ist perfekt.« Sie zog an der Klingelschnur, damit ein Dienstmädchen kam und das Kleid zum Bügeln abholte.

Brianna übergab es nur widerwillig dem Dienstmädchen, als dieses eintraf. »Halten Sie es für angemessen?«, fragte sie Roberta, nachdem das Hausmädchen gegangen war.

»Es ist eines der schönsten Kleider, die ich je gesehen habe«, sagte Roberta ohne eine Spur von Übertreibung. »Ihre Mutter hatte einen guten Geschmack.« Sie schenkte Brianna ein trauriges Lächeln. »Ich weiß, wie es ist, ohne Mutter aufzuwachsen. Meine starb, als ich noch sehr jung war. In gewisser Weise war mein Leben nicht viel anders als Ihres.«

Daraufhin blickte Brianna verblüfft auf. »Wirklich?«

»Oh ja, ich bin fast immer mit meinem Vater gesegelt. Ich habe sogar schon eine oder zwei Seeschlachten mitgemacht. Ich habe einmal den Pulveräffchen geholfen. Papa war wütend, als er davon erfuhr, aber später prahlte er beim Abendessen vor allen Offizieren, dass ich den Tag gerettet habe. Er ist so ein Schatz.« Sie errötete ein wenig und kicherte bei der Erinnerung daran.

»Ich habe dasselbe für meinen Vater getan«, gab Brianna zu. »Bevor ich offiziell in seine Mannschaft aufgenommen wurde. Die Arbeit mit dem Pulver ist hart und gefährlich, aber wenn man klein ist, ist es die beste Ausgabe, die man ausführen kann.

Roberta nickte. »Als ich älter wurde, half ich bei den Büchern für die Lebensmittellager und sogar bei der Munition. Die Offiziere waren froh, diese Arbeit mir zu überlassen, damit sie an Deck sein konnten. Ich durfte nicht in die Takelage, zumindest nicht, solange wir auf See waren, aber ich schlich mich ziemlich weit nach oben, wann immer wir den Hafen erreichten, und lernte, Knoten zu binden wie jeder Seemann.«

»Warum erzählen Sie mir das alles?«, fragte Brianna. Sie spürte, dass Roberta auf etwas hinauswollte, aber sie war sich nicht sicher, worauf.

»Das Leben ist für junge Frauen in unserer Lage nicht so schrecklich, wie du es dir vorstellst. Als Ehefrau eines Offiziers haben Sie Privilegien, und wenn Nicholas die Marine verlässt, werden Sie noch mehr Freiheiten haben. Hier in King's Landing kann ich machen, was ich will. Dom findet es charmant zu sehen, wie ich die Regeln der Gesellschaft breche, wann immer es mir gefällt. Er ermutigt das sehr.«

Brianna war nicht davon überzeugt, dass das Leben von Roberta so frei war, wie es sein könnte, aber das ist ein Thema für einen anderen Tag. Sie konzentrierte sich auf eine Sache, die Roberta gesagt hatte. »Nicholas verlässt die Marine?«

»Ja. Mein Vater sagte in seinem Brief, dass Nicholas nach Ihrer Heirat die Marine verlassen würde. Ich glaube, ein Leben bei der Marine war nie das, was er wollte. Er hat es in der Hoffnung getan, Dominic zu finden, aber jetzt sollte er frei sein und tun können, was er will.«

»Ich wünschte nur, ich wüsste, was das ist«, murmelte Brianna, aber Roberta hörte sie.

»Er will ein Leben mit Ihnen, und was immer dieses Leben an Abenteuern bereithält.«

»Er tut das nur, um mein Leben zu retten. Er ist so verdammt edel«, argumentierte Brianna.

Ihre neue Freundin schüttelte nur den Kopf. »Er ist edel, aber oh, Brianna, Sie sehen nicht, was ich sehe. Die Art, wie er Sie ansieht, die Art, wie er sich bewegt, wenn Sie in seiner Nähe sind. Er ist auf eine tiefere Weise mit Ihnen verbunden, als Sie sich vorstellen können. Ich bin schon seit einiger Zeit mit Nicholas befreundet und habe gelernt, Dinge in seinen Augen zu sehen, die er zu verbergen versucht. Er versucht nicht einmal zu verbergen, was er fühlt, wenn er Sie ansieht. Er will Sie heiraten, weil er Sie liebt.«

»Mich liebt?«, echote sie, eine plötzliche brennende Sehnsucht erfüllte sie, und doch spottete die Piratin in ihr, der Teil, der die meisten ihrer Entscheidungen traf, über diese Idee.

»Ja. Er hat es vielleicht noch nicht gesagt, aber er weiß es. Glauben Sie mir das. Er will ein Leben mit Ihnen.«

»Ein Leben mit mir.« Brianna traute sich plötzlich, darüber nachzudenken, was das wirklich bedeuten könnte. Wenn er sie liebte ... Er könnte ihr helfen, ihre Männer zu befreien, und er würde sie nicht einsperren und sie einem langsamen Tod als hochgeborene Lady überlassen. Er könnte frei sein *mit* ihr. Wenn er die Marine verließ, konnten sie tun und lassen, was sie wollten. Plötzlich wurde Brianna von innen heraus von neuer Hoffnung erfüllt.

Roberta umarmte sie, heftig und fest, und ein kurzes Schluchzen kam von ihr. Roberta wich zurück, räusperte sich, wischte sich über die Augen und lächelte.

»Es tut mir leid. Ich habe nur gerade ... Warum nehmen Sie jetzt nicht ein heißes Bad, und dann machen wir Ihnen die Haare. Bis dahin sollte auch das Kleid fertig sein.«

Brianna überließ Roberta die Kontrolle, denn Hochzeiten und Dinge, die Ladys wie sie zu tun wussten, lagen weit jenseits ihres Elements. Brianna befand sich in tiefen, fremden Gewässern, ohne Ruder und ausgeliefert, wohin auch immer die Winde der Veränderung sie trieben.

Dominic schenkte ihnen zwei Gläser Brandy ein. »Ich glaube, du brauchst erstmal einen Drink«, sagte er lachend.

Nicholas sackte in dem Stuhl am Feuer zusammen, ein schweres Gewicht legte sich auf ihn. »Du hast keine Ahnung.«

»Also sag mir, was in aller Welt ist passiert? Eben noch höre ich, dass du auf einer Spionagemission bist, dann wirst du von Piraten in Sugar Cove gefangen genommen, und jetzt tauchst du hier auf und brauchst dringend eine Hochzeit mit der Tochter des Schattenkönigs. Herrgott, Nick, ich dachte, du wolltest ein einfaches Leben. Es ist, als ob du, nachdem du mich nach all den Jahren gefunden hast, auf einen verrückten Weg des Abenteuers gebracht wurdest. Habe ich so einen schlechten Einfluss auf dich gehabt?«

»Zweifellos hast du das«, stichelte Nicholas. »Aber ich

versichere dir, dass ich ganz allein in diesen Schlamassel geraten bin.« Er nippte an seinem Brandy. »Dom, wie lange kennst du sie schon?«

»Brianna?« Dom dachte über die Frage nach. »Etwa zehn Jahre. Buck gab mir einen Platz in seiner Mannschaft, und wir arbeiteten zusammen, bis ich mein eigenes Schiff als Beute mitnehmen konnte.«

»Die *Emerald Dragon*?«

»Genau die. Brianna, nun ja, sie war an seiner Seite, sogar als winzig kleines Ding. Mit ihren blonden Locken und den großen grünen Augen wurde sie von allen Männern angehimmelt, aber sie war stark und lernte die Seefahrt zusammen mit doppelt so alten Jungen. Sie ist nicht wie die anderen Frauen, die du je kennengelernt hast.« Doms Blick wurde distanziert. »Dir ist doch klar, dass diese Zeremonie Brianna nichts bedeutet, oder?«

»Was meinst du?«

»Nun, bei uns zu Hause hat die Ehe gesellschaftliches, geistiges und rechtliches Gewicht. Aber Brianna kommt nicht aus dieser Welt, und sie spürt nichts von dieser Last. Für sie sind das nur Worte auf einem Stück Papier und Gelübde, die unter Zwang abgelegt werden.«

Flynn runzelte die Stirn. »Was willst du mir damit sagen?«

»Wenn es dir nur darum geht, ihr ein gewisses Maß an Rechtsschutz zu bieten, dann gar nichts.« Dom nahm einen Schluck und warf ihm einen durchtriebenen Blick zu. »Aber wenn du sie wirklich zur Frau haben willst, dann wirst du eine große Enttäuschung erleben. Dieser Vertrag? Einfach ein weiterer Käfig, dem es zu entkommen gilt. Sie ist keine, die eine fügsame Ehefrau sein wird, die zu Hause mit einem Baby im Arm auf dich wartet. Sie ist eher wie die alten Wikingerprinzessinnen, deren Geschichten wir als Jungen gehört haben.«

»Harcourt hat genau dasselbe gesagt.« Nicholas fuhr sich mit der Hand durch die Haare.

»Wenn du sie behalten willst, Nicholas, musst du sie *gewinnen*. Das erreichst du aber nicht, indem du sie zwingst, deine Erwartungen zu erfüllen. Sie wird dich bei der ersten Gelegenheit verlassen, wenn du das versuchst.«

»Ich will sie nicht in einen Käfig sperren oder sie verändern, aber sie kann nicht mehr zu den Piraten zurückkehren. Die Zeiten ändern sich, der Krieg mit den Spaniern geht zu Ende, und das bedeutet, dass sich die Royal Navy wieder der Wiederherstellung der Ordnung auf den Schifffahrtswegen widmen wird. Die Tage ihres Vaters sind gezählt. Was ihr Schiff und ihre Besatzung betrifft ...« Nicholas beugte sich vor und sprach mit Dominic in gedämpftem Ton. »Da fällt mir ein. Die meisten Besatzungsmitglieder entkamen während des Kampfes nach Basseterre, aber etwa ein halbes Dutzend wurde gefangen genommen, darunter auch Briannas Kajütenjunge, ein unschuldiger Junge. Wir müssen sie befreien. Ich kann diese Männer nicht hängen lassen.«

»Du willst das Leben von ein paar Piraten retten?«, fragte Dominic und hob schockiert die dunklen Brauen. »Warum der plötzliche Sinneswandel? Du hast einmal geglaubt, wir seien nur zu Mord und Totschlag fähig.«

»Sagen wir einfach, dass sich meine Ansichten in letzter Zeit geändert haben. Nicht alle sind aus dem gleichen Holz geschnitzt.« Er hatte einige Zeit unter den Männern verbracht, mit ihnen gelebt, mit ihnen gelacht, Geschichten über ihre Raubzüge gehört, und Brianna hatte Recht. Sie waren nicht die Art von Männern, die es verdienten, getötet zu werden. Vielleicht eine Zeit lang inhaftiert, aber der Tod? Nicht ihre Männer.

Daraufhin blitzten Dominics Augen gefährlich auf. »Du weißt, was du da verlangst, nicht wahr? Um sie zu retten, können wir uns nicht an eure Regeln halten. Wir müssen uns an *meine* halten. Es bedeutet einen Gefängnisausbruch. Und du bist sicher, dass du das verkraften kannst? Es wäre eine direkte Aktion gegen die Marine *und* Charles Harcourt. Menschen könnten verletzt werden. Leute, die du kennst.«

Nicholas atmete langsam aus. »Das ist mir bewusst.« Er nahm noch einen langen Schluck. »Ich glaube, ich habe jede Zukunft in der Marine aufgegeben, als ich mich in eine Piratenkönigin verliebte.«

Dominic schmunzelte über das, was er gerade gesagt hatte. »Da sie die Tochter des Schattenkönigs ist, macht sie das zu einer Prinzessin, nicht zu einer Königin. Also gut. Ich habe eine Idee. Sobald du verheiratet bist, wirst du dich um deine Braut kümmern, und ich werde ...«

»Allein wirst du überhaupt nichts machen. Für diese Männer trage ich die Verantwortung. Ich habe Briannas Vertrauen missbraucht, und dies ist nur eine der vielen Möglichkeiten, wie ich dafür büßen muss. Ich war ein Narr, weil es mir scheinbar so leicht fiel, Gut und Böse zu trennen. Wir leben in einer Welt, in der vieles eher in Grautönen als in Schwarz oder Weiß, richtig oder falsch dargestellt werden sollte. Nimm zum Beispiel die Marine. Wir halten uns an die Gesetze Englands, und England lässt die Sklaverei weiter zu. Du weißt genau wie ich, wie falsch es ist, einen anderen Mann zu besitzen. Dennoch unterstützt England den Handel weiterhin.« Er hielt inne, seine Gedanken kehrten zu Brianna zurück. »Sie fragte mich einmal, ob ich sie nur gerettet hätte, weil sie eine Frau war, ob mein Mitgefühl durch das Geschlecht begrenzt sei, während ich einen Kabinenjungen hängen lassen würde. Nun, ich werde es nicht tun. Patrick ist ein guter Junge. Ich werde ihn und die anderen retten oder bei dem Versuch sterben.«

Dominic schwieg einen Moment, während er an seinem

Getränk nippte und Nicholas beobachtete. »Da ist er ja, der Nicholas, den ich in Cornwall zurückgelassen habe«, sagte er mit einem Lächeln auf den Lippen. »Brianna hat dich gerettet, wo ich es nicht konnte.«

Nicholas argumentierte nicht dagegen. In gewisser Weise stimmte das auch. Sie hatte ihn vor der Version von ihm selbst gerettet, die sich geweigert hatte, die Bereiche dazwischen zu sehen, in denen die meisten Männer und Frauen tatsächlich lebten.

»Wir warten, bis Brianna eingeschlafen ist, und gehen dann zusammen«, sagte Nicholas schließlich.

Nicholas und Dominic tranken, vielleicht ein bisschen zu viel im Vergleich zu dem, was ein Bräutigam und sein Freund vor der bevorstehenden Hochzeit des Bräutigams trinken sollten. Sie lachten und wischten sich die Tränen aus den Augen, während sie sich gegenseitig mit Geschichten aus ihrer Jugendzeit in Erinnerung brachten.

Als Roberta verkündete, dass Brianna bereit war, sah Nicholas die Welt in einem rosigen Licht. Alkohol hatte schon immer seine Nerven beruhigt.

Dominic holte den Magistrat und begleitete ihn nach draußen in die Gärten, während Nicholas am Fuße der Treppe auf seine zukünftige Braut wartete. Roberta kam zuerst herunter und strahlte ihn an, dann trat sie zur Seite und schaute die Treppe wieder hinauf, als Brianna aus dem Korridor kam. Ihr silber-blaues Kleid war anders als alles, was er je gesehen hatte.

Das abendliche Sonnenlicht fiel durch die Fenster und beleuchtete Brianna wie eine Sternschnuppe. Sie glitt mit einer Anmut auf ihn zu, die ihn daran erinnerte, wie sie sich auf der Takelage ihres Schiffes bewegte. Sie hielt auf der untersten Stufe inne, ihre Hände verknoteten sich besorgt in ihren Röcken.

»Und? Bestehe ich die Musterung?«, fragte sie.

»Ich ... Wie? Ach so, ja«, stotterte Nicholas. »Du siehst ...« Ihm fehlten die Worte, um zu Ende zu sprechen.

»Das bedeutet, dass du wunderschön aussiehst«, sagte Roberta zu Brianna. »Wenn man einen Mann sprachlos macht, ist das normalerweise ein gutes Zeichen. Komm mit, Bräutigam.« Roberta zerrte an Nicholas, und er bot Brianna seinen Arm an, als sie Dominics Frau in die Gärten folgten.

Der berauschende Duft von Blumen lag in der Luft, und Nicholas hatte das Gefühl, in einen wunderbaren Traum abzudriften. Neben ihm starrte Brianna mit großen Augen auf die Gärten und die Springbrunnen, das Paradies, in dem sie bald ihre Verbindung besiegeln würden.

»Es ist so schön. Einige dieser Blumen habe ich noch nie gesehen«, gab sie mit einem Erröten zu. Nicholas legte ein stilles Gelübde ab, immer Blumen für sie zu haben, wohin sie auch ging. Aber zuerst ... müsste er ihr Herz und ihr Vertrauen wiedergewinnen.

Dominic und der Magistrat warteten im Garten in der Nähe eines Spalierbogens, der mit blassvioletten Glyzinien bewachsen war. Nicholas begleitete Brianna in Richtung des Magistrats. Plötzlich wurde ihm klarer denn je, was Dominic gesagt hatte, dass dies in Briannas Augen eine Scheinehe war. Das wollte er nicht. Er wollte sie, und er wollte ihr Glück. Wenn er eine solche Ehe erzwingen müsste, wäre sie für keinen von ihnen echt, egal, was der Magistrat behauptete.

Nicholas drehte sich um und nahm ihre Hände in die seinen. »Warte. Ich kann das nicht tun.« Ihre Augen weiteten sich, aber sie unterbrach ihn nicht. »Das ist dir gegenüber nicht gerecht, Brianna. Ich habe diese Abmachung mit dem Admiral getroffen, um dich vor dem Galgen zu bewahren. Vor langer Zeit habe ich mir geschworen, dich in Sicherheit zu bringen, weil du mir damals in Port Royal das Leben gerettet hast, und ich habe mir gesagt, dass dies ein Mittel zu diesem Zweck ist. Aber die Wahrheit ist, dass ich das aus höchst egoistischen Gründen tue. Ich tue das, weil ich dich heiraten will, weil du meine Frau werden sollst. Du warst ein so aufregender Teil meines Lebens, dass ich mir nicht vorstellen kann, ohne dich weiterzumachen. Aber ich habe mich zu keinem Zeitpunkt gefragt, ob es etwas ist, was *du selbst* willst. Und wie könnte es das sein? Du bist zwischen dem Teufel und dem tiefen blauen Meer gefangen. Mir ist jetzt klar geworden, dass ich dich lieber in Freiheit als in Ketten sehen würde. Wenn du also die Sache abblasen willst, werde ich dafür sorgen, dass Dominic dir sicheres Geleit verschafft, wohin auch immer du gehen willst.«

Es stimmte, alles, und als er ihr seine Seele offenbart hatte, sah er, wie sich etwas an ihr veränderte. Sie betrachtete sein Gesicht einen langen Moment lang, als ob sie sich fragte, was seine Worte wirklich bedeuteten, und als sie in seiner Miene keine Täuschung sah, erkannte er den Schock in ihren Augen. Ihre Lippen zitterten einen Moment lang, bevor sie sich beruhigte und nickte.

»Danke, Nicholas.«

Sein Magen wurde flau. Er wandte sich Dominic zu, um ihm zu sagen, er solle ein Schiff für sie vorbereiten, doch sie legte ihre Hand an seine Wange und drehte seinen Kopf zu sich.

»Ich werde dich heiraten.«

Nun war Nicholas an der Reihe, schockiert zu sein. »Das wirst du?«

»Du hattest bereits meine Zuneigung. Jetzt bist du bereit, mir meine Freiheit zu geben. Das hat dir mein Vertrauen eingebracht. Betrachten wir dies als ein weiteres Abenteuer, das wir gemeinsam wagen können, und sehen wir, wohin es uns führt.«

Dann wandte sie sich dem Magistrat zu, der nach einem Nicken von Nicholas mit der Zeremonie begann. Sie tauschten ihre Gelübde aus, und Dominic holte ein Paar kunstvoll gearbeitete Goldringe für sie aus seiner Tasche. Nicholas bemerkte die komplizierten Schnörkel und stellte fest, dass sie für etwas, das Dominic auf der Insel gefunden hätte, zu ausgefallen waren.

»Woher hast du die?«, fragte Nicholas misstrauisch.

Dominic zuckte mit den Schultern. »Manche Antworten sollten besser nicht gegeben werden.« Dann meldete er sich freiwillig, um die Heiratsurkunde zu unterschreiben, gefolgt von Roberta, die sich die Freudentränen aus den Augen wischte, bevor Nicholas und Brianna schließlich mit ihren Namen unterschrieben, Brianna als Brianna Holland St. Laurent. Der Magistrat rollte dann die Urkunde zusammen, gratulierte und erklärte sie zu Mann und Frau. Mit einem Blick und einem Nicken von Dominic schrieb der Magistrat ein Heiratsdatum ein Jahr zuvor ein, um das wahre Datum der Hochzeit zu verschleiern.

»Ehemann und Ehefrau«, murmelte Brianna die Worte. Ihre schönen grünen Augen wanderten zu den seinen hinauf, und die Welt um ihn herum explodierte vor Sinnlichkeit und Freude, alles verbunden mit dieser Frau und dem Leben, das er an ihrer Seite führen wollte.

Nicholas verspürte einen Anflug von Hochgefühl bei der Erkenntnis, dass er nun ein verheirateter Mann war, und das umso mehr, als sie dem zugestimmt hatte, obwohl er ihr angeboten hatte, zu gehen. Und er hatte nicht irgendeine Frau, sondern eine wilde Piratenkönigin, die ihm das Gefühl gab, lebendig zu sein, wie nichts anderes auf der Welt es je getan hatte.

»Herzlichen Glückwunsch.« Dominic küsste Brianna auf die Wange, was sie erröten ließ, bevor er Nicholas die Hand schüttelte. »Jetzt trinken wir ein Glas Sherry zur Feier des Tages. Vielleicht zwei!«

Der Magistrat gesellte sich zu ihnen, trank zwei Gläser Sherry und unterhielt sich lange, bevor er seine Kutsche zurück nach Port Royal nahm.

Roberta zerrte mit einem Lächeln und einem Zwinkern an Dominics Hand. »Es ist ziemlich spät. Wir sollten uns zurückziehen.«

»Es ist nicht so, dass ...« Er hielt inne, als er sah, wie seine Frau den Kopf in Richtung Nicholas und Brianna schüttelte. »Ah. Ja, natürlich. Gute Nacht, ihr alle.« Und damit ließen sie die beiden allein im Salon zurück.

»Ich denke, wir sollten uns auch bald zurückziehen«, sagte Nicholas, der sich überraschend nervös fühlte. Er und Brianna hatten schon einmal miteinander geschlafen, aber das hier fühlte sich anders an, *offizieller*. Es war tröstlich und beunruhigend zugleich, dass Brianna wahrscheinlich nicht den gleichen Druck verspürte.

»In Ordnung.« Sie stand auf und führte ihn die Treppe hinauf in das Zimmer, das sie während ihres Aufenthalts in King's Landing teilen sollten. Er schloss die Tür hinter ihnen und trat zu ihr auf den Balkon, von dem aus man den kleinen Vorgarten und die Straße, die in die nahe Stadt Port Royal führte, überblicken konnte.

»Brianna«, sagte er leise. Sie erschauderte, als er sich vorbeugte, um ihren Nacken zu küssen.

Sie lehnte sich in seinen Kuss. »Hast du das ernst gemeint, was du vorhin gesagt hast? Vor unserer Hochzeit?«

Nicholas hielt sie fest und versuchte, sie zu beruhigen. »Jedes einzelne Wort.«

»Sag mir, dass du mich nicht einsperren wirst, Nicholas«, flüsterte sie.

»Was?«

Sie drehte sich zu ihm um, ihre grünen Augen blitzten wie

Dolche aus Jade. »Sag mir, dass ich frei bin. Sag mir, dass ich gehen kann, wann immer ich will.«

»Frei? Brianna, das bist du, aber ... Was beunruhigt dich denn?«

Sie fluchte und drehte sich weg. »Ich glaube, ich muss eine Weile allein sein.«

Nicholas kannte diesen Blick. Sie schmiedete einen Plan - er konnte es deutlich in ihren Augen sehen. Sie schien an ihre Männer zu denken.

»Brianna, was auch immer du dir in den Kopf gesetzt hast, leg es beiseite, nur für heute Nacht. Bitte.«

»Ist das Leben meiner Männer so unbedeutend, dass du wünschst, ich solle ins Bett gehen und sie vergessen?«

»Nein. Das ist nicht das, was ich sage. Aber du kannst ihnen nicht helfen, nicht heute Nacht.« Er wollte ihr unbedingt von seinen Plänen erzählen, aber er konnte nicht. Wenn er das täte, würde sie - ja, sie würde *darauf bestehen*, mit ihm zu gehen, und er würde nein sagen, weil er sie nicht in die Nähe des Forts oder von Hauptmann Waverly lassen wollte. Sie war in St. Kitts nur knapp der Entlarvung als Pirat entgangen. Er hatte kein weiteres Wunder in petto, um sie ein zweites Mal zu retten.

Sie schritt von ihm weg, eine Königin des Sternenlichts, während sie sich in ihrem silber-blauen Kleid durch den Raum bewegte. Er hatte heute Abend erfahren, dass es eines der Kleider ihrer Mutter war, und er konnte sich nicht vorstellen, wie es sich für sie anfühlen musste, es zu tragen. Sie hatte keine Ahnung, wie wunderschön sie war, innerlich und äußerlich. Er musste sie ablenken, zumindest für heute Abend.

»Brianna.« Er ergriff ihr Handgelenk, als sie an ihm vorbeiging, und sie drehte sich leicht in seine Arme. Er hielt sie fest und spürte, wie sich ihr Atem vor Erregung beschleunigte. »Du sagtest, wir sollten dies als ein weiteres Abenteuer betrachten, das wir gemeinsam wagen könnten. Lass uns unsere Hochzeitsnacht genießen und sehen, wohin sie uns führt.«

Ihre Augen verengten sich. »Du kannst mich nicht einfach ablenken von ...«

Nicholas lächelte verrucht, als er seinen Kopf beugte und ihre Lippen mit seinen bedeckte.

Oh, aber genau das könnte er.

DER VERDAMMTE MANN UND SEIN SÜNDIGER MUND.

Das war der letzte vernünftige Gedanke, den Brianna für eine Weile fassen konnte. Nicholas drückte sie an die Wand neben dem Bett, und sie klammerte sich an seinen Gehrock, sie spürte die feinen Goldstickereien unter ihren Fingerspitzen. Er hatte bei der Hochzeit nicht seine Marineuniform getragen, und dafür war sie sehr dankbar.

Sie keuchte, als er eine Hand in ihren Rock grub und den Stoff hochzog, sodass seine Handfläche ihre nackte Haut erreichen konnte. Sein grober Umgang mit ihr ließ die Erregung in ihr hochschnellen, als würden die Kanonen ihres Schiffes alle auf einmal in einer einzigen verheerenden Breitseite feuern. Ihre Knie knickten ein, und er fing sie auf und drückte sie an die Wand, seine Gefangene, sein Spielzeug, und in diesem Moment gefiel es ihr. In diesem Moment *brauchte* sie das.

»Nicholas! Hör nicht auf.« Sie rieb sich an seiner Hand, als er ihr zwischen die Beine griff. Der exquisite Druck seiner Berührung versetzte ihr einen Schauer der Lust. Sie hatte bereits vergessen, was immer er gesagt hatte, das sie wütend gemacht hatte. Alles, was sie jetzt wollte, war, dass er sie berührte, sie befriedigte, bis sie betrunken und gesättigt von ihrem Liebesspiel war.

»Hör auf, dich gegen mich zu wehren, Frauenzimmer, und ich gebe dir, was du brauchst«, sagte er, während er ihr spielerisch in den Hals biss. »Oder *kämpfe* gegen mich - was immer dir gefällt, wird mir gefallen.«

Sie begann über seine Neckereien zu lachen, keuchte aber schockiert auf, als er zwei Finger tief in ihren Körper stieß. Sie liebte es, wie er sie im gleichen Atemzug, in dem er mit ihr Liebe machte, zärtlich necken konnte.

Wenn es etwas gab, dem sie nicht widerstehen konnte, dann war es die Art, wie er ihren Körper beherrschte. Mit seinen Fingern machte er aus ihr ein keuchendes, unruhiges Wesen, sodass sie das Gefühl hatte, eine Flut würde sie vom Ufer wegziehen. Sie klammerte sich an seine Schultern und zog ihn näher zu sich heran. Sie wollte ihn in sich haben, wollte dass er sie ausfüllte, sie dehnte und in Besitz nahm, bis nichts mehr übrig war als das Vergnügen, das er ihr bereiten konnte.

»Hör auf, mich zu ärgern, Nick ...«

»Oh, aber ich mag es, wenn du mich anflehst«, gluckste er. »Das Geräusch allein reicht aus, um einen Mann in den Wahnsinn zu treiben. Ich kann es kaum erwarten, dass du mich um viele Dinge anbettelst, kleiner Pirat.«

»Ich werde nicht betteln«, sagte sie, während sie ihn küsste und an seiner Unterlippe knabberte. »Du kannst mich aber anflehen, und ich werde über deine Bitten nachdenken und entscheiden, ob ich eine wohlwollende Ehefrau sein will oder nicht.«

Nicholas' Lachen löste in ihr eine neue Welle des Hungers aus. »Ich denke, du wirst zuerst betteln«, warnte er mit einem sinnlich-verruchten Funkeln in den Augen.

»Oh, du wirst mich anflehen, noch bevor der Mond aufgeht«, versprach sie, während sie eine Hand an seinem

Körper hinunterbewegte, um ihn durch seine Hose zu streicheln. Er stöhnte, und sie lächelte siegessicher, als sie ihn weiter rieb, bis er unter ihrer Hand hart wie Stein war.

Er eroberte ihren Mund, seine Zunge strich gegen die ihre, bis ihr von seinem Geschmack schwindelig wurde. Er stieß weiter mit seinen Fingern in sie hinein und trieb sie zu neuen Höhen der Erregung. Ihre Beine bebten, als ihr Höhepunkt durchbrach, und er schluckte ihre Schreie mit neuen Küssen. Die Wellen der Lust waren schnell und süß. Sie sog den Atem ein, als er seine Lippen zu ihrem Hals hinunterbewegte und dann ihr Schlüsselbein mit sanften Küssen bedeckte. Er hielt sie einen langen Moment fest und ließ sie Luft holen, während er mit seinen Fingern, die noch in ihr waren, die bebenden Nachwehen ihres Höhepunkts in die Länge zog.

Sie blickte zu ihm auf, und ihre Münder berührten sich, ihre Atemzüge vermischten sich, als sie einfach *zusammen atmeten*. Es war das Intimste, was sie je in ihrem Leben empfunden hatte, als gäbe es nichts außer ihnen beiden. Jede Sorge, jede Angst, jeder Gedanke endete hier und jetzt, wo er sie im Arm hielt.

Nicholas zog ihr das Kleid aus, ließ sich Zeit und drehte sie dann zum Bett. Sie hielt sich an einem der Bettpfosten fest, als er ihr alles bis auf die Strümpfe auszog. Dann hob er sie hoch und warf sie auf das Bett. Sie lachte überrascht auf, als er sich in seiner Eile, zu ihr zu kommen, die Kleider fast achtlos vom Leib riss.

Brianna streckte sich träge auf dem Bett aus, völlig nackt bis auf ihre Strümpfe, die er ihr nun in einer langsamen Verführung auszog. Er küsste ihre Fußgewölbe, bevor er die Strümpfe auf den Boden fallen ließ.

»Verlockendes Frauenzimmer«, sinnierte er.

»Unverschämter Arsch«, schoss sie mit einem frechen Grinsen zurück.

Er stürzte sich auf sie und fesselte ihre Handgelenke über ihrem Kopf an das Bett. Sein Körper drückte sich an ihren und hielt sie unter sich fest. Wieder einmal begann die Erregung in ihr aufzusteigen. Es gab nichts Schöneres auf der Welt, als unter Nicholas zu liegen, sein kräftiger Körper, der nach Leder roch, und der Duft der Blumen, der durch das Fenster aus dem Garten heraufwehte. Das reichte aus, um sie davon zu überzeugen, dass sie vielleicht träumte.

Brianna spreizte ihre Schenkel, damit er sich zwischen ihren Beinen niederlassen konnte. Er hielt ihre Handgelenke mit einer seiner Hände über ihrem Kopf gefangen und benutzte die andere, um seinen Schaft an ihrem Eingang auszurichten.

»Nun, und jetzt? Willst du meine Decks stürmen oder nur mit deinem Fernglas dastehen?«, stichelte sie mit einer Drehung ihrer Hüften.

Darüber musste er laut lachen. »Du wirst mich nie langweilen, nicht wahr?«

»Ich bezweifle, dass ich das werde, aber du solltest *mich* besser nicht langweilen«, warnte sie und zappelte ermutigend unter ihm.

Er beugte sich zu ihr herunter, stahl ihr einen langsamen, betäubenden Kuss und stieß dann in sie hinein. Sie stießen einen gemeinsamen Atemzug aus, als er sich ganz in sie hineingrub. Sie fühlte sich ausgefüllt, kein Teil von ihr blieb von ihm unberührt.

»Mein Gott«, flüsterte er gegen ihre Lippen. »Du fühlst dich himmlisch an.«

Er küsste sie, diesmal härter, und nahm sich nicht mehr die Zeit, sie zu necken. Er jagte jetzt nicht nur ihrem, sondern auch seinem eigenen Vergnügen nach, und sie dürstete nach seiner Inbesitznahme, seiner Rauheit. Es gefiel ihr, dass er sie im Bett nicht zimperlich behandelte. Zwischen ihnen herrschte ein animalischer Kampf um die Kontrolle, dem man nur schwer widerstehen konnte, und dieser Kampf verlangte von ihm dasselbe wie von ihr. Niemals würde sie einen anderen Mann das tun lassen, eine solche Kontrolle über sie ausüben lassen und ihm im Gegenzug so viel Vertrauen schenken können. Aber mit Nicholas war es einfach, wie das Atmen.

Er zog sich aus ihr zurück, aber bevor sie protestieren konnte, hatte er sie bereits auf den Bauch gedreht, ihre Schenkel gespreizt und drang von hinten wieder in sie ein. Der neue Winkel ließ sie in gequälter Lust aufschreien. Er stieß in sie hinein wie ein Besessener, und sie ermutigte ihn, indem sie ihre Hüften anhob, um jedem Stoß entgegenzukommen. Nick hielt sie, seine Finger packten sie so fest, dass sie wusste, dass sie am Morgen leichte blaue Flecken haben würde, und es war ihr völlig egal. Das war es, was sie brauchte, diesen totalen und verzehrenden Hunger. Im Moment konnte sie nicht mehr reden, sich nicht mehr bewegen, da war nur noch das Gefühl, dass ihre Seelen aufeinander trafen, und das Geräusch ihrer rauen Atemzüge, die sich in der feuchten Inselluft vermischten.

Nicholas ließ sich über ihren Körper fallen und kesselte sie ein, während er eine Hand unter sie schob, ihre Brust umfasste und sie grob knetete. Er kniff in ihre Brustwarze, und die Mischung aus Lust und Schmerz zündete ihren Orgasmus wie ein Streichholz, das in ein Pulverfass fällt. Sie explodierte innerlich in betäubender Ekstase. Nicholas stieß weiter zu, nutzte ihren schlaffen und gesättigten Körper, um seine eigene Erlösung zu finden, und ließ sich dann auf sie fallen, wobei er darauf achtete, sie nicht zu zerquetschen. Ihre Körper glitzerten vor Schweiß im Mondlicht.

Einen Moment lang sprach keiner von ihnen. Dann drehte Nicholas ihre Körper so, dass sie auf der Seite lagen, sein Schwanz immer noch tief in ihr. Sie zitterte, als kleine Nachbeben ihre inneren Wände um seinen Schaft spannten. Er schlang einen Arm um ihre Taille und drückte sie sanft an sich, und sie genoss dieses intime Gefühl.

»Geht es dir gut?«

»Ja«, antwortete sie schläfrig und lächelte. »Ich mag dich, Flynn. Du bist nicht schlecht, für einen Ehemann.«

Daraufhin lachte er, ein tiefer, erschöpfter, wunderbarer Laut, der nur für sie bestimmt war.

»Nicht schlecht? Dann werde ich mich bemühen, meine Leistungen zu verbessern, Frau.« Seine Neckereien waren immer noch so zärtlich, dass ihr Herz, das durch das jahrelange Leben als Pirat verhärtet war, einfach dahinschmolz.

Sie hatte etwas, von dem sie nie gewusst hatte, dass sie es wollen könnte, aber als sie spürte, wie ihr Körper in seiner Umarmung in den Schlaf glitt, fragte sie sich: *Zu welchem Preis?*

Kapitel Siebzehn

Flynn wachte einige Stunden vor Sonnenaufgang auf und zog seine Frau in seine Arme. Seine *Frau*. Es fiel ihm immer noch schwer, diese neue Realität zu begreifen, und doch war es so, als wäre sie schon immer da gewesen.

Brianna gluckste im Schlaf, als er an ihrem Hals knabberte und ihre Brust umfasste. Wovon auch immer sie träumte, es schien angenehm zu sein. Er fuhr mit seinen Fingerspitzen über ihr Gesicht und beobachtete, wie ihre Wimpern daraufhin zuckten. Sie war so stark, kühn und schön, und sie würde wütend darüber sein, was er vorhatte.

Er wollte für immer mit ihr in diesem Bett bleiben, aber das Schicksal ihrer Männer stand auf dem Spiel, und es war seine Schuld, dass sie gehängt werden sollten. Das machte es zu seiner Verantwortung, sie zu retten, und er würde ihr Leben nicht wegen seiner Fehler riskieren. Wenn er es richtig anstellte, könnte er alles haben: Briannas Mannschaft wäre frei, ihr Vater außer Reichweite der Marine und sie sicher in King's Landing mit einem neuen Namen und einem neuen Leben.

»Brianna«, schnurrte er in ihr Ohr, und sie streckte sich

träge und wölbte ihren Rücken, so dass sich ihre Brüste wie eine Opfergabe an einen lüsternen Gott zu ihm erhoben. Er konnte sich nicht eine letzte Erinnerung daran versagen, wie er ihr Freude bereitet hatte.

»Ich brauche noch eine Stunde, Joe«, murmelte sie. Flynn lachte, als er seine Lippen um die rosafarbene Spitze der einen Brust legte. Er liebkoste die Brustwarze, bevor er sanft mit den Zähnen daran zupfte. Sie keuchte und wurde abrupt wach.

»Wie kannst du es wagen ... was?«

»Joe würde das nicht tun, oder?«

Sie löste sich aus dem Nebel und grinste. »Nicht, wenn er weiß, was gut für ihn ist.«

Nicholas beugte sich über sie, seine Hand glitt an der Innenseite ihres Oberschenkels hinauf, bis er das Delta ihrer feuchten Hitze fand. Vergangene Nacht hatte er ihre Angst und Sorge gesehen und sie in Leidenschaft verwandelt, aber jetzt wollte er ein süßes und sanftes Verlangen genießen, eine richtige Begegnung von Körpern und Herzen und nicht eine animalische Paarung. Wenn es in der Festung schlecht laufen sollte, wollte er diesen Moment auf jeden Fall mitnehmen.

Sie war noch ein wenig schläfrig, als sie ihre Schenkel spreizte und Nicholas in ihren einladenden Körper sank. Er hielt ihre Hände über ihrem Kopf fest, aber ihre Finger verschränkten sich mit seinen. Die Verbindung ihrer Münder machte ihn vor unbeschreiblicher Freude schwindelig. Er ritt sie sanft, jede Bewegung seiner Hüften entlockte ihren Lippen sanfte Laute, und er genoss jeden Moment, in dem er neue Wege fand, seine Frau zu befriedigen. Ihre Augen öffneten sich, sobald er aufhörte, sie zu küssen, und sie lächelte verträumt zurück.

»Mit dir zusammen zu sein ist, als würde man zum ersten Mal segeln«, sagte sie. »Es ist, als würde man durch ein Meer aus Glas fliegen ... als würde man auf den Wolken des Himmels reiten.«

Ihre Worte hallten in ihm nach, als hätte jemand eine uralte, geheiligte Glocke angeschlagen, deren reiner Klang aus seinem Herzen widerhallte.

»Ich liebe dich, Brianna«, murmelte Nicholas, während er sich schneller über ihr bewegte, in ihr. Er konnte nicht genug von ihr bekommen, nie genug.

Sie stieß einen leisen Schrei aus und klammerte sich an ihn. Er hauchte ihren Namen ehrfürchtig aus, als seine eigene Erlösung folgte. So hatte er sich noch nie gefühlt, als ob mit ihr alles möglich wäre. Ihre Herzen schlugen wie eins. Ihr gemeinsames Leben hatte gerade erst begonnen, und all die Jahre zuvor waren nur ein Wimpernschlag der Geschichte. Jetzt war er dort, wo das Leben wirklich begann.

Seine kühne Piratenkönigin starrte ihn an, ihre grünen Augen weit und verletzlich, wie er es noch nie gesehen hatte. Meeresstürme, die jeden vernünftigen Mann erschrecken würden, machten ihr keine Angst, aber sein Liebesgeständnis schon.

»Du brauchst nichts zu erwidern«, sagte er. »Ich wollte nur, dass du weißt, was ich fühle.«

»Ich liebe dich auch und werde dich so lange lieben, wie die Worte, die du bei unserer Hochzeit zu mir gesagt hast, wahr bleiben.« Sie schien von ihren eigenen Worten verblüfft zu sein, als hätte sie mit diesen Worten einen Vorhang zurückgezogen und eine Welt betreten, die so schön war, dass sie nicht glauben konnte, was sie sah. Er wusste es, weil er genauso fühlte. Diese Worte zu sagen war ebenso befreiend wie beängstigend, wie das Leben auf dem Meer.

Er senkte sein Gesicht zu ihrem, und sie lächelte, als er sie langsam küsste und sich selbst Stück für Stück verbrannte wie ein Feuer in einer rauen Winternacht. Brianna reagierte auf ihn so natürlich wie das Atmen. Er bewunderte das an ihr, dass sie sich mit ihren eigenen Wünschen so wohl fühlte, dass sie ihm gegenüber so frei sein konnte.

»Ist es Zeit, aufzuwachen?«, fragte sie und schmiegte sich in seine Arme, wobei sich ihr Atem verlangsamte.

»Noch nicht. Schlaf noch ein bisschen«, flüsterte er, während er sie küsste. Die Morgendämmerung war noch weit entfernt.

Er wartete eine weitere Viertelstunde, bis sie wieder tief schlief. Dann löste er seine Glieder von den ihren und zog sich die Kleider an, die Dominics Kammerdiener für ihn bereitgelegt hatte. Ein dunkles Hemd und eine dunkle Hose würden ihm helfen, heute Abend unsichtbar zu bleiben.

Er traf Dominic im Korridor. Das Haus war dunkel und still, nur ein paar Lampen brannten, die schwankende Schatten an die Wände warfen und Nicholas ein seltsames Gefühl gaben, als wäre jemand auf sein Grab getreten.

»Sag mir, dass du einen Plan hast«, sagte Nicholas.

Dominic grinste. »Den habe ich. Oder besser gesagt, Roberta tut es.« Er hielt vier Flaschen mit sehr teurem Wein in die Höhe und pfiff leise. Roberta trat aus den Schatten hervor, einen dunklen Mantel um die Schultern, der mit ihrem saphirfarbenen Kleid verschmolz. Er fühlte sich schuldig, weil er Brianna nicht geweckt hatte, aber er wollte sie nicht in der Nähe von Waverly oder seinen Männern haben. Sie würde dem Mann direkt an die Gurgel gehen und ihr eigenes Leben riskieren, wenn sie sich von ihrer Wut blenden ließe.

»Fertig?«, fragte Roberta, als sie den Korb mit den Weinflaschen von Dominic entgegennahm.

»Immer, mein Schatz«, versicherte Dominic ihr. »Ihr zwei geht vor. Ich treffe euch in der Festung. Ich werde dafür sorgen, dass mein Schiff segelfertig ist, sobald die Männer frei sind.«

»Dann sollten wir uns lieber beeilen.« Roberta ging voran

auf dem Weg nach draußen, wo ein Wagen auf sie wartete. Als ein Lakai die Tür öffnete, wandte sich Roberta mit Freudentränen in den Augen an Nicholas.

»Nick, du hast keine Ahnung, was der heutige Tag für Dominic und mich bedeutet.«

»Was meinst du?«

»Deine Ehe mit Brianna. Es bedeutet, dass du endlich losgelassen hast.« Sie lächelte breiter.

»Loslassen?« Er verstand nicht, was sie meinte.

»All die Jahre hast du dich durch ein Leben gequält, das du nie wirklich wolltest, um Dominic zu finden. Aber selbst nachdem du ihn gerettet hattest, konntest du nicht akzeptieren, dass der Kampf endlich vorbei war. Ich habe heute Abend einen anderen Nicholas gesehen, einen Mann, der den inneren Schmerz losgelassen und sein Gesicht einem neuen Horizont zugewandt hat.«

Roberta verstand ihn so gut. Der heutige Tag war ein Wendepunkt. Er jagte nicht mehr einem fernen Horizont hinterher. Er war da - er hatte diesen Punkt erreicht, und der Anblick war so schön, wie er es sich nie erträumt hatte, als er Brianna unter der untergehenden Inselsonne sein Ehegelübde ins Gesicht gesprochen hatte. Er fühlte nun wahren Frieden, wahre Freude. Brianna war das Sonnenlicht auf seiner Haut, das Licht, das sich in den Wellen spiegelte, die verspielten Delphine, die durch die Luft sprangen. Sie war der Wind in jedem Segel und die Strömung unter ihm. Sie war ein Geschenk, ein Schatz, und er würde jeden Augenblick seines Lebens damit verbringen, sich ihrer würdig zu erweisen.

»Du hast Recht, Robbie.«

»Natürlich habe ich das«, lachte sie und umarmte ihn heftig.

»Aber zuerst muss ich das Unrecht, das ich verursacht habe, wiedergutmachen.«

»Natürlich.« Sie wischte sich die Tränen aus dem Gesicht. »Man könnte es sogar ein Hochzeitsgeschenk nennen.«

»Ich hoffe nur, dass sie das auch so sieht«, sagte Nicholas.

»Das wird sie. Dann fangen wir besser an. Ich bin mir sicher, dass ihre Männer von der Gastfreundschaft in Port Royal genug haben.«

Er lächelte und half ihr in die Kutsche, woraufhin der Lakai die Tür hinter ihnen schloss. Roberta ordnete ihre dunkelblauen Röcke um ihren Körper. Neben ihr auf der Bank stand der Korb mit Wein, den sie grinsend tätschelte.

»Das wird funktionieren«, versprach sie ihm.

Nicholas nickte. »Das muss es auch.«

Brianna starrte auf die Szene unter ihrem Fenster und wagte nicht zu atmen. Nicholas und Roberta umarmten sich in der Dunkelheit, allein. Das Mondlicht beleuchtete ihre Gesichter, und Brianna sah mit herzzerreißendem Schmerz, dass Roberta lächelte. Warum waren sie allein? Warum umarmte Roberta Nicholas und stieg mit ihm in einen Wagen? Wo war Dominic?

Brianna trat hinter den Schatten der Vorhänge, als die Kutsche von King's Landing wegfuhr. Ihre Gedanken überschlugen sich, als sie versuchte, eine Erklärung dafür zu finden, warum ihr Mann mitten in der Nacht mit einer anderen Frau wegging, nachdem er sie so umarmt hatte.

War das eine Art von List? War es möglich, dass Nicholas tiefe Gefühle für Roberta hegte? Liebte er sie? Warum sollte er sonst mit ihr weit vor Sonnenaufgang weggehen? Wenn es eine unschuldige Erklärung dafür gab, dann hätte Dominic bei ihnen sein müssen, oder nicht?

Nur ein Dummkopf zieht voreilige Schlüsse, versuchte sie sich einzureden. Aber sie brauchte Antworten. Er hatte gesagt, dass er sie liebte ... Waren das nur Worte gewesen, die in einer Zeit der Leidenschaft gesagt wurden? Sie wollte ihm vertrauen, seinen Worten Glauben schenken, aber welche andere Erklärung gab es dafür, dass er sie in der Hochzeitsnacht allein ließ, um mit einer schönen Frau wegzugehen, die er als Freundin und vielleicht noch mehr schätzte.

Es war nicht Briannas Art, eifersüchtig zu sein. Sie hatte sich nie darum gekümmert, dass ihre anderen Liebhaber mit anderen Frauen zusammen waren. Aber das hier war etwas ganz anderes. Es war Nicholas, der Mann, dem sie gestanden hatte, dass sie ihn liebte. Er war ihr Mann, und er hatte sie davon überzeugt, dass das etwas bedeutete.

Wie betäubt wickelte sich Brianna in den Bademantel, den Roberta ihr geliehen hatte. Sie verließ das Schlafgemach und durchsuchte das stille Haus, bis sie einen Lakaien fand, der in einem Stuhl neben der Eingangstür schlief. Die meisten Bediensteten, soweit sie das wusste, durften nach Mitternacht zu Bett gehen, aber sie blieben auf und warteten, wenn ihr Herr oder ihre Herrin nicht zu Hause war.

Der Mann blinzelte und richtete sich auf, als er erwachte. »Mylady?«

»Wo ist Dominic?«, fragte sie, wobei sie sich bemühte, es nicht wie einen Befehl klingen zu lassen.

»Seine Lordschaft ist bei den Docks und kümmert sich um eines seiner Schiffe.«

»So spät?«

»Wenn man morgens versucht, die Gezeiten zu erwischen, muss man bereit sein«, erinnerte der Lakai sie und unterdrückte ein Gähnen.

»Natürlich.« Sie drehte sich halb um, um wieder nach oben zu gehen, doch dann hielt sie inne und sprach erneut. »Und Roberta und mein Mann?«

Die Augen des Lakaien verrieten etwas, aber sie konnte nicht sagen, was das war. Er hüstelte nervös. »Ich bin nicht sicher, wo sie hingegangen sind.«

Brianna wusste, dass der Lakai wusste, wohin sie gegangen waren, aber sie war nicht in der Stimmung, ihm zu drohen. Sie würde ihre eigenen Antworten finden, auch wenn es ihr das Herz aus der Brust reißen würde, die Wahrheit zu erfahren. Es machte sie wütend, daran zu denken, wie leicht er sie verraten hatte, und die Flut von Wut und Schmerz, die sie empfand, raubte ihr fast den Atem.

»Bitte bereite ein Pferd für mich vor.«

Der Lakai schien protestieren zu wollen, aber bei ihrem kalten Blick änderte er seine Meinung, und er beeilte sich, ihrer Aufforderung nachzukommen. Brianna kehrte in ihr Schlafgemach zurück und zog eine Hose, einen Gürtel, ein Hemd und eine Weste von Nicholas an. Sie waren etwas größer als die Männerkleidung, die sie sonst trug, aber sie würde damit auskommen. Sie ging in das Schlafzimmer von Dominic und Roberta und holte ein Paar Reitstiefel, die Roberta gehörten. Zum Glück hatte Dominics Frau die gleiche Schuhgröße wie sie.

Als sie fertig war, sammelte sie ihre Sachen ein, verstaute sie in einer Tasche und ging zu ihrem Pferd, das der Lakai an der Straße für sie bereithielt.

»Ich werde jemanden beauftragen, das Pferd zurückzuschicken«, sagte sie.

»Mylady, was soll ich ihnen sagen, wohin Sie gegangen sind?«, fragte der Lakai, als sie das mächtige schwarze Tier bestieg.

»Was du ihnen sagst, spielt keine Rolle«, sagte sie, und das tat es auch nicht. Sie würde gehen. Was auch immer sie sich von dem Leben mit Nicholas erhofft hatte, es schien ihm nicht zu genügen. So sehr sie ihn auch konfrontieren wollte, um Antworten zu verlangen, so sehr wollte sie sich vor der schmerzhaften Wahrheit schützen, und das ging am besten, indem sie von hier wegging.

Sie bestieg ihr Pferd und ritt nach Port Royal. Die Stadt schlief noch in den frühen Morgenstunden, lange bevor die Sonne aufging. Nur wenige Ladenbesitzer waren wach und bereiteten sich auf den Tag vor. Sie hielt sich vom Fort fern, um nicht von Waverly oder seinen Truppen entdeckt zu werden. Als sie die Docks erreichte, entdeckte sie einen jungen Burschen, der mit den Füßen ein Stück Treibholz über einen Feldweg schob.

»Du, Junge. Willst du ein bisschen Geld verdienen?« Sie stieg ab und ließ die Münzen in ihrer Geldbörse klimpern. Die Augen des Jungen leuchteten auf.

»Was soll ich tun?«

»Bring dieses Pferd zurück nach King's Landing. Sag ihnen, dass Lady Brianna dir eine Belohnung für die Rückgabe versprochen hat.« Sie nahm ein paar Münzen heraus. »Das ist jetzt für dich, und sie geben dir mehr, wenn du dort bist. Schaffst du das?«

»Ja, Ma'am.« Der Junge nahm die Zügel in die Hand und schwang sich in den Sattel.

Als sie allein war, ging Brianna zu den Docks hinunter und betrachtete die Schiffe im Hafen. Eines davon erkannte sie - die *Lady Siren*. Sie hätte fast aufgelacht, weil sie ihr Glück nicht fassen konnte. Natürlich musste der Kapitän *dieses* Schiffes hier sein, so frech, der Gefahr so nahe zu sein. Sie hielt Ausschau nach Dominic, aber sie war sich nicht mehr sicher, welche Schiffe ihm gehörten. Eine Gruppe von Männern belud ein kleines Ruderboot, und sie blieb bei ihnen auf dem Steg stehen.

Sie zeigte auf das entfernt vor Anker liegende Schiff. »Ist jemand von euch auf dem Weg zu dem Schiff dort?«

»Oh, aye.« Ein Mann blinzelte zu ihr hoch. »Willst du den Kapitän sprechen?« Er nahm ihre Erscheinung mit Anerkennung und ein wenig Verblüffung zur Kenntnis. Die Männer hinter ihm kicherten.

»Nicht so, wie ihr denkt, ihr Taugenichtse, aber euer Kapitän ist ein alter Freund. Er wird nichts dagegen haben, wenn ich ihn überrasche.«

Die drei Männer tauschten einen Blick aus und zuckten dann mit den Schultern. »In Ordnung, auf geht's«, sagte ein Mann.

Sie kletterte in das Boot und hielt sich von den Ruderern fern, als diese begannen, ihre Ruder durch das Wasser in Richtung des entfernten Schiffes zu ziehen.

Als sie das Schiff erreichten, kletterte sie die Strickleiter hinauf und wurde von einem der Besatzungsmitglieder an Bord gehievt.

»Ist euer Kapitän an Bord?«, fragte sie den ergrauten Seemann, der sie hochgehoben hatte.

»Noch nicht. Er sollte bald zurück sein, denke ich. Wir stechen heute Abend in See.«

»Ausgezeichnet.« Brianna überließ die Besatzung ihren Aufgaben und ging zum Heck des Schiffes, wo sich, wie sie wusste, das Quartier des Kapitäns befand. Es hatte sich nicht viel verändert, seit sie das letzte Mal an Bord gewesen war. Das elegante Bett stand noch immer in einer Ecke, und gegenüber befanden sich ein schöner Tisch mit Seekarten und ein Schreibtisch, die auf dem Boden angeschraubt waren. Ein alter Mastkopf einer Meerjungfrau stand in der Ecke. Ihr Freund war ein sentimentaler Mensch, und der

Mastkopf stammte von seinem ersten Schiff, der *Seafoam Witch*.

Sie stellte ihre Tasche auf dem Tisch ab, rollte die erstbeste Karte aus und betrachtete die verschiedenen eingezeichneten Routen. Es spielte keine Rolle, wohin er segeln wollte - sie war fest entschlossen, mit ihm zu gehen, zumindest für eine gewisse Zeit.

Sie ließ die Seekarten liegen und ging zu den hohen Fenstern hinüber, um den dunklen Himmel zu betrachten, der sich gerade erst zu einem schwachen Licht über der Insel zu verdunkeln begann.

Der sichere Hafen, den sie in Nicholas' Armen gefunden zu haben glaubte, war zerrissen worden, und da auch ihr Vater nicht mehr da war, fühlte sie sich sehr allein.

»Nun, du bist eine Augenweide, Mädchen«, sagte eine tiefe Stimme kichernd. Brianna schaute über ihre Schulter und lächelte.

»Hallo, Gavin.«

Der hübsche, dunkelhaarige Pirat grinste zurück und schloss die Kabinentür hinter sich.

WAVERLY SASS IN DER SCHMUTZIGEN TAVERNE IN EINER Ecke und trank grübelnd einen weiteren Krug Bier. Vor ihm auf dem Tisch lag ein Brief, den er vor ein paar Stunden in seinem Büro in der Garnison von Port Royal geöffnet hatte. Die Worte waren da genauso sauer gewesen wie jetzt. Es war ein Brief von seiner Frau Regina. Sie schrieb ihm nur selten und nur, um ihm wichtige Neuigkeiten aus der Familie mitzuteilen, die er unbedingt erfahren musste.

Er verzog das Gesicht, als er das Schlimmste noch einmal las. *»Dein Vater wurde wegen Veruntreuung angeklagt. Ihm droht der Verlust seines Grundbesitzes und seines gesamten Vermögens, ganz zu schweigen von seinem guten Namen - unserem guten Namen. Ich habe dich auf Wunsch meines Vaters geheiratet, aber die kriminellen Unternehmungen deines Vaters und dein unehrenhaftes Verhalten haben mir den Rest gegeben. Solltest du jemals nach England zurückkehren, werden die Kinder und ich auf dem Anwesen meiner Eltern in Yorkshire leben. Komm nicht zu Besuch. Du wirst dort nicht willkommen sein.«*

Er zerknüllte den Brief in seiner Faust, ließ seine Wut an dem hilflosen Papier aus und zwang es, sich nach seinem Willen zu biegen und zerreißen zu lassen. Nach einem langen Moment hob er die knisternde Kugel auf, zündete eines der Enden an der nächstgelegenen Kerze an und legte sie dann zum Abbrennen auf ein Silbertablett.

Während er beobachtete, wie die Flammen um sich griffen und Teile der Kugel vom Wind erfasst und in die Luft gehoben wurden, bevor sie sich in harmlose Asche verwandelten, zerrte etwas an seinen Gedanken, etwas, das er ignoriert hatte.

Er schloss die Augen und erinnerte sich an den Moment auf dem Deck, als er Flynns errötende englische Braut getroffen hatte. Irgendetwas an ihr hatte sein Blut zum Summen gebracht und das Biest in der Dunkelheit seiner Brust unruhig werden lassen. Sie hatte sich zu ihm umgedreht, und einen Moment lang hatte er etwas in ihren Augen gesehen. Was war es? Er ließ den Moment immer wieder Revue passieren, konzentrierte sich verzweifelt auf das, woran er sich erinnern konnte, und dann wurde es ihm klar.

Wut. Heftige, starke Wut und ein Hauch von Angst.

Das hatte er schon einmal in einem Paar eindringlicher grüner Augen gesehen ... als er den Kopf eines Jungen in einen

Wassertrog gesteckt hatte, um ihn zu töten. Der Junge hatte damals seine Absicht gekannt, und seine Augen hatten Waverly diesen letzten süßen Blick von Wut und Angst gegeben, Sekunden bevor der Admiral dem Jungen zu Hilfe gekommen war.

Wie groß war die Wahrscheinlichkeit, dass zwei Menschen die gleichen grünen Augen haben würden, fast wie Katzenaugen, in den Winkeln ein wenig nach oben gezogen? Die Chancen waren gering, fast unmöglich. Die Tatsache, dass Flynn sowohl den Jungen als auch die Frau kannte ... Die Schlussfolgerung war für Waverly ziemlich klar. So deutlich, dass er seinen Bierkrug auf den Tisch knallte und so heftig fluchte, dass die Männer um ihn herum ihre Stühle ein paar Meter weit weg rückten.

Holland war kein Junge - er war *nie* ein Junge gewesen. Holland war eine Frau ... und ein Pirat. Und sie war ihm wieder entkommen. Lady Brianna St. Laurent, die angebliche Nichte eines Herzogs, war ein Pirat, und er wollte sie hängen sehen. Er warf ein paar Münzen auf den Tisch und verließ die Taverne. Waverly würde sich direkt nach King's Landing begeben, weil Flynn dem Admiral gesagt hatte, dass er und seine »Frau« sich dort aufhalten würden.

Sobald er Holland und Buck gefangen genommen hatte, würde Waverly dem Admiral, der gesamten Marine und seiner Frau beweisen, dass sein Handeln nicht unehrenhaft war. Er würde als Held gefeiert werden, wenn das alles vorbei war. Zum ersten Mal seit Stunden lächelte er.

NICHOLAS BLIEB IN DEN SCHATTEN ZURÜCK, ALS ROBERTA mit dem Weinkorb in den Armen auf das Haupttor des Marineforts zuging. Die Wachen ließen sie hinein und schlossen die Tore hinter ihr. Das war einer der Vorteile, wenn man die Tochter eines Admirals war - sie konnte praktisch jederzeit mit ihrem süßen, unschuldigen Lächeln hineinspazieren.

Eine Hand berührte Nicholas' Schulter, und er drehte sich, den Dolch erhoben. Dominic blickte auf das Messer an seiner Kehle hinunter.

»Erwischt«, gluckste Nicholas, erleichtert, seinen alten Freund zu sehen.

Dominic grinste und piekste Nicholas mit seiner eigenen Klinge in die Seite. »Auch erwischt.« Die beiden zogen ihre Klingen zurück und beobachteten den Eingang des Forts.

»Ich nehme an, Robbie ist schon drin?«, fragte Dominic. Nicholas nickte. Die Morgendämmerung nahte schnell; sie hatten nur eine Stunde Zeit, um dies zu bewerkstelligen, wenn sie die Festung vor Sonnenaufgang verlassen wollten. Das Wichtigste wäre, um etwa halb vier zuzuschlagen. Die meisten Menschen schliefen tief und fest, selbst die diensthabenden Wachen dösten nur noch und warteten auf ihre Ablösung.

Nachdem fünfzehn angespannte Minuten vergangen waren, flüsterte Dominic: »Da ist sie!« und zeigte auf die Tore. Die verhüllte Gestalt von Roberta tauchte aus dem Eingangstor auf und winkte sie herein.

»Das ging aber schnell. Wie viel von dieser Droge hast du in den Wein getan, Dom?«, fragte Nicholas.

»Mehr als genug.« Dominic lachte. »Es ist nicht mein erster Gefängnisausbruch. Das haben wir vor drei Jahren mit den Franzosen gemacht. Los geht's.«

Sie verließen ihren Aussichtspunkt und eilten zum Eingang.

»Und du bist sicher, dass alle außer Gefecht sind?«, fragte Nicholas, als sie drinnen waren.

»Ich glaube schon«, sagte Roberta. »Jeder der diensthabenden Wachposten denkt, dass die anderen noch im Dienst sind. Keiner weiß, dass sie alle Flaschen mit manipuliertem Wein bekommen haben.« Robertas Augen funkelten gefährlich verspielt. »Und jetzt lasst uns Briannas Männer retten.« Sie hielt einen Schlüsselbund hoch und warf ihn Nicholas zu. Sie konnten nicht sicher sein, dass alle Wachen mit Wein betäubt waren oder dass die Männer genug getrunken hatten, um weiterzuschlafen. Die Zeit war alles, was jetzt über ihr Schicksal entschied.

Vorsichtig weckten sie jeden Mann, den sie befreiten, schüttelten ihn sanft und hielten ihm einen Finger an die Lippen, während schläfrige Augen das Bewusstsein erlangten. Sie flüsterten ihnen Anweisungen zu, wo sie warten sollten, vergewisserten sich, dass der Plan verstanden wurde, und gingen zum nächsten weiter. Patrick war der letzte, der gefunden wurde.

»Mr. Flynn?«, flüsterte der Junge, als Nicholas seine Zelle betrat.

Nicholas hielt einen Finger an seine Lippen. »Komm schon, Junge. Wir müssen uns bewegen. Jetzt.«

»Wo ist die Kapitänin? Ich ... Ich dachte, du wärst einer von ihnen.« Er ruckte mit dem Kopf in Richtung der schlafenden Wachen am Ende des Ganges.

»Die Kapitänin ist in Sicherheit. Ich bin hier, um euch für sie zu befreien.«

Als der Junge aus der Zelle trat, konnte Nicholas ihn besser sehen. Er war blass, und seine Augen und sein Kiefer waren von blauen Flecken übersät. Jemand hatte ihn geschlagen, und Nicholas konnte sich gut vorstellen, wer das gewesen war. Im Stillen wünschte er sich, einen Weg zu finden, um sich an

Waverly zu rächen. Aber vielleicht hatte er das schon. Eine solche Massenflucht unter Waverlys Aufsicht würde den Mann für den Rest seiner Karriere verfolgen und wütend machen. Das müsste genügen.

»Lass uns gehen.« Nicholas führte den Jungen aus seiner Zelle. Auf dem Weg zum Eingangstor befürchtete er, dass eine der Wachen aufwachen und Alarm schlagen würde. Einmal stolperte Patrick über das Bein eines Mannes, der quer über den Flur gestreckt lag, die unter Drogen stehende Weinflasche unter dem Arm. Alle erstarrten, und Patricks Augen weiteten sich vor Schreck, aber der Mann schlief weiter.

Nachdem sie das Fort verlassen hatten, gingen sie alle direkt in den Wald. Sie waren in Sicherheit, vorerst.

»Was kommt als Nächstes, Flynn?«, fragte einer der Männer.

»Wir laufen. Folgt Dominic.«

Dominic winkte ihnen mit dem Arm, ihm zu folgen, und begann, auf einem Pfad durch die dichte Vegetation zu laufen.

Die Morgendämmerung erreichte die Insel gerade, als sie eine kleine Bucht erreichten, in der ein Ruderboot auf sie wartete. Nicholas erkannte, dass es ein ähnliches war wie das, das er und Brianna benutzt hatten, nachdem sie aus dem Fort geflohen waren und Joe getroffen hatten. In der Ferne wartete Dominics Schiff, die *Robbie Darling*, auf sie.

»Kommst du mit uns?«, fragte Patrick Nicholas.

»Diesmal nicht.«

»Ist die Kapitänin an Bord? Geht es ihr gut?« Patrick zögerte, in das Ruderboot zu steigen. Er sah so ängstlich und doch tapfer aus, während er einer unbekannten Zukunft entgegensah. Nicholas war stolz auf den Jungen.

Nicholas stupste Patrick sanft in Richtung Boot. »Sie ist in King's Landing in Sicherheit. Ich gelobe, mich um sie zu kümmern.«

»Mit deinem Leben?«, fragte Patrick todernst. »Sie ist der beste Kapitän, den ich je hatte. Sie hat es verdient, dass …«

»Sie verdient die Welt, und ich werde mein Bestes tun, um sie ihr zu geben.« Nicholas berührte die Schulter des jungen Mannes. »Und jetzt ab mit dir.«

Als alle an Bord waren, ruderten sie auf die entfernte Schaluppe zu. Dominic, Roberta und Nicholas warteten darauf, dass die *Robbie Darling* ihre Fahrgäste empfing. Sie waren sicher, zumindest im Moment.

»Wohin fährt dein Schiff?«, fragte Nicholas.

»New York. Wir haben dort einen geplanten Handelsstopp, um Tee zu verkaufen. Niemand wird denken, dass etwas nicht stimmt, nur wegen ein paar neuen Besatzungsmitgliedern.«

Roberta verschränkte ihren Arm mit dem von Dominic und grinste ihn verspielt an. »Deshalb bestehe ich darauf, alle Pläne von Dominic vorher einzusehen. Es lief ziemlich reibungslos, nicht wahr, Nick?«

Dominic brummte.

»Ja, das stimmt.« Nicholas sah zu seinem Freund. »Was war also dein Plan, Dom?«

»Er wollte das Fort mit Kanonen in die Luft jagen.«

»Es hätte viel mehr Spaß gemacht, diese verdammte Festung in die Luft zu jagen, als sich im Schutz der Dunkelheit aus ihr herauszuschleichen.« Dominic küsste seine Frau auf die Stirn und schenkte Nicholas ein böses Grinsen, als würde er sich in eben diesem Moment vorstellen, die Festung auf diese Weise in die Luft zu jagen.

Nicholas lachte, als Dominic und Roberta weiter über die Vorzüge der verschiedenen Fluchtpläne diskutierten. »Sollen wir jetzt nach Hause gehen? Meine Frau wird bald aufwachen.«

Eine Stunde später stapften sie müde die Stufen von

Dominics Haus hinauf. Alles, was Nicholas wollte, war, neben Brianna in die Matratze zu sinken und zu schlafen. Wenn sie dann aufwachte, würde er ihr die gute Nachricht überbringen, und alles würde gut werden. Sie mochte sauer sein, dass er sie zurückgelassen hatte, aber er hoffte, dass sie ihm verzeihen würde, wenn sie wüsste, dass Patrick und die anderen sicher und auf dem Weg nach New York waren.

Als sie ankamen, stürmte einer von Dominics Männern aus der Vordertür. »Gott sei Dank sind Sie wieder da.«

Nicholas sah die Sorge auf dem Gesicht des Mannes.

»Was ist los, Lawson? Was ist passiert?«, fragte Dominic.

»Es ist wegen Mrs. Flynn, Sir. Sie ist weg.«

»Weg?« Nicholas wiederholte das Wort. Das ergab doch keinen Sinn. »Wohin ist sie gegangen? Und wie?«

Der Lakai reichte Nicholas ein gefaltetes Blatt Papier. »Das hat sie für Sie in Ihren Gemächern hinterlassen. Ich dachte, es könne vielleicht nicht warten.«

Flynn öffnete den Zettel und starrte auf die Worte, die Brianna an ihn geschrieben hatte.

Flynn?«,

Du hast dein Versprechen mir gegenüber gebrochen. Ich kann jetzt klar erkennen, dass ein Leben mit mir, ein gemeinsames Leben, nicht das ist, was du wirklich wolltest. Jetzt bin ich frei und du auch.

Holland

»Nick, was ist los?«, fragte Dominic.

Nicholas reichte ihm den Brief. »Sie ist gegangen ... Sie dachte, ich wolle sie nicht. Warum zum Teufel sollte sie das denken?«

»Lawson, wann ist sie gegangen?«, fragte Roberta.

»Ein paar Minuten nachdem Sie und Mr. Flynn aufgebrochen sind, Mylady. Ich wusste nicht, ob ich sie aufhalten sollte, aber ...« Der ehemalige Pirat wurde rot. »Ich wollte sie auch nicht fesseln.«

»Es ist alles in Ordnung, Lawson«, sagte Dominic. »Ich bezweifle, dass sie das zugelassen hätte.«

Das Gesicht von Roberta war von Angst gezeichnet. »Oh, Nick, ich war so dumm.«

»Was meinst du?«

Sie zeigte auf den Balkon, von dem aus man die Haustreppe und die Straße überblicken konnte.

»Sie muss uns gesehen haben, Nicholas, nur uns beide, bevor wir losgefahren sind.«

Nicholas spielte die Abreise noch einmal in seinem Kopf durch und versuchte, sie aus der Perspektive seiner frisch Angetrauten zu sehen. »Oh. Oh nein.«

Dominic seufzte. »Wir sollten ihr besser nachgehen.«

»Aber wohin sollte sie gehen?«, fragte Nicholas.

»Zurück zu ihrem Vater«, antwortete Dominic, als wäre es selbstverständlich.

»Wo könnte das sein? Keiner kann den Schattenkönig finden«, sagte Nicholas.

Dominic schenkte ihm eines seiner unerträglichen Grinsen. »Er ist leicht zu finden, wenn man weiß, wo man suchen muss. Er wird auf der Insel sein, auf der sich die Brüder der Küste versammeln.«

»Die Brüder der Küste?« Nicholas starrte Dom an. Wie jeder junge Fähnrich hatte auch er heimlich die Geschichte der Piraten studiert. »Aber ... Sie haben sich vor sechzig Jahren aufgelöst. Die Piraten von heute trauen einander nicht mehr so wie die von damals.«

Dominic lachte. »Das ist genau das, was ihr Marineleute denken sollt. Buck ist seit zehn Jahren der Schwarze Admiral.«

»Der Schwarze Admiral?«

»Ihr nennt ihn den Schattenkönig. Für uns ist er der Schwarze Admiral.«

Dominic wandte sich wieder an Lawson. »Die Männer an den Docks sollen die *Dragon's Enchantress* seeklar machen. Wir müssen in ein paar Stunden los.«

»Ja, Kapitän.«

Lawson verschwand, und Dominic nahm seine Frau an den Schultern.

»Robbie, du musst hier bleiben. Sei so wütend, wie du willst, aber wir brauchen deine Augen und Ohren für das Fort und alle Schiffsbewegungen. Wir müssen wissen, was sie möglicherweise planen. Du weißt, an wen du Nachrichten weiterleiten kannst, wenn du uns etwas mitteilen musst.«

Sie seufzte. »In Ordnung. Und ihr bringt Brianna sicher zurück, ja?«

»Das werden wir, nicht wahr, Nick?«

Nicholas antwortete nicht. Sein Blick war auf den Horizont gerichtet. Er musste seine Frau finden und ihr alles erklären. Er liebte sie, und er würde sie nicht im Stich lassen.

Wohin du auch gegangen bist, ich werde dich finden, meine Piratenkönigin.

Kapitel Achtzehn

»Nun, was führt die bezaubernde und furchterregende Brianna auf mein Schiff?«

Gavin Castleton war nach allem, was man so hörte, einer der berüchtigtsten und verwegensten Piraten auf den Westindischen Inseln. Er lehnte sich gegen die geschlossene Tür und grinste sie träge an wie eine Katze, die gerade eine Schüssel mit Sahne entdeckt hat.

Sie hatte vergessen, wie dunkel und gut aussehend er war. Es war kein Wunder, dass sie ihn mehr als einmal mit ins Bett genommen hatte. Gavin war unterhaltsam genug gewesen - rau, leidenschaftlich - aber irgendetwas hatte immer zwischen ihnen gefehlt. Was auch immer es war, es war nicht körperlich gewesen, aber *irgendetwas* hatte tatsächlich gefehlt.

Sie war nie in Versuchung geraten, in seinen Armen zu verweilen, seinen Herzschlag an ihrer Wange zu spüren oder ihm Geschichten über Piratenköniginnen zuzuflüstern, nicht so wie bei Nicholas. Ihre Verbindung zu Nicholas hatte eine tiefere Bedeutung gehabt, die sie nicht ganz verstand. Sie versuchte, den Schmerz in ihrer Brust, den die Gedanken an ihn verursachten, zu ignorieren, aber sie schien ihn nur zu verdrängen, um ihn zu verstärken.

»Ich brauchte ein Schiff«, sagte sie schließlich zu Gavin.

»Was ist mit der *Serpent* passiert?« Sein Humor verblasste, und echte Besorgnis machte sich in seinem Gesicht breit. »Hast du sie in einem Sturm verloren?« Er wusste, dass sie dieses Schiff mehr als alles andere liebte. Sie zu verlieren, bedeutete, einen Teil von sich selbst zu verlieren.

»Nein, sie wurde von der Marine nach Kingston gebracht und dort eingedockt.«

Gavin stieß sich von der Tür ab.

»Und doch bist du frei. Hast du sie im Stich gelassen?«

Sie schüttelte den Kopf. »Mein Vater und ich haben versucht, eine Blockade in Basseterre zu durchbrechen. Ein Sturm zog auf, und wir konnten die Aufmerksamkeit der Marine von meinem Vater ablenken, sodass er und seine Mannschaft entkommen konnten.«

Gavin starrte sie an, sein Blick hatte den harten, abschätzenden Blick eines Piratenkapitäns. »Und du wurdest gefangengenommen ...«

»Die meisten meiner Männer konnten entkommen, aber eine Handvoll und ich selbst waren noch an Bord, als die Marine uns enterte.«

»Mein Gott ... Wie bist du entkommen?« Jeder andere Mann hätte seine gestiefelten Füße auf den nächstgelegenen Tisch geworfen und sich zurückgelehnt, um eine gut erzählte Geschichte über ihre Flucht zu genießen, aber Gavin war ernster als andere Piratenkapitäne ... und er hatte ihr einst seine Liebe gestanden. Er würde diese Geschichte nicht auf die leichte Schulter nehmen.

Gavin rückte seinen Stuhl näher an sie heran und griff nach ihrer Hand. Fast hätte sie sich zurückgezogen; stattdessen ließ sie sich von ihm berühren und wunderte sich innerlich, dass es sich nicht so anfühlte, wie wenn Nicholas sie berührte, vielleicht, weil es ihrem Herzen nicht das Gleiche bedeutete. Nicholas kannte mehr geheime Teile von ihr als jeder andere Mensch.

»Bin ich nicht.« Sie spielte mit dem Sextanten auf dem Tisch, während sie ihm erzählte, wie Nicholas sich in ihre Mannschaft eingeschleust hatte, wie seine Doppelzüngigkeit aufgedeckt worden war, wie ihr Vater ihn als Druckmittel hatte einsetzen wollen und wie er zu ihr zurückgekommen war, nachdem ihr Schiff gekapert worden war. »Er sagte den Offizieren, ich sei eine Gefangene der Piraten und seine Frau.«

»Seine Frau?«, krächzte Gavin. »Warum sollte er das sagen?«

»Er war der Meinung, dass dies die einzige Möglichkeit war, mich zu retten. Wir haben gestern geheiratet. Alles wurde heimlich gemacht, und der Magistrat hat die Dokumente rückdatiert, um zu zeigen, dass wir vor einem Jahr geheiratet haben, natürlich.«

Gavin schnaubte ungläubig. »Brianna, du wurdest sicher gezwungen. Die Ehe ist nichtig, wenn ...«

»Ich wurde nicht genötigt.« Sie wünschte, es wäre so gewesen. Aber das war es nicht.

»Warum habe ich dann das Gefühl, dass es so viel gibt, was du mir nicht erzählst? Wir sind Freunde, Brianna«, erinnerte er sie. Es amüsierte sie immer, dass dieser furchterregende Pirat so freundlich sein konnte, wenn er mit ihr allein war.

Brianna war ihm eine Erklärung schuldig, da sie mit seinem Schiff fliehen wollte. Sobald Nicholas nach King's Landing zurückkehrte, würde er sie nicht mehr vorfinden. Sie hatte einen Zettel hinterlassen, aber sie war sich nicht sicher, ob ihn das davon abhalten würde, ihr hinterherzujagen.

Sie erzählte Gavin alles über Nicholas, sogar mehr, als sie ihrem Vater erzählt hatte. Sie hatte das dringende Bedürfnis, mit jemandem, der sie kannte, über ihre Gefühle für Nicholas zu sprechen. Gavin hörte geduldig zu, seine honigbraunen Augen waren auf sie gerichtet, während sie sprach.

»So bin ich also hier gelandet.«

»Vor dem Mann weglaufen, den du liebst«, fügte er hinzu.

»Ich habe das nur in einem Moment der Leidenschaft zu ihm gesagt«, argumentierte sie.

Gavin lächelte. »Dann muss er ein *außergewöhnlicher* Liebhaber sein. Das hast du nicht ein einziges Mal zu mir gesagt, als wir ein Bett teilten.«

Brianna wurde rot, aber er hatte Recht. Als sie neben Nicholas gelegen hatte, selbst in der kurzen Zeit, in der sie mit ihm zusammen gewesen war, hatte es sich für sie so real angefühlt wie kein anderes Mal, denn sie war ihr wahres Ich gewesen. Nur sie selbst, voll und ganz.

Brianna versuchte, das Thema zu wechseln. »Also, wohin fahren wir?«

»Auf die Black Isle«, sagte Gavin und senkte seine Stimme. »Dein Vater hat eine Nachricht geschickt - die Brüder versammeln sich.«

Hoffnung blühte in ihr auf. »Du hast von meinem Vater gehört?«

»Aye. Die Farben der *Sea Hawk* wurden heute auf mehreren Schiffen im Hafen gesehen. Der Aufruf, den er verschickte, lautete: *Wir treffen uns auf der Black Isle.*«

Vor Jahren hatte ihr Vater ein System zur Kommunikation unter Piraten entwickelt. Sie setzten Brüder auf Handelsschiffen ein, die als normale Seeleute fungieren sollten, ohne dass der Rest der Besatzung davon etwas mitbekam. Sie konnten Signale zwischen vorbeifahrenden Schiffen hin- und herschicken. An der Backbordseite eines jeden Schiffes wurden große farbige Taschentücher verwendet, die ihr Vater scherzhaft die Farben der *Sea Hawk* genannt hatte. Es gab vier oder fünf verschiedene Farben. Schwarz war das Signal für ein Treffen auf der Black Isle. Mit einem solchen System sprachen sich die Dinge schneller herum.

»Warum hat er ein Treffen einberufen?«, fragte sie.

»Ich bin mir nicht sicher. In Anbetracht deiner Geschichte frage ich mich, ob es sich um dich handeln könnte. Er könnte die Kapitäne versammeln, um dir zu Hilfe zu kommen.«

»Ich habe ihn seit meiner Gefangennahme im Hafen von Basseterre nicht mehr gesehen«, überlegte sie. »Ich nehme an, dass es möglich ist, aber er weiß, dass ich bei Nicholas in Sicherheit bin - oder besser gesagt, ich war es. Ich dachte, vielleicht ...«

Gavin beugte sich über den Tisch zu ihr herüber. »Vielleicht was?«

»Nun, er denkt vielleicht darüber nach, alles aufzugeben.« Sie vertraute Gavin dieses Wissen an, was sie den meisten anderen nicht anvertrauen würde. Ihr Vater hatte eine dünne Allianz zwischen den verschiedenen Piratenkapitänen aufrechterhalten, und obwohl sie ihn respektierten, glaubte sie, dass sie nicht zögern würden, gegen ihn zuzuschlagen, wenn sie glaubten, dass es ihnen einen Vorteil verschaffen würde. Der Schwarze Admiral war eine mächtige Position, die er innehatte.

»Wenn das der Fall ist, sollten wir uns besser beeilen, um zum Treffen der Brüder zu kommen. Er wird unsere Unterstützung brauchen, um einen erfolgreichen Führungswechsel zu erreichen. Wenn du mich entschuldigst.« Gavin stand auf und verließ seine Kabine, um seiner Mannschaft neue Anweisungen zu geben.

Brianna starrte wieder auf die Karten. Auf keiner offiziellen Karte war die Black Isle als Insel eingezeichnet. Die Piraten, zumindest die, die für die Navigation zuständig waren, markierten die Insel mit einem schwarzen Raben, der so gezeichnet war, als ob er fliegen würde.

Als Gavin zurückkam, richtete er eine Pritsche auf dem Boden neben seinem Bett ein, aber als sie sich darauf legen wollte, starrte er sie an.

»Gavin ...«, sagte sie warnend. Sie hatte es noch nie gemocht, wie eine zarte Lady behandelt zu werden, nicht von Männern, die sie als gleichwertig schätzen sollten.

»Bri, du bist jetzt eine feine Lady ...«

»Angeblich«, erwiderte sie. »Gut, dann werfen wir eine Münze.«

Er war der schnellere der beiden, zog eine spanische Münze aus seiner Tasche und sagte, welche Seite seine sein sollte. Sie nannte die andere, er warf die Münze, und sie fing sie auf und legte sie flach auf ihre Hand, sodass sie beide sie sehen konnten.

»Verdammt und zugenäht!«, fluchte sie und stapfte auf das Bett zu, bevor sie die Münze nach ihm warf.

Gavin fing sie mit einem bösen Grinsen auf und steckte sie zurück in seine Hosentasche. Dann nahm er seinen Platz auf dem Boden ein.

Brianna lag noch lange im Dunkeln, nachdem sie die Öllampe, die neben dem Bett hing, gelöscht hatte.

»Danke, dass du mich an Bord gelassen hast, Gavin.«

»Natürlich«, murmelte er zurück. »Du würdest dasselbe für mich tun.«

Es versetzte ihr einen Stich, wie sehr sie sich wünschte, es wäre Nicholas' Stimme, die sie so nah in der Dunkelheit hörte.

»Wenn du mich willst, bin ich da, Brianna«, sagte Gavin. »Wenn du jemals beschließen solltest, den Mann loszulassen, der dein Herz hält, ist in meinem immer Platz.«

Früher hätte sie das vielleicht in Versuchung geführt. Früher, bevor sie sich in den Feind verliebt hatte.

Sie lauschte dem Knarren des Schiffes und spürte das rhythmische Schwanken, das ihr viel angenehmer war als das Land. Was hatte sie getan, als sie Nicholas heiratete und ihm ihr Herz anvertraute? Obwohl sie weggelaufen war, war sie sich nicht sicher, ob sie jemals wirklich loslassen könnte.

Das hätte für sie beide niemals funktionieren können. Sie war ein Geschöpf der See und des Windes, das jeden neuen Hafen sehen und neue Abenteuer erleben wollte, manchmal gegen die Gesetze Englands. Nicholas war ein kultivierter Gentleman, der sich nach einem einfachen, ruhigen Leben mit einer Frau sehnte, die dasselbe wollte wie er.

Von dem Moment an, als wir uns küssten, waren wir eine Katastrophe. Aber sie konnte weder den Orkan der Leidenschaft bedauern, der zwischen ihnen geherrscht hatte, noch den unendlichen Frieden, den sie im Auge des Sturms empfunden hatte, als sie sich ihm öffnete und in seinen Armen lag. Sie würde keine Sekunde davon bereuen.

Aber wie konnte man durch ruhige Gewässer segeln, nachdem man einen so rauen, gewaltigen Sturm des Herzens wie das Verlieben erlebt hatte? Sie konnte nicht mehr zurück, aber sie wusste auch nicht, wie sie weitergehen sollte. Sie war ohne Karten unterwegs. Alles, was sie tun konnte, war, ihren Vater zu finden und dann über ihre Zukunft zu entscheiden.

Der goldene Siegelring an ihrem Finger fühlte sich warm an. Das war das Seltsame an Gold. Es wärmte auf der Haut, als ob es gerne getragen wurde. Ihr Ehering war aus demselben Gold wie der an ihrem anderen Finger. Solange sie sich erinnern konnte, hatte sie sich nach dem Gefühl gesehnt, einen Schatz in den Händen zu halten, zu spüren, wie die Edelsteine und Münzen in einem Wasserfall von Reichtum zwischen ihren Fingern hindurchglitten, und zu wissen, dass sie ihn unter den Menschen verteilen würde, die ihn brauchten, aber jetzt wusste sie, dass es noch andere Schätze zu begehren gab, Schätze des Herzens.

Schätze, nach denen man sich sehnte und von denen man heimgesucht wurde.

NICHOLAS STAND AM BUG DER *DRAGON'S ENCHANTRESS*, einem von mehreren neuen Schiffen, die Dominic wieder einmal nach Roberta benannt hatte. Er starrte in die Nacht, in der sich das schwarze Wasser mit der tiefschwarzen Dunkelheit vermischte, so weit das Auge reichte. Der abnehmende Mond war nur ein Splitter, der kein wirkliches Licht spendete. Um ihn herum war es ebenso dunkel wie in seinem Inneren.

Er hätte auf Dominic hören und Brianna mit auf die Rettungsmission nehmen sollen. Er war so sehr damit beschäftigt gewesen, das Unrecht, das ihr angetan worden war, wiedergutzumachen, dass er ihr ein noch größeres Unrecht angetan hatte.

Was würde er nicht dafür geben, sie zu finden, sie in seine Arme zu ziehen und zu halten, dann auf die Knie zu fallen und sie um Vergebung zu bitten.

Er spürte, dass sich jemand hinter ihm anschlich, und sah Dominic, als er über seine Schulter blickte. Sie trugen immer noch ihre schwarzen Hemden und Hosen von der Rettungsaktion, und das erinnerte ihn an ihre Jugend. Wie sie sich oft dunkel gekleidet heimlich ihr Unwesen getrieben hatten. Er lächelte über die Erinnerungen. Nicholas hatte nie Pirat werden wollen, aber damals hätte er alles getan, was Dominic von ihm verlangt hatte.

»Wie lange werden wir brauchen, um diese Insel zu erreichen?«, fragte er. Dominic lehnte sich neben ihm an die Reling und betrachtete die Segel und die Art, wie sie sich in die Richtung wölbten, in die sie fuhren.

»Morgen Abend, wenn der Wind anhält.«

Sie schwiegen einen langen Moment, lauschten dem Meer und dem Wind, der durch das Segeltuch über ihnen kräuselte.

»Was wirst du tun, wenn du sie findest?«, fragte Dominic.

»Ich werde mein Möglichstes tun, um ihr zu erklären, was sie falsch verstanden hat. Ich werde ihr sagen, dass ihre Mannschaft lebt, und mich dafür entschuldigen, dass ich sie nicht mitgenommen habe. Was hat sie sich nur dabei gedacht, einfach so wegzulaufen?«

»Sie wurde als Pirat erzogen, Nick. Falls du es nicht gemerkt hast, es ist nicht gerade unsere Stärke, über unsere Gefühle zu sprechen. Solche Dinge machen uns berechenbar und verletzlich. Das sind die schnellsten Wege für einen Piraten, gefasst und gehängt zu werden. Sie tut das, was sich für sie sicher anfühlt.«

»Ich dachte, ich würde sie beschützen.« Nicholas fuhr sich mit den Händen durch die Haare und ließ den Kopf niedergeschlagen zwischen seine Schultern sinken.

»Erinnerst du dich an die Jagdgesellschaft von Lord Faulkin, als wir zehn Jahre alt waren? Die Fuchsmutter, die erschossen wurde?«

Nicholas zuckte bei der Erinnerung daran zusammen. Er hatte noch nie gerne Fuchsjagden gesehen. »Das tue ich.«

»Wir haben die Füchsin gefunden, wie sie zu ihrem Bau gekrochen ist, aber sie ist gestorben, bevor sie ihn erreicht hat«, fuhr Dominic fort.

Die Geräusche der kleinen verwaisten Fuchswelpen verfolgten ihn noch immer. »Ich erinnere mich«, stöhnte er.

»Du bist in die Höhle gekrochen und hast die drei Welpen

eingesammelt, bevor die Hunde sie erschnüffeln konnten, und dann hast du sie nach Hause getragen.«

Nicholas lächelte. »Mutter war wütend, wagte aber nicht, Vater davon zu erzählen.« Er hatte die Welpen in einem Korb unter seinem Himmelbett aufbewahrt, in seinem Zimmer, das sich glücklicherweise am anderen Ende des Hauses befand, so dass sein Vater die Fuchskinder nachts nicht weinen hörte. Aber es war nicht einfach gewesen. Die Rettung der Füchse war harte Arbeit gewesen. Sie bissen, kratzten und bellten ihn an und wagten sich nur unter dem Bett hervor, um zu fressen, wenn er nicht im Zimmer war. Bei seinen Versuchen, ihr Vertrauen zu gewinnen, war er blutig gekratzt worden.

Eines Nachts hatten die Jungfüchse das Nest unter seinem Bett verlassen, einer nach dem anderen, um Milch aus einer Untertasse und Fleischstücke aus seiner ausgestreckten Hand zu holen.

»Du hast dir ihr Vertrauen verdient. Du hast ihnen gezeigt, dass etwas anderes, etwas Fremdes nicht immer gefürchtet werden muss. Die Menschen sind nicht anders. Wir fürchten das Unbekannte, was auch immer es sein mag. Wenn wir die Black Isle erreichen, musst du deine Frau finden und ihr immer wieder zeigen, dass sie bei dir nichts zu befürchten hat.« Dominic hielt inne und betrachtete Nicholas einen Moment lang. »Du hast etwas, das ich nie hatte.«

»Was ist das?«, fragte Nicholas.

»Mitgefühl und Geduld. Das ist etwas, worauf die meisten Menschen ihr ganzes Leben lang verzichten müssen, und es ist das, was dich zu einem besseren Menschen macht als mich. Alles, was du brauchst, um ihr Vertrauen zu gewinnen, sind Mut und Freundlichkeit.« Dominic legte Nicholas eine Handfläche auf die Schulter. »Deshalb habe ich dich gebeten, Roberta zu heiraten, falls ich am Galgen enden sollte. Es lag nicht daran, dass du mein bester Freund warst oder dass ich dir vertraute. Es war einfach so, dass du ein *guter* Mann bist, der beste, den ich je die Ehre hatte zu kennen. Du hast alles aufgegeben, um mich zu finden, hast so viele Jahre deines Lebens aufgegeben, ohne zu wissen, ob ich tot oder lebendig bin. Jetzt ist es an der Zeit, dass ich dir helfe.«

Nicholas sagte zunächst nichts, aber dann kamen die Gefühle, die er so sehr zu ignorieren versucht hatte, an die Oberfläche. »Ich liebe sie wirklich, Dom. *Wahnsinnig.* Jede Kleinigkeit an ihr.«

Dominic lächelte schief. »Das ist die Sache mit der Liebe. In der einen Minute segelt man durch einen Sturm, der so gewaltig ist, dass man glaubt, man würde sinken, bevor man die andere Seite erreicht. Dann, in einem einzigen Augenblick, verstummen die Winde, der Regen lässt nach, die Wolken brechen auf, und alles vor dir ist Sonnenschein und süßes, herrliches Licht.«

Nicholas konnte jetzt den Sturm spüren. Er war so müde, aber wenn er seinem Freund vertraute, würde er vielleicht bald wieder die Sonne auf seinem Gesicht spüren.

»Komm mit in meine Kabine und lass uns etwas trinken«, sagte Dominic. »Es ist lange her, dass ich jemanden hatte, mit dem ich anständig Schach spielen konnte.«

Die Sonne war warm, der Sand unter ihren Füßen heiß, aber nicht zu heiß. Es war die perfekte Temperatur, um den ganzen Tag am Strand zu liegen. Stattdessen rannte Brianna hinunter zur Brandung und sprang ins kühle Nass. Es gab nichts Schöneres als heißen Sand, kaltes Wasser und warme Sonne, damit sie sich lebendig fühlte.

Etwas berührte ihre Hand, und sie blickte nach unten, um ein Paar Finger zu sehen, die sich mit ihren eigenen verschränkten. Sie sah auf, und Nicholas beobachtete sie mit seinem verspielten Lächeln, das ihr den Atem stocken ließ.

»Wie hast du mich gefunden?«, fragte sie.

»Ich werde dich immer finden.« Das Funkeln in seinen intensiven blauen Augen ließ sie Sehnsucht und Herzschmerz zugleich spüren.

»In welchen fernen Tiefen oder Himmeln.
Verbrannte das Feuer deiner Augen?
Auf welchen Flügeln wagt er zu fliegen?
Welche Hand wagt, das Feuer zu ergreifen?«

Brianna wurde rot. Wer hätte gedacht, dass Nicholas ihr Gedichte vorlesen würde? Sie hatte ihm einmal erzählt, dass sie Poesie liebte, aber in den Häfen, die sie besuchte, nur selten die Möglichkeit hatte, gute Gedichtbücher zu finden.

»Ich wollte nicht weg«, sagte sie. »Ich wollte dich nicht verlassen.« Warum war sie vor ihm geflohen? Sie hätte bleiben sollen. Ich hätte sich mit ihm streiten sollen. War es die Liebe nicht wert, dafür zu kämpfen? Stattdessen war sie wie ein Feigling vor ihm geflohen, aber er hatte sie trotzdem gefunden.

Er lächelte und zog sie in seine Arme. »Ich weiß. Deshalb bin ich dir gefolgt. Wir sind zwei Hälften eines Ganzen, meine kleine Piratenkönigin.« Er strich ihr mit dem Handrücken über die Wange, und ihr stiegen die Tränen in die Augen.

»Was meinst du damit? Du bist jetzt hier bei mir.«

»Du träumst, Mädchen, wach auf. Wach auf!«

Brianna richtete sich auf und wehrte sich heftig, als Hände auf ihren Schultern sie schüttelten. Sie schwang eine Faust und schlug jemandem ins Gesicht.

»Mein Gott, ich hatte vergessen, dass du so stark bist.«

Sie brauchte einen Moment, um sich zu orientieren. »Gavin?«

»Du hast im Schlaf geweint. Ich dachte, es wäre das Beste, dich zu wecken. Außerdem sind wir angekommen. Ich dachte, du kommst besser an Deck.«

Sie zog ihre Stiefel an und folgte ihm nach oben. Sie musterte die Gewässer, als sie sich der Black Isle näherten. Es handelte sich um eine bewaldete Insel, die von einer felsigen Küste umgeben war, mit Ausnahme einer Bucht, die nur die Kapitäne der acht großen Piratenschiffe sicher zu befahren wussten.

»Ich sehe, du hast Männer, die die Kanonen bedienen«, sagte Brianna.

Gavin trat zu ihr an die Reling. »Wir haben seit fast drei Jahren kein Treffen der Brüder mehr gehabt. Es kann alles passieren.«

Es kann alles passieren. Irgendwie erfüllten die Worte sie mit einer Mischung aus Furcht und Hoffnung.

Weit unten im Frachtraum lauerte Kapitän Waverly in der feuchten, muffigen Dunkelheit und wartete dort, wo niemand nach ihm suchen würde, auf seinen Moment.

Er war dem Holland-Mädchen den ganzen Weg von King's Landing gefolgt, um sie bei Gelegenheit zu packen, aber er hatte ein Pferd stehlen müssen, um sie einzuholen, und hätte sie fast verpasst, als sie die Docks erreichte. Aber er hatte gesehen, welches Schiff sie betreten hatte, und es war eines, das ihm schon seit einiger Zeit verdächtig vorkam. Waverly nutzte die versprochene Belohnung für Bucks Ergreifung, um ein lokales Schiff und dessen Besatzung anzuheuern, die seine Befehle ausführen sollten. Er würde einen Weg finden, an Bord des Schiffes zu gelangen, auf dem sich das Holland-Mädchen befand, und sein angeheuertes Schiff würde ihnen auf das Meer hinaus folgen und auf sein Signal warten, um ihm ein Ruderboot zu schicken, sobald sie Land erreichten.

Es erstaunte ihn, dass er nur einen betrunkenen Piraten von einer der vielen Tavernen zu den Docks verfolgen und sich entsprechend in Matrosenkleidung kleiden musste, um an Bord des Schiffes zu kommen, auf das sie gegangen war. Er hatte gesagt, er sei ein neues Mitglied der Besatzung, als einer der Männer ihn nach seinem Namen gefragt hatte, aber abgesehen davon war keiner von ihnen misstrauisch gewesen, als er an Bord gekommen war.

Dann musste er nur noch in den Teil des Schiffes hinunterschlüpfen, in dem sich nur wenige Menschen aufhielten, es sei denn, sie befürchteten, das Schiff sei undicht. Bevor er seinen versteckten Aussichtspunkt erreicht hatte, hatte er sich auf den oberen Decks aufgehalten, um Gespräche zu belauschen. Geräusche wurden auf einem Schiff immer gut transportiert. Er hörte den Kapitän und das Holland-Mädchen sprechen, die flatternden Zungen von Dummköpfen, die sich für sicher hielten. Dank eben dieser Dummköpfe hatte sich sein Verdacht nun bestätigt. Lady Brianna St. Laurent, das Holland-Mädchen, war ein Pirat, aber nicht irgendein Pirat. Sie war die Tochter von Buck. Nachdem er diese Information erfahren hatte, schlich er sich durch das Schiff, bis er den Laderaum erreichte, in dem mehrere Fässer als Ballast gelagert waren, und versteckte sich dahinter, um zu warten.

Er grinste bösartig in die Dunkelheit. Oh ja, er würde sie allein erwischen und sie dann weglocken. Sobald Waverly Bucks Tochter in seiner Gewalt hatte, konnte er Buck zum Aufgeben zwingen.

Er würde den Piratenkönig hängen, und dann würde er die Tochter des Mannes benutzen, wie es ihm gefiel, bis das Feuer in ihren grünen Augen erloschen war. Dann würde auch sie hängen, und das würde die Bestie in ihm endlich satt machen.

Weit über ihm sangen die Männer bei ihrer Arbeit. Sie waren kurz vor ihrem Ziel. Er summte leise mit, und sein Lächeln wurde in der Dunkelheit breiter.

Kapitel Neunzehn

Brianna schwang eine Machete, um sich einen Weg durch die Bäume und Pflanzen zu schlagen, während sie und Gavin sich einen Weg durch das dichte Unterholz der Black Isle bahnten. Obwohl sie diesen Weg einige Male im Jahr beschritt, wuchsen die Pflanzen und Tiere immer wieder nach, um den Eingang zu verbergen, als ob die Natur selbst den Piratenhafen verbergen wollte.

Exotische Vögel zwitscherten im Nebel, der sich wie ein Mantel um die Insel legte. Zwischen dem Nebel und dem Wald war die Insel in Dunkelheit gehüllt.

Vor ihnen lag ein kleines Dorf, das von geflohenen Sklaven, den so genannten Maroons, errichtet worden war. Einige der älteren Piraten, wie ihr Vater, hatten ihre eigenen kleinen Häuser im Dorf, in denen sie wohnten, wenn sie zu Besuch kamen. Die Black Isle war ein wahrer Piratenhafen in einem Zeitalter, in dem die meisten von den Flotten der großen Nationen, die immer noch um die Vorherrschaft auf dem Meer wetteiferten, zerstört worden waren.

Das Leben, mit dem sie aufgewachsen war, war ein ständiger Wechsel zwischen dem Haus ihres Vaters auf St. Kitts, dieser Insel und den Schiffen gewesen, der sich auf den ersten Blick so sehr von dem Leben unterschied, das man von ihr als Nicholas' Frau erwartete, und doch war sie als Frau in einer von Männern regierten Welt auf Schritt und Tritt in Gefahr gewesen. Sie war unter dem Schutz ihres Vaters aufgewachsen und dann Nicholas zum Schutz übergeben worden, nicht unähnlich einem Arrangement in London. Es war seltsam, dass sich so unterschiedliche Welten auf diese Weise widerspiegelten. Gab es keinen Weg für eine Frau, sich selbst zu schützen?

Sie gingen tiefer in das Dorf hinein, das den Hafen bildete. Die gemütlichen kleinen Häuschen, die Taverne, die kleinen Marktstände. Für einen Ort, der auf keiner Landkarte verzeichnet war, war es erstaunlich zivilisiert.

Es gab einen großen Saal, der eher wie eine lange Blockhütte gebaut war und in dem sich die acht Piratenkapitäne trafen, die den Großteil der Besatzungen anführten, aus denen sich die Brüder der Küste derzeit zusammensetzten.

Brianna wischte sich den Schweiß aus den Augen, während sie sich die Dorfbewohner ansah, die sich unter die bereits eingetroffenen Piraten mischten. Dutzende von Menschen tranken und lachten, während sie sich über die neuesten Nachrichten von anderen Crews austauschten. Nicht wenige Erste Offiziere waren bis an die Zähne bewaffnet und hatten die Bäuche voll mit Schnaps. Nur die Kapitäne verzichteten auf Alkohol - zumindest bis zum Ende der Sitzung. Dann würde eine Feier folgen, es sei denn, das Treffen würde zu einer hitzigen und feindseligen Auseinandersetzung führen.

Ein vertrautes Gesicht in der Menge ließ Briannas Herz höher schlagen, ein Schotte, der die anderen Piraten mit einem grüblerischen Blick beobachtete.

»Joe!«, rief sie aus. Als er seinen Namen hörte, verflog seine schlechte Laune im Nu.

»Mädchen!«, brüllte er und schickte eine Reihe von Piraten um sich herum in die Flucht. Er stürzte mit weit ausgebreiteten Armen auf sie zu.

Brianna nickte Gavin zu. »Wir sehen uns später.«

»Natürlich. Ich bin in der Nähe, wenn du etwas brauchst«, antwortete Gavin. Es war schwer, den lüsternen Blick zu übersehen, der sich mit etwas Tieferem und Tiefgründigerem in seinen Augen vermischte. Es war die Art von Blick, nach der sich jede Frau sehnte, selbst eine Piratin wie sie.

»Danke, Gavin.«

Wenn sie sich nur in einen Piraten wie Gavin verliebt hätte, wäre alles anders gekommen. Aber sie liebte Nicholas, verdammt noch mal, und sie hatte keine Möglichkeit, ihr Herz zurückzubekommen. Selbst jetzt gehörte es ihm, genau wie sie.

Joe erreichte sie und hob sie hoch, als wäre sie noch ein Kind.

»Wie zum Teufel kommt es, dass du hier bist? Ich habe gesehen, wie du mitgenommen wurdest, und ...« Sein Gesicht verfinsterte sich. »Ich habe deinem Vater gesagt, dass ich nicht sicher bin, was mit dir passiert ist. Er sagte, er habe dir Flynn nachgeschickt, um dich zu retten.«

»Es ist alles in Ordnung. Ich bin frei, Joe«, sagte sie. Er setzte sie ab, aber als er sie ansah, konzentrierte sich sein Blick auf ihre Finger. Sie trug den goldenen Siegelring und ihren Ehering.

»Es ist passiert«, erklärte er mürrisch.

Sie berührte den goldenen Ehering schützend, auch wenn das Tragen des Ringes ihr im Herzen schmerzte.

»Ich ...« Sie rang nach Worten, die ihr nicht einfallen wollten.

Joe sah sie finster an. »Dann hast du dich also mit Flynn verbündet.«

Brianna war sich der Blicke der anderen Männer auf ihr

nur allzu bewusst. »Ich kann es später erklären. Wo ist mein Vater?«

»Er ist im Besprechungsraum.« Joe ruckte mit dem Kopf in Richtung der großen Halle in der Mitte des Dorfes.

Sie verschwendete keine Zeit, um dorthin zu gelangen. Sie öffnete die Tür und sah ihren Vater und drei andere Kapitäne in der Ecke des großen Raumes, in dem sich der runde Tisch der Brüderschaft befand. Die heiße, feuchte Luft der Insel, gemischt mit dem Geruch von Ale und Rum, erfüllte die Luft des Sitzungssaals. Es war fast beruhigend, diese Dinge wieder zu riechen.

Ihr Vater blickte zu ihr auf, nickte den anderen Männern in seiner Nähe zu und entschuldigte sich. Er umarmte sie erst, als sie das Versammlungshaus verließen und die unbefestigte Straße zu einem gemütlichen zweistöckigen Haus überquerten, das Buck seit mindestens einem Jahrzehnt gehörte.

Erst als sie allein im Eingangsbereich des Hauses waren, zog ihr Vater sie in seine Arme. Seine Finger gruben sich in ihre Arme, als er sie an seine Brust drückte und einen Kuss auf ihren Scheitel drückte. Sein Atem ging plötzlich rasend schnell, als ob er überwältigt wäre.

»Gott sei Dank«, flüsterte er. »Die letzten paar Tage waren die Hölle. Flynn hat versprochen, dich zu retten, aber ich konnte nicht sicher sein, ob er das unter den gegebenen Umständen schaffen würde.«

Er zog sich zurück, umfasste ihr Gesicht und untersuchte sie auf Verletzungen. Sein Gesicht war blass vor Sorge, und das graue Haar, das seine Schläfen durchzog, schien silberner als zuvor. Es war, als wäre der mächtige Thomas Buck gealtert, als er sie verloren hatte, für wie kurz auch immer. Das Wissen, dass sie ihm das angetan hatte, ließ eine schwere Schuld auf ihren Schultern lasten. Vielleicht hatte er Recht, dass dieses Leben jetzt zu viel für sie beide war. Sie war es leid, vor der

Marine fliehen zu müssen, und fürchtete um ihre Mannschaft. Zuvor hatten sie sich bei ihren Überfällen auf Handelsschiffe vergnügt und waren immer nur einen Schritt von der Schlinge entfernt gewesen, aber jetzt war die Schlinge da. Ihre Männer aufhängen ... Männer, neben denen sie eigentlich sterben sollte.

»Als ich ihn zu dir schickte, fürchtete ich, dass ... dass er dich vielleicht nach England bringt, bevor ich ...« Er beendete den Satz nicht, aber sie wusste, worauf er anspielte.

»Es ist alles in Ordnung. Ich bin jetzt hier.« Sie zog seine Hände sanft nach unten. »Aber wir müssen reden. Ich muss alles über meine Eltern erfahren. Nicholas hat mir gesagt, was er wusste, aber ich muss mehr wissen. Ich muss alles wissen.«

Ihr Vater seufzte, nickte und führte sie in den Salon. Sie setzten sich gemeinsam auf ein verblichenes Brokatsofa. Ihr Vater zögerte einen Moment und schaute sich stattdessen in dem anständig eingerichteten Zimmer um. Er war viele Jahre lang hierher gekommen, genau wie sie. Es war fast wie ein zweites Zuhause neben ihrem Wohnsitz auf St. Kitts. Es war nicht so prächtig wie das Haus auf St. Kitts, aber für die Nächte, die sie hier auf der Black Insel verbracht hatten, war es ausreichend komfortabel. Schon als Pirat hatte ihr Vater immer die feinsten Dinge genossen.

»Wo soll ich anfangen?«, sagte er, halb zu sich selbst, halb zu ihr.

»Erzähl mir von ihnen. So viel wie du weißt.« Ihre Stimme war ein bisschen rau geworden. Es war seltsam, dass der Gedanke an zwei Menschen, die sie nie gekannt hatte, sie so berührte, obwohl sie ihr das Leben geschenkt hatten. Im Moment war das für sie genauso wichtig wie der Mann, der sie aufgezogen hatte.

»Es war ein furchtbarer Sturm. Wir sind auf ein Schiff in Seenot gestoßen. Es war auf ein Riff aufgelaufen, und sein

Rumpf war aufgerissen. Der größte Teil der Besatzung war über Bord gegangen, und die Übriggebliebenen lagen tot auf dem Oberdeck. Ich hatte wenig Hoffnung, dass es Überlebende gab, aber ich musste sicher sein. Ich habe zwei in einer Kajüte gefunden. Dein Vater war schwer verwundet worden. Ich glaube, er hatte noch versucht, den Menschen an Deck zu helfen, aber er wurde tödlich verwundet, als einer der Masten brach. Er war bei deiner Mutter, die mit dir in den Wehen lag, und er wusste, dass er deine Geburt nicht mehr erleben würde. Er gab mir seinen Siegelring und bat mich, auf dich aufzupassen, sobald du geboren bist. So wie er über dich sprach und wie er dein Mutter ansah, war es klar, dass dieser Mann euch beide sehr geliebt hat. Vielleicht ist das der Grund, warum ich dich so liebe, wie ich dich liebe. Es ist, als hätten er und deine Mutter mir ihre Liebe zu dir gegeben, damit ich sie in mir trage, bis sie meine eigene wird.« Ihr Vater räusperte sich, seine Augen waren ein wenig gerötet. »Ich habe dich von dem Moment an geliebt und gehegt, als ich dich in meinen Armen hielt.«

Brianna hatte ihren Vater noch nie so emotional sprechen hören. Sie hatte gewusst, dass er ein Mann war, der tiefer war als das Meer selbst, aber er verheimlichte ihr oft vieles von dem, was er fühlte. Jetzt erhielt sie Zugang zu seinen Gedanken und Gefühlen, und es drohte, sie zum Weinen zu bringen, was sie selten tat.

»Und ... meine Mutter?« Die Worte trafen sie mitten ins Herz, denn irgendwie hatte sie das Gefühl, dass ihre Eltern mit ihr im Raum waren, während sie sprach.

»Sie blieb lange genug bei uns, um dich zur Welt zu bringen, dir einen Namen zu geben und mir zu sagen, dass ich dich wie mein eigenes Kind lieben soll. Das habe ich getan. Ich *liebte* dich von ganzem Herzen als mein Kind, und ich liebte dich auch für *sie*.« Er nahm ihre Hände in die seinen und fühlte den Ehering an ihrem Finger. Er sah sie fragend an.

Der Kummer grub sich in ihr Herz. Er hatte ihre Hochzeit verpasst. Ja, es hatte als Täuschung begonnen und als solche geendet, aber als sie ihr Gelübde abgelegt hatte, hatte sie es ernst gemeint. Sie hatte Flynns Worten geglaubt und sich gewünscht, mit ihm verheiratet zu sein. Und ihr Vater hätte die Gelegenheit haben sollen, sie zu Nicholas zu begleiten und zu sehen, wie sie ihr Leben an das seine band.

»Nachdem du geflohen bist, habe ich versucht, meine Männer vom Schiff zu holen. Die meisten schwammen an Land, ohne von der Marine aufgegriffen zu werden, aber wir wurden geentert, bevor ich mit den letzten meiner Männer fliehen konnte. Sie nahmen mich gefangen, aber Flynn kam und sagte ihnen, dass ich seine Frau sei.«

»Hat er das wirklich?«, murmelte Buck.

Sie fingerte abwesend an ihrem goldenen Ehering herum, das Herz schlug ihr bis zum Hals. Sie wollte ihrem Vater nicht in die Augen schauen, damit er nicht sah, wie komplex ihre Gefühle für ihren Mann geworden waren, vor allem nach den Ereignissen in der Hochzeitsnacht.

»Er sagte ihnen, er habe mich aus England kommen lassen und ich sei von Piraten entführt worden, bevor ich ihn erreichte. Aber Admiral Harcourt, Dominics Schwiegervater, hat uns heimlich heiraten lassen und die Heiratsurkunde auf ein Jahr zurückdatieren lassen, um unsere Geschichte zu untermauern.«

Sie zögerte, fuhr aber schließlich fort. »Ich weiß nicht, was ich tun soll. Sechs meiner Männer sitzen in Port Royal in der Schlinge. Flynn hat mich in der Nacht unserer Hochzeit abgelenkt, als ich eigentlich eine Rettungsaktion hätte planen sollen.«

Ihr Tonfall hatte sich geändert, und ihr Vater beäugte sie misstrauisch. »Was verschweigst du mir, Brianna? Warum bist du jetzt hier und nicht bei ihm?«

Brianna wandte den Blick ab. »Ich wachte vor Sonnenaufgang auf und sah ihn mit Dominics Frau weggehen. Sie umarmten sich und fuhren allein in einer Kutsche davon, nur sie beide. Ich bin nicht geblieben, um mir irgendwelche Ausreden oder Lügen anzuhören, die sie mir auftischen könnten. Ich musste einfach ...«

»... weglaufen?«, fragte ihr Vater. Sein Tonfall klang schockiert, doch er lächelte reumütig. »Ohne ihn zu konfrontieren? Ohne Antworten? Ich habe noch nie erlebt, dass du vor Dingen wegläufst, die dir Angst machen, Brianna. Was war diesmal anders?« Sein heiserer Tonfall war immer noch weich und enthielt all die Sanftheit und das Mitgefühl, das er ihr als Kind entgegengebracht hatte, wann immer die Dunkelheit sie verängstigte und ihr Vater ihr zu Hilfe gekommen war.

»Ich weiß es nicht.«

»Ich glaube, das tust du. Liebst du Flynn?«

Sie schluckte schwer und nickte. »Ich will es nicht, aber ich tue es.«

»Und deshalb hattest du zu viel Angst, Antworten von ihm zu bekommen. Wenn unsere Geschäfte hier abgeschlossen sind, möchte ich, dass du zu ihm zurückkehrst und die Sache klärst.«

»Aber was, wenn ich ihm nicht gegenübertreten kann?«

»Ich habe gesehen, wie du dich Fregatten gestellt hast, die doppelt so viele Kanonen hatten wie deine Schaluppe. Flynn ist nur ein Mann.«

Brianna unterdrückte ein Kichern wegen der dunklen Gedanken, die immer noch an ihr nagten. »Aber was ist, wenn ich mit ihm Recht habe?«

Buck schüttelte den Kopf. »Ich bezweifle, dass Dominics Frau seinem Bett untreu werden würde, und ich bezweifle, dass Nicholas eine andere Frau als dich ansehen würde. Er hat nicht geleugnet, dass er dich liebt, als ich ihn fragte. Er wusste, dass ihm durch mich der Tod drohte, und doch gab er seine Gefühle offen zu. Du stehst also vor einer Entscheidung, mein Herz. Kehre zu ihm zurück und erkenne die Wahrheit, oder bleibe weg und gehe damit um, dir für den Rest deines Lebens Fragen zu stellen.«

Sie hatte ihre feige Tat schon die ganze Zeit bereut, und es tat jetzt noch mehr weh, zu wissen, dass sie sich ihrer eigenen hartnäckigen Dummheit stellen musste.

»Ich nehme an, das muss ich.« Ihr war es nicht neu, in fremden Gewässern zu segeln, doch diese waren ihr nicht nur fremd, sie waren auch unerforscht. Ihr Vater hatte Recht. Es war leicht gewesen, ihre Beziehung zu sabotieren, indem sie weglief, weil es sich sicherer anfühlte, als dazubleiben und sich dem zu stellen, was kommen könnte.

»Willst du ein Leben mit ihm, ein Leben mit Kindern und ...?«

»Ja, aber was würde mich das kosten? Du kennst mich. Ich könnte nie zu Hause bleiben und die Art von Frau sein, die darauf wartet, dass ihr Mann von einem Abenteuer zurückkehrt. Ich brauche *mehr* vom Leben.«

Ihr Vater hob herausfordernd eine Augenbraue. »Hat *er* dir denn gesagt, dass er das will? Dass er will, dass du zu Hause bleibst und nicht die bist, die du bist? Und seit wann müssen Kinder an Land erzogen werden? Das wurdest du sicher nicht.«

»Ich weiß nicht, was er will. Aber er sagt, dass er möchte, dass ich nach England zurückkehre und meinen Onkel kennenlerne. Und was gibt es für eine Frau in diesem Teil der Welt sonst noch zu tun? Wo es Gesetze für Männer gibt, gibt es auch Ketten für Frauen. Hier gibt es wenigstens die Möglichkeit, frei zu sein.«

Buck stieß einen langsamen Seufzer aus. »Dein ganzes Leben lang habe ich dir etwas über das Meer und das Segeln beigebracht, aber ich habe vergessen, dir etwas über das Leben beizubringen, darüber, wie man sein Leben mit einem anderen Menschen teilt. Vielleicht liegt es daran, dass es mir selbst schwer fällt, das zu tun. Flynn könnte dich überraschen, mein Herz. Aber es liegt an dir selbst, das herauszufinden. Du bist auf bewaffnete Schiffe gestürmt, um deren Schätze zu plündern; ein einfaches Gespräch kann doch nicht so beängstigend sein.«

»Es war nicht vorgesehen, dass ich Liebe finde ...« Ihre Stimme wurde leiser, als sie fortfuhr. »Zumindest nicht mit einem Mann wie Flynn. Ich wollte jemanden wie dich, einen Piraten, einen Mann, der mir meine Freiheit lässt.«

»Wahre Liebe *ist* Freiheit«, sagte ihr Vater. »Wenn er dich einsperrt, dann liebst du ihn nicht wirklich, und er liebt dich auch nicht wirklich. Liebe, *echte* Liebe, ist unglaublich einfach. Wenn du deinem Instinkt vertraust, wirst du sehen, was ich meine.«

Sie schloss kurz die Augen, bevor sie sie wieder öffnete. »Aber was ist, wenn das bedeutet, dich zu verlassen? Was ist, wenn ich dich nach all dem nie mehr wiedersehen kann?« Das war eine ihrer schlimmsten Befürchtungen: Wenn sie sich für ein Leben mit Nicholas entschied, würde sie ihren Vater nie wieder sehen.

Er ergriff ihre Hände und drückte sie fest. »Ich hatte nie vor, Vater zu werden, aber in dem Moment, als ich dich in meinen Armen hielt und du mich mit diesen grünen Augen ansahst, war die Liebe in meinem Herzen voll und ganz da. Egal, was du in England findest oder wer du in den kommenden Jahren sein wirst, ich werde immer dein Vater sein. Zeit und Entfernung werden daran nichts ändern.«

Immer. Dieses Wort sprach von einer Liebe, die nicht vergehen würde. Sie war dauerhafter als die Meere selbst. Sie war *unendlich.* Wie schön war der Gedanke, dass so etwas

Unendliches und Unermessliches wie die Liebe in einem menschlichen Herzen Platz finden könnte. Aber das war es, was die Liebe zu einem solchen Wunder machte. Man sollte keine Angst vor Wundern haben, sondern sie annehmen.

Sie warf ihre Arme um den Nacken ihres Vaters und hielt ihn fest, Tränen liefen ihr über die Wangen, während er ihre Umarmung erwiderte. Dieser Moment fühlte sich wie ein Abschied an, und das wollte sie nicht.

»Egal was passiert, ich werde dich immer finden, Brianna. *Immer.*«

Sie hob ihren Kopf von seiner Schulter und starrte ihn an. Irgendetwas an seinem Tonfall machte ihr Angst. »Vater?«

»Es ist Zeit, dass die Brüder zusammenkommen. Wir werden wieder miteinander reden, sobald das erledigt ist.« Buck stand auf und ließ sie los.

»Wenn was erledigt ist?«, fragte sie. »Warum hast du überhaupt dieses Treffen einberufen?«

Ihr Vater lächelte. »Du weißt, warum. Meine Zeit ist zu Ende. Es wird ein neuer Schwarzer Admiral gewählt werden, und ich werde mich aus diesem Leben zurückziehen.«

Sie hatte vermutet, dass ihr Vater dies geplant hatte, aber sie fühlte sich trotzdem seltsam leer. Die Brüder hatten ihren Kodex, und sie musste das, was heute geschehen würde, respektieren, ganz gleich, was als nächstes kam.

Nicholas hielt den Atem an, als er und Dominic das Dorf auf der Black Isle betraten. Die Insel war dunkel und bewaldet, und die Sonne hatte Mühe, den Nebel und die Bäume zu durchdringen. Er hatte das unheimliche Gefühl, dass er sich an einem sehr alten Ort befand und dass an diesem Ort Macht herrschte. Er war als erster Offizier von Dominic an Land gebracht worden, um an dessen Seite zu stehen, während die Brüder sich versammelten. In all seinen Jahren bei der Marine hatte er noch nie von dieser Insel gehört oder sie auf einer Karte gesehen. Und doch war sie da, eine Insel, die scheinbar unauffindbar war, außer für Piraten. Wie war so etwas möglich? Es gab keine hohen Gipfel, und die gesamte Insel war in Nebel gehüllt. Er fühlte sich *gefangen*.

»Ganz ruhig«, murmelte Dominic. »Vergiss nicht, du bist hier kein Marinesoldat.«

Ja, heute war er ein Pirat, und er war hier, um seinen Schatz zu finden - *seine Frau*.

»Folge mir.« Dominic schritt auf ein Gebäude in der Mitte des Dorfes zu. Als sie durch die Tür traten, standen sie vor einem großen runden Tisch, der ihn an alte Artuslegenden denken ließ. Der Raum war dunkel, aber als das Licht der Lampen heller wurde, sah er, dass der Raum voller Männer war und Buck ihm gegenüber auf der anderen Seite des Tisches stand.

»Dominic, schön, dass du hier bist, wenn auch unerwartet«, sagte Buck mit einem respektvollen Nicken. »Und Flynn«, fügte er hinzu, und seine Augen verrieten ein Aufblitzen von Emotionen, das zu schnell war, um es zu benennen.

»Buck«, antwortete Dominic und nahm seinen Stuhl. Nicholas blieb hinter Dominic stehen, so wie die anderen Ersten Offiziere hinter ihren sitzenden Kapitänen standen. Buck war der einzige der Kapitäne, der stand. Nicholas suchte den Raum nach Brianna und ihrem Ersten Offizier Joe ab, aber sie waren nicht unter den Männern, die hier saßen. Dominic hatte ihn gewarnt, dass sie nicht hier sein würde, sie war ein kleinerer Kapitän. Nur die erfahrensten Kapitäne qualifizierten sich für einen Platz an diesem Tisch.

»Ich habe dieses Treffen einberufen, um anzukündigen, dass ich nicht mehr unter der Piratenflagge segeln werde. Wir werden heute über einen Nachfolger für das Amt des Schwarzen Admirals abstimmen, dessen Aufgabe es sein wird, die Brüder gewinnbringend und, wie wir hoffen, weise zu führen. Bevor wir beginnen, muss jeder seine Waffen auf dem Tisch ablegen.« Buck bewegte sich zuerst und legte sein Kurzschwert und seine Pistole vor sich auf den Tisch. Einer nach dem anderen folgten die anderen Kapitäne und ihre Ersten Offiziere dem Beispiel. Die Waffen blieben alle in Reichweite ihrer Besitzer, aber das Ablegen war ein Symbol für den Frieden, den sie in diesem Raum bewahren wollten.

»Beim Blut unserer Brüder werden wir nun einen neuen Mann an meiner Stelle wählen. Wer möchte der nächste Schwarze Admiral werden?«

Ein paar Blicke wurden zu Dominic geworfen, aber er zeigte keine Regung und starrte Buck weiter an. Nicholas wurde klar, wie mächtig sein Freund aus Kindertagen in der Welt der Piraten gewesen sein musste, bevor er das Leben aufgegeben hatte. Es überraschte Nicholas immer noch, dass sie überhaupt hier waren. Er schien es also doch nicht ganz aufgegeben zu haben. Nicholas fragte sich, ob Roberta vom Nebengeschäft ihres Mannes wusste. Höchstwahrscheinlich tat sie das, wenn man ihr Verhalten während des Gefängnisausbruchs bedachte. Aber Admiral Harcourt wusste es sicher nicht.

»Niemand möchte die Rolle übernehmen?« Buck klang ein wenig überrascht. Nicholas schaute sich um, um die sechs anderen Kapitäne neben Buck und Dominic zu betrachten.

Ein älterer spanischer Pirat mit einem schwarz-silbernen Bart, der mit bunten Perlen verziert war, räusperte sich.

»Buck, was wäre, wenn Sie einen Nachfolger benennen würden?«

»Kapitän Encino, ich danke dir, aber ich werde nur dann einen ernennen, wenn der gesamte Piratenhof dies wünscht. Ihr solltet euer Schicksal selbst bestimmen und es euch nicht von mir diktieren lassen.«

»Vielleicht, aber du hast uns viele Jahre lang gut geführt und uns aus der Schlinge herausgehalten. Wie könnten wir dir jetzt nicht vertrauen?« Kapitän Encino hob die Hand und blickte zu den anderen sitzenden Kapitänen. »Hebt die Hand, damit Buck seinen Nachfolger wählen kann.«

Jede Hand am Tisch ging hoch, und Buck stieß einen Seufzer aus.

»Nun gut. Ich werde eine Entscheidung treffen, aber ich will kein Blutvergießen, wenn es Menschen gibt, die mit meiner Entscheidung nicht einverstanden sind. Wir haben unseren Frieden viele Jahre lang durch unseren Respekt voreinander bewahrt.«

Nicholas konnte Bucks Charisma als Führungspersönlichkeit, seine ruhige Zuversicht und den Respekt, den ihm die anderen entgegenbrachten, nicht leugnen. Es war leicht zu verstehen, wie ein solcher Mann all die Jahre aus dem Verborgenen heraus hatte regieren können.

»Aye, wir werden deine Entscheidung respektieren«, antwortete ein anderer Kapitän. »Und wenn ich eine Predigt gewollt hätte, wäre ich Priester geblieben. Mach endlich weiter!« Die Anwesenden im Raum lachten über die übertriebene Ungeduld des Mannes.

»Nun gut, dann. Meine Wahl basiert nicht nur auf den Fähigkeiten als Kapitän, sondern auch auf Gerissenheit und Mut. Ich glaube, dass er ein Mann ist, der sich für euch alle einsetzen wird.« Buck zeigte auf den Mann, der neben Dominic saß. »Ich wähle Gavin Castleton zum nächsten Schwarzen Admiral.«

Einen Moment lang herrschte Stille, dann griff Hauptmann Encino über den Tisch, hob den Kolben seiner Pistole an und klopfte damit zur Bestätigung auf den Tisch. Die anderen taten es ihm nach, darunter auch Dominic, der mit dem Griff seines Dolches auf das harte Holz schlug.

Gavin erhob sich, und Nicholas nahm sich einen Moment Zeit, um ihn zu betrachten. Er war ähnlich groß, aber er war dunkelhaarig, während Nicholas blonde Haare hatte. Er war vielleicht fünfundzwanzig oder sechsundzwanzig, aber sein Gesicht hatte einen uralten Ausdruck, der auf einen Mann hindeutete, der in seinem Leben schon viel gesehen hatte.

»Danke, Buck. Ich fühle mich geehrt und nehme die Nominierung gerne an.«

Dominic und die anderen Kapitäne standen auf. »Gavin Castleton, der Schwarze Admiral«, riefen sie gemeinsam.

»Herzlichen Glückwunsch, Castleton«, sagte Buck, sichtlich erleichtert, dass seine Wahl gut angenommen wurde. »Warum trinken wir nicht alle zur Feier des Tages?«

Nicholas gesellte sich zu den anderen, um wie üblich ein wenig Rum zu trinken, bevor er Bucks Blick auf sich spürte.

»Sieht so aus, als ob du besser mit ihm sprechen solltest«, flüsterte Dominic dicht an ihn gelehnt. »Das ist deine Gelegenheit.«

Nicholas folgte Buck durch eine Hintertür aus dem Versammlungshaus und ging bis zum Rand des Dschungels, der das Dorf umgab. Einen Moment lang befürchtete Nicholas, dass Briannas Vater bereit sein könnte, ihn umzubringen.

»Du bist also wegen ihr gekommen?«, fragte Buck. Der Mann verschränkte die Arme vor der Brust und schaute Nicholas finster an.

»Das bin ich, wenn sie hier ist.«

»Das ist sie«, sagte Buck.

Nicholas atmete erleichtert auf. »Gott sei Dank.« Die

Anspannung in seinen Schultern ließ nach, und der Knoten der Angst in seinem Magen begann sich zu lösen.

»Sie ist die mutigste Frau, die ich je gekannt habe«, sagte Buck leise, »aber sie fürchtet ein gebrochenes Herz mehr als alles andere, was die Welt ihr antun könnte. Was auch immer du getan hast, um sie in die Flucht zu schlagen, du solltest es besser in Ordnung bringen.«

Nicholas wurde plötzlich von Schuldgefühlen übermannt, weil er Brianna das alles zugemutet hatte. Er hatte ihr so viel Schmerz zugefügt, als er versucht hatte, ihr genau diesen zu ersparen.

»Sie ist mein Ein und Alles, Buck. Ich werde sie nicht enttäuschen.«

»Das solltest du besser nicht.« Bucks Blick wurde distanziert. »Ich reise nach England, sobald ich meine Angelegenheiten hier geregelt habe. Wäre ein ehemaliger Pirat bei euch willkommen, falls sie sich entschließen sollte, mit dir nach Cornwall zurückzukehren?« Bucks Stimme war ruhig, aber Nicholas konnte erahnen, wie sehr seine Antwort Buck entweder zerstören oder retten würde.

»Briannas Vater wird immer bei uns zu Hause willkommen sein, wo auch immer das sein mag. Ich lege meinen Dienst bei der Marine nieder. Ich hätte es am Tag unserer Hochzeit getan, aber ich war damit beschäftigt, ihre Mannschaft aus der Festung zu retten.«

Daraufhin funkelten Bucks Augen. »Du hast Briannas Besatzung gerettet?«

»Das haben wir, dank eines cleveren Plans von Dominics Frau.«

Buck gluckste. »Ah, da seid ihr also hingegangen.«

»Was?«, fragte Nicholas.

»Brianna hat gesehen, wie du mit Dominics Frau abgehauen bist, und dachte ... nun ja ... Sie war sich nicht sicher, ob du sie verraten hast, also war sie auf der Seite der Vorsicht.«

»Ich verstehe. Aber trotzdem ist es meine Schuld, dass sie diese Vermutung anstellen musste.«

»Du solltest sie finden und dich ihr erklären. Zeige ihr, dass sie keinen Grund hat, sich davor zu fürchten, dich zu lieben.« Buck lächelte und ging. In einem Moment war er noch da, im nächsten schlüpfte er auf einem unsichtbaren Pfad in das dichte Laub. Nicholas kehrte ins Dorf zurück und machte sich auf die Suche nach seiner Frau.

JOE GESELLTE SICH IN DER EINZIGEN TAVERNE DES DORFES, in der die meisten Ersten Offiziere und einige Kapitäne einen Krug Bier tranken, zu Brianna. »So. Es ist vollbracht, Mädchen.« Die Taverne füllte sich nun mit den Ersten Offizieren, die bei der Versammlung ihres Vaters anwesend gewesen waren, aber Brianna bemerkte es kaum.

Sie saß in einem Stuhl in der Ecke, beobachtete die Feierlichkeiten und fragte sich, wo Nicholas war und was er tat.

»Mädchen?«, sagte Joe etwas lauter, als er sich neben sie setzte. »Du hörst mir nicht einmal zu.«

»Was ist vollbracht?«, fragte sie, als sie sich daran erinnerte, was er gesagt hatte.

»Dein Vater hat der *Sea Hawk* die Piratenflagge abgenommen.«

»Das dachte ich mir schon. Haben sie ihn ersetzt?« Sie wünschte, sie hätte bei ihm sitzen können, aber nur acht Kapitäne hatten das Kommando am Tisch. Diese acht waren am längsten gemeinsam auf hoher See unterwegs gewesen und hatten das meiste Vertrauen zueinander. Der Rücktritt ihres Vaters würde bedeuten, dass der neue Schwarze Admiral einen neuen Kapitän für den freigewordenen Stuhl auswählen würde. Sie und Reese Belishaw könnten als jüngere Kapitäne eine Chance auf einen Platz am Tisch haben, aber sie würde abwarten und hören müssen. Natürlich ... Sie hatte im Moment keine Mannschaft und kein Schiff, sodass sie wahrscheinlich für einen solchen Ehrenplatz übergangen werden würde.

»Gavin Castleton hat seinen Platz übernommen.«

»Gavin ist der neue Schwarze Admiral?«

»Aye.« Joe warf den Kopf zurück und nahm einen großen Schluck. »Und dein Mann ist auch hier. Er stand als Erster Offizier von Dominic Gray. Reese hat mitgeteilt, dass er für die Abstimmung seinen Platz am Tisch für Dominic räumen wird.«

»Mein Mann?«

Joe hob seine linke Hand und wackelte ihr mit dem Ringfinger zu.

»Nicholas?« Sie stand so schnell auf, dass sie ihren Stuhl hinter sich umwarf, und mehrere Männer warfen ihr erschrockene Blicke zu.

»Wo ist er?«

»Das Letzte, was ich gesehen habe, war, dass er mit deinem Vater hinter dem Versammlungshaus gesprochen hat.«

Brianna rannte los, bevor sie überhaupt Zeit zum Nachdenken hatte. Sie überquerte den unbefestigten Weg und umrundete das Versammlungshaus, das sie jedoch leer vorfand.

»Nicholas?« rief sie aus. Der Name hallte in der Stille um sie herum wider.

Der Wald war still. Keine Vögel sangen, keine Frösche quakten, keine Affen schnatterten. Alles war still.

Dann erhielt sie ohne Vorwarnung einen Schlag gegen den

Kopf. Alle Kraft verließ ihren Körper. Sie stürzte zu Boden und kam nur teilweise wieder zu sich. Sie roch den Dreck neben ihrem Gesicht und sah eine dunkle, verschwommene Gestalt über sich auftauchen. Ein raues Kichern folgte ihr in die Schwärze, die weitaus schrecklicher war als das Versinken in den Tiefen des Meeres.

»So trifft man sich wieder, Holland.«

Kapitel Zwanzig

Briannas Kopf pochte, und der Schmerz zwang sie langsam wieder zu Bewusstsein. Sie lag auf einem Holzboden, dunkel und kalt. Mit zaghaften Fingern berührte sie ihren Kopf und zuckte zusammen, als ein neuer Schmerz durch ihren Schädel pochte. Als sie versuchte, sich zu bewegen, wurde sie von einer Welle der Übelkeit und des Schwindels überrollt. Nach mehreren langen Minuten fühlte sie sich endlich wieder kräftig genug, um sich zu bewegen. Sie kam auf die Knie und lehnte sich an den nächstgelegenen Gegenstand, der sich als Eisengitter herausstellte.

»Nein«, stöhnte sie, während sich ihre Finger um die Gitterstäbe der Zelle krümmten. *Wie ...?* Es fiel ihr schwer, sich zu erinnern, was ihre letzten Gedanken gewesen waren. Sie hatte ihren Vater gesehen, erfahren, dass Nicholas auf der Insel war, und - der Schmerz schoss ihr durch den Kopf, als sie sich danach an nichts mehr erinnern konnte.

Ihre Augen gewöhnten sich an die Dunkelheit. Anhand des Schwankens ihres Körpers wusste sie, dass sie sich an Bord eines Schiffes befand. Wasser schlug in einem rhythmischen

Muster gegen die Seiten des Rumpfes, und sie wusste, dass sie weit von einem Hafen entfernt sein mussten. Sie sah sich nach etwas um, mit dem sie die Gitterstäbe bearbeiten konnte, aber natürlich gab es nichts. Nichts zu tun außer warten.

Sie setzte sich auf eine Kiste und stützte ihr Kinn auf ihre Hand. Wo war Nicholas? Das Wissen, dass sie ihn wahrscheinlich nie wieder sehen würde, hinterließ einen hohlen, trostlosen Schmerz in ihr. Wenn sie ihn nur gefunden hätte, bevor sie gefangen genommen wurde. Doch jetzt war es zu spät.

Sie hörte das Poltern von Stiefeln auf der nahen Leiter, als jemand auf sie zukam. Sie zuckte zusammen, als das Gesicht von Captain Waverly im schummrigen Licht auftauchte.

»Ich dachte, ich hätte dich vielleicht zu hart geschlagen. Es wäre schade gewesen, dich zu töten, wo ich doch vorhabe, dich hängen zu sehen.« Er trug nicht seine makellose rote Uniform. Er sah aus wie ein gewöhnlicher Seemann in einer blauen Hose und einem weißen Hemd, das in der Taille gegürtet war. Irgendetwas daran beunruhigte sie mehr, als sie sagen konnte.

»Ich möchte mit dem Kapitän des Schiffes sprechen. Er sollte mich sehen wollen, wenn ich Gefangene der Marine bin.«

Daraufhin lachte Waverly mit dunkler Schadenfreude.

»Oh, wir sind nicht an Bord eines Marineschiffes. Keiner der Kapitäne in Port Royal wollte auf mich hören, als ich darauf bestand, dass wir dich verfolgen. Also war ich gezwungen, meine eigene Besatzung zusammenzustellen.«

Tief in ihrem Inneren bildete sich eine Grube des Grauens. Heiratsurkunde hin oder her, der Admiral dürfte nicht in der Lage sein, sie zu schützen. Nicht vor diesem Mann.

»Was ist also dein Plan?« Sie konnte ein leichtes Schwanken in ihrer Stimme nicht verbergen, und sein Gesicht verzog sich wieder zu einem boshaften Grinsen.

»Ich werde dich nach Port Royal zurückbringen und der

Marine zeigen, wie eine zivilisierte Nation mit Piraten umgeht. Dann wird dein Vater von deiner bevorstehenden Hinrichtung erfahren, die nur dann ausgesetzt wird, wenn er sich stellt. Wenn Buck tot ist, werden wir dich trotzdem hängen.«

»Buck wird nicht kommen. Er wird nicht wissen, dass du mich entführt hast, und selbst wenn er davon erfahren würde, wäre es zu spät. Er hat die Westindischen Inseln verlassen.«

»Meine Liebe, überleg doch, wo ich dich gefunden habe. Ich habe dort jeden berüchtigten Verbrecher gesehen, der von der Krone gesucht wird, auch deinen Vater. Und er *wird* kommen, um dich zu holen - Buck würde seine Tochter nicht einfach sterben lassen. Ich habe ihm eine sehr klare Botschaft hinterlassen.« Waverly kicherte und zeigte auf ihren Kopf. Sie berührte ihr Haar und stellte fest, dass eine kleine Haarsträhne neben ihrem Ohr abgeschnitten worden war. Ihr Vater würde wissen, was das blonde Haar bedeutete, wenn er es sah.

»Ich werde beweisen, dass Admiral Harcourt ein tattriger alter Narr ist und dass diejenigen, die ihm treu ergeben sind, genauso fehlgeleitet sind wie er selbst.«

Sie wagte nicht, Waverly zu fragen, wie er herausgefunden hatte, dass sie Bucks Tochter war. Sie wollte seine Aufmerksamkeit so weit wie möglich von ihrem Vater ablenken.

»Was hast du denn gegen den Admiral?« Sie wollte ihn am Reden halten. Ein Mann wie Waverly durfte sich niemals langweilen; das könnte für jeden in seiner Nähe tödlich sein.

Waverly kräuselte verächtlich die Lippen. »Er ist der Schwiegervater von einem verdammten Piraten. Er sollte das Gesetz der Krone durchsetzen, und doch segelt ihr alle vor seiner Nase herum und richtet Schaden an unserem Handel an. Barmherzigkeit hat in diesen wilden Ländern keinen Platz, bis sie wirklich gezähmt sind.« Während er sprach, berührte er die Gitterstäbe ihrer Zelle und gab ihnen einen leichten Ruck, und Brianna konnte sich kaum davon abhalten, einen Schritt zurückzutreten.

Brianna wusste, dass sie auf einen Verrückten starrte. Ein Eiferer. Nicholas hatte ihr gezeigt, dass es in der Marine gute und ehrenhafte Männer gab, aber dieser Mann verkörperte alles, was sie als Kind verachtet hatte. Der eiserne Stiefel an der Kehle der Karibik, der sich nahm, was er haben wollte, und nie etwas zurückgab. Die *echten* Piraten.

Immer noch verzweifelt bemüht, Waverly am Reden zu halten, drängte sie: »Wie hast du mich von der Insel geholt?«

»Ich habe dich ans Ufer getragen, und der Kapitän des Schiffes hatte ein Ruderboot, das auf mich wartete. Er konnte den Weg in die Bucht nicht finden, wie die anderen Piratenschiffe, aber das machte nichts, er wusste, dass er ein Ruderboot zum nächsten Ufer schicken musste, wo er es anlanden konnte. Bevor ich dich verfolgte, habe ich den Strand ausspioniert und euer Schiff gesichtet und mit einem kurzen Feuer signalisiert, das ich gelöscht habe, bevor eure Piraten es überhaupt bemerkten.«

»Aber wie hast du die Insel überhaupt gefunden, ohne verfolgt zu werden?«

Er hob sein Kinn mit einem fast schadenfrohen Stolz. »Ich bin dir zu den Docks gefolgt und bin hinter dir aufs Schiff gegangen. Das Schiff, das ich angeheuert hatte, war angewiesen, in einiger Entfernung zu folgen und auf mein Signal zu warten. Was die Unauffälligkeit betrifft, so solltest du nicht vergessen, dass die Insel an einer wichtigen Handelsroute liegt. Mein angeheuertes Schiff brauchte sich nur bei Bedarf häufig am Horizont zu entfernen, und die Piratenmannschaften würden glauben, dass es sich nur um ein anderes Schiff handelte, das am Horizont auftauchte und wieder verschwand, wo die Schiffe die Handelsroute befahren. Keiner hat auch nur geahnt, dass es dasselbe Schiff sein könnte.«

Brianna schloss die Augen, als ihr Kopf wieder pochte.

»Du und ich, wir werden so viel Spaß miteinander haben«, trällerte Waverly fast. »Ich ...«

Seine Worte wurden unterbrochen, als von oben ein schriller Pfiff ertönte. Der durchdringende Alarm konnte nicht ignoriert werden. Waverly starrte sie eine lange, erschreckende Sekunde lang an, dann eilte er wortlos die Leiter hinauf, und Brianna drückte ihren Kopf an die Gitterstäbe und atmete tief ein, um ihr rasendes Herz zu beruhigen. Waverly wusste, dass sie eine Frau war, und er hatte sie in der Falle. Sie konnte sich nichts Schlimmeres vorstellen als dies. Der einzige Trost, den sie hatte, war, dass er Nicholas nicht erwähnt hatte. Das gab ihr Hoffnung, dass er noch am Leben war.

Was auch immer der Bootsmann an Deck gesehen hatte, das ihn dazu veranlasste, so zu pfeifen, reichte für einen Aufruf zu den Waffen. Sie betete nur, dass derjenige, der sie verfolgte, auf ihrer Seite war.

NICHOLAS SUCHTE EINE STUNDE LANG DIE INSEL AB, wusste aber in seinem Herzen, dass Brianna nicht mehr hier war. Er kehrte zu der Stelle zurück, an der er Buck hinter dem Versammlungshaus getroffen hatte, in der Hoffnung, dass andere ihm bei der Suche helfen würden, und er fand eine Locke ihres goldenen Haares, die mit einem englischen Militärdolch in die Erde gesteckt war. Er erkannte sofort, dass es sich um die Waffe handelte, die Captain Waverly in seinem Gürtel trug. Nicholas sammelte die Gegenstände ein und rannte los, um Hilfe zu holen. Er fand Buck, Joe und viele der Piratenkapitäne noch im Versammlungshaus.

»Wenn sie nicht mehr auf der Insel ist, muss dieser verdammte Abschaum einen Weg gefunden haben, sie wegzubringen«, sagte Joe mit einem leisen Knurren.

»Es gibt viele Möglichkeiten, die Insel zu verlassen«, stimmte Buck zu. »Die Bucht ist nur die beste Möglichkeit für unsere Schiffe, unsichtbar zu bleiben, aber jede Jolle oder jedes Ruderboot könnte ein Schiff vor der Küste treffen.«

Buck warf einen Blick auf die anderen Piratenkapitäne im Besprechungsraum.

»Jeder, der mir bei der Rettung meiner Tochter helfen will, ist willkommen, aber ich bitte keinen von euch darum, denn es ist wahrscheinlich, dass wir von der Marine angegriffen werden, sobald wir die sichere Bucht verlassen. Ich kann nicht sagen, was uns draußen auf offener See erwartet.«

»Du bist noch bis Mitternacht der Schwarze Admiral«, sagte Kapitän Encino. »Ich stehe immer noch hinter dir, alter Freund.«

Daraufhin stimmten auch die anderen Kapitäne zu.

»Danke«, sagte Buck und wandte sich dann an Nicholas. »Wir haben keine Zeit zu verlieren.«

Die Bucht war bald leer, als sie aufs Meer hinausfuhren, und es dauerte nicht lange, bis das Schiff, das sie verfolgten, gesichtet wurde. Es war, wie Buck vermutet hatte. Waverly war auf dem direktesten Weg zurück nach Port Royal. Nicholas stand neben Buck auf dem Oberdeck der *Sea Hawk*, Buck beobachtete ihre Beute durch ein Fernrohr. Er reichte es weiter an Nicholas, der es an sein Auge hielt und die Stirn runzelte, über das, was er sah.

»Das ist kein Marineschiff.«

»Nein. Wenn Waverly ein Marineschiff entführt, würden wir das bemerken, aber wenn eine unserer Besatzungen ein Handelsschiff hinter sich herziehen sieht, würden sie sich nichts dabei denken. Diese Insel liegt an einer wichtigen

Handelsroute, und wir sehen viele Handelsschiffe in diesen Gewässern. Sie müssen wissen, dass wir ihnen auf den Fersen sind. Ich frage mich, was der Mann denkt.«

Nicholas wünschte, er könnte die Situation so gelassen sehen, wie Buck es zu tun schien, aber seine Angst um Briannas Sicherheit erstickte ihn fast. Er hatte Waverlys Hass auf Brianna gesehen, als er sie noch für einen Jungen gehalten hatte. Er hatte gesehen, wie unberechenbar Waverly sein konnte. Er wusste, wie gefährlich der Mann für sie war. Auch in diesem Moment könnte der Hauptmann sie quälen. Sie mussten schneller segeln.

»Wie können Sie so verdammt ruhig sein?«, fragte Nicholas, als er das Fernrohr zurückgab.

Das Gesicht des ehemaligen Piratenkönigs war grimmig. »Das bin ich nicht. In den vergangenen zwei Stunden habe ich mir ein Dutzend Möglichkeiten überlegt, wie ich diesen Mann töten könnte, und keine davon war gnädig.«

Nicholas versuchte, nicht an Waverly zu denken. Stattdessen dachte er an die Dinge, die er zu seiner Frau sagen würde, wenn sie wieder sicher in seinen Armen lag. Er konnte es sich nicht erlauben, an ein anderes Ergebnis zu denken.

»Käpt'n, wir holen auf!«, rief ein Matrose. Nicholas spannte sich an und versuchte verzweifelt, das Schiff allein mit Willenskraft noch schneller zu machen.

Buck wandte sich an seine Mannschaft. In einer Viertelstunde würden sie nahe genug sein, um an Bord zu gehen.

»Hisst die rote Flagge! Wir geben kein Pardon, wenn wir entern!«, rief Buck mit einem feurigen Leuchten in den Augen, als er sich wieder zu Nicholas ans Ruder begab.

»Du rettest sie. Ich werde mich um ihn kümmern«, sagte Buck, ohne Nicholas anzusehen.

Nicholas nickte und legte seine Hand auf seine Pistole. Sein Blut surrte vor Vorfreude auf den Kampf und vor dem

Verlangen, seine Frau zu retten. Er würde nicht zulassen, dass sich ihm jemand in den Weg stellte.

BRIANNA SPRANG AUF, ALS WAVERLY DIE ZELLENTÜR entriegelte. Er hielt eine Pistole in seiner Hand.

»Komm hoch an Deck. Wenn du irgendetwas versuchst, werde ich dir eine Kugel verpassen.«

Brianna tat, was er sagte. Sie spürte, wie das Schiff langsamer wurde, und wusste, dass sie entweder in der Nähe von Port Royal waren oder mitten auf dem Meer anhielten, weil das andere Schiff sie erreicht hatte. Oben an Deck könnte sie eine Gelegenheit zur Flucht finden.

Sie ging vor Waverly die Begleitleiter hinauf, bis sie das Zwischendeck erreichte. Die Besatzung des Schiffes starrte sie an, als sie neben dem Hauptmast stehen blieb, immer noch vor vorgehaltener Waffe. Sie sah das herannahende Schiff und die Flotte dahinter. Das Schiff ihres Vaters hatte die Führung übernommen und kam schnell näher. Was, wenn Nicholas unter ihnen war? Wenn Dominic dort war, dann musste Nicholas auf einem der Schiffe hinter dem ihres Vaters sein. Sie konnte sich ein Lächeln nicht verkneifen.

»Du wirst ihnen nicht entkommen«, sagte sie ruhig zu Waverly.

»Das weiß ich«, knurrte er zurück.

»Diese rote Flagge bedeutet, dass er nicht die Absicht hat, dich lebend zu fangen.«

»Ich bin mir dessen *bewusst*«, knurrte Waverly erneut.

»Aber wenn du dich ergibst, könnte ich ihn sicher umstimmen.«

Waverly packte Brianna am Kiefer und zwang sie, in seine wilden, unvernünftigen Augen zu sehen. »Kein. Weiteres. Wort. Von. Dir.«

Dann rief er einem Mann zu, der über ihr auf dem Rahmenträger ritt. »Lass die Leine hier runter.«

Ein Seil fiel von oben herab und schlängelte sich auf dem Deck in der Nähe von Waverlys Füßen.

Waverly reichte einem anderen Matrosen seine Pistole, und dann kam er mit dem Seil in der Hand auf sie zu. »Halte die Waffe auf sie gerichtet. Wenn sie sich gegen mich wehrt, erschießt sie.« Sie nahm an, dass er ihre Handgelenke fesseln wollte, aber stattdessen legte er ihr die Schlinge um den Hals, und sie geriet in Panik. Zum Glück zog er die Schlinge nicht fest. Der Matrose, der die Pistole auf sie gerichtet hielt, zitterte leicht, während er sie beobachtete.

»Du! Zieh sie hoch, bis sie wie eine Marionette tanzt!«

»Eine was?«, rief der Mann auf dem Rahsegelmast zurück.

Waverly verdrehte die Augen und murmelte: »Barbaren.« Dann sagte er, jedes Wort betonend: »Bis sie auf den Zehenspitzen steht. Häng sie erst, wenn ich es sage.«

Brianna zuckte zusammen, als sich das Seil um ihre Kehle zusammenzog. Sie grub ihre Finger in ihre Handballen und versuchte, den Druck auf ihre Luftröhre zu lindern, als sie auf die Zehenspitzen gezogen wurde.

Waverly stand an der Reling und blickte nun auf das Schiff ihres Vaters, das auf Rufweite verlangsamt wurde. Er brüllte Bucks Namen und zeigte dann auf Brianna. Sie atmete flach ein, als ihr klar wurde, was Waverlys Plan war. Mit ihr an Deck, einen Augenblick davon entfernt, ihre Füße in die Luft zu schwingen, konnte Waverly die anderen Schiffe davon abhalten, offen auf sein Schiff zu schießen.

»Ergib dich, Buck! Ruf deine Seebären zurück, und sie wird leben. Wenn du gegen mich kämpfst, wird sie vor den

Augen all deiner Männer hängen.« Die angeheuerten Seeleute um sie herum murrten besorgt, als der Name ihres Vaters im Flüsterton zwischen ihnen fiel. Hatte Waverly ihnen nicht gesagt, dass sie vom König der Piraten gejagt werden würden?

Brianna schloss die Augen, ihr Herz klopfte wie das eines verängstigten Tieres, bevor sie ihre wahrscheinlich letzten Worte ausrief.

»Tu es nicht!«, schrie sie.

Die Schlinge um ihren Hals zog sich zu, und sie konnte nur noch keuchen wie ein Fisch an Deck, der nach Luft ringt.

Die Stimme ihres Vaters hörte sie durch den Schleier ihrer verschwommenen Sicht von der anderen Seite des Wassers. »Ich komme! Lass sie runter!«

»Nicht ...« Das Wort war nur noch ein Flüstern. Niemand außer dem Wind hörte sie.

Nicholas sah das Seil, das sich um die Kehle seiner Frau gelegt hatte, und stürzte zum Geländer.

»Warte mal, Junge.« Joe packte Nicholas am Arm. »Wir brauchen einen Plan. Du kannst ihr nicht helfen, wenn du tot bist.«

Nicholas schüttelte Joes Griff um seinen Arm ab. »Buck, was ist Ihr Plan?«

Bucks Blick wanderte über das Deck des anderen Schiffes. »Mich ergeben, natürlich.«

»Aber ...«

Buck legte einen Finger an die Lippen und blickte zur Takelage und der Rah über ihren Köpfen hinauf.

»Ich werde hinübergehen und mich ergeben. Sobald ich

das getan habe, werden Sie alles tun, was nötig ist, um Brianna zu retten, ohne Rücksicht auf mein Leben. Verstanden? Sie ist das Einzige, was zählt.« Buck wandte sich an Joe. »Signalisiere den anderen Schiffen, sich zurückzuziehen, aber auf unser Zeichen zu warten, falls sie eingreifen sollen. Ich will jeden Mann an Bord des Schiffes lebend.«

»Aber die rote Flagge ...«

»Und holt die Flagge herunter.« Bucks Stimme war kalt. »Ich werde diese Männer dafür büßen lassen, dass sie mein Kind entführt haben. Der Tod ist zu freundlich für sie.«

»Aye, Captain.«

Flynn bewegte sich schnell auf die Takelage des Schiffes zu und versuchte, keine unerwünschte Aufmerksamkeit zu erregen. Zum Glück war Bucks Mannschaft gerade dabei, die Gangway zwischen den beiden Schiffen zu verlängern, was eine gute Ablenkung darstellte. Flynn kletterte am Hauptmast von Bucks Schiff hinauf. Buck hatte ihn auf eine verrückte Idee gebracht, die entweder Brianna retten würde ... oder Nicholas würde bei dem Versuch, sie zu retten, sterben.

Als er den höchsten Segelträger erreichte, schnitt er eines der Seile los, indem er es mit seinem Dolch durchsägte. Sein Plan war, sich mit Hilfe des Seils von einem Schiff zum anderen zu schwingen. Er vergewisserte sich, dass ein Ende immer noch sicher am Mast befestigt war. Er blickte nach unten, als Buck über die Gangplanke trat und auf das Deck des anderen Schiffes sprang. Vorsichtig darauf bedacht, das Gleichgewicht zu halten, hielt Nicholas sich mit einer Hand am Mast fest, während er das Seil mehrmals um seinen linken Arm wickelte, um ihm einen festen Halt zu geben.

Tief unter ihm hob Waverly seine Pistole, als Buck mit zur Kapitulation erhobenen Armen auf ihn zuging. Buck sagte etwas, aber Nicholas war zu hoch oben, um ihn zu hören.

Ohne Vorwarnung hob Waverly den Arm, und der Mann

auf der anderen Seite des Wassers riss am Seil, was Brianna mit einem Ruck in die Luft schleuderte. Ihre Beine strampelten, und ihre Hände gruben sich in das Seil an ihrer Kehle. Nicholas konnte keine Sekunde länger warten. Er sprang durch die Luft, das Seil war das Einzige, was ihn hielt, während er sich auf das andere Schiff zubewegte.

Kapitel Einundzwanzig

Brianna strampelte, während sie am Seil baumelte, ihr Körper kämpfte um jede Stelle, an der ihre Füße Halt finden konnten, aber da war nichts. Der Wutschrei ihres Vaters war anfangs laut, verblasste aber, als ihre Sicht immer dunkler wurde und das Brennen in ihren Lungen sie immer weniger auf erschreckende Weise verstörte.

Ein Schatten verdeckte die Sonne über ihr. Sie blinzelte verwirrt, als eine Gestalt auf sie zukam, die mit einem Messer in der Hand an einem Segel herunterrutschte und dabei kaum bremste. Als er sich ein paar Meter über ihr befand, schnitt er mit dem Messer das Seil durch, das sie hielt, und beide stürzten in die Tiefe. Sie landete mit einem schmerzhaften Aufprall neben ihm auf dem Deck und schnappte nach Luft, als sie die Schlinge von ihrem Hals löste.

Sein Name entwich ihr, als sie nach Luft schnappte. »Nick …«

Sie begann zu lächeln, doch dann sah sie einen Schatten über ihm auftauchen. Nicholas musste etwas in ihren Augen gelesen haben, denn er drehte sich in letzter Sekunde um und hob seinen Dolch zur Verteidigung, als Waverly ein Kurzschwert nach ihm schwang. Die beiden Klingen prallten aufeinander, während Nicholas in eine Kampfstellung zurückwich.

Männer stürmten auf das Deck und kämpften mit den Matrosen des Schiffes, auf dem sie gefangen gehalten worden war. Mündungen blitzten auf, als Schüsse abgefeuert wurden und Stahlklingen aufeinander prallten.

Brianna kämpfte sich auf die Füße und lehnte sich an den erstbesten Mast, um sich zu stabilisieren, damit sie mitkämpfen konnte. Nicholas schlug wie ein Besessener auf Waverly ein, aber Waverly wehrte sich mit ebenso viel Wut. Er zwang Nicholas zurück an die Steuerbordreling und trat ihn, als sich ihre Klingen das nächste Mal kreuzten. Nicholas ließ sein Messer fallen, als er gegen die Reling prallte, und hielt sich daran fest, um nicht über Bord zu gehen.

Brianna entdeckte eine kurze Klinge, die verlassen neben einem gefallenen Mann auf dem Deck lag. Sie griff danach und ging auf Waverly los. Doch bevor sie ihn erreichen konnte, drehte er sich um, zog eine Pistole aus seinem Gürtel und richtete sie auf sie, als hätte er diesen Schritt von Anfang an erwartet.

Sie kam ins Schleudern und starrte in den Lauf seiner Waffe.

Waverly grinste, als er den Hammer spannte. »Grüße an den Teufel, *Pirat*.«

Nicholas sprang vor und schob Brianna zur Seite, als Waverly feuerte. Nicholas stöhnte auf und stolperte zurück.

Die Zeit verlangsamte sich, als sie sah, wie Nicholas sich zu ihr drehte, Blut auf seinem Hemd, ein fassungsloser Blick in seinen stürmischen Augen. Rot überzog Briannas Sicht, als sie sich aufrichtete und sich auf Waverly stürzte, bevor er seine Klinge herumreißen konnte. Ihr Kurzschwert bohrte sich tief in den Bauch des Mannes.

»Grüß ihn selbst, Mistkerl.« Sie löste ihre Finger vom Griff der Klinge, die mit seinem Blut getränkt war.

Waverly ließ seine Pistole fallen und packte den Griff des Kurzschwerts. Seine Hände zitterten heftig, als er vergeblich versuchte, es aus der Scheide zu reißen. Blut tropfte aus seinem Mund, als ihn seine Kräfte verließen und er auf die Knie sank.

Wut, Angst und Verwirrung spiegelten sich in seinen dunklen Augen wider. Briannas Gedanken waren seltsam ruhig, ihre Wut verblasste, als sie den Mann ansah, der versucht hatte, ihr alles zu nehmen.

»Ich wünschte, ich könnte dich noch tausendmal töten«, zischte sie.

»Dreckiger ... Pirat ...«, keuchte Waverly, als er auf das Deck sank, wo sich das Blut um ihn herum sammelte.

Schwer atmend eilte sie zurück zu Nicholas. Sein Gesicht war blass, und er hielt sich eine Hand auf den Bauch. Blut sickerte zwischen seinen Fingern hindurch.

»Nicholas!«,

Er blickte zu ihr auf, ein verträumtes Lächeln auf den Lippen. »Du bist wirklich mein entferntester Horizont ...«

Er stürzte zu Boden, und sie fiel mit ihm und schrie den Namen ihres Vaters.

Ihr Vater und Joe erreichten sie zuerst. Um sie herum verlangsamten sich die Kämpfe, und die Gegner ließen ihre Waffen fallen. Der Mann, der sie angeheuert hatte, war tot, und die anderen Piratenschiffe kamen ihnen immer näher. Es war sinnlos, sich zu wehren.

»Er wurde erschossen«, flüsterte sie hilflos.

»Wir müssen ihn zu Dr. Flores bringen, Brianna. Er wird tun, was er kann«, sagte ihr Vater.

Sie nickte zittrig, konnte sich aber nicht von Nicholas lösen.

Joe und ihr Vater lösten ihn aus ihren Armen und trugen ihn über den Landungssteg zurück zum Schiff ihres Vaters. Buck hatte einen der besten Ärzte der Westindischen Inseln an Bord, und wenn Brianna sich einen Ort auf der Welt hätte aussuchen können, an dem Nicholas jetzt sein sollte, dann wäre es das Schiff ihres Vaters. Sie folgte ihnen ins Krankenzimmer, wo Dr. Flores und einer der Kajütenjungen, die ihm halfen, sich bereits um einige Verwundete bemühten. Beim Anblick von Nicholas' Wunde ließ er die anderen an dem langen Holztisch Platz machen, der einen Teil des Raumes ausfüllte.

»Er hat eine Kugel in den Bauch bekommen«, sagte Buck.

Dr. Flores, ein drahtiger Portugiese in den späten Vierzigern, nickte wortlos und zog Nicholas' Hemd hoch, um die Wunde zu untersuchen. Brianna klammerte sich an die Wand, um sich abzustützen, da ihre sonst so starke Konstitution sie im Stich ließ. Tod und Verletzungen waren ihr nicht fremd, doch dies war anders. Das war ihr Mann, der Mann, der gesagt hatte, dass er sie liebte ... und jetzt hatte er es auf eine Weise bewiesen, die sich ihr ängstliches Herz nie hätte träumen lassen. Schuldgefühle und Qualen, wie sie sie noch nie in ihrem Leben empfunden hatte, drohten sie zu ertränken.

Der Chirurg sondierte die Wunde, bis er die Kugel fand und sie herauszog. Er ließ sie in eine silberne Schale fallen, wo sie klirrend und still liegen blieb.

»Es ist möglich, dass das Ding keine Organe durchbohrt hat. Ich habe keinen Riss gespürt, als ich die Kugel herausholte. Ich werde ihn nähen, aber er wird Fieber bekommen. Nur die Zeit wird zeigen, ob er überleben wird.«

Buck und Joe sahen dem Chirurgen beim Nähen von Flynns Wunde unbeweglich zu. Als klar war, dass keiner von ihnen mehr etwas tun konnte, küsste ihr Vater sie auf die Schläfe und sagte ihr, er müsse sich um die Männer kümmern. Sie verstand das, aber all das war ihr jetzt egal. Das Einzige, was sie interessierte, war der Mann, der auf dem Tisch vor ihr atmete.

Sie war sich nicht sicher, wie viel Zeit vergangen war, als Dominic in das Krankenzimmer stürmte und Nicks Namen rief, aber dann blieb er stehen, mit bleichem Gesicht, als er den Zustand seines Freundes sah.

Nachdem der Chirurg seine Arbeit beendet hatte, hielt er gegenüber von Brianna Wache. Dann waren sie allein, mit Nicholas zwischen ihnen.

»Ich habe ihn umgebracht«, flüsterte Brianna heiser.

»Wenn wir schon die Schuld zuweisen wollen, dann ist es meine Schuld, dass er überhaupt hier ist. Hätte man mich als Jungen nicht entführt, wäre er nie zur See gefahren. Alles, was er getan hat, war, dich zu lieben. Für jemanden zu sterben, den man liebt, ist ...« Dominic hielt inne. »Es ist schrecklich, ja. Und doch würde ich nicht zögern, es für meine Robbie zu tun.«

»Wenn ich nicht aus King's Landing weggelaufen wäre ...« Brianna wischte sich wütend die Tränen weg, die nicht aufhören wollten zu fließen.

»Ich habe dem Dummkopf gesagt, dass wir dir unseren Plan mitteilen sollten. Aber er wollte unbedingt, dass du dich von der Rettungsaktion fernhältst.«

»Welche Rettung?«

»Unser Rettungsplan zur Befreiung deiner Besatzung.«

»Aber wie habt ihr das geschafft?«

»Roberta und Nicholas brachten manipulierte Weinflaschen zu den diensthabenden Wächtern. Ich habe mein Schiff für deine Männer bereit gemacht und bin dann zu ihnen ins Fort gegangen.«

Die Welt um sie herum drehte sich, während Dominic

erklärte, und sie erkannte, dass sie ihren Mann völlig falsch eingeschätzt hatte. Sie hatte ihm einmal vorgeworfen, sich nicht um das Leben von Jungen wie Patrick zu kümmern, aber er hatte es getan. Er hatte seinen König und sein Land für sie und ihre Männer verraten. Brianna hob eine seiner Hände und drückte sie an ihre Wange.

»Es tut mir leid, Nicholas. Es tut mir leid«, murmelte sie und schloss die Augen.

Es war fast Mitternacht, als jemand sie weckte.

»Wir haben in King's Landing angedockt«, sagte ihr Vater. »Wir müssen ihn an die Küste bringen, wo er in einem sauberen Bett mit Zugang zu medizinischer Versorgung heilen kann.«

Sie wischte sich über die Augen und stand auf, eine Hand noch immer in der von Nicholas.

»King's Landing? Aber wir sind erst seit einem halben Tag auf See.«

Das Gesicht ihres Vaters wurde weicher. »Du hast eineinhalb Tage an seiner Seite geschlafen. Dr. Flores will ihn sofort an Land bringen lassen.«

Zwei Männer trugen Nicholas auf einer Trage ans Ufer. Dominic hatte sich darum gekümmert, dass in seinem Haus Zimmer für Nicholas, Brianna und die anderen vorbereitet wurden. Als Brianna die Stufen zu Dominics Haus hinaufging, überkam sie ein seltsames Gefühl von Déjà-vu. Erst war sie hierher gekommen, um Nicholas zu heiraten, und nun befürchtete sie, ihn begraben zu müssen.

Roberta kam in einem Strudel aus bunten Stoffen aus dem

Haus geflogen. »Brianna! Dem Himmel sei Dank, dass es dir gut geht.« Ihr mintgrünes Kleid bauschte sich um ihre Beine, als sie auf Brianna zustürmte. Sie zuckte zusammen, als Roberta ihre Arme um sie schlang, da sie derartige Zurschaustellungen von Zuneigung nicht gewohnt war.

»Du siehst aus wie der Tod auf Beinen. Warum kommst du nicht rein?« Roberta schenkte ihr ein sanftes Lächeln und führte sie die Treppe hinauf und ins Haus hinein, wo Briannas blutige Kleidung von einem Dienstmädchen ausgezogen und weggetragen wurde. Eine Kupferwanne wurde für sie mit heißem Wasser gefüllt. Sie war wie betäubt, als Roberta ihr hineinhalf und ihr das getrocknete Blut von den Händen schrubbte.

Als Brianna sauber war, gab Roberta ihr ein Nachthemd und einen Morgenmantel und begleitete sie in ein anderes Zimmer. Nicholas lag auf einem Bett, ebenfalls entkleidet und sauber gewaschen, aber noch am Leben. Briannas Lippen bebten vor Erleichterung, als sie sah, wie sich sein Brustkorb unter gleichmäßigen Atemzügen hob und senkte.

»Ich wusste, dass du nicht zu weit weg von ihm sein wolltest, aber du brauchst auch deine Ruhe. Du kannst neben ihm schlafen, und es wird dir besser gehen.«

Roberta zog sich zurück, und Brianna ging auf wackeligen Beinen zum Bett. Sie legte sich neben ihn, wobei sie darauf achtete, ihm nicht zu nahe zu kommen, um seine Wunde nicht wieder aufzureißen. Sie nahm die Form seiner Gesichtszüge in sich auf, bis sie sicher war, dass sie kein einziges Detail vergessen würde. Sie schlang ihre Finger um seine.

»Du musst leben«, flüsterte sie. »Das musst du. Das ist ein Befehl deines Kapitäns, hast du verstanden?« Die Finger, die sie in der Hand hielt, zuckten leicht, und ihr Herz machte einen Sprung in törichter Hoffnung. In diesem Moment bemerkte sie, dass der Siegelring mit dem Essex-Symbol an ihrem Finger fehlte. Hatte sie ihn bei der Schlacht auf dem Schiff verloren? Was auch immer geschehen war, es spielte jetzt keine Rolle mehr. Alles, was zählte, war, dass Nicholas am Leben blieb.

»Du hast versprochen, mir zu gehorchen«, erinnerte sie ihn. »Wage es nicht, diesen Schwur zu brechen.«

THOMAS BUCK VERWEILTE AN DER TEILWEISE GEÖFFNETEN Tür und beobachtete seine Tochter. Ein Kloß bildete sich in seinem Hals, als er wusste, dass es an der Zeit war, dem Leben, das er hier aufgebaut hatte, Lebewohl zu sagen. Es war an der Zeit, sie loszulassen. Es gab viel zu tun, viel vorzubereiten, wenn er Brianna das Leben geben wollte, das sie verdiente.

Er trat von der Tür zurück und spürte Blicke auf sich gerichtet. Als er sich umdrehte, sah er Dominic am Fuße der Treppe, und hinter ihm stand ein Mann in einer Marineuniform. Dominic machte ein grimmiges Gesicht, als er Buck langsam zunickte. Buck nickte und kam herunter, um sich seinem Schicksal zu stellen, was auch immer es sein mochte.

»Das ist Admiral Charles Harcourt«, sagte Dominic.

»Ich fürchte, wir haben ernste Angelegenheiten zu besprechen, Mr. ...«

»Holland. Thomas Holland«, sagte Buck und benutzte den Namen, mit dem er geboren worden war, den Namen, den er Brianna gegeben hatte.

Der Admiral winkte in Richtung einer Tür, die Dominic öffnete. »Mr. Holland, hier entlang, wenn ich bitten darf.« Zu dritt betraten sie das Arbeitszimmer von Dominic. Buck und der Admiral setzten sich. Dominic lehnte sich mit dem Rücken an die Wand hinter dem Admiral und seinem Schreibtisch und sah schweigend zu.

»Wie Sie wissen, haben wir eine Situation, die wir in den Griff bekommen müssen«, sagte Harcourt. »Ein Hauptmann der Armee, der hier in Port Royal diente, wurde getötet.«

Thomas zuckte nicht einmal. Wenn jemand die Strafe für Waverlys Tod auf sich nehmen müsste, würde er diesen Schlag einstecken.

»Dieser Hauptmann hat, soweit ich weiß, seinen Posten verlassen und ein Söldnerschiff angeheuert, um Brianna St. Laurent zu verfolgen.«

Thomas hielt den Atem an, unsicher, worauf der Admiral hinauswollte.

»Da Waverly seinen Posten verlassen und versucht hat, die Nichte eines englischen Adligen zu ermorden, und er weit über seine Pflichten hinaus gehandelt hat, glaube ich, dass sein Schicksal zwar bedauerlich ist, aber niemand dafür bestraft werden kann. Wenn ich ganz offen sein sollte, sind wir ohne Männer wie ihn besser dran.«

Thomas atmete langsam aus, aber er befürchtete, dass der Admiral noch nicht fertig war.

Harcourts harter Blick wanderte zu Dominic und dann zurück zu Thomas. »Oh, ich habe kürzlich gehört, dass Buck, der so genannte Schattenkönig der Westindischen Inseln, sich von der Piraterie zurückgezogen hat. Ich bin mir sicher, dass viele Männer ihn immer noch gerne fangen und aufhängen würden, aber ich glaube, wenn er die Westindischen Inseln wirklich verlassen hat, dann hat die Royal Navy andere Piraten zu verfolgen, und Buck wird vielleicht bald vergessen sein.«

»Er scheint ein glücklicher Kerl zu sein, wenn er klug genug ist, sich fernzuhalten«, sagte Thomas vorsichtig.

»Er kann sich wirklich glücklich schätzen, eine zweite Chance für eine neue Zukunft zu bekommen. Eine, die es ihm ermöglicht, in der Nähe der Familie zu sein, die er hat.«

»Ich kann mir vorstellen, dass Buck das tun würde. Er wäre ein Narr, wenn er es nicht tun würde.«

»Und Buck ist kein Narr«, stimmte Harcourt zu. Die beiden Männer starrten einander für einen langen Moment an, dann stand Harcourt auf, und Buck tat es ihm gleich. »Ich habe ein paar Briefe zu schreiben. Hauptmann Waverly hinterlässt eine Frau und zwei Kinder in England. Sie müssen über sein Ableben informiert werden.«

»Eine Frau und Kinder?«, erwiderte Thomas und verbarg seinen Schock. Er konnte nicht umhin, sich zu fragen, wer so einen Teufel heiraten würde.

»Ja, aber ich habe gehört, dass er bei seiner Frau und ihrer Familie nicht sehr beliebt war. Es scheint eine arrangierte Ehe gewesen zu sein. Aber sie verdienen es, von seinem Tod zu erfahren.«

»Ich verstehe.« Thomas entspannte sich ein wenig.

»Gute Nacht«, sagte Harcourt mit einem Nicken, und dann begleitete Dominic ihn zur Eingangstür.

Buck blieb noch einen Moment in seinem Stuhl sitzen und dachte nach. Wenn Nicholas überlebte, würde es noch eine Weile dauern, bis er gesund genug war, um zu reisen, und das würde Thomas Zeit geben, einen eigenen Brief zu schreiben.

Er verließ das Arbeitszimmer von Dominic und holte den Siegelring aus seiner Tasche. Er hatte ihn von Briannas Hand gezogen, als sie auf dem Schiff an Nicholas' Bett geschlafen hatte, und das Schmuckstück schimmerte jetzt golden im Lampenlicht. Sein Lächeln war sanft und traurig, sein Herz zerbrach in seiner Brust. Er hatte zwanzig wundervolle Jahre geschenkt bekommen, in denen er ein Vater gewesen war, aber jetzt musste er dieses Geschenk an ihre wahre Familie zurückgeben.

»Zeit, dich nach Hause zu schicken, mein Schatz.« Er schloss seine Finger um den Ring und hielt ihn fest, während seine Augen vor Tränen brannten. Piraten weinten nicht ... aber ein Pirat war er nicht mehr.

Kapitel Zweiundzwanzig

Die Momente seines Lebens kamen in langsamen Wellen zu ihm zurück, während Flynn um sein Überleben kämpfte. Er hatte Visionen von Dominics funkelnden, verspielten Augen, wenn sie sich in die Küche schlichen, um Kuchen zu stehlen, und er hörte ihre jungenhaften Rufe, wenn sie auf den Feldern auf Wallachen ritten. Gott, er vermisste Cornwall, er vermisste die Abenteuer seiner Kindheit, bevor Blut und Tod jemals Teil seines Lebens gewesen waren.

Doch allzu bald verblassten diese Stunden der Jugend, als Dominic aus seinem Leben verschwand und Nicholas das erste Mal ein Marineschiff betrat, in der Hoffnung, ihn eines Tages zu finden. Der Schmerz dieser ersten harten Monate auf See dehnte sich zu langen Jahren stiller Verzweiflung aus, die nur durch kurze Phasen der Erleichterung an Land und brillante Momente unterbrochen wurden, in denen Wind, Meer und Segel in schönem Einklang miteinander standen.

Dann kam Dominic zurück in sein Leben gedonnert und

mit ihm ein Gefühl der Erleichterung, dass seine Suche beendet war, nur um dann von einer Frau in einer Gefängniszelle in den Schatten gestellt zu werden, die alles veränderte.

Als er diesen ersten Moment, in dem er Briannas Profil gesehen und sie ein Piratenschlaflied gesungen hatte, noch einmal erlebte, wurde ihm klar, dass er sich verwandelt hatte. Wie ein Flussbett, das über Jahrtausende zu einer großen Schlucht gegraben wurde, war er durch die Muster, die die Liebe zu ihr hinterlassen hatte, neu geformt worden.

Er genoss jeden Kuss, jedes Lachen, jeden Moment, den er an ihrer Seite verbracht hatte. Das seidige Gefühl ihrer Haare, das Geräusch, wenn sie in der Dunkelheit Geschichten flüsterte, während er ihren Körper an seinen zog. Das Gefühl, zu ihr zu gehören, war so stark, als würde man nach einer langen Reise nach Hause kommen. Er erinnerte sich auch an den Moment, als er sah, wie Waverly die Pistole hob, um ihr das Leben zu nehmen, und Nicholas alles riskiert hatte, um sie zu retten. Er konnte es nicht bereuen, für sie gestorben zu sein.

Dann spürte er den Schuss von Waverly, der für sie bestimmt war und von ihm abgefangen wurde. In diesen letzten Momenten war sie zu seiner Verteidigung gekommen und hatte ihr Schwert in Waverlys Körper gestoßen, mit hartem Gesicht und grimmigem Blick. Sie war eine Kriegsgöttin gewesen, ein Wesen, das weit außerhalb seiner Reichweite lag. Und als der Schmerz des Schusses sich in ihm eingenistet und er keine Kraft mehr hatte, da wusste er, dass dies das Ende sein würde. Endlich hatte er diesen fernen Horizont erreicht. Nun stand er an der Grenze, an der Licht und Dunkelheit einen schmalen Grat bildeten.

Er erinnerte sich an eine alte Seeballade eines schottischen Bootsmanns, der sie in den frühen Morgenstunden auf Nicholas' erstem Marineeinsatz zu singen pflegte. Die tiefe Stimme des Mannes trug die Melodie gut, und mehr als ein Mann riskierte den Zorn seines Kapitäns, um seine Arbeit zu unterbrechen und ihm zuzuhören. Die Worte waren schön und eindringlich gewesen, aber er hatte bis jetzt nicht erkannt, wie viel Wahrheit in ihnen steckte.

»Eine dunkle und stürmische Nacht,
Der Schnee lag auf dem Boden,
Ein Matrosenjunge stand auf dem Kai,
Sein Schiff war auf dem Weg nach draußen,

Seine Geliebte an seiner Seite,
Vergießt viele bittere Tränen
Und als er sie an sein Herz drückte,
flüsterte er ihr ins Ohr.

Lebe wohl, meine einzige wahre Liebe,
Dieser Abschied tut mir weh,
Du wirst meine Hoffnung und mein Leitstern sein,
Bis ich wiederkomme.

Meine Gedanken werden bei dir sein, meine Liebe,
Während die Stürme toben.
Also leb wohl, meine Liebe, und vergiss mich nicht,
Dein treuer Matrosenjunge.

. . .

Lebe wohl, meine einzige wahre Liebe,
Auf Erden werden wir uns nicht mehr begegnen,
Wir werden uns im Himmel wiedersehen,
An jenem ewigen Ufer,

Ich hoffe, dich in diesem Land zu treffen,
In dem Land jenseits des Himmels,
Wo du niemals mehr getrennt sein wirst, von
Deinem treuen Matrosenjungen.«

DAS SÜSSE SUMMEN DIESER MELANCHOLISCHEN MELODIE vibrierte in ihm; sogar sein Blut schien mit ihr zu pulsieren, als er spürte, dass er am Rande dieses ewigen Ufers stand.

»*Du darfst deinem Kapitän nicht ungehorsam sein … Ich befehle dir, mich nicht zu verlassen …*«

Der strenge Verweis war wie der Geist einer Erinnerung. Die Freude über diese geisterhafte Stimme gab ihm die Kraft, sich umzudrehen. Er wandte sich von den sanften, rollenden Wellen des ewigen Ufers und dem weichen, roten Horizont ab und stellte sich stattdessen der Dunkelheit, der Ungewissheit und der süßen Qual des Lebens.

VIER QUÄLENDE TAGE VERGINGEN, WÄHREND BRIANNA AN der Seite von Nicholas wachte. Sie badete ihn, drückte ihm Brühe und Wasser auf die Lippen und hielt seine Hände fest, als ob nur diese Berührung ihn im Hier hielt, lebendig mit ihr. Niemand in King's Landing versuchte, sie von ihm wegzuziehen. Sie überließen es ihr, zu beten, zu trauern und zu hoffen.

Am fünften Tag summte sie ein altes Lied, das sie von Joe gelernt hatte, »Der Matrosenjunge«, als sie neben Nicholas im Bett lag. Sie war selbst noch im Halbschlaf, die Erschöpfung drohte sie in die Tiefen der Bewusstlosigkeit zu ziehen, als sie Nicholas' Finger zucken spürte.

Sie hob ihren Kopf und beugte sich über ihn. Seine dunkelgoldenen Wimpern flatterten, hielten wieder inne, und dann öffneten sich seine blauen, stürmischen Augen und sahen sie an.

»Nicholas?« Ihr Herz pochte wie wild.

»Mein Piratenmädchen ...«, krächzte er.

Sie hob seine Hand an ihre Wange und drückte seine Fingerrücken gegen ihre Haut, während Tränen ihre Sicht trübten.

»Du klingst wie Joe«, stichelte sie.

Ein raues Kichern entwich ihm, und der Schmerz verengte seine Züge.

»Lach nicht«, sagte sie. »Du musst noch heilen. Nicht bewegen.«

»Ich bezweifle ... sehr ... dass ich das könnte ... selbst wenn ich es wollte«, gab er zu.

Sie ging zu dem Tisch neben dem Bett und füllte einen Becher mit Wasser. Sie hielt ihm das Wasser an die Lippen, und er trank lange. Mit einem Seufzer schloss er die Augen.

»Erzähl mir eine Geschichte über deine Piratenköniginnen ...« Er drückte ihre Finger ganz leicht zusammen.

»Eine Geschichte ...« Sie überlegte einen Moment lang.

»Es war einmal ein Schiff, das in einem Sturm unterging. Eine Frau an Bord lag mit ihrem Kind in den Wehen. Ihr sterbender Mann hielt ihre Hand, während der Sturm tobte und das Schiff immer tiefer im Wasser versank. Aber es kam Hilfe. Ein einsamer, edelmütiger Pirat sah das Schiff in Not und kam ihnen zu Hilfe ...«

DREI WOCHEN VERGINGEN, EHE NICHOLAS SICH aufsetzen und das Bett verlassen konnte. Mit Hilfe eines Stocks und Dominic, der ihm hilfsbereit folgte, begann Nicholas, sich wieder wie er selbst zu fühlen. Alle behandelten ihn, als sei er zerbrechlich wie Glas, und das war er auch, verdammt noch mal, aber bald würde es ihm wieder gut gehen, und dann würde er von allen verlangen, dass sie ihn nicht mehr wie ein Kleinkind behandelten. Die einzige Person, von der er dies tolerierte, war seine Frau, die an seinem Bett saß und ihm mehr Essen und Trinken aufzwang, als er manchmal vertragen konnte.

Brianna sagte sehr wenig, und er spürte, dass sie das genauso sehr störte wie ihn. Es war an der Zeit, dass sie sich dieser Sache zwischen ihnen stellten und miteinander sprachen.

»Ich würde sehr gerne die Gärten sehen«, sagte er eines Nachmittags zu ihr, als er sich stark genug dafür fühlte.

Sie legte das Buch beiseite, in dem sie zu lesen vorgab, und stand von dem Stuhl neben dem Sofa auf, auf dem er lag. Sie trug ein Kleid von tiefem und endlosem Blau, wie der Ozean. Die Schleppe war hinten hochgesteckt, damit die Seide nicht staubig wurde, sodass ihre vollen Röcke wie Wasserfall aus

Seide wirkten. Sie raschelte nervös mit den Händen in dem teuren Stoff, eine Bewegung, die sie sich wahrscheinlich angewöhnt hatte, als sie in früheren Tagen ihre Hände auf ihren Ledergürtel gelegt hatte. Es würde eine Weile dauern, bis sie sich an das Tragen von Frauenkleidern gewöhnt hatte.

»Das ist ein sehr schönes Kleid. Ist es Robbies?«

»Was? Oh ... Nein.« Sie errötete, und das reizte ihn immer, wie leicht sie zu necken war. »Ich habe an dem Tag, an dem ich auf dem Marktplatz gefangen genommen wurde, einige Kleider bestellt, bevor wir uns trafen. So etwas wie das hier wollte ich schon immer haben, aber ich kam nie dazu, mir die fertigen Kleider anzusehen. Ich konnte sie jetzt aber hierher liefern lassen. Gefällt es dir?« Sie knabberte auf hinreißend unsichere Weise an ihrer Unterlippe. Sie war eine wilde Piratenkönigin, eine Frau, die Stürme und Schlachten gleichermaßen überlebt hatte, und doch hatte sie Angst, dass ihm ihr Kleid nicht gefallen würde. Es wäre ihm egal, ob sie einen Sack trüge - sie wäre perfekt, egal welche Kleidung sie trüge.

»Ich finde, du hast einen exquisiten Kleidergeschmack, genau wie deine Mutter.«

Ihr Lächeln war ein Geschenk. Es erfüllte den Raum, als wäre die Sonne hinter den Wolken hervorgetreten. Er griff nach seinem Stock, und sie nahm eilig seinen anderen Arm. So sehr ihn die zärtliche Behandlung auch frustrierte, war er doch froh über den Vorwand, sie berühren zu können.

»Danke, mein Schatz«, flüsterte er, als sie gemeinsam durch den Korridor gingen.

Noch mehr Hitze vertiefte die Farbe in ihren Wangen. Er wartete, bis sie draußen im Garten waren, allein und außer Sichtweite des Hauses. Dann zog er sie in seine Arme und drückte sie an sich. Er spürte einen so tiefen Frieden in sich, dass er alle Ängste vor dem, was er zu sagen hatte und wie sie reagieren würde, verdrängte.

»Ich liebe dich, Brianna, und es war falsch von mir, dich in jener Nacht in unserem Ehebett allein zu lassen. Ich habe geglaubt, in deinem besten Interesse zu handeln, um deine Männer zu retten und dich zu schützen. Aber es war falsch. *Ich habe mich geirrt.* Ich habe dir eine Entscheidung abgenommen, zu der ich kein Recht hatte. Ich verspreche, dass wir von diesem Moment an alles, was wir tun, gemeinsam tun werden.«

Sie hob ihr Gesicht, Tränen glitzerten wie Diamantenstaub auf ihren Wimpern. »Und ich hätte nie gehen sollen. Ich habe wenig Angst im Leben, aber dich zu lieben war das Beängstigendste, was ich je erlebt habe. Selbst als Waverley versucht hat, mich an der Rah aufzuhängen, war das Einzige, was mir wirklich Angst gemacht hat, dich zu verlieren.« Sie blinzelte frische Tränen weg. »Du hast so viel Macht über mich, Nicholas. Eine Macht, die mich retten oder zerstören könnte. Ich habe noch nie jemandem diese Art von Macht überlassen, nicht einmal meinem Vater.«

Nicholas hob ihr Kinn an, sodass sie seinem Blick standhalten musste. »Ich glaube, das ist die Definition von Liebe: jemandem zu vertrauen, der die Macht hat, dein Herz in seinen Händen zu halten. Du hältst mein Herz, meine Liebe. Du hast dieselbe Macht über mich.«

»Wahrhaftig?« Sie schien immer noch an ihm zu zweifeln. »Es ist nur ... Ich bin nicht irgendeine feine Lady.«

»Und ich bin kein bescheidener Gentleman.«

»Aber ich weiß nichts darüber, wie man eine Lady ist, und ich streite mich ständig mit dir ...«

Er brachte sie mit einem Kuss zum Schweigen, der den Rest seines Körpers daran erinnerte, dass das Leben eine so wunderbare Sache war. Ihre Lippen öffneten sich unter seinen, und er ließ seine Zunge in die süßen Vertiefungen ihres Mundes gleiten. Sie schmeckte wie der reine Himmel. Es dauerte so lange, bis sich ihre Münder voneinander lösten, dass er vergaß, worüber sie eigentlich gesprochen hatten.

»Du hast noch ein paar Wochen Zeit, dich auszuruhen, Frau, und dann werde ich anfangen, meine Rechte als Ehemann einzufordern.«

»Jede Nacht?«, fragte sie mit einem hinterhältigen Kichern.

»Und manchmal am Morgen, am Nachmittag ... kurz vor dem Abendessen ...« Er lächelte sie schelmisch an und küsste sie dann auf die Nasenspitze.

»Nun gut ... Ich werde daran denken, deinen Forderungen nachzugeben, Ehemann.« Sie schnaubte lachend und fügte dann hinzu: »Solange ich auch meine Rechte als Ehefrau einfordern kann.«

»Sie werden sehen, Madam, ich bin bereit, mich all Ihren Wünschen zu unterwerfen.«

»Ist das so?«, fragte sie mit großen, arglosen Augen. »Weil es mir gefallen hat, als du an der Wand meiner Kabine angekettet warst. Ich hatte nie die Gelegenheit, es so zu genießen, wie ich es gerne getan hätte.« Sie drückte ihm einen Kuss auf den Kiefer. »Kannst du dir vorstellen, wie ich dich auf meinen Knien in den Mund genommen hätte, und du wärst angekettet gewesen, hilflos, nur in der Lage, alles zu genießen, was ich dir anbieten könnte?«

Nicholas unterdrückte einen Fluch, als weißglühendes Verlangen durch seinen Körper brannte.

»Und ich stelle mir vor«, knurrte er, während er seine Hand in ihrem Haar vergrub, das sich locker über ihren Nacken und ihre Schultern legte, »dass ich das Gleiche mit dir tun möchte, meine Piratenkönigin. Dich an unser Bett zu ketten und dich auf tausend Arten zu beglücken, bis du heiser bist von den Schreien der Ekstase.«

Brianna stockte der Atem, und ihre rebellischen Piratenaugen blitzten zu den seinen auf, als sie ihm dieses freche Grinsen schenkte, das ihn entzückte und wahnsinnig machte.

»Das ist eine Folter, die es wert ist, dass man sich ihr unterzieht. Ich sollte Joe bitten, ein Paar Handschellen zu besorgen ...« Sie wandte sich zum Gehen, aber er zog sie wieder in seine Arme.

»Später, meine Piratenfrau. Später.«

Kapitel Dreiundzwanzig

*C**ornwall, England*
Drei Monate später

DOMINICS SCHIFF, DIE *ROBBIE DARLING*, LIEF AN EINEM
klaren, sonnigen Morgen im Frühherbst in einen Hafen vor der
Küste Cornwalls ein. Die smaragdgrünen Hügel, die steilen
Klippen und die felsigen Ufer waren der erste Anblick, den
Brianna von Nicholas' Zuhause hatte.

Sie lehnte sich gegen die Reling des Schiffes und nahm
alles in sich auf. Ihre hellen Röcke bauschten sich um ihre und
Nicholas' Beine, als er neben ihr auf dem Deck stand. Sie sah
ihn unter ihren Wimpern an und bemerkte, dass die Anspannung, die sie so oft in seinem Gesicht gesehen hatte, endlich
verschwunden war. Die Sonne machte sein blondes Haar noch
heller, und der Wind zerrte spielerisch an den langen Strähnen
um seine Stirn. Der hagere, müde und verletzte Mann, den sie
in den letzten drei Monaten kennengelernt hatte, war endlich

verschwunden. Er hatte seinen Stock in Jamaika zurückgelassen, und offenbar auch seine Sorgen.

Brianna stupste seinen Arm mit ihrem an. »Bist du froh, nach Hause zu kommen?«

Er grinste sie verschämt an. »Das bin ich«, gab er zu.

Sie war froh, dass er so glücklich war. Bis heute hatte sie ihr Bestes getan, um ihre eigenen Ängste darüber, ob sie hier ein Leben für sich selbst finden würde, vor ihm zu verbergen. Doch sein Optimismus gab ihr Auftrieb.

»Es gibt nichts zu befürchten, Brianna.« Er nahm ihre Hand in die seine. Sein Griff war fest und gab ihr Halt wie ein Anker, der in den Wellen versank. Sie atmete auf, als ihre eigene Anspannung etwas nachließ.

»Was werden deine Eltern von mir denken? Sicherlich waren sie nicht erfreut, als sie erfuhren, dass du eine ehemalige Piratin geheiratet hast, ganz zu schweigen von einem echten Wildfang.« Er hatte ihr gestanden, dass er ihnen ein paar Briefe geschrieben hatte und sie die ganze Geschichte ihrer Herkunft kannten. Zuerst war sie entsetzt gewesen, aber er hatte ihr versichert - oder besser gesagt, er hatte sein Bestes getan, um sie davon zu überzeugen -, dass es seinen Eltern nichts ausmachte. Sie war sich immer noch nicht sicher, ob sie ihm glaubte.

»Nicht, dass es wichtig wäre, aber sie lieben dich bereits.«

Nicholas schien sich dessen so sicher zu sein, aber sie war es nicht. »Was? Wie können sie das?«

Nicholas' Lippen verzogen sich zu einem ihrer Lieblingslächeln. Zärtlich, voller Zufriedenheit und Gewissheit. Es war das Lächeln, das er ihr schenkte, wenn sie miteinander schliefen, was fast täglich der Fall war. Sie hatte noch nie einen Mann mit so viel Lust und Ausdauer erlebt. Zu seinem Glück war sie ein »lüsternes Frauenzimmer«, wie er es bewundernd ausdrückte, wann immer sie von ihm verlangte, mit ihr ins Bett zu gehen.

Er umfasste ihr Gesicht mit seiner Hand, seine blauen Augen waren so klar wie der Himmel über ihr.

»Liebe ist einfach. Sie werden dich lieben, weil ich es tue.«

Liebe ist einfach. Ihr Vater hatte vor einer gefühlten Ewigkeit etwas Ähnliches zu ihr gesagt.

Ihre Hand wanderte zu ihrem Bauch, ein plötzliches Bedürfnis, ihre Handfläche über ihre Gebärmutter zu halten, wo das winzige Leben in ihr wuchs. Sie hatte Nicholas noch nicht gesagt, dass er Vater werden würde. Sie wollte warten, bis der richtige Zeitpunkt gekommen war.

Er senkte seinen Kopf zu ihr und küsste sie. »Du bist brillant, mutig und schön. Was gibt es da nicht zu lieben?« Pfiffe und gutmütige Ausrufe der Besatzung brachten sie zum Lachen und dazu, sich voneinander zu entfernen. Dominic lachte zusammen mit seinen Männern.

»Habt ihr nicht alle ein Schiff in den Hafen zu bringen?«, schrie sie Dominic und seine Leute spöttisch an. Es war schwer, sich daran zu erinnern, dass dies nicht ihr Schiff war und sie nicht die Befehle geben konnte.

Sie und Nicholas schienen sich ständig vor den Augen anderer ineinander zu verlieren.

Dominic sprang die Treppe vom Oberdeck hinunter, wo sie standen, als die Besatzung begann, die Leinen zu den Männern zu werfen, die am Dock warteten. »Seid ihr beide bereit?«

Schon bald wurde der Steg heruntergelassen, und die Besatzung trug ihre Koffer hinunter zu einer in der Ferne wartenden Kutsche.

Ihr Mann wandte sich ihr zu, bot ihr seinen Arm an und wiederholte Dominics Frage. »Bist du bereit?« Sie hatte ein seltsames Déjà-vu-Erlebnis und erinnerte sich an jenen Tag vor langer Zeit auf dem Markt in Port Royal mit Joe, als sie sich vorgestellt hatte, genau das hier zu tun. Wie eine feine Lady am Arm eines Gentleman spazieren gehen. Nur war Nicholas unendlich viel wundervoller als jeder Adlige, den sie sich hätte ausdenken können.

Die Fahrt zu Nicholas' Haus dauerte nicht lange, und doch schaffte sie es in dieser halben Stunde in der Kutsche, ihre Nerven wieder so zu strapazieren, dass sie fast die feine Seide ihres Kleides ruinierte, indem sie es in ihren starken Händen verdrehte. Als Nicholas ihre Verzweiflung bemerkte, befreite er vorsichtig ihre Röcke aus ihren Fingern.

Der Wagen kam zum Stehen, und ihr Herz begann heftig gegen ihre Rippen zu schlagen.

»Es gibt keinen Grund zur Sorge.« Er zog sie auf seinen Schoß, während sie darauf warteten, dass der Lakai die Tür öffnete und die Stufe für sie herunterließ. »Du hast schon weitaus schlimmere Gefahren erlebt als diese. Stell dir doch einfach vor, du hast eine Seeschlacht gewonnen und enterst jetzt das feindliche Schiff.«

»Wohl kaum. Ich möchte eigentlich, dass deine Eltern mich *mögen* und nicht glauben, dass ich ihre Juwelen und ihre Fracht stehlen werde.«

Verflucht sei der Mann, der es wagte, angesichts ihrer Notlage zu lachen.

»Du bist zweifelsohne die bezau...«

»Wenn du *bezauberndste* sagst, schlage ich dich, *Ehemann*«, warnte sie ernsthaft, aber sein Lächeln wurde nur noch breiter, und er umarmte sie enger.

»Ich weiß, dass du das wirst, Liebes. Und danach küsse ich dich, damit du dich besser fühlst.«

Seine Reaktionen auf ihre Launen lenkten sie immer ab. Anstatt darauf zu bestehen, dass sie ihre Wutanfälle begraben sollte, nahm er sie mit ihr zusammen an und versprach, sie danach zu lieben. Irgendwie schien das an und für sich schon ihren Ärger zu entschärfen.

»Vergiss nur nicht zu atmen.« Er küsste sie auf die Nasenspitze und stellte sie dann auf die Füße, damit er als Erster aus der Kutsche steigen und ihr hinaushelfen konnte. Von der Etikette einmal abgesehen, fühlte sie sich in diesen Röcken immer noch nicht ganz wohl.

Sie hielt wieder den Atem an, obwohl er sie daran erinnert hatte, zu atmen. Manchmal war es ganz unmöglich zu atmen, wenn sie sich über etwas anderes Sorgen machte. Als sie schließlich aus der Kutsche stieg und nach oben blickte, standen ein Mann und eine Frau auf den Stufen des stattlichen Herrenhauses aus grauem Stein. Nicholas verschränkte ihren Arm mit seinem, und sie ließ sich von ihm die Treppe hinauf zu dem Paar begleiten, das auf sie wartete.

»Nicholas!«, riefen seine Eltern gemeinsam und umarmten ihren Sohn überschwänglich. Brianna beobachtete die Szene mit einer fast schon heftigen Sehnsucht nach ihrem eigenen Vater.

»Das ist Brianna, meine Frau.« Nicholas strahlte sie an, und für einen Moment vergaß sie alle ihre Ängste. »Brianna, ich möchte dir meinen Vater, Daniel, und meine Mutter, Julia, vorstellen.

»Brianna! Oh, sie ist sogar noch schöner, als in all deinen Briefen stand.« Nicholas' Mutter schlang ihre Arme um Brianna und umarmte sie, bevor sie reagieren konnte. Julia war eine atemberaubende Frau mit flachsfarbenem Haar und grauen Augen. Ein Großteil von Nicholas' gutem Aussehen stammte eindeutig von ihr.

»Lass sie erst einmal Luft holen, meine Liebe«, neckte Daniel seine Frau.

»Oh, es tut mir so leid.« Seine Mutter ließ Brianna los und lächelte, als würde sie sich aufrichtig freuen, sie kennenzulernen.

»Jetzt bin ich dran.« Daniel war ein dunkelhaariger Gentleman mit intensiven blauen Augen, die denen seines Sohnes ähnelten. Er trat vor und umarmte Brianna mit viel mehr Zärtlichkeit, wie es sich für einen Vater gehörte, warm und allumfassend, und sie fühlte sich in den Armen dieses Mannes sofort sicher.

»Danke, dass Sie unseren Sohn zurückgebracht und sein Leben gerettet haben.« Nicholas' Vater sagte die Worte leise in ihr Ohr, sodass nur sie sie hören konnte. Dann trat er zurück und sagte für alle hörbar: »Willkommen in unserer Familie, Brianna.«

»D-danke.« Sie konnte die Worte kaum herausbringen. Sie war verblüfft darüber, wie man sie hier willkommen hieß, und noch verblüffter war sie, dass sie sich bereits als Teil dieser neuen Familie fühlte.

»Sie kommen gerade rechtzeitig, Brianna. Ihr Vater ist gestern angekommen«, sagte Daniel.

Sie keuchte auf. »Mein Vater ist hier?«

Ihr Vater war ein paar Wochen vor ihnen nach England abgereist, um sich in Cornwall nach einem Ort umzusehen, an dem er sich niederlassen konnte.

»Das bin ich«, verkündete Thomas Holland durch die offene Tür. Brianna konnte ihre Gefühle nicht länger beherrschen. Sie stürzte auf ihren Vater zu, der sie in die Arme nahm und festhielt, und sie spürte, wie der Schmerz der Sehnsucht verschwand. Er war hier ... ihr Vater und die Familie von Nicholas waren alle zusammen, und es fühlte sich ... *wunderbar* an.

»Wir haben ihn auf dem angrenzenden Landgut angesiedelt. Lord Faulkin starb vor sechs Monaten und hinterließ keine unmittelbaren Erben. Da der Nachlass von seinem Anwalt verwaltet wurde, war es ganz einfach, den Verkauf des Hauses und des Grundstücks für Ihren Vater abzuwickeln.«

»Und ich bin dankbar für all Ihre Hilfe, Daniel«, sagte Thomas. »Es ist genau das, was ich zu finden gehofft hatte.«

»Du bleibst wirklich in der Nähe?«, fragte Brianna. Sie und Nicholas hatten besprochen, im Haus der Familie zu bleiben, bis sie ein eigenes Zuhause finden würden.

Ihr Vater gluckste. »Ich werde nah genug sein.« Er zwinkerte ihr zu. »Nicholas, Ihr Vater ist ein toller Kerl. Wir waren auf Fasanenjagd und haben neue Pläne für die Bauernhäuser entworfen, die ich mit meinem Landkauf geerbt habe. Er war eine große Hilfe für mich.«

»Das freut mich zu hören, Sir«, sagte Nicholas mit Stolz, während er zwischen ihren Vätern hin und her blickte.

Brianna hatte befürchtet, dass das Leben eines Landedelmannes ihren Vater langweilen würde, aber anscheinend hatte sie sich getäuscht. In Thomas herrschte jetzt ein Frieden, der nicht zu übersehen war. Er war bereit für diese Phase seines Lebens.

»Warum kommt ihr nicht beide rein? Wir erwarten heute Abend Gäste zum Essen.«

»Gäste?«, fragte Nicholas.

»Ja. Briannas Onkel, Tante und Cousin werden die Woche über bei uns wohnen. Sie kommen heute Abend an.«

»So bald?« Brianna umklammerte Nicholas' Arm und war überrascht, dass sie seine Nähe so sehr brauchte, aber seine Gegenwart tröstete sie immer.

»Ihre Familie - Ihre *andere* Familie - ist sehr gespannt darauf, Sie kennenzulernen«, sagte Julia. »Wir waren besorgt, dass es zu früh sein könnte, aber beim Herzog von Essex kann man nicht nein sagen.«

»Nicholas, warum bringst du Brianna nicht nach oben, damit sie sich ausruhen und für das Abendessen umziehen kann?«, schlug Julia vor. Brianna warf ihr einen dankbaren

Blick zu. Sie war im Moment überfordert und musste eine Weile mit Nicholas allein sein, um alles zu verarbeiten.

Nicholas begleitete Brianna durch die hellen und luftigen Korridore seines Familienheims, und schon bald war sie in den Gemälden und edlen Möbeln versunken.

»Nicht das, was du erwartet hast?«, fragte er mit Humor in seinen Augen.

»Ich hatte immer gehört, Cornwall sei kalt, stürmisch und düster, aber hier ist es wunderschön. Das Haus ist so hell mit all den Fenstern, und ich kann das Meer von hier aus riechen.«

»Es kann stürmisch und düster sein«, gab er zu. »Und diese Nächte verbringt man am besten am Feuer, eingewickelt in die Arme des Ehepartners. Es ist noch besser, wenn wir nackt sind.«

Sie lachte über seine sinnlichen Neckereien. »Ich verstehe.«

Hier herrschte eine andere Atmosphäre als auf den Inseln. Die Luftfeuchtigkeit dort konnte oft erdrückend sein, und jetzt fühlte sie sich seltsam frei. Sie könnte die Luft hier ewig einatmen.

»Es riecht nach Regen«, sagte Brianna, als sie und Nicholas in der Nähe eines Schlafzimmers am Ende des Ostflügels stehen blieben.

Nicholas gluckste. »Es ist England. Selbst an sonnigen Tagen riecht es nach frischem Regen.« Er hielt inne und stützte seine Hand auf den Türgriff. »Hasst du es hier? Bitte sei ehrlich zu mir.« Er sah so besorgt aus, so unsicher, aber Brianna würde ihn niemals anlügen.

»Ich habe den Geruch von Regen immer geliebt.« Sie nickte auf seine Hand an der Türklinke. »Willst du mir nicht unser Schlafzimmer zeigen?« Sie hob eine Augenbraue, und sein Gesicht verzog sich zu einem Grinsen. Wenn sie ihren

Mann jetzt verführen würde, müsste sie nicht daran denken, in ein paar Stunden ihre Familie zu treffen.

Nicholas hatte in den vergangenen drei Monaten eine sehr wichtige Sache über seine Frau gelernt. Sie lockte ihn immer dann ins Bett, wenn sie dringend eine Ablenkung brauchte. Es machte ihm nichts aus, ihrem Verlangen nachzugeben, zumal sie so verlockend war, aber er würde danach mit ihr über ihre Angst vor der Begegnung mit ihrer Familie sprechen müssen.

Sie traten in sein Schlafgemach, und er schloss die Tür. Sie ging im Zimmer umher und fuhr mit den Fingerspitzen über die Bettdecke und um die Pfosten seines Himmelbetts, bevor sie vor den Bücherregalen innehielt. Hier waren Fragmente aus seinem Leben versteckt. Eine Hasenpfote, die älter war als sein Vater, ein Satz Angelhaken, die er selbst gebastelt hatte, Dutzende von Muscheln und andere Kleinigkeiten, die Kinder bei ihren Erkundungen der Welt sammelten. Sie berührte sie alle, ihr Lächeln war ein wenig traurig, als sie schließlich in seine Richtung blickte.

»Ich habe nicht ... Von solchen Dingen hatte ich nicht viele, als ich aufwuchs.«

Er trat ein paar Schritte näher an sie heran. »Warum nicht?« Er fragte sich oft, wie ihre Kindheit verlaufen war und wie sie aussah. Sie erzählte so wenig darüber.

»Mein Vater hatte seine Heimat in St. Kitts«, sagte sie nach einer langen Pause.

»Es war nicht dein Zuhause?«

Sie schüttelte den Kopf. »Ich habe dort gelebt, aber wir sind so oft zur See gefahren, dass ich mehr auf Schiffen als in Häusern aufgewachsen bin. Es gab immer nur einen Ort, der wirklich zu mir gehörte.«

Er wusste instinktiv, was sie meinte. »Dein Schiff.«

»Die *Sea Serpent* war meine Welt, aber selbst da konnte ich nicht allzu viele Dinge in meiner Kabine aufbewahren. Piraten müssen immer bereit sein, schnell weiterzuziehen. Wir können es uns nicht leisten, sentimental zu sein.« Sie gluckste leise, aber es klang auch voller Trauer. Plötzlich dachte sie an die alte hölzerne Meerjungfrau in der Ecke von Gavins Hütte. Vielleicht belog sie sich auch selbst. Piraten waren möglicherweise viel sentimentaler, als sie jemals zugeben wollte.

»Was?«, fragte Nicholas.

»Mein Freund Gavin Castleton - er ist sentimental, zu sehr für einen Piraten. Ich mache mir manchmal Sorgen um ihn. Seine Familie stammt von hier. Er ist von zu Hause weggegangen, um zur See zu fahren, als er nicht viel jünger war als du, und das hat eine große Kluft zwischen ihm und seinem Bruder verursacht.«

»Das ist der Kerl, den dein Vater zum neuen Schwarzen Admiral ernannt hat?«, fragte Nicholas. »Stand er dir nahe?«

»Er war einer der wenigen Männer, mit denen ich eine Freundschaft aufbauen konnte, aber ...«

Nicholas zeigte keine Eifersucht. Er wusste, was Brianna für ihn empfand, und war von ihrer Liebe überzeugt, aber er war neugierig, was sie sagen würde. »Aber was?«

Sie wandte sich von den Bücherregalen ab und sah ihn an. »Niemand hat je meine Einsamkeit gelindert, bis *du* in mein Leben gekommen bist.« Ihre Augen leuchteten wie Flammen, und er hatte das törichte Verlangen, Sonette an diese Augen zu schreiben.

»Du bist mein Zuhause, Nicholas. Wo immer du bist, das

ist mein Zuhause«, sagte sie, und ihr Herz leuchtete in ihren schönen grünen Augen.

Unfähig zu sprechen aus Angst, dass ihm seine Stimme versagen würde, zog er sie in seine Arme und hielt sie fest, so fest, dass er befürchtete, sie zu zerquetschen, aber er musste sie in seinen Armen spüren und das wertvollste Geschenk halten, das ihm das Leben je gemacht hatte.

»Mein Leben auf See hat mir so viel genommen. Aber das Meer hat mir auch dich gegeben, und das hat mich mehr als entschädigt. Du bist mein Geschenk, eine leuchtende Perle, ein Schatz, von dem jeder Pirat träumt. Du bist *alles* für mich. Ich werde gehen, wohin du willst. Wenn du für den Rest deines Lebens auf einem Schiff leben und um die Welt segeln willst, dann macht mein Herz einen Freudensprung bei dem Gedanken, solange du bei mir bist.«

Tränen tränkten sein Hemd, als sie ihre Wange an seiner Schulter rieb.

»Du würdest mich nicht zwingen, hier zu bleiben und die Rolle zu spielen, die die Gesellschaft von mir verlangt? Ich bin die Nichte eines Herzogs. Was wäre, wenn ...?«

»Als Nichte eines Herzogs kannst du machen, was du willst«, lachte er. »Und ich werde jeden platt machen, der es wagt, etwas anderes zu behaupten.«

Sie lachte mit ihm, aber es kam eher als Schluchzen heraus. »Ich hatte solche Angst, dass du das nicht willst.«

Nicholas küsste ihren Scheitel. »*Du* bist das, was ich will. Verdammt sei der Rest.«

Sie lächelte durch ihre Tränen hindurch. »Wahrhaftig?«

Als Antwort senkte er seinen Kopf und küsste sie. Noch lange Zeit danach machte sich keiner von ihnen Sorgen - außer vielleicht, dass sie das Abendessen verpassen könnten.

Kapitel Vierundzwanzig

»Sie sind da«, rief Nicholas von der Tür aus, als er kam, um Brianna abzuholen. Sie hatte sich für das silberblaue Kleid ihrer Mutter entschieden, und ihr Haar war zu einer Masse von Locken und Wellen hochgesteckt. Julias Zofe hatte Perlen in Briannas Haarsträhnen gefädelt, sodass es aussah, als hätte Venus das Meer verlassen, um die Schätze des Meeres auf Briannas Frisur zu streuen. Brianna holte tief Luft und sah Nicholas an. Sie betete, dass sie gut genug aussah, um einem Herzog und einer Herzogin gegenüberzutreten.

»Wie sehe ich aus?«, fragte sie nervös.

Mit einem verspielten Funkeln in den Augen tat ihr Mann so, als würde er ihr Aussehen genau unter die Lupe nehmen.

»Nun, das muss reichen, aber ich bevorzuge meine Piratenkönigin in Reithosen und mit zwei Pistolen in der Hand.«

Sie schnaubte über ihn, als sei sie beleidigt, und versuchte, mit hochmütig erhobenem Kinn an ihm vorbeizukommen. Er ergriff ihren Arm und zog sie zurück.

»Du bist die schönste Frau, die ich je gesehen habe«, flüsterte er und küsste sie innig.

Gott, wenn er sie so küsste ... vergaß sie alles, was ihr in diesem Moment im Kopf herumschwirrte. Da waren nur seine Lippen auf ihren, sein Atem auf ihrer Haut und das Gefühl von Leidenschaft, das wie ein gut gehütetes Feuer brannte.

Ein höfliches Hüsteln ließ sie auseinandergehen. Ihr Vater stand im Korridor und beobachtete sie mit einer nicht geringen Belustigung.

»Dafür ist später noch viel Zeit, Flynn«, sagte Thomas.

Er hatte sich in einen Gentleman vom Lande verwandelt und trug feine Hirschlederhosen, eine Weste und einen dunkelblauen, mit Gold bestickten Gehrock. An seiner Seite stand Elida in einem tiefvioletten Kleid, das ihr rabenschwarzes Haar betonte. Brianna hatte erst vor kurzem erfahren, dass ihr Vater seine spanische Haushälterin geheiratet und sie mit nach Cornwall gebracht hatte. Es erfüllte Briannas Herz mit Freude, sie zusammen zu sehen.

»Du siehst wunderbar aus, Elida«, sagte sie zu ihrer neuen Stiefmutter, und sie umarmten sich innig.

Elida umfasste Briannas Gesicht, so wie sie es schon seit vielen Jahren getan hatte. »Das tust du auch, liebes Kind.« Sie musterte sie mit einem mütterlichen Blick. »Hast du geweint?«

»Nur vor Glück«, gab Brianna zu.

»Hm, das ist gut«, sagte Elida mit einem Nicken. »Glückliche Tränen sind gute Tränen.«

Das sah Brianna ganz genauso.

»Nun, sollen wir alle runtergehen?«, fragte Nicholas. »Ich kann mir vorstellen, dass die Köchin sich darüber aufregen wird, wenn wir nicht pünktlich zum Abendessen erscheinen.«

»Das sollten wir besser tun«, lachte Thomas. »Es ist keine gute Idee, seine Köchin zu verärgern.«

Von der Treppe aus sahen sie Nicholas' Eltern, die sich mit

einem gut gekleideten Paar mittleren Alters und einem jüngeren Mann in Briannas Alter unterhielten.

Der Duke of Essex und seine Familie waren hier. *Ihre Familie.*

Sie drehten sich um und sahen zu ihr hoch, als sie sie auf der Treppe hörten, und Brianna blieb das Herz stehen.

Zwei Paar hellgrüne Augen, die genau wie die ihren aussahen, blickten zu ihr auf. Ihr Onkel und ihr Cousin hatten *ihre* Augen. Irgendetwas daran, die Verbindung zu einer verlorenen Familie, von der sie nie gewusst hatte, dass sie sie brauchte, passte wie angegossen.

Sie und Nicholas gingen zuerst die Treppe hinunter, und ihr Onkel, der Herzog von Essex, Michael St. Laurent, zuerst vor, sein Blick schweifte über sie, während er schwer schluckte. Er war hochgewachsen und ziemlich gutaussehend, mit dunklem Haar, das an den Schläfen silbern schimmerte. Doch sie sah in diesem Gesicht einen Mann, den man nicht ignorieren durfte. Er hatte Macht, Einfluss, und doch hatte er auch etwas Sanftes an sich, wenn er sie ansah.

»Mein Gott«, sagte er halb zu sich selbst. »Sie sind wirklich meine Nichte. Es ist nicht zu übersehen.« Er griff in seinen Gehrock und holte ein Paar Miniaturporträts heraus, die er ihr mit offenem Mund hinhielt.

Brianna ließ Nicholas' Arme los, um die Porträts entgegenzunehmen. Ihr Blick weitete sich, als sie zum ersten Mal das Abbild der Gesichter ihrer Eltern aus bemaltem Porzellan betrachtete, deren Gesichtszüge klein, aber kunstvoll gestaltet waren.

»Ich habe natürlich große Porträts von ihnen auf dem Anwesen in Essex, aber diese hier konnte ich heute Abend einfach mitbringen. Ich dachte, Sie wollen sie vielleicht ... sehen.« Die Stimme ihres Onkels war plötzlich rau, und er räusperte sich unbeholfen.

»Ich ...« Brianna wusste plötzlich nicht mehr, was sie sagen sollte. Sie blickte auf in das Gesicht ihres Onkels und sah dort die Ähnlichkeit zwischen Lord Essex und ihrem leiblichen Vater. Dann starrte sie die Schönheit an, die ihre Mutter war. Ein Schauer durchfuhr sie, als sie sich - nicht zum ersten Mal - vorstellte, wie ihr Leben hätte aussehen können, wenn sie überlebt hätten. So sehr der Tod der beiden sie auch mit einem tiefen und schrecklichen Gefühl des Verlustes erfüllte, wusste sie doch, dass Thomas sie nicht gefunden hätte, wenn sie nicht gestorben wären, und dass sie Nicholas nie kennengelernt hätte. Die Tatsache, dass ihre Eltern hatten sterben müssen, damit sie Nicholas finden würde, würde sie immer begleiten und sie daran erinnern, wie viel Nicholas ihr bedeutete.

»Ist das zu viel?«, fragte ihr Onkel.

»Nein. Ich habe sie nur noch nie gesehen, und es ist ...« Sie schniefte. »Vielen Dank, dass Sie sie mitgebracht haben. Würden Sie mir von ihnen erzählen?« Sie fühlte sich unglaublich schüchtern, als sie dies den Herzog fragte.

Ihr Onkel lächelte. »Es wäre mir eine Ehre, Ihnen alles über sie zu erzählen. Nun, ich glaube, wir sollten uns einander vorstellen.« Er warf einen Blick über seine Schulter. »Das sind meine Frau Edwina und mein Sohn Evan. Evan ist gerade einundzwanzig geworden.«

Ihr Cousin strahlte sie an, als wäre sie ein gefundener Schatz. Er war genauso gutaussehend wie seine Eltern, und in seinen Augen schimmerte ein Hauch von Schalk. Sie wusste sofort, dass sie und Evan sich prächtig verstehen würden. Sie hatte schon immer ein Händchen dafür gehabt, Ärger zu machen. Vielleicht war das etwas, das sie von ihrer Familie geerbt hatte.

Edwina, ihre Tante, war eine schöne Brünette mit freundlichen braunen Augen. Sie trat vor und umarmte Brianna, ohne zu zögern.

»Ihre Mutter war eine meiner besten Freundinnen auf der ganzen Welt. Als Sie eben die Treppe heruntergekommen sind, dachte ich, dass sie vielleicht irgendwie zu uns zurückgekommen ist.« In den Augen ihrer Tante glitzerten die Tränen, als sie innehielt, schniefte und dann fortfuhr. »Ich werde Ihnen alles erzählen, was Sie über sie und Ihren Vater wissen wollen. Alles, an was ich mich erinnern kann.«

»Danke, Tante Edwina«, sagte Brianna. Ihre Kehle wurde eng, als sie versuchte, nicht zu weinen.

Ihr Onkel wandte sich dann an Nicholas. »Sie müssen Briannas Ehemann sein?«

»Das bin ich, Euer Gnaden.« Nicholas trat vor, und die beiden gaben sich die Hand.

»Ich gebe zu, dass ich traurig bin, sie an Sie zu verlieren. Ich hatte gehofft, sie für eine Weile unter meinem Dach zu haben«, sagte ihr Onkel. »Vielleicht kann ich Sie überreden, uns öfter zu besuchen?«

Mit einem Blick auf Brianna antwortete Nicholas: »So oft Brianna Sie sehen möchte, werden wir Sie besuchen. Ich habe das Gefühl, dass das ziemlich oft der Fall sein wird.«

»Euer Gnaden ...«, begann Brianna. Sie hatte in den letzten Stunden lernen müssen, wie man einen Herzog anspricht, und war immer noch nervös, es richtig zu machen.

»Bitte, für Sie heißt es Onkel Michael, meine Liebe.«

»Onkel ... Bitte lassen Sie mich Ihnen meinen Vater vorstellen, den Mann, der mich anstelle Ihres Bruders aufgezogen hat - Thomas Holland und seine Frau Elida.«

Ihr Onkel straffte die Schultern, als Thomas nach vorne trat.

»Nicholas hat mir alles in seinen Briefen mitgeteilt, Mr. Holland. Sie sind meinem Bruder zu Hilfe gekommen und haben versucht, ihn und seine Frau zu retten. Er hat mir erzählt, dass Sie Brianna entbunden haben und ...« Ihr Onkel schluckte schwer. »Es ist Ihr Verdienst, dass sie die Frau ist, die sie heute ist. Eine Frau, auf die man stolz sein kann.«

Thomas bewege sich unbehaglich auf den Füßen, und sein Gesicht rötete sich. »Es war mir eine Ehre, sie in meinem Leben zu haben, Euer Gnaden. Ich wünsche mir jeden Tag, dass ich rechtzeitig gekommen wäre, um Ihren Bruder und seine Frau zu retten, aber in dem Moment, als Ihr Bruder mir sein Kind anvertraute, wurde es zu einem unermesslichen Geschenk.«

Brianna musste sich erneut an Nicholas' Arm klammern, während sie darum kämpfte, Gefühle zu unterdrücken, die so stark waren, dass sie befürchtete, vor all diesen Menschen zu weinen, die sie bereits so sehr zu lieben schienen, obwohl sie sich gerade erst kennengelernt hatten. War es möglich, vor lauter blendender Freude zu sterben?

»Dies wurde mir gegeben, um zu beweisen, wer Sie sind, und ich glaube, als Hughs Kind sollte es Ihnen zurückgegeben werden.« Ihr Onkel nahm noch etwas aus seinem Mantel. Der Siegelring ihres Vaters.

»Woher haben Sie den? Ich fürchtete, ich hätte ihn verloren!« Brianna keuchte.

»Mr. Holland hat mir von Ihrer Existenz geschrieben, bevor Sie hierher gesegelt sind, und den Ring als Beweis geschickt.«

Thomas trat vor und wandte sich an den Herzog. »Ihr Bruder hat mir den gegeben, Euer Gnaden, und ich habe ihn sicher aufbewahrt, bis es an der Zeit war, Brianna zu erzählen, wer sie wirklich ist. Damals wusste ich noch nicht, wer ihre Familie war. Hätte ich das gewusst, hätte ich mich schon vor Jahren an Sie gewandt.«

Ihr Onkel hielt den Ring einen langen Moment lang in der Hand, bevor er Briannas Hand nahm, den Ring zurück in ihre

Handfläche legte und ihre Finger mit seinen eigenen um ihn schloss.

»Ich habe Hugh diesen Ring geschenkt, als er einundzwanzig wurde. Es war ein Geschenk von mir, von Bruder zu Bruder. Jetzt gehört er Ihnen, meine Liebe.«

Brianna drückte den Ring an ihre Brust und biss sich auf die Lippe, um nicht zu weinen.

Die Mutter von Nicholas räusperte sich. »Vielleicht sollten wir zum Abendessen übergehen und all diese wunderbaren Geschichten über Briannas Eltern hören?«

Alle murmelten ihre Zustimmung. Nicholas hielt Brianna einen Moment zurück, während sie den anderen erlaubten, vor ihnen in den Speisesaal zu gehen.

»Geht es dir gut?«, fragte er, als er ihr Gesicht in seine Hände nahm.

Sie ergriff seine Handgelenke, nickte und blinzelte die frischen Tränen weg.

»Ja. Mir geht es mehr als gut ...« Jetzt war der richtige Zeitpunkt, es ihm zu sagen. »*Uns* geht es gut.« Sie zog eine seiner Hände sanft nach unten und legte sie auf ihren Bauch. »*Uns* geht es in der Tat wunderbar.«

Nicholas' Augen wurden rund wie Untertassen. »*Uns?* Du willst damit sagen ...«

Sie lachte über seinen Ausdruck von Schock und Verwunderung. »Ja. Wir *drei* ...«

Nicholas' Gesicht verzog sich zu einem jungenhaften Grinsen, dem Grinsen, das sie vor all den Monaten zu der Erkenntnis gebracht hatte, dass sie ihn liebte. Es war, als würde die Sonne durch die Wolken brechen und ein kräftiger Wind die Segel ihres Schiffes füllen ... wie ein herrlicher Tag, um zu fernen Horizonten zu segeln.

»Wir werden unseren Kindern jeden Abend Geschichten über Piratenköniginnen erzählen«, sagte Nicholas.

Sie lachte. »Ist das so?«

»Ja. Sie müssen alles über ihre Mutter wissen und wie unglaublich sie ist. Und dass sie viel grimmiger als Grace O'Malley ist.«

»Schmeichler«, sagte sie, unfähig, die brodelnde Freude in ihrem Inneren zu verbergen.

Ihr Mann grinste sie nur weiter an, der reizende Schelm.

Der Vater von Nicholas kam noch einmal an die Tür des Esszimmers zurück. »Werdet ihr euch uns anschließen?«

Sie und Nick schenkten einander ein heimliches Lächeln. »Ja, das werden wir. Alle drei.«

»Drei?«, fragte sein Vater verwirrt, als sie an ihm vorbeigingen.

Was auch immer als Nächstes in ihrem Leben kommen würde, Brianna würde es nicht allein bewältigen müssen. Sie hatte einen Mann, der sie heftig liebte, und sie liebte ihn im Gegenzug ebenso heftig. Sie hatte ihren Vater und ihre Stiefmutter und so viele neue Verwandte, dass es ihr vorkam, als würde sie träumen.

Aber kein Traum könnte so gut, so real, so wunderbar sein. Sie mochte während eines Sturms auf die Welt gekommen sein, aber der Horizont vor ihr war nichts als wunderschönes, endloses Licht.

Epilog

Es war ein schöner Tag drei Wochen später, als Nicholas mit Brianna ausritt. Das hatten sie in letzter Zeit oft getan, sie waren durch die Landschaft ihrer neuen Umgebung geritten. Es war gut, dass seine Wunde geheilt war und er sich wieder wie er selbst fühlte. Manchmal gingen sie zu Fuß und unterhielten sich, und manchmal ritten sie in halsbrecherischem Tempo, bis ihre Pferde eine Pause brauchten.

Nicholas wusste, dass seine Frau an einer Unruhe litt, an einem Bedürfnis, in Bewegung zu bleiben, auf Entdeckungsreise zu gehen und sich nicht auf ein Leben in Salons und Ballsälen zu beschränken. Früher hätte er geschworen, dass er nach Cornwall zurückkehren und dort für immer bleiben könnte, zufrieden damit, sich von seinen Abenteuern zurückzuziehen. Aber das war nicht mehr der Fall. Er verstand den Hunger, den Brianna verspürte, um weiter in den frischen Wind zu segeln und fremde Küsten zu besuchen. Deshalb hatte er es geschafft, für seine Frau heute ein besonderes Geschenk zu besorgen - nicht dass sie geahnt hätte, dass er etwas vorhatte.

Er lenkte seinen Wallach in Richtung des Hafens, und Brianna hielt mit ihm Schritt. Sie trug wie er ein Paar Reithosen und eine Weste sowie hohe schwarze Reitstiefel, aber ihr Haar war nur mit einem Band zurückgebunden. Sie kümmerte sich nicht um den Klatsch, den sie verursachte. Sie hatte sogar gelacht und gesagt: »Wenn meine Familie weiß, dass ich ein Pirat bin, und es ihnen nichts ausmacht, was schadet es dann, ein Paar Reithosen zu tragen?«

Nicholas hatte nichts dagegen. Ihm war es lieber, dass sie sich wohlfühlte, als dass sie sich irgendeiner Mode unterwarf. Außerdem gefiel ihm der Anblick ihres Hinterns in der engen Hose sehr.

Als sie den Hafen erreichten, hielten sie ihre Pferde an und bahnten sich dann langsamer einen Weg zu den Docks. Bald kam ein Dutzend Schiffe im Hafen in Sicht. Er hielt sein Gesicht neutral, während sie durch den Hafen ritten, aber insgeheim nahm er jeden Ausdruck auf ihrem Gesicht wahr, um keinen Augenblick zu verpassen, wenn sie das sah, von dem er hoffte, dass sie es bald sehen würde. Brianna stieß einen leisen, verträumten Seufzer aus. Dann streckte sie die Hand aus und ergriff seinen Arm.

»Nick!« Sie zeigte auf eines der Schiffe, und er grinste. Es war schwer gewesen, dieses kleine Geschenk geheim zu halten, aber es war ihm gelungen. Dominic wäre stolz auf ihn.

»Warum nicht mal nachsehen?«, drängte er, und sie setzte sich in Bewegung und trieb ihr Pferd vorwärts. Er folgte ihr langsamer, und sein Lächeln wurde breiter, als er sie schließlich einholte.

Sie stieg von ihrem Pferd ab und übergab die Zügel einem jungen Burschen, der sie festhielt, während sie die Gangway des nächsten Schiffes hinauflief. Er folgte ihr an Bord und blieb auf dem Zwischendeck stehen, um sie zu bewundern, während sie das Schiff vom Bug bis zum Heck musterte, bevor sie sich ihm zuwandte, mit einer hoffnungsvollen Frage in den Augen, die sie nicht aussprechen wollte.

Er antwortete mit einem Nicken.

Sie rannte auf ihn zu, und er nahm sie in die Arme und wirbelte sie herum, während sie vor Freude lachte. Die *Sea Serpent* und ihr Kapitän waren endlich wieder vereint.

»Oh, Flynn!«, hauchte sie in einem heiseren Flüsterton. Er streichelte ihre Nase mit seiner und liebte es, wie sie ihn Flynn nannte. In den letzten Monaten war das Wort eher zu einem Kosenamen als zu einer Ermahnung geworden.

»Glücklich?«, fragte er. Er konnte an ihrem Gesicht sehen, dass sie es war, aber er wollte, dass sie in diesem Moment verstand, was dieses Schiff nicht nur für sie, sondern für sie *beide* bedeutete. Sie gehörten zusammen, und das bedeutete, dass das Meer einen großen Teil ihres Lebens ausmachen sollte. Die Geschichte seiner Piratenkönigin war noch lange nicht zu Ende. Eines Tages würden sie ihrem eigenen Kind Geschichten über das legendäre Leben ihrer Mutter erzählen, und dieses Kind, ob Junge oder Mädchen, würde mit den Wellen und den Schreien der Sturmschwalben als Schlaflied aufwachsen, so wie Brianna es getan hatte.

»Ja. Aber wie hast du sie gefunden?«

»Irgendein arroganter Arsch, dem King's Landing gehört, hat sie gekauft, nachdem die Marine sie bei einem Überfall erobert hatte. Er dachte, es wäre ein ausgezeichnetes Hochzeitsgeschenk für dich. Da ich mit diesem Arsch befreundet bin, habe ich zugestimmt.«

Sie starrte ihn gleichermaßen verwundert und dankbar an. »Dominic hat mein Schiff gerettet?«

»Natürlich hat er das, mein Schatz. Er weiß, wie wichtig das Schiff für einen Kapitän ist. Er würde nie zulassen, dass die *Sea Serpent* lange in Feindeshand bleiben würde.«

Sie warf ihm einen herrlich sündigen Blick zu. »Nun, *ich*

bin in den Händen des Feindes gelandet, und ich kann nicht sagen, dass ich mich beschwere.«

»Oh? Du magst es, in den Händen des Feindes zu sein, ja?« Er kicherte und stahl sich einen Kuss, der ihn vergessen ließ, dass sie nicht allein waren, und er konnte nicht widerstehen, ihren Hintern zu umfassen und ihn großzügig zu drücken, was sie gegen seinen Mund stöhnen ließ. Mehrere Matrosen begannen, ihnen hinterher zu pfeifen.

Ein halbes Dutzend Männer starrte sie an, ihre Aufgaben auf dem Deck vergessen. Patrick, Briannas Kabinenjunge, frisch aus New York hierher gekommen, war unter ihnen und grinste die beiden an. Neben ihm blinzelte ein größerer, älterer Seemann, der neu in der Mannschaft war, eifrig über ihr Verhalten.

»Das ist unser neuer Kapitän? Ein kleiner Gauner, nicht wahr?«, fragte der Mann Patrick.

»Oh, *er* ist nicht der Kapitän«, sagte Patrick. »*Sie* ist das. Er ist der erste Offizier.«

Brianna grinste den Mann neben Patrick schadenfroh an und sagte: »Keine Sorge, ich bin hart, aber gerecht.« Dann wandte sie sich an Nicholas. »Wir sollten das Bett des Kapitäns ausprobieren. Komm, Flynn. Es wird Zeit, dass du deine Pflicht tust.« Sie schlenderte an der Mannschaft vorbei und ließ mehr als einen Mann mit offenem Mund auf ihren schwingenden Hintern in der engen Hose blicken.

»Jawohl, Captain«, rief Nicholas ihr nach und ging, um seine Pflicht *gründlichst* zu erfüllen.

Manchmal war es gut, Flynn zu sein.

ACHT MONATE SPÄTER

Gavin Castleton war sich nicht sicher, ob er die Nacht überleben würde. Als der Sturm gegen die Felsen schlug, an denen sein Ruderboot zerschellt war, stolperte er müde aus dem Boot und sank in Ufernähe hüfttief in das eiskalte Wasser.

Mit klappernden Zähnen zwang er sich, den felsigen Strand entlang in Richtung der Klippen zu gehen, die einen dunklen Gang verbargen. Das war seine einzige Zuflucht, seine einzige Chance zu überleben, wenn er sie nur erreichen konnte.

Er stemmte sich gegen den Wind, als er schließlich den versteckten Eingang erreichte. Dann war er drinnen, sicher im natürlichen Schutz des steinernen Ganges. Der Wind und der Regen konnten ihm hier nichts anhaben, aber in der Ferne heulten sie immer noch wütend, als seien sie wütend, dass er ihrem Zorn entkommen war.

Er musste nur noch ein kleines Stückchen weitergehen ... Noch ein Stück weiter, das war alles.

Seine kalten, gefühllosen Hände tasteten sich an den Wänden des Ganges entlang, als er in der einhüllenden Schwärze seinen Weg fand. Der Boden unter ihm neigte sich langsam nach oben, und schließlich fand er die Türklinke, die er suchte, und zerrte daran.

Die uralte Eichentür gab nach, und er stolperte in einen staubigen, dunklen Raum, der fast so schwarz war wie der Gang, den er gerade verlassen hatte. Heftig zitternd starrte er auf den kalten Herd des vergessenen Schlafzimmers. Gott, er wünschte, jemand hätte ein Feuer angezündet. Nicht, dass ihn jemand hier in diesem Raum erwartet hätte, schon gar nicht heute Abend.

Er schleppte seine schmerzenden Füße durch den Raum, bis er die nächste Tür erreichte und sie öffnete. Der Korridor vor dem Zimmer war dunkel, keine einzige Lampe brannte.

Draußen zuckten die Blitze des Gewitters und beleuchteten das Stammhaus seiner Familie durch die Fenster. Er war seit mehr als einem Jahr nicht mehr hier gewesen, aber er hätte die Säle dieses alten Herrenhauses auch dann erkannt, wenn er blind gewesen wäre.

Der Schmerz strahlte von seiner Schulter aus, wo er einen Messerstich erlitten hatte. Seine blut- und regengetränkten Kleider begannen sich um ihn herum zu versteifen, zogen ihn nach unten und erstickten ihn.

Gavin unterdrückte ein Stöhnen, während er darum kämpfte, den Schmerz in seinem Körper zu ignorieren und die Türen zu zählen, während er sich bewegte. Er musste seinen Bruder Griffin finden. Als er die dritte Tür auf der linken Seite erreichte, Griffins Schlafzimmer, stürzte er dagegen und drehte den Griff. Die Tür schwang unter seinem Gewicht auf, und er taumelte auf die schlafende Gestalt im Bett zu.

»Griffin«, stöhnte er, packte seinen Bruder an der Schulter und rüttelte ihn. »Griff... Hilf ...« Gavin rutschte auf die Knie, zu schwach, um viel mehr zu tun, als auf den Boden zu fallen.

Die verzweifelte Stimme einer Frau durchbrach den Dunst in seinem Kopf. »Wer sind Sie?« Er blickte auf und sah, wie eine Frau eine Kerze anzündete und sie zu einer Lampe an der Seite des Bettes brachte. Goldenes Licht erhellte den Raum, und er starrte erschrocken auf eine schöne junge Frau mit braunen Augen in einem hauchdünnen Hemd.

»Wo ist ... Griffin?« Seine Worte kamen atemlos heraus.

»Griffin? Sie meinen Lord Castleton?«

Gavin zuckte zusammen. *Lord Castleton ...* Der Name, der ihm von Geburt an zustand, aber er hatte ihm den Rücken gekehrt.

»Aye, der verdammte Lord Castleton«, keuchte er. Schließlich gab sein Körper vor Erschöpfung auf, und er fiel zurück zu Boden.

Die Stimme der jungen Frau wurde leiser, als er das Bewusstsein zu verlieren begann. »Ach du lieber Himmel! Sie sind ja verletzt!«

Ihre warmen, sanften Hände berührten seine kalte Haut, und er starrte in das schönste Frauengesicht, das er je gesehen hatte. Dann wurde er ohnmächtig.

DANKE, DASS DU *DIE VERFÜHRUNG DER Piratenprinzessin* gelesen hast. Das nächste Buch der Serie ist Ein Teuflischer Lord auf Hoher See! Blättere um, um den Prolog und das erste Kapitel zu lesen.

Ein Teuflischer Lord auf Hoher See

Prolog

1

Cornwall, England

GAVIN CASTLETON RÜCKTE SEINEN FLASCHENGRÜNEN Gehrock zurecht und ließ seinen Blick über den überfüllten Ballsaal schweifen. Seine Eltern waren mit Gästen beschäftigt und würden eine Weile nicht nach ihm suchen. Schnell entkam er dem Gedränge der Tänzerinnen und Tänzer, die sich gerade auf dem Parkett tummelten, und schlüpfte durch eine Hintertür in die Gärten des herrschaftlichen Anwesens seiner Familie, Castleton Hall.

Musik erklang in den duftenden Gärten und verlieh der Frühlingsnacht einen Hauch von Magie und Romantik, den sogar er, ein junger Mann von neunzehn Jahren, zu schätzen wusste. Seine Augen suchten die Dämmerung ab und erhaschten einen Blick auf schimmernde, seidene Röcke, die hinter einer hohen Heckenreihe verschwanden.

Sie war hier. Sie war gekommen, wie er sie gebeten hatte. Sein Herz hüpfte vor Freude. Heute Abend ... Heute Abend würde er ihr die Frage stellen, die ihr beider Leben für immer verändern würde.

Gavins Herz pochte vor Aufregung, als er die Frau verfolgte, die in den letzten zwei Jahren seine Seele besessen hatte.

»Charity«, flüsterte er, während er sich an seine Geliebte heranpirschte. Dieses Spiel hatten sie schon oft gespielt, seit sie siebzehn Jahre alt waren. Verfolgungsjagden und Küsse im Garten. Er hörte ein leises Kichern, als er eine weitere Hecke umrundete und sah, wie ihre Röcke noch einmal hinter einer Ecke der kunstvollen Hecken verschwanden. Die lange, flie-ßende Schleppe ihres Kleides verführte ihn. Er wollte sie fangen, seine Hände unter die Röcke schieben, so wie er es schon so oft getan hatte.

»Hab ich dich!«, keuchte er erfreut, als er sie von hinten erwischte. Charity gluckste und stöhnte dann, als er ihr sanfte Küsse auf den Hals drückte.

»Oh ja ... Bitte ... ja«, ermutigte sie ihn, als er begann, ihre voluminösen Röcke hochzuziehen. »Bitte, nimm mich genau hier, Griffin.«

Gavin erstarrte, seine Hände fielen von ihren Röcken. »*Griffin?*« Sein Kopf füllte sich mit einem merkwürdigen Summen.

Charity drehte sich in seinen Armen herum, ihr schönes Gesicht war eine Maske der Verwirrung und dann der Scham. »Gavin? Ich dachte nicht ... ich dachte, du bist ...«

»Ich weiß, für wen du mich gehalten hast«, sagte er leise, während sein Herz in zwei Teile zerbrach. »Seit wann ist dir mein Bruder lieber als ich?«

Ihre Augenbrauen wölbten sich verwirrt nach oben. »Wie lange?«

»Wie lange ist Griffin schon hinter dir her?«

»Fast genauso lange, wie du mir den Hof gemacht hast. Du und ich haben nie vereinbart, dass wir ...«

»... einander treu sein würden?«, beendete Gavin ihren Satz, sein Tonfall nun eisig, da er sich wie ein Fremder in seiner eigenen Haut fühlte.

»Du hast mich nie darum gebeten, Gavin. Du hast mir noch nicht einmal einen Antrag gemacht.« Charity sah ihn stirnrunzelnd an. »Ich werde nicht zulassen, dass du mir ein schlechtes Gewissen machst. Ich habe das Recht, von jedem umworben zu werden, bis ich einen Antrag annehme.«

Gavin hatte geplant, sie heute Abend zu fragen, ob sie ihn heiraten wollte, aber das würde er ihr nicht sagen. Nicht jetzt.

»Und mein Bruder? Hat er dich gefragt, ob du ihn heiraten willst?«, wollte Gavin wissen.

»Das wollte ich heute Abend tun.« Griffins Stimme kam von hinter ihnen. Gavins Zwillingsbruder war nur sechs Minuten jünger als er, und sie sahen fast gleich aus. Nur jemand, der sie gut kannte, konnte die winzigen Unterschiede in ihren Gesichtszügen erkennen.

»Also, was darf's sein, Mylady?«, fragte Gavin Charity und konnte die Verachtung in seiner Stimme nicht zurückhalten. Er liebte seinen Bruder über alles, aber das hier ... Das fühlte sich wie ein Verrat an. Er war der erste, der Charity vor zwei Jahren begegnet war, als ihre Familie aus London hierher gezogen war. Es war Liebe gewesen, wilde Liebe. Sie war nicht einfach nur schön. Sie war kühn, sorglos und intelligent. Sie hatte ihn dazu gebracht, ein besserer Mann sein zu wollen, jemand, der es wert sein würde, sie zu heiraten. Er hatte Griffin an dem Tag, an dem er sie kennengelernt hatte, gesagt, dass er sie eines Tages heiraten würde. Er hatte immer gewusst, dass Charity ihm gehören würde. Aber oh, wie sehr hatte er sich geirrt.

»Ich ...« Sie schaute zwischen den beiden hin und her und

hatte Tränen in den Augen. Er kannte sie gut genug, um zu wissen, dass diese Tränen echt waren. Er konnte in ihrem Gesicht sehen, dass sie jetzt erkannte, dass ihre Handlungen das Band zwischen den Brüdern zerrissen hatten, und sie bereute es.

»Oh, Gavin«, flüsterte sie, und da wusste er, dass *er* nicht derjenige war, den sie wählen wollte. *Er* war nicht derjenige, mit dem sie ihr Leben verbringen wollte.

Gavin ließ seinen Blick von ihrem Gesicht zu dem seines Bruders schweifen. Griffin sah erschüttert aus, als könne er den Schmerz in Gavins Seele spüren. Als Zwillinge hatten sie tausend Geheimnisse miteinander geteilt und waren immer in der Lage gewesen, die Gefühle des jeweils anderen zu spüren.

»Bruder, warte«, begann Griffin.

»Nein«, schnappte Gavin. »Nein, Griffin. Nein.« Er drehte sich um und floh. Er konnte nicht bleiben und sie zusammen sehen, ohne dass sein Herz noch mehr zerbrach. Es fühlte sich an, als ob eine Kanonenkugel durch seine Brust geschossen wäre. Seine Seele war ausgelöscht. Er taumelte zurück zum Haus. Er mied den Ballsaal und die fröhlichen Gäste und eilte hinauf in sein Schlafgemach. Er schlug die Tür zu und lehnte sich dagegen, um die schreckliche Erkenntnis zu verdrängen, die sich ihm nun aufdrängte.

Charity würde Griffin heiraten, und sie würden hier leben ... oder vielleicht in Meadow Cross Cottage, aber sie würden trotzdem hier sein. Gavin würde eines Tages den Titel seines Vaters als Earl of Castleton übernehmen, aber dieser Titel und die damit verbundenen Privilegien waren nichts im Vergleich zu einem Leben ohne die Frau, die er liebte.

Geh weg ... Die beiden Worte flüsterten gefährlich in seinem Hinterkopf.

Geh weg ... Und blicke niemals zurück ...

Könnte er das tun? Könnte er seine Eltern und seinen Zwilling im Stich lassen? Wenn es bedeutete, dem Schmerz in seiner Brust zu entkommen, welche Wahl hatte er dann?

Ohne weiter darüber nachzudenken, holte er eine Reisetasche heraus und begann, sie mit Kleidung zu füllen, bevor er eine Kiste mit Münzen in einen Lederbeutel leerte und diesen an seinen Gürtel band.

Als er die Tür seines Schlafzimmers öffnete, fand er seinen Bruder dort stehen, die Hand erhoben, als wolle er anklopfen.

Griffin hielt inne, als er sah, wie sein Bruder die Reisetasche mit den Habseligkeiten umklammerte. »Du gehst weg?«

»Ja.« Das war das einzige Wort, das er sagen konnte.

»Ich wollte sie nicht lieben«, sagte Griffin, der ebenfalls um Worte verlegen war.

»Aber du liebst sie trotzdem«, sagte Gavin.

»Am Anfang, glaube ich, habe ich sie geliebt, weil *du* sie geliebt hast. Ich nehme an, das liegt daran, dass wir Zwillinge sind. Aber dann begann ich, sie zu lieben, weil es mein eigenes Herzensanliegen war. Ich habe ihr heute Abend gesagt, sie solle sich für dich entscheiden, den Titel einer Gräfin annehmen und hier leben. Das ist es, was sie verdient hat.«

»Und hat sie zugestimmt?« Gavin wusste die Antwort, als Griffin das Gesicht verzog.

»Sie hat sich trotzdem für mich entschieden.«

»Dann nimm sie und den verdammten Titel«, sagte Gavin in scharfem Ton. »Nimm alles. Ich bin für dich gestorben, Bruder. Nimm alles, denn ich habe nichts mehr.«

»Gavin, bitte. Das ist lächerlich. Ich kann den Titel nicht annehmen, selbst wenn ich es wollte, was ich nicht tue«, schoss er zurück.

»Wenn ich als tot gelte, wird Vater ja trotzdem einen Erben brauchen. Du wirst mich nie wieder sehen.« Er drängte sich an seinem Zwilling vorbei, um den Raum zu verlassen, hielt dann aber inne, und seine Stimme wurde leiser. »Sag Mutter, dass ich sie liebe, und Vater auch. Sag ihnen, dass es mir leid tut und dass der bessere Sohn hier bleiben und der Erbe sein wird, den sie brauchen.«

Griffin hielt seinen Arm fest, als er weitergehen wollte.

»Gavin, egal was zwischen uns passiert, das hier wird immer dein Zuhause sein. Immer.«

Ich liebe dich auch, Bruder. Immer. Aber ich kann nicht mit einem gebrochenen Herzen hierbleiben.

Diesmal konnte Griffin ihn nicht aufhalten, als Gavin sich an ihm vorbeidrängte. Schon bald verließ er sein Zuhause in Richtung Meer und die ungewisse Zukunft, die ihn erwartete. In der Ferne grollte der Donner und kündigte ein herannahendes Gewitter an.

Ein Teuflischer Lord auf Hoher See

Kaptiel 1

1 *742 - Sieben Jahre später*
Cornwall, England

Es gab nichts Schlimmeres, als die kleine Schwester eines berüchtigten Piraten zu sein.

Josephine Greyville versteckte sich in den Schatten des Ballsaals und beobachtete ihren Bruder Dominic und seine Braut Roberta beim Tanzen. Neid und Sehnsucht trafen sie wie ein Bolzen, der von einer mächtigen Armbrust abgefeuert wurde.

Josephine wollte ein abenteuerliches Leben führen wie Dominic. Er war vierzehn Jahre lang zur See gefahren und hatte die Welt gesehen, und laut ihrer Mutter hatte er auch eine Menge Ärger verursacht ... Schließlich war er ein berüchtigter Pirat gewesen. Abenteuer war alles, was Josephine je gewollt hatte ... und etwas, das sie nie haben konnte. Vornehme Ladys konnten nicht zur See fahren und *Piraten* werden.

Mit achtzehn Jahren war sie mehr als alt genug, um zu heiraten, und doch zu jung, um das Leben so zu erleben, wie sie es sich wünschte. Und sie war eine Frau. Ihr Zwillingsbruder Adrian hatte viel mehr Möglichkeiten als sie, denn sie musste Röcke tragen und die Rolle spielen, die ihr das Schicksal als Grafentochter zugedacht hatte.

Nicht, dass sie etwas gegen ein schönes Kleid gehabt hätte, wie das grüne Seidenballkleid, das sie jetzt trug. Die cremefarbenen Stoffe ihres Unterrocks und das goldene, mit wirbelnden Mustern bestickte Mieder waren exquisit. Sie fühlte sich schön, wenn sie solche Kleider trug, aber was bedeutete schon Schönheit, wenn das Leben ohne Aufregung und Freude war? Männer verstanden einfach nicht, wie gefangen sich eine Frau in einem Leben fühlen konnte, das auf häusliche Tätigkeiten beschränkt war und keine Möglichkeit bot, etwas anderes zu tun.

Ihr Leben fühlte sich bereits so an, als würde es zu Ende gehen. Heute Abend befand sie sich auf dem schönen Anwesen des gut aussehenden Earl of Castleton, wo sie ihm als seine zukünftige Braut vorgestellt werden sollte.

»Da bist du ja, mein kleiner Liebling.« Ihre Mutter Lucia hatte das Versteck von Josephine hinter einer griechischen Statue entdeckt. Lucia war eine wunderbare Mutter, eine feurige spanische Schönheit, die sich gegen ihren schneidigen Ehemann Aaron, Josephines Vater, den Earl of Camden, behaupten konnte.

»Hallo, Mutter«, seufzte Josephine.

Ihre Mutter ergriff ihr Kinn und drehte Josephine zu sich. »Was ist denn los? Du siehst aus, als ob du geweint hättest.«

Das hatte sie, aber sie wollte es nicht zugeben. Sie zog sich sanft von ihr zurück. »Mir geht es gut.«

»Dein Vater hat mit Lord Castleton gesprochen, und die Verlobung ist besiegelt. Deine Mitgift ist ebenfalls vereinbart worden. Ich dachte, du würdest gerne mit Lord Castleton tanzen, jetzt, wo die Papiere unterzeichnet sind.«

»Muss ich das wirklich tun?«, fragte sie in einem verzweifelten Flüsterton.

Die braunen Augen ihrer Mutter wurden weicher. »Lord Castleton ist jung und gutaussehend, aber er ist auch ein guter Mann, meine kleine Liebe. Er ist uns seit vielen Jahren ein guter Nachbar, und er ist einsam. Das ist eine *gute* Verbindung, besser als jede, die du in London finden würdest. Wenn du ihn heiratest, wirst du hier wohnen, gleich neben unserem Haus, sodass Vater und ich in der Nähe sind und du uns besuchen und auch die Enkelkinder mitbringen kannst.«

Kinder? Sie war zu jung, um an Kinder zu denken und sich niederzulassen.

»Komm und tanze mit deinem Verlobten.« Lucia befreite Josephine behutsam aus ihrem Versteck und begleitete sie zu einem hochgewachsenen Mann in einem feinen burgunderroten Gehrock, der seinen Gästen beim Tanzen zusah.

Lord Castleton war zweifelsohne ein gutaussehender Mann. Mit sechsundzwanzig Jahren war er Herr über eines der reichsten Anwesen an der Küste Cornwalls. Seine und ihre Familie hatten mehr als ein Jahrhundert lang eine gemeinsame Grenze geteilt. Mit seinen warmen braunen Augen und seinem vollen braunen Haar, das er mit einem burgunderroten Band zu einem Pferdeschwanz zusammengebunden hatte, war Castleton die Art von Mann, von der jede Frau träumte. Seine Züge waren von neidischen Engeln perfekt gemeißelt worden, aber ein Hauch von Tragik lag über ihm. Sie wusste, dass er als jüngerer Mann mit einer Frau verheiratet gewesen war, die er geliebt hatte. Sie war bei einer Geburt gestorben, zusammen mit dem Sohn, den sie in sich getragen hatte, und er hatte nicht wieder geheiratet. Es bewegte ihr Herz in seine Richtung, auch wenn dieses Leben nicht das war, das sie wollte.

»Lord Castleton, ich habe sie gefunden«, sagte Lucia mit einem warmen Lachen. »Sie hat sich hinter einer Statue in der Ecke versteckt.«

»Mutter!«, zischte Josephine.

Lord Castleton lächelte amüsiert, als er sich über Josephines Hand beugte.

»Ich hoffe, ich bin nicht so furchterregend, dass das nötig war?« In seinen Augen lag ein Necken, das das Nervenflattern in Josephine beruhigte. Seine Lippen waren warm auf ihren Fingerknöcheln, und sie wünschte sich, sie könnte sich in ihn verlieben, in diesem schönen Haus leben und mit ihm schöne Kinder großziehen.

Aber so sehr sie es sich auch wünschte, es ging nicht in Erfüllung.

»Möchten Sie tanzen?«, fragte er.

Josephine nickte. Man konnte einem Gentleman keinen Tanz verweigern, schon gar nicht einem, den sie bald heiraten würde.

Lord Castleton legte ihren Arm in seine Ellenbeuge und begleitete sie in die Mitte des Ballsaals. Das Musikerquartett hatte gerade ein Lied beendet und flüsterte unter den gepuderten Perücken miteinander. Dann, als hätten sie sich für das nächste Lied entschieden, hoben sie ihre Bögen und begannen, eine schöne Melodie zu spielen. Castleton drehte sie in seinen Armen, als der Tanz begann, und sie konnte für einen kurzen Moment ihr Schicksal vergessen. Sie kamen an Dominic und Roberta vorbei, während sie in Castletons Armen herumwirbelte, und ihr älterer Bruder zwinkerte ihr zu.

Sie liebte Dominic und war so froh, dass er endlich zu Hause war. Sie und Adrian waren noch Kleinkinder gewesen, als Dominic zur See gefahren war. Sie waren zu jung gewesen, um sich wirklich an ihn zu erinnern, aber sie waren ihr ganzes Leben lang mit Geschichten über ihn aufgewachsen.

Er war erst vierzehn gewesen, als er gegangen war, und er hatte sich zu einem der wildesten Piraten dieser neuen Zeit entwickelt. Nicht, dass Josephine oder ihre Familie das bis letztes Jahr gewusst hätten. Für den Rest der Welt war er seit fast fünfzehn Jahren verschwunden gewesen. Ihre Eltern waren in all den Jahren seiner Abwesenheit untröstlich gewesen.

Niemals würde sie jenen schönen Frühlingstag im letzten Jahr vergessen, als er durch die Eingangstür ihres Hauses gekommen war. Sie hatte einen Blick auf den dunkelhäutigen, gut aussehenden Mann geworfen und ihren lang vermissten Bruder gesehen. Sie hatte sich in seine Arme geworfen, so froh, ihn zu Hause zu haben. Ihr Vater hatte ihr Geschichten von Dominic erzählt, aber Josephine wusste, dass er viele Details ausgelassen hatte, weil sie angeblich empfindliche Ohren hatte. Adrian wusste mehr als sie über Dominics Leben als Pirat, und es war das erste Mal in ihrem gemeinsamen Leben als Zwillinge gewesen, dass er sich weigerte, ihr alles zu erzählen, was er wusste.

Josephine hatte sich schon immer für Piraten interessiert. Als Tochter von Cornwall hatte sie das Meer im Blut. Sie wusste alles über Blackbeard, Kidd, Bonnet und andere berüchtigte Piraten des goldenen Zeitalters, vielleicht sogar mehr als Adrian, aber mit anderen jungen Ladys beim Tee über Piraten zu sprechen war, gelinde gesagt, verpönt.

Castletons Stimme mischte sich in ihre abschweifenden Gedanken. »Woran denken Sie gerade?«

»Piraten«, antwortete sie, bevor sie richtig über ihre Antwort nachgedacht hatte.

Sie begegnete seinem Blick tapfer und erwartete eine Art Vorwurf, aber seine Augen wurden nur noch neugieriger.

»Tatsächlich? Und was an ihnen erregt Ihre Aufmerksamkeit?«

Sie tanzten weiter, und sie biss sich auf die Lippe, bevor sie antwortete. »Sie erleben große Abenteuer an fernen Orten.« Das war als Antwort sicher genug. Sie wollte nicht zugeben, dass sie sie wirklich um ihre Freiheit beneidete. Oh, die Freiheit zu haben, ohne die Autorität anderer zu leben ...

»Sie erinnern mich an jemanden, den ich vor langer Zeit geliebt habe. Auch von Piraten und Geschichten über vergrabene Schätze fasziniert.« Castleton lächelte, ein Ausdruck, der durch seinen Kummer noch verstärkt wurde.

»War das Ihre erste Frau?«, wagte sie zu fragen.

»Nein, mein Bruder.«

Die Musik endete, und sie stolperte. »Sie haben einen Bruder?« Hatte sie gewusst, dass Castleton einen Bruder hatte? Sie kramte in ihrem Gedächtnis, konnte sich aber nicht daran erinnern, dass ihr das jemals gesagt worden war. Sie war Castletons Bruder nie begegnet, und niemand hatte ihn ihr gegenüber je erwähnt. Dessen war sie sich ganz sicher.

»Das habe ich. Er ist jetzt seit sieben Jahren weg.« Castletons Tonfall war schwer von altem, erinnertem Schmerz. »Kommen Sie, ich führe Sie zum Abendessen.«

Und damit war das Gespräch über seinen Bruder beendet, und sie wagte nicht, ihn darauf anzusprechen, obwohl sie vermutete, dass er mit »weg« wohl »tot« meinte.

Die Feierlichkeiten des Abends verlagerten sich in den Speisesaal, in dem dreißig Gäste an zwei großen Tischen Platz fanden. Der Wein floss in Strömen, und alle schienen sich zu amüsieren, alle außer Josephine. Sie hatte keinen Appetit und verließ leise den Speisesaal unter dem Vorwand, sie fühle sich ein wenig krank.

Sie schlenderte durch den mit Kerzen beleuchteten Korridor und blieb an einem hohen Fenster stehen, das einen Blick auf die Auffahrt zum Haus bot.

Plötzlich erhellte ein Blitz die Welt draußen, und sie wich angesichts des grellen Lichts vor dem Glas zurück. Bei dem heftigen Donnerschlag, der einen Augenblick später folgte, schlug ihr das Herz bis zum Hals. Es war nur ein Sturm. Sie mochte Stürme, aber dieses Krachen war sehr nahe am Haus gewesen.

Als der Blitz ein zweites Mal aufleuchtete, keuchte sie auf, als eine Gestalt aus der Dunkelheit hinter ihr auftauchte und sich kurz im Fensterglas spiegelte. Sie wirbelte herum, aber es war niemand da. Der Flur war leer, bis auf ein Gemälde, das an der getäfelten Wand gegenüber von ihr und dem Fenster hing.

Es handelte sich um ein großes Porträt, das trotz seiner Größe eine gewisse Intimität mit dem Motiv und der Art und Weise, wie es gemalt worden war, aufwies. Sie erkannte den Mann sofort. Es war ihr zukünftiger Ehemann.

Dann korrigierte sich Josephine im Stillen. Nein, das war er nicht. Es gab winzige Unterschiede in den Zügen. Es wäre leicht gewesen, anzunehmen, dass der Maler das Motiv einfach nicht genau gemalt hatte, aber als sie den Namen darunter las, wusste sie, dass ihr Verdacht richtig war.

Auf der kleinen Goldplakette unter dem Porträt stand: *Gavin Castleton, 1735.* Gavin, nicht Griffin. Das war der Bruder von Castleton. Sie mussten Zwillinge gewesen sein, genau wie sie und Adrian, nur dass Griffin und Gavin identisch sein dürften.

Gavin ... Der Name ließ ihr die Haare auf den Armen zu Berge stehen. Das war der Bruder von Castleton. In Anbetracht der Jahreszahl auf der Plakette schätzte sie, dass er um die neunzehn Jahre alt gewesen sein musste, als es gemalt wurde. Ein Jahr älter als sie jetzt war ...

»Er ist ein hübscher Kerl, nicht wahr?«, sagte eine tiefe Stimme, und Josephine zuckte zusammen.

Ihr Bruder Dominic stand ein paar Meter entfernt und

studierte mit ihr das Porträt. »Ich kannte Gavin, als wir jünger waren. Er war ein guter Kerl, aber ein bisschen wild ... wie ich.« Dominic lächelte über eine alte Erinnerung, und Josephines Herz tat weh. Manchmal hasste sie es, so jung zu sein. Dominic hatte ein ganzes Leben gelebt, während sie noch ein Kind gewesen war. So war es auch bei Lord Castleton. Er war sechsundzwanzig, aber das war nicht sonderlich weit von ihrem Alter entfernt, wenn man bedachte, dass viele Frauen in ihrem Alter Männer in den Vierzigern heirateten. Doch wenn sie in der Nähe von Lord Castleton war, schien ein uralter Schmerz in ihm zu sein, der ein Jahrhundert zwischen ihn und sie legte.

»Was ist mit ihm passiert?«, fragte sie.

»Niemand ist sich ganz sicher. Er und Griffin stritten sich eines Abends während eines Balls, ähnlich wie heute Abend, und Gavin ging. Er ist einfach verschwunden.«

Sie warf ihrem älteren Bruder einen finsteren Blick zu. »Du willst mir nur Angst machen.« Dominic warf ihr einen neugierigen Blick zu, den sie nicht recht deuten konnte, und sie hatte das seltsame Gefühl, dass er ihr nicht alles erzählte.

»Ich würde dich niemals erschrecken wollen, kleiner Schmetterling«, sagte Dominic ganz ernst und benutzte seinen brüderlichen Kosenamen für sie. »Es ist wahr. Gavin wurde nie wieder in diesem Haus gesehen. Manche glauben, er sei in den Fluten ertrunken, andere, er sei von Wegelagerern ermordet worden, aber ...«

»Aber was?« Sie ergriff den Arm ihres Bruders. »Was, Dom?«

»Ich *glaube*, er ist zur See gefahren, so wie ich«, sagte Dominic leise, als würde er tief darüber nachdenken. Die Art und Weise, wie er *Ich glaube* sagte, klang allerdings seltsam, als wäre er sich eher sicher als unsicher.

»Aber er kam nie zurück. Er muss weg sein.« Sie sagte nicht *tot*. Irgendwie konnte sie dieses Wort nicht mit dem

Mann auf dem Bild in Verbindung bringen. Selbst das Öl auf der Leinwand schien in dem stillen, von Kerzen beleuchteten Korridor zu atmen, während draußen der Sturm weiter tobte.

»Nicht alle Menschen, die auf dem Meer verloren gehen, sind tot ... Manche sind einfach verloren«, sagte Dominic. Zum ersten Mal, seit ihr älterer Bruder auf wundersame Weise zurückgekehrt war, sah sie etwas von der Dunkelheit, die er in den vierzehn Jahren, die er von zu Hause fort gewesen war, durchlebt haben musste.

»Dann könnte er eines Tages zurückkehren?«, fragte sie, ihr Tonfall war genauso ruhig wie der ihres Bruders.

»Das kommt darauf an«, sagte Dominic.

»Worauf?«

»Manchmal braucht ein Mann nur Licht, um den Weg zum Ufer zu finden, aber nicht jeder sucht nach diesem Licht. Manche Menschen bleiben in der Dunkelheit gefangen.«

Sie und Dominic starrten auf das Porträt von Gavin Castleton, bis ein Donnerschlag das Haus erschütterte.

Dominic legte einen Arm um ihre Schultern. »Komm, Josie, lass uns zum Essen zurückkehren.«

Sie ließ sich von ihrem Bruder in den Speisesaal führen, aber sie hatte das seltsame Gefühl, dass die Augen in Gavins Porträt ihr folgten. Die Worte ihres Bruders hallten in ihrem Kopf immer wider.

Nicht alle auf dem Meer verschollenen Männer sind tot ... manche sind einfach verloren ...

VOR DER KÜSTE VON CORNWALL

»*Käpt'n!*«, brüllte Ronald Phelps durch den Sturm. »Pass auf!«

Gavin Castleton sprang aus dem Weg, als ein Mitglied seiner eigenen Mannschaft versuchte, ihn mit einem Krummsäbel zu zerschneiden. Das Achterdeck seines Schiffes, der *Lady Siren*, war voll von kämpfenden Piraten. Gavin schwang seine eigene Klinge, erwischte den nächsten Mann am Arm und schnitt ihm den Bizeps durch. Das Schmerzensgeheul des Mannes wurde von der tosenden See und einem Donnerschlag über ihm verschluckt.

Es war dumm von Beauchamp und seinen Männern, mitten im Sturm zu meutern. Alle paar Sekunden wurden Männer über die Bordwand geschleudert, während grauschwarze Wellen von wütendem Wasser über die Decks schwappten. Die *Lady Siren* war ein starkes Schiff, ein schnelles Schiff, aber in einer solchen Böe, unbemannt wie hier, würden ihre Masten brechen und sie an den entfernten Felsen zerschellen.

»Ronnie!«, brüllte er seinen Quartiermeister an. Der rothaarige Mann fuchtelte mit einer Klinge herum, bevor er einem Mann in den Bauch stach und ihn über die Bordwand stieß.

»Käpt'n?«, rief er zurück.

»Verlasst das Schiff!«, befahl Gavin.

Der Quartiermeister nahm den Befehl entgegen und begann, sich einen Weg zu dem kleinen Beiboot zu bahnen, das einige treue Männer versuchten, zu Wasser zu lassen. Gavin hatte nur ein Ziel: die *Siren* zu retten. Die einzige Möglichkeit, dies zu tun, war, sie zu verlassen. Beauchamp war ein guter Seemann und konnte das Schiff ausrichten, bevor der Sturm es zum Kentern brachte, aber das bedeutete, dass er aufhören musste, Gavin töten zu wollen, und das ging nur, wenn Gavin nicht an Bord war. Der Tag gehörte Beauchamp, verdammt noch mal.

Eines Tages würde er den Weg zurück zu seinem Schiff finden, und dann würde er jeden Mann töten, der zu denen gehörte, die es gewagt hatten, sie ihm wegzunehmen. Er war der verdammte Schwarze Admiral, der Anführer der Piratenflotte in der Karibik. Eine solche Meuterei würde bei den Brüdern der Küste Konsequenzen nach sich ziehen.

»Castleton!«, rief Beauchamp herausfordernd, als er auf Gavin zukam. Der Usurpator war nicht so groß wie Gavin, aber er war so breit wie ein Stier. Er hielt zwei Klingen in der Hand und schwang sie mühelos, obwohl das Deck unter ihnen schwankte. Gavin hielt seine eigene Klinge fester in der Hand.

»Wir haben dir doch angeboten, dich an Land auszusetzen«, rief Beauchamp und ließ seine gelben Zähne zu einer Grimasse aufblitzen.

»Und ich habe dieses Angebot höflich *abgelehnt*«, erinnerte er seinen Gegner. »Ronnie und ich hatten etwas dagegen, zusammen auf einer Insel zu stranden, mit einer Pistole und einer Kugel für einen von uns.«

Beauchamp stürzte sich auf ihn, beide Schwerter erhoben. Gavin wappnete sich und setzte sein Kurzschwert schräg an, um die Klingen von Beauchamp in einem gewaltigen Schlag zu parieren. Er musste nur lange genug überleben, damit Ronnie das Beiboot ins Wasser bringen konnte. Beauchamp traf ihn mit der Spitze einer Klinge in die Schulter. Die sank so tief ein, dass ein feuriger Schmerz durch Gavins Körper schoss. Doch Gavin ließ seine Klinge in der Luft kreisen, die fast ihr Ziel fand und den anderen Piraten zwang, einen Schritt zurückzutreten und die Klinge aus Gavins Schulter zu reißen.

Beauchamp rückte wieder vor und schlug schnell nach Gavin, der einen Schritt zurückwich. Doch dabei ergriff er ein loses Seil vom Großsegel, hob sich mit dem guten Arm in die Luft und tanzte aus der Reichweite des anderen Mannes, als eine Welle über das Deck rollte. Gavin entkam der gefährlichen Welle, aber Beauchamp hatte nicht so viel Glück. Das schwarze Wasser schleuderte ihn über das Deck, wo er gegen mehrere Kisten prallte, die an einer Reling festgemacht waren. Sie waren das Einzige, was den Meuterer davon abhielt, über Bord zu gehen.

Manche Bastarde haben das ganze verdammte Glück.

Gavin ließ sich auf das Deck zurückfallen und stellte fest, dass der Kampf abgeklungen war.

»Ronnie?« Ronnie war nirgends zu sehen, auch nicht das Beiboot oder der Rest seiner Mannschaft, die ihn bei der Meuterei verteidigt hatte. Gavin konnte nur beten, dass das bedeutete, dass sein Quartiermeister das Boot ins Wasser gebracht hatte. Die verbliebenen Meuterer stürmten nun in einem Halbkreis auf Gavin zu und hielten ihn mit dem Rücken zur Reling auf dem Oberdeck des Schiffes fest.

»Tötet ihn!«, befahl Beauchamp, als er auf die Beine kam. »Schickt ihn zu Davy Jones!«

Gavin konnte nicht auf der *Siren* bleiben, aber er war kein Mann, der sich umdrehte und davonlief, schon gar nicht von etwas, das er liebte. Die *Lady Siren* war seine Geliebte, seine Liebe, seine Seele. Sie war diejenige, die ihn vor all den Jahren gerettet hatte, als er mit gebrochenem Herzen von zu Hause geflohen war. Und nun war er gezwungen, sie in den Händen seiner Feinde zu lassen.

»Spring ruhig - das Meer wird dich für mich töten«, spottete Beauchamp, als er sich zu den Männern gesellte, die Gavin umzingelt hatten.

Gavin blickte auf das ferne Ufer hinter sich und sah eine vertraute Klippenwand und ein entferntes Haus, dessen Lichter durch den Sturm flackerten.

»Oh, Beauchamp, das war schon immer dein Problem. Du

vergisst, dass ich schon seit sieben Jahren tot bin. Man kann einen Geist nicht töten!«

Damit stürzte er sich über die Bordwand. Das Wasser stieg ihm wie eine dunkle Wand entgegen, und mit den Armen über dem Kopf durchbrach er es mit der Leichtigkeit eines Jungen, der das Schwimmen und Tauchen in unergründlichen, stürmischen Gewässern wie diesen gelernt hatte.

Während das Wasser um ihn herum wirbelte und krachte, strampelte und schwamm er, bis er die Oberfläche durchbrach. Er erblickte die Umrisse des Beibootes, das auf den Wellen schaukelte, und kraulte darauf zu. Wie erwartet, beeilten sich Beauchamp und seine Männer nun, die Segel zu setzen und die *Lady Siren* von der felsigen Küste Cornwalls wegzubringen. Als Gavin endlich das Beiboot erreicht hatte, half Ronnie, ihn über die Bordwand zu ziehen.

»Mein Gott, Käpt'n, du bist verletzt.« Ronnie griff nach Gavins Schulter, aber Gavin wehrte seine Hand ab.

»Wo sind die anderen?« Er hatte erwartet, zumindest einige seiner treuen Leute mit Ronnie auf dem Boot zu sehen.

»Ich habe sie verloren. Sie haben mir geholfen, das Boot ins Wasser zu bringen, und sich dann dem Kampf zugewandt, um dir Zeit zur Flucht zu verschaffen. Eine Welle hat sie über Bord gespült.«

Gavin sprach ein stilles Gebet zum Meer und bat um Frieden für die Männer, die bei seiner Verteidigung umgekommen waren.

»Lass uns ans Ufer gehen. An diesem Strandabschnitt halten Strandräuber Ausschau nach Schiffswracks. Wir könnten getötet werden, wenn wir an der Küste gesehen werden, auch wenn wir nichts haben, das sich zu stehlen lohnt.«

»Kennst du dieses Stück Land?«

»Aye, Ronnie, das tue ich, es ist ... ein Ort, an dem ich

schon oft war.« Das Wort *Zuhause* kam ihm fast über die Lippen. Aber dies war schon lange nicht mehr sein Zuhause.

Sie ruderten das Beiboot in die von Gavin angegebene Richtung. Als sie gerade außer Reichweite der anrollenden Wellen waren, drängte Gavin Ronald, das Rudern einzustellen.

»Was machen wir jetzt, Käpt'n?«, fragte Ronald. Er keuchte ein wenig, als er atmete. Als Mann in den späten Vierzigern hatte er als Seemann viel gesehen und getan, und Gavin konnte sich glücklich schätzen, ihn einen treuen Freund nennen zu können.

»Du musst in die Stadt gehen und eine Mannschaft für mich finden, und dann ein Schiff. Dann werden wir Beauchamp verfolgen und uns die *Siren* zurückholen.«

»Richtig«, sagte Ronnie. »Wie lauten meine Befehle?«

»Rudere die Küste entlang, bis du einen Pfad an den Klippen siehst. Wenn du dem Weg folgst, kommst du in ein Dorf. Am Rande des Dorfes gibt es ein Gasthaus, das Stag Antlers. Sag Mary McGiver, der Wirtin, dass du ein alter Freund von mir bist. Sie wird wissen, dass sie dich versorgen muss. Ich werde mich bald mit dir in Verbindung setzen. Ich muss mich erst um etwas kümmern.« Gavin starrte auf den Höhleneingang.

Ronnie folgte seinem Blick. »Was musst du erledigen, Käpt'n?«

»Ich muss meinen Bruder sehen. Dann, wenn alles vorbereitet ist, werden wir beide losziehen.« Er reichte Ronnie den Beutel mit Münzen, den er immer an seinem Gürtel trug. »Sei vorsichtig und warte im Dorf auf mich.«

»Aye, aye, Käpt'n«, sagte Ronnie.

Gavin rutschte über die Seite des Bootes und ritt auf den Wellen zum Ufer, damit Ronnie weiter rudern konnte. Als er die Felswand und den versteckten Höhleneingang erreicht hatte, hielt er inne und berührte seine Schulter, wobei seine Finger blutgetränkt zurückkamen. Es bestand die Möglichkeit, erkannte er grimmig, dass er sich mit Ronnie gar nicht im Dorf treffen würde. Und wenn das der Fall war, wollte er seinen Bruder ein letztes Mal sehen. Es gab Dinge, die schwer auf seinem Herzen lagen, und er musste sich entlasten.

Was danach passieren würde? Nur das Schicksal und das Meer konnten das sagen.

Über den Autor

Lauren Smith ist tagsüber eine amerikanische Anwältin. Bei Nacht schreibt die Autorin abenteuerliche Liebesgeschichten im Lichte ihrer Smartphone-Taschenlampe. Sie wusste, dass sie dazu bestimmt war, eine Romanautorin zu sein, als sie versuchte, den gesamten Titanic-Film neu zu schreiben, nur um Jack vor dem Ertrinken zu bewahren. Sich mit ihren Lesern zu verbinden, indem Sie emotional bewegende, realistische und sexy Romanzen schreibt – egal in welchem Zeitraum diese spielen – ist ihre Leidenschaft. Lauren hat mehrere Preise in verschiedenen Romantik-Subgenres gewonnen.

Um mit Lauren in Verbindung zu treten, besuchen Sie sie unter:
www.laurensmithbooks.com
lauren@laurensmithbooks.com

facebook.com/LaurenDianaSmith

x.com/lsmithauthor

instagram.com/laurensmithbooks

amazon.com/stores/Lauren-Smith/author/B009L54KTC?ref=dbs_m_mng_rwt_byln&qid=1722285982&sr=8-1&isDramIntegrated=true&shoppingPortalEnabled=true

www.ingramcontent.com/pod-product-compliance
Lightning Source LLC
Chambersburg PA
CBHW030337010826
48973CB00004B/1044